Scandaleuse liaison

Une nuit entre tes bras

EMILIE ROSE

Scandaleuse liaison

Traduction française de
MARIEKE MERAND-SURTEL

Passions

HARLEQUIN

Collection : PASSIONS

Titre original :
PAYING THE PLAYBOY'S PRICE

Ce roman a déjà été publié en 2012.

© 2006, Emilie Rose Cunningham.
© 2012, 2019, HarperCollins France pour la traduction française.

Ce livre est publié avec l'autorisation de HARLEQUIN BOOKS S.A.

Tous droits réservés, y compris le droit de reproduction de tout ou partie de l'ouvrage, sous quelque forme que ce soit.
Toute représentation ou reproduction, par quelque procédé que ce soit, constituerait une contrefaçon sanctionnée par les articles 425 et suivants du Code pénal.

Si vous achetez ce livre privé de tout ou partie de sa couverture, nous vous signalons qu'il est en vente irrégulière. Il est considéré comme « invendu » et l'éditeur comme l'auteur n'ont reçu aucun paiement pour ce livre « détérioré ».

Cette œuvre est une œuvre de fiction. Les noms propres, les personnages, les lieux, les intrigues, sont soit le fruit de l'imagination de l'auteur, soit utilisés dans le cadre d'une œuvre de fiction. Toute ressemblance avec des personnes réelles, vivantes ou décédées, des entreprises, des événements ou des lieux, serait une pure coïncidence.

Le visuel de couverture est reproduit avec l'autorisation de :
Couple : © IKONICA/MASTERFILE

Réalisation graphique couverture : E. COURTECUISSE (HarperCollins France)

Tous droits réservés.

HARPERCOLLINS FRANCE
83-85, boulevard Vincent-Auriol, 75646 PARIS CEDEX 13
Service Lectrices — Tél. : 01 45 82 47 47
www.harlequin.fr
ISBN 978-2-2804-1631-3 — ISSN 1950-2761

- 1 -

— Notre sage commissaire aux comptes est-elle prête à sombrer dans la débauche ? Le prochain célibataire est le tien, Juliana.

Juliana Alden vida d'un trait sa coupe de champagne, avec l'espoir que les bulles allégeraient les réticences qui vibrionnaient dans son ventre tel un essaim de guêpes furieuses. Puis, en quête de courage, elle l'échangea contre une pleine, saisie au vol sur le plateau d'un serveur, avant de se tourner vers Andrea et Holly, ses meilleures amies et acolytes dans le téméraire projet de cette soirée.

— Je ne me suis jamais sentie aussi nue de ma vie. Je ne vous laisserai plus jamais carte blanche pour m'habiller, cette robe me couvre moins que ma chemise de nuit !

Pour la énième fois, elle en remonta la fine bretelle sur son épaule, et tira vainement sur l'ourlet ultracourt. S'éclipser en douce par la porte arrière du Caliber Club la démangeait davantage de minute en minute. Mais Andrea et Holly ne le lui pardonneraient jamais. Encore que leur opinion restait douteuse, vu que c'étaient elles qui l'avaient accoutrée d'une robe capable de provoquer un arrêt cardiaque à son père s'il s'aventurait hors du fumoir du club.

Andrea balaya ses objections d'un geste.

— Elle te va comme un gant, Juliana. Tu as le corps

idéal pour ce modèle, et ce rouge est sublime sur toi. Allez, ne te dégonfle pas maintenant.

Autour d'elles, une multitude de femmes hurlaient, au bord de l'hystérie, lançant des enchères sur les hommes offerts à leur frénésie au nom de la charité. Juliana pariait que les murs du très sélect établissement n'avaient jamais résonné de pareil délire. Mais ce chahut monstre ne fit qu'accroître ses doutes quant au plan que ses amies et elle avaient conçu sous l'emprise de trop nombreuses margaritas.

Invoquant une audace qu'elle ne trouva pas, Juliana prit une profonde inspiration, suivie d'une nouvelle gorgée de champagne. Seigneur ! Quelle mouche l'avait donc piquée pour imaginer qu'elle puisse se libérer de trente années à être un modèle de vertu, pour miser sur le moins recommandable des célibataires de la soirée ? Au lieu de débuter par un truc mineur, il avait fallu qu'elle choisisse de frapper un grand coup d'éclat dès sa première tentative de rébellion.

En tant que commissaire aux comptes dans le groupe bancaire privé de sa famille, Juliana était de nature prudente. Elle faisait un métier sans surprise, conduisait une voiture fiable. Suivre les règles la rassurait, tout comme mener une vie bien rangée ou grimper l'échelle professionnelle avec la même régularité que sa mère avant elle.

Mais l'échelle avait vacillé sous la pression de sa famille, qui voulait qu'elle se marie pour le bien de l'entreprise. Juliana avait alors eu le sentiment de n'être plus qu'un objet de troc dans les négociations de fusion entre la Banque Alden et la Caisse de Crédit et de Gestion Wilson.

— Comment ai-je pu vous laisser m'entraîner là-dedans ? gémit-elle. Je ne dois pas être mûre pour ce genre de mâle dévergondé. Et si j'en choisissais un autre, moins...

A court d'adjectifs, Juliana haussa les épaules. Comment décrire l'homme dont la photo sur le programme de la soirée caritative avait embrasé ses sens ?

— Sexy ? proposa Holly avec un sourire narquois.

Doux euphémisme, songea Juliana en opinant.

Le célibataire numéro 9 prit place sur la scène, et le cœur de Juliana s'emballa. Trépignant sur des pieds richement chaussés, la foule des dames au comportement d'habitude fort digne éclata en acclamations et sifflements de délire. Si un homme pouvait inciter une femme à prendre quelques risques et briser quelques règles, c'était bien celui-là. Complètement à l'aise sous les projecteurs, il affichait un sourire à l'insolence canaille, et encourageait l'assemblée déjà surexcitée à faire encore plus de bruit en tapant dans ses mains et en se déhanchant sur la musique tonitruante, comme la star incontestable qu'il avait été.

Cet homme savait bouger, il fallait le reconnaître. Un frisson parcourut l'échine de Juliana.

Un T-shirt noir moulait son torse puissant et ses bras musclés. Son jean, délavé à des endroits qu'elle ne devrait pas oser regarder, s'accrochait bas sur ses hanches minces. Il portait des bottes de cow-boy — accessoire plutôt rare dans la cité portuaire de Wilmington, Caroline du Nord. Comparée à celle des célibataires précédents, qui tous s'étaient présentés sur scène revêtus de smoking, sa tenue décontractée annonçait rebelle — précisément le nom du bar dont il était propriétaire, affiché sur le dos de son T-shirt.

Son pouls battait si fort que Juliana entendait à peine l'interminable présentation que débitait la maîtresse de cérémonie. D'ailleurs, pourquoi ne se taisait-elle pas plutôt, pour laisser les gens simplement *regarder* Rex Tanner ? Cela vaudrait mieux que n'importe quel discours. Quelle femme ne rêverait pas d'être enlacée par ces bras musclés ou envoûtée par ce sourire ravageur ?

— « Enfourchez la fureur de vivre ! Un mois de leçons de Harley et d'équitation », lut Andrea à voix haute sur le programme. Juliana, si ce type n'arrive pas à te montrer ce que tu as raté jusqu'ici, c'est que tu n'es pas humaine. Il est exactement ce qu'il te faut pour te détourner de l'idée insensée de ta mère.

Juliana avala le reste de son champagne. Les bulles piquetèrent son nez, lui tirant presque des larmes.

— Je ne vois pas bien ce qui cloche dans la proposition de ma mère, maugréa-t-elle. Wally est un gentil garçon.

— Tu n'es pas amoureuse de lui, et il est ennuyeux au possible, énonça Holly.

— Totalement soporifique, ajouta Andrea. Et d'une passivité ahurissante. C'est toi qui devras porter la culotte.

En quoi était-ce un problème ? Ce type de relation avait parfaitement fonctionné pour les parents de Juliana, non ?

— Votre sollicitude me va droit au cœur, dit-elle à ses amies, mais Wally est un choix très logique. C'est un garçon sérieux, d'humeur égale, ambitieux — comme moi — et c'est le seul homme avec lequel je sois sortie qui comprenne les impératifs de ma carrière. Nous pouvons discuter des heures durant sans silence embarrassant entre nous.

— Uniquement de travail, souligna Andrea d'un ton dédaigneux. Et que se passera-t-il quand ce thème sera éculé, ou, le ciel t'en garde, si tu es encore avec lui au moment de ta retraite ? Vous avez l'intention de discuter crédits et débits au lit ? Je te connais, Juliana. Lorsque tu t'engages dans un job — ou un mariage — tu n'abandonnes jamais. Pour une fois, oublie la logique. Ceci est ta dernière chance de voir qu'une relation ne peut et ne *devrait* pas être juste commode.

Dernière chance. Les mots tournoyaient dans l'esprit de Juliana. Sa dernière chance avant d'accepter d'épouser Wallace Wilson — fils du propriétaire de la banque prête à fusionner avec celle des Alden. Une union fondée sur la raison et non sur l'amour.

Mal à l'aise, elle se balança sur ses hauts talons. D'accord, ses amies n'avaient peut-être pas tort. Wally n'était pas follement excitant, mais il était gentil, joli garçon et loyal. Si elle l'épousait, ils auraient probablement des séances de sexe hygiénique et sans surprise chaque samedi soir pendant les cinquante prochaines années. Mais d'un autre côté, la routine avait du bon, et le sexe n'était pas tout. Et en aucun cas la base d'une chose aussi importante que le mariage. Les émotions étaient éphémères et imprévisibles. Tandis qu'une éthique commune et le respect mutuel étaient des qualités bien plus essentielles et fiables. Si elle épousait Wally, ils trouveraient d'autres intérêts à partager, et l'amour se développerait avec le temps, comme un investissement sûr.

N'est-ce pas ?

Bien entendu. Si elle en doutait, il lui suffisait de regarder ses parents. Ils s'étaient mariés près de quatre décennies plus tôt pour unir deux familles de banquiers, et ils l'étaient restés alors que beaucoup de leurs amis avaient divorcé.

Le couloir menant à la sortie attira de nouveau son regard. Allait-elle fuir avant d'enjamber le parapet de la raison ? Non. Une promesse restait une promesse. Mais franchement, elle détestait devoir plonger la première. Se tournant vers ses compagnes, Juliana lança :

— Jurez-moi que vous ne reculerez pas, et que, quoi qu'il arrive, vous achèterez des célibataires ce soir.

Holly et Andrea lui adressèrent un sourire angélique et levèrent la main droite en signe de promesse. Juliana se méfiait de ces sourires comme de la peste. Bien que les vies de ses amies ne fussent pas aussi méthodiquement tracées que la sienne, l'incartade de ce soir ne ressemblait à aucune des trois. Les chances étaient donc grandes qu'au moins l'une d'entre elles recouvre ses esprits avant la fin de la soirée.

Le micro crépita, ramenant l'attention de Juliana sur le beau gosse sur la scène. Seigneur ! Quelle femme lui résisterait ? De son épais catogan brun à ses bottes éculées, il dégageait un charme démoniaque, ensorcelant. Torride. Ce type-là ne devait pas avoir besoin de manuel pour apprendre à donner du plaisir à une femme — à condition que cette femme fût *capable* de plaisir...

Mais s'offrir le lot « cow-boy » demandait plus que du courage et de l'insouciance puisés dans le champagne. Cela signifiait passer ouvertement outre aux souhaits de sa mère — chose que Juliana avait jusqu'à présent évité avec soin, de crainte des conséquences. Néanmoins, la proposition d'union conjuguée à son trentième anniversaire l'avait poussée à se demander si la vie ne pouvait pas offrir mieux. Aussi avait-elle promis à Holly et Andrea d'étudier la question avant d'accepter docilement l'avenir que sa mère lui avait prévu.

Cela ne l'empêchait pas de douter maintenant d'être à la hauteur du défi qu'elle s'était lancé en choisissant ce célibataire — un homme à l'exact opposé de ceux avec qui elle était sortie auparavant. Elle pria silencieusement que le prix du rebelle dépasse le montant limite qu'Andrea, Holly et elle-même s'étaient fixé, et qu'elle puisse se rabattre sur un modèle moins intimidant.

Froussarde. Si tu fais ça, ton plan échouera.

Plan qui ressemblait de plus en plus à un délire sous

excès de margarita. Pour la première fois de sa vie, Juliana avait décidé de briser les règles. Et, ne sachant par où commencer sa petite révolution personnelle, elle avait fixé son choix sur Rex Tanner, un ancien chanteur de country à la vie dissolue et à la réputation sulfureuse, et comptait sur lui pour connaître le feu du plaisir. Elle se compromettrait dans ses mains dépravantes pendant le mois suivant, puis, une fois cette ultime aventure finie, et certaine qu'elle ne ratait rien de valable, elle épouserait Wally Wilson sans regret.

— Rentre à la maison avant d'avoir des ennuis.

La mise en garde grondée par son frère fit sursauter Juliana, qui manqua trébucher sur ses délicates sandales. Plutôt mourir que d'admettre qu'elle ne rêvait justement que de ça, tourner les talons et déguerpir du club. Alors, pour contrarier Eric, elle brandit son panneau numéroté, lançant la première enchère sur le séducteur sauvage.

Un sourire satisfait sur les lèvres, Andrea et Holly levèrent chacune un pouce encourageant. Juliana évita soigneusement de regarder le fond de la salle, où sa mère, principale organisatrice de la soirée de charité, l'observait d'un œil perçant. Elle préféra se détourner vers son frère.

— Quels ennuis peuvent m'apporter quelques leçons d'équitation, Eric ? Fiche le camp, tu veux ?

— Ce ne sont pas les leçons d'équitation qui m'inquiètent, tu es déjà une excellente cavalière, rétorqua-t-il. C'est la seconde partie du lot qui me préoccupe. Tu risques de te tuer à moto. Sois raisonnable, Juliana. On ne peut pas dire que ta coordination soit la meilleure du monde, tu le sais bien.

Pas faux. D'ailleurs, ces derniers temps, elle se limitait à la natation, s'épargnant ainsi chutes et bosses lorsque son esprit était trop focalisé sur le travail.

Eric tenta de lui arracher le panneau, mais Juliana le leva hors de sa portée en plaidant :

— J'ai trente ans, et je suis assez grande pour que tu ne me dictes plus ma conduite, Eric !

— Pourtant, il faut bien que quelqu'un le fasse. Tes copines et toi avez perdu la tête pour monter ce plan. Acheter des hommes ! Vous êtes cinglées ou quoi ? Si tu tiens vraiment à participer, achète Wally plutôt que ce…

— Beau gosse, coupa Holly, lui arrachant un regard noir.

Juliana arbora le sourire apaisant qu'elle réservait aux clients difficiles.

— En fait, Andrea, Holly et moi soutenons l'opération caritative dont *notre* mère est à l'origine, Eric. Rien de plus.

— Bon sang, Juliana, tu ne sauras pas t'en sortir avec un type comme lui. Il ne fera de toi qu'une bouchée. Réfléchis un peu, enfin ! Achète Wally. Il est… *sans danger*.

Sans danger. Ces deux mots résumaient toute la situation, conclut Juliana en brandissant toujours plus haut le panneau que son frère s'efforçait encore de lui arracher. Elle avait joué la carte *sans danger* toute sa vie, et où cela l'avait-il menée ? Certes, en tête dans sa carrière, mais tellement, tellement en arrière dans sa vie privée ! Jamais elle n'était tombée raide dingue amoureuse, ni même de désir. Non qu'elle ait envie de vivre un chagrin d'amour, mais était-ce trop demander que d'expérimenter le séisme sensuel exaltant dont parlaient les autres femmes ? Pour elle, si pragmatique et qui se fiait plus aux faits solides qu'aux émotions volages, probablement. Mais elle voulait, une fois dans sa vie, oublier la carte *sans danger* et prendre des risques.

Elle jeta un coup d'œil à l'homme sur la scène. Le

concept « risques » lui procurait frissons brûlants et accélération du pouls. Juliana agita de nouveau son panneau numéroté très au-dessus de sa tête. Son frère était grand, mais sa bonne éducation lui interdisait de l'empêcher par la force de faire monter les enchères.

— Je n'ai aucune envie d'acheter Wally, dit-elle. Des dîners le samedi soir ? Quel manque d'imagination ! D'ailleurs, je dîne déjà avec lui tous les vendredis. Quel mal y a-t-il à s'amuser un peu ? Tu devrais essayer parfois, Eric.

Aussitôt, Juliana regretta ses paroles. Eric avait été plaqué en public par sa fiancée quelques mois plus tôt, et s'amuser était sans doute le dernier de ses soucis. Même si elle doutait qu'il ait eu le cœur brisé, sa fierté en avait pris un sacré coup. Mais le pire était que, depuis que son frère avait échoué à épouser un membre de la famille des banquiers Wilson, leur mère avait décidé que Juliana ferait très bien l'affaire.

D'un geste un peu désespéré, elle brandit une nouvelle fois son panneau.

— Eric, j'y ai mûrement réfléchi, et je sais ce que je fais. Alors, s'il te plaît, fiche-moi la paix.

— *Adjugé* au numéro 223, cria la maîtresse de cérémonie depuis la scène. Venez chercher votre prix, jeune fille.

Une chape de plomb tomba dans l'estomac de Juliana. Abasourdie, elle fixa son frère, puis le visage horrifié de leur mère à l'autre bout de la salle. Andrea et Holly applaudissaient à tout rompre, exultantes. Pas la peine de vérifier le chiffre sur son panneau pour savoir qu'elle venait de gagner le beau rebelle — même si elle n'avait pas la moindre idée du montant de son achat, un comble pour quelqu'un qui travaillait dans les finances. Baissant lentement le bras, Juliana déglutit et ferma un instant les yeux, tandis qu'un éclair de panique la traversait. Elle n'était pas tout à fait prête à affronter la scène et les conséquences de sa mutinerie puérile. Mais le serait-elle jamais ?

Prise de vertige, elle inspira à fond. Puis se composa un sourire à l'attention d'Eric, et de quiconque l'observait.

— Merci de ta sollicitude, grand frère, mais ne devrais-tu pas être derrière le rideau à attendre ton tour sur scène ?

Eric blêmit, et elle s'en voulut fugacement de lui enfoncer le couteau dans la plaie. Que leur mère l'ait obligé à participer en tant que célibataire ne le réjouissait guère. Mais après tout son frère n'était pas son problème le plus urgent, n'est-ce pas ? Elle avait sa propre catastrophe en cours à gérer. Une nouvelle vague de terreur l'envahit.

Accompagnée des jurons étouffés d'Eric et des encouragements enthousiastes d'Andrea et Holly, Juliana se fraya un chemin vers la table où elle tendit son chèque afin de pouvoir récupérer son... *lot*.

Sa mère, le regard furibond, la rejoignit.

— Juliana Alden, tu es devenue folle ? Et où as-tu dégoté cette horrible robe, pour l'amour du ciel ?

Juliana se raidit intérieurement sous un autre gigantesque assaut de doutes. Oui, elle avait dû être folle à un moment donné, le temps d'accepter la suggestion d'Andrea de fêter toutes les trois leur trentième anniversaire en dépensant une partie de leur fonds de capitalisation à quelque chose d'extravagant, d'inconvenant et de totalement égoïste.

Non, pas folle. Juste désespérée. Si elle s'avérait incapable de ressentir la passion dévorante dont les autres femmes parlaient tant, avec un homme aussi sexy que ce rebelle, alors elle était une cause perdue. Et autant partir avec Wally, qui n'attendrait pas d'elle plus qu'elle ne pouvait donner.

Cependant, si Juliana admirait le sens aigu des affaires de sa mère, et espérait mener la même brillante carrière, Margaret Alden et elle n'avaient jamais été très proches. Lui avouer les motifs profonds de sa décision ne servirait à rien.

— Maman, j'ai toujours fait tout ce que tu me demandais, mais ce soir, ce... *il* est pour moi.

Puis elle jeta un coup d'œil par-dessus l'épaule de sa mère. Son « lot » approchait en longues enjambées résolues, et un frisson la parcourut. D'où venait ce brusque sentiment d'être une proie acculée ? Décidée à ne pas se laisser intimider par le regard insolent du beau voyou, Juliana adopta le maintien impérial de la parfaite débutante que sa mère lui avait inculqué — épaules droites, menton relevé — tout en espérant que ses genoux tremblants ne la trahiraient pas sous l'ourlet indécent de sa minuscule robe.

Même de loin — encore que la distance se réduisait bien trop vite à son goût — le regard de braise du rebelle lui fit prendre conscience de façon cuisante qu'elle ne portait qu'un string sous cette robe.

Seigneur, avait-elle déjà croisé un homme qui dégageait autant de sensualité ? Non, jamais. Son pouls s'emballa et sa peau s'échauffa tandis qu'il l'étudiait sans vergogne.

— Et Wallace, alors ? s'enquit sa mère dans un murmure furieux.

Au prix d'un effort considérable, Juliana s'arracha à la contemplation de son lot.

— Il est fort probable que je passe le reste de ma vie avec Wally, maman. Aucun d'entre vous ne peut me refuser un mois de leçons d'équitation, si ?

La bouche de Margaret Alden se pinça.

— Un mois. Ensuite, j'attends que tu reviennes pour de bon à la raison. Les Wilson sont des gens très bien, et Wallace a des manières impeccables — elle semblait décrire un chien au pedigree parfait. Mais je peux te garantir que ton père ne se montrera pas aussi compréhensif que moi.

Cela ne faisait aucun doute. Car Richard Alden se comporterait comme sa femme le lui dicterait. L'amour que Juliana portait à son père ne la rendait cependant pas aveugle sur ses défauts.

— Salut, poupée.

La voix rocailleuse et profonde la fit frémir de la tête aux pieds. Ignorant le hoquet choqué de sa mère, Juliana fit face à l'homme qui venait de s'arrêter à moins d'un mètre. L'intensité de son sourire insolent et de son regard fauve la laissa sans force. Il tendit la main.

— Je suis Rex, et je vais vous donner des leçons de moto.

Les genoux en compote, le souffle court, Juliana resta bouche bée. Oui, c'était maintenant évident, elle s'était lancée dans un défi bien trop gros pour elle. De près, Rex Tanner était plus grand, plus sexy et encore plus intimidant que sur scène ou sur la ridicule photo du programme. Malgré ses talons vertigineux, elle lui arrivait à peine au menton. Mais quel menton ! Et quelle bouche au-dessus !

Seigneur, Eric avait raison. Je vais me faire manger toute crue par Rex Tanner.

C'est bien ce que tu voulais, non ?

Oui. Non. Si.

Je vais y arriver.

Les lèvres de Rex Tanner se relevèrent en une moue naturellement sensuelle, comme si tétaniser les femmes était dans ses habitudes.

Affreusement gênée, Juliana afficha un petit sourire

poli avant de glisser ses doigts tremblants dans la main de Rex.

— Bonsoir, Rex. Je suis Juliana.

Une peau chaude et rugueuse lui érafla la paume lorsqu'il la serra. Puis, posant l'autre bras sur ses épaules, il l'attira vers lui pour faire face au photographe. En sentant son corps pressé contre le sien, ses longs doigts sur son épaule nue, des alarmes s'allumèrent dans chaque cellule de Juliana.

— Souriez, poupée, murmura-t-il de sa voix rauque, dont elle ressentit l'impact vibrer au creux de son ventre.

Son odeur de cuir et de plein air la grisait autant que sa proximité. Elle imputa les étoiles qui l'aveuglaient au flash de la caméra, mais elle savait qu'elle se mentait.

Dès qu'Octavia Jenkins, la journaliste qui couvrait l'événement, disparut avec son acolyte photographe, Juliana se dégagea vivement, cherchant tant bien que mal à recouvrer ses esprits. L'envie de découvrir quelle sensation ces longs doigts rêches produiraient sur le reste de sa peau était une expérience toute neuve, ainsi qu'un pas sur la bonne voie, *à condition* qu'elle trouve le courage de poursuivre son projet.

Comment ça, « à condition » ? Cela fait des semaines que tu le prépares. Plus moyen de reculer, maintenant.

Parfaitement consciente de la franche désapprobation de sa mère, tout comme des regards intrigués du reste de l'assemblée, Juliana croisa enfin les yeux de Rex.

— Et si nous partions d'ici ?

Les mots sonnèrent comme une invitation fébrile, et non comme la requête pleine d'assurance qu'elle espérait.

Un sourire carnassier étira les lèvres de Rex.

— Voilà la plus belle offre qu'on m'ait faite ce soir.

Après un dernier et lourd regard réprobateur, sa mère tourna les talons et s'éloigna d'une démarche hautaine.

Juliana prit aussitôt la direction opposée, et se hâta vers la sortie avant de risquer de changer d'avis. Nul besoin de vérifier que Rex la suivait. Elle le sentait dans son dos, entendait le son rythmé de ses bottes sur le sol de marbre, percevait les coups d'œil jaloux des autres femmes sur elle, leurs commentaires flatteurs sur lui. La plupart de ces dames étaient mariées, et parfois aussi âgées que sa propre mère.

Rex la dépassa pour lui ouvrir la porte du club. Lorsque Juliana la franchit, l'air extérieur lui fouetta le visage.

Doux Jésus. Elle venait de s'offrir un mauvais garçon.

Et, maintenant, qu'allait-elle en faire ?

Acheté par une poulette hypergâtée dotée de plus d'argent que de cerveau...

Etudiant l'allure arrogante de Juliana, Rex s'interrogea sur sa santé mentale lorsqu'il avait accepté la folle suggestion de sa sœur d'utiliser la mise aux enchères pour promouvoir son bar. Si les échéances de la banque ne devaient pas tomber deux mois plus tard, rien n'aurait pu le convaincre de retourner sur une scène devant un parterre de femmes hurlantes.

Il s'était déjà brûlé les ailes à ce type d'expérience...

Le dégoût de lui-même ne l'empêcha pas d'admirer l'appétissante créature drapée de rouge qui l'entraînait d'une démarche ondulante loin du bruit et du désordre. Sa robe arachnéenne ressemblait plus à un déshabillé qu'à une tenue pour un club huppé de province ; la lourde masse brune de cheveux qui dégringolait sur ses épaules nues brillait de la même patine intense que sa vieille guitare favorite.

Pour la première fois depuis son arrivée à Wilmington, une femme l'attirait. Cependant, tout en Juliana, de son accent snob à ses vêtements onéreux en passant par l'énorme somme qu'elle avait déboursée pour lui ce soir, tout cela clamait l'argent. Les riches filles à papa dans son style ne s'arrêtaient jamais longtemps sur les grossiers culs-terreux comme lui, or il avait eu son content de rencontres futiles. En quittant Nashville et ses groupies, il s'était juré de ne plus utiliser une femme ni être utilisé par une femme de sa vie. Tant que Juliana comprendrait qu'elle avait acheté une série de leçons d'équitation et de moto, et rien d'autre, tout irait bien. Mais avant de la suivre Dieu sait où il devait s'assurer d'une chose.

— Hé, Julie, la héla-t-il tandis qu'ils descendaient l'élégant escalier arrondi menant au parking.

Elle fit volte-face. Devant la beauté de ses yeux au bleu translucide, il en oublia presque sa question.

— Mon nom est Juliana, corrigea-t-elle, le menton relevé.

Bêcheuse ou pas, elle n'était pas le genre de femme à devoir *payer* pour un homme, songea Rex en reprenant :

— Oui, bon. Je me trompe ou vous avez un mari jaloux qui risque de me chercher des noises ?

— Un mari ? répéta Juliana sans comprendre.

— Le type qui essayait de vous empêcher de miser, tout à l'heure, précisa-t-il.

— Ah. C'est mon frère. Je ne suis pas mariée.

— Bon. Alors, tant que vous êtes majeure, ça roule.

Elle battit un instant de ses longs cils bruns.

— Il y a des maris jaloux à vos trousses ? demanda-t-elle, ignorant l'allusion à son âge.

— Plus maintenant.

— Mais ça vous est arrivé ? insista Juliana.

— Ouais.

La plupart des hommes n'appréciaient pas que leur femme couche avec un autre. Et, à l'époque, Rex ne cherchait pas à savoir si ses groupies étaient mariées.

Généralement, il ne l'apprenait qu'après, via les poings de leurs époux.

Il eut l'impression que la poitrine — magnifique — de Juliana se soulevait un peu trop fort, mais elle se détourna pour descendre les marches. Quel mortel n'apprécierait pas ces longues jambes si sexy juchées au-dessus de ces talons rouges ? Puis elle pila au pied de l'escalier, son ravissant visage plissé d'inquiétude.

— Un problème ?

Elle effleura sa gorge de ses doigts effilés.

— Je suis venue avec des amies. Je n'ai pas de voiture, et je voudrais…

Comme elle regardait par-dessus son épaule, ses yeux s'emplirent de panique.

Rex se retourna et aperçut le dragon femelle emperlousé qui avait organisé la soirée caritative, flanquée d'un homme collet monté, sur le seuil du club. Il comprit aussitôt.

— Et vous voulez partir d'ici ?

— Oui, le plus vite possible, avoua Juliana.

— Votre chèque était de bois ?

Aussi improbable que cela semblât, son attitude hautaine s'intensifia encore, comme s'il l'avait insultée.

— Bien sûr que non ! S'il vous plaît, emmenez-moi loin d'ici.

Ces temps-ci, Rex fuyait les situations désagréables.

— Ma moto est par là. Venez, dit-il.

Les yeux exorbités, Juliana désigna sa tenue minimale.

— Je ne suis pas vraiment habillée pour un tour à moto.

Pourquoi ne pas la planter là, nom d'un chien ? Mais il avait accepté de participer à cette stupide mise aux enchères, alors il irait jusqu'au bout. En outre, il ne souhaitait à personne d'avoir affaire au dragon.

— Ecoutez, Juliana, il n'y a aucun taxi dans le coin.

Si vous souhaitez déguerpir, je suis votre seule option. Où voulez-vous aller ? Chez vous ?

— N'importe où ailleurs qu'ici, céda-t-elle en grimaçant.

Rex lui saisit le coude et l'entraîna vers sa Harley. La jeune femme trottina pour le suivre. Une fois près de l'engin — un des rares éléments qu'il avait conservés de son passé — il lui tendit le second casque, attendit de voir si elle l'attachait bien avant d'enfiler le sien puis d'enfourcher la moto.

— Montez et accrochez-vous, ordonna-t-il.

Quelques instants plus tard, Juliana s'était installée derrière lui et lui tenait la taille du bout des doigts, laissant plusieurs centimètres entre eux. Le moteur rugit et la machine s'élança en avant. Elle poussa un cri qui perça le grondement de la Harley, puis ceintura Rex de toute la force de ses bras, effaçant l'espace séparant leurs corps.

Mauvaise idée, songea-t-il. Sentir ses cuisses nues autour de ses hanches, son bas-ventre pressé contre ses reins, sans parler du moelleux de ses seins écrasés dans son dos, nuisait grandement à sa concentration. Avec les neurones en ébullition, il risquait de les conduire vers un poteau électrique plutôt qu'à destination.

Avec la vitesse, l'air chaud et humide les cinglait, remontant encore la robe ultracourte de Juliana sur ses jambes dorées. Rex se força à regarder la route et non l'image alléchante dans le rétroviseur. Où l'emmener ? Impossible de lui reposer la question, le ronflement de l'engin interdisait tout dialogue. Plus courte serait la course, mieux ce serait. Autant la conduire chez lui, puisqu'ils devaient établir ensemble le calendrier des leçons.

Sa poitrine se gonfla de fierté lorsque apparurent les lumières du Rebelle. Il avait acheté ce bâtiment, situé en bordure du fleuve dans le quartier historique, huit mois plus tôt. Transformer le rez-de-chaussée en bar à grillades et l'étage en appartement personnel avait nécessité un sacré travail, et presque la totalité de son argent. Mais au moins pouvait-il recevoir sa sœur Kelly et ses petites filles en cas de besoin. Le bar était ouvert depuis quatre mois, mais les affaires ne prospéraient pas autant qu'il l'avait espéré — d'où sa participation à la vente aux enchères.

Rex longea son étroite entrée privée, comptant au passage les places vides sur le parking de l'établissement. S'il voulait rester à Wilmington près de sa sœur, il avait intérêt à faire rapidement des bénéfices et à rembourser l'emprunt souscrit à la banque.

Il gara la moto, puis en descendit. Juliana resta sur la selle, bataillant avec la courroie de son casque avant de l'ôter. L'observant à la dérobée, Rex retint un sifflement admiratif. La vision valait son pesant d'or. De quoi tenir un homme éveillé toute la nuit. Interminables jambes enfourchant le cuir noir de la Harley, hautes sandales à lanières rouges, robe minimale, visage superbe, chevelure en désordre. Un petit lot d'enfer.

Oui, mais trop de jolies femmes lui avaient attiré de trop nombreux ennuis par le passé, se souvint-il. Aussi tempéra-t-il ses ardeurs avant de tendre la main à Juliana. Elle noua avec précaution ses doigts aux siens, puis leva la jambe par-dessus la selle. La révélation fugace d'un slip rouge vif embrasa son sang.

Il lui tint le bras tandis qu'elle vacillait sur le trottoir pavé. La brise vespérale plaquait la soie de sa robe sur ses seins durcis. Portait-elle autre chose qu'un slip là-dessous ? Comme son pouls s'accélérait, il s'enjoignit au calme.

Juliana se frotta les bras, et son minuscule sac argenté étincela sous la lumière des réverbères. Rex la précéda vers l'établissement, puis, comme il lui tenait la porte, sentit son parfum emplir ses poumons, un mélange ensorcelant de fleurs et d'épices. Elle entra et parcourut la salle des yeux.

Que pensait-elle de son bar ? S'inspirant de l'industrie cinématographique de la ville, il l'avait décoré sur le thème des héros de films rebelles et insoumis — des hommes auxquels Rex s'identifiait autrefois, lorsqu'il était un adolescent pressé de couper les ponts avec le ranch familial. Il s'en était échappé dès le jour de ses dix-huit ans, mais, dix-sept années plus tard, la culpabilité de ses dernières paroles, si dures, si injustes, le hantait toujours.

Le bar proprement dit occupait presque tout le mur du fond. Il avait empli le reste de l'espace avec des tables — trop peu occupées pour un samedi soir.

— Il n'y a aucun souvenir de votre carrière musicale, ici.

La remarque de Juliana le laissa coi. Elle savait donc qui il était, bien qu'il ait volontairement omis de citer son passé dans la bio pour le catalogue de la vente aux enchères. L'avait-elle acheté pour pouvoir se vanter ensuite d'avoir misé sur Rex Tanner, l'ex-mauvais garçon de Nashville ? Elle ne serait pas la première. Sauf que lui voulait oublier son ancienne vie.

— Non, répondit-il d'un ton sec.

Juliana l'évalua du regard avant de reprendre :

— Pourquoi ne pas tirer profit de votre célébrité ? Ce ne serait pas une mauvaise idée, après tout.

Et rester un *has been* jusqu'à la fin de ses jours ? Non merci.

— Ma carrière musicale est terminée. Si les gens veulent un bastringue, qu'ils aillent ailleurs. Je vous offre un verre ?

— Merci, non. Je peux rester ici une heure ou deux ? Dès la fin de la soirée caritative, j'appellerai une amie pour qu'elle vienne me chercher.

— Je vous ramènerai une fois que nous aurons fixé

les dates de vos leçons, dit Rex. J'ai un pick-up, si vous ne voulez pas repartir à moto, ajouta-t-il devant ses yeux agrandis.

— Je vous remercie, mais je préfère aller chez mon amie. D'ailleurs ma voiture est restée chez elle.

Pourquoi se cacher ainsi ? Cette riche fille à papa semblait majeure, mais les apparences étaient parfois trompeuses.

— Quel âge avez-vous, déjà ?

Juliana hésita un instant avant de répondre.

— Trente ans. Votre mère ne vous a jamais appris qu'on ne pose pas cette question aux femmes ?

Si, sa mère lui avait enseigné des tas de choses. Et lui, en fils ingrat, lui avait renvoyé toutes ses leçons à la figure.

— Vous êtes un peu vieille pour faire une fugue, non ?

— Ce n'est pas ça. Mes parents…, commença Juliana avant de s'interrompre, le visage angoissé. Ils ne comprendraient pas ce j'ai fait ce soir.

— Je n'ai pas besoin de connaître toute l'histoire pour savoir que fuir ne résout rien.

Une leçon qu'il avait apprise à ses dépens…

— Et je ne tiens pas à la connaître, reprit-il en retenant Juliana qui s'apprêtait à se justifier. Je suis là pour vous donner des cours d'équitation et de moto. Rien d'autre.

Comme la jeune femme et sa robe sexy semblaient attirer l'attention des clients — pour la plupart des habitués, amis de son beau-frère militaire — il préféra éviter les ennuis en l'emmenant dans son appartement du premier étage.

D'un signe à Danny, le barman, il indiqua qu'ils montaient. Vu son sourire narquois, Danny pensait à l'évidence que son patron allait se payer du bon temps. L'idée enflamma le sang de Rex. Mais il la repoussa aussitôt. Pas question. Depuis l'ouverture du bar, il avait soigneusement évincé toute avance féminine, et n'allait pas se laisser glisser sur la mauvaise pente maintenant.

Rex sortit ses clés, ouvrit la porte qui menait à son escalier privé, puis invita Juliana à l'y précéder. Si elle attendait de lui plus que des leçons de moto et d'équitation, elle risquait d'être sacrément déçue.

- 2 -

Comment imaginer qu'après tant d'années d'inhibition absolue une *machine* la mette dans un état pareil ? Encore que Juliana doutait devoir imputer son chamboulement hormonal juste à la moto.

— Asseyez-vous, lui dit Rex en allumant les lumières.

Sa tanière constituait un univers très masculin, tout de bois sombre et de cuir fauve. Le mobilier était de belle qualité, coûteux, mais un peu défraîchi. Sans doute des restes de l'époque où il caracolait en tête des ventes de musique country.

Juliana se posa sur le bord d'un canapé, s'efforçant de trier et classer les innombrables émotions ressenties au cours de la soirée. Elle pressentait qu'il s'agissait des prémices d'un éveil de ses sens, mais comment en être certaine ?

Lorsque Rex avait lancé la moto sur un long tronçon de route, elle avait eu l'impression que le vent cherchait à la déshabiller et à l'arracher de l'engin. Le cri qu'elle avait poussé était un mélange d'effroi et d'excitation. Chaque fois qu'il s'était penché dans un virage, elle s'était agrippée à lui de toutes ses forces, le cœur au bord de l'explosion. Rex serait probablement couvert de bleus demain.

Mais elle avait adoré ça.

Sentir sous ses doigts crispés les abdominaux en acier

de Rex, la toile rêche de son jean frotter la peau tendre de ses cuisses. La chaleur de son dos puissant contre ses seins, plus grisante qu'aucune caresse connue. A l'arrivée, ses jambes tremblaient trop pour qu'elle puisse descendre tout de suite de moto. D'ailleurs, elles tremblaient encore.

Qu'est-ce qui lui causait cette réaction démesurée ? La peur ? Ou l'attirance physique ? Elle ne connaissait guère ni l'une ni l'autre. Jusqu'ici, c'était l'intelligence plutôt que le corps qui l'attirait chez un homme ; mais sa réaction vis-à-vis de Rex était clairement physique. Et, à sa grande honte, elle devait admettre qu'elle était assez superficielle pour avoir envie d'explorer ce nouveau terrain.

Rex vint s'asseoir à son côté, posa un agenda ouvert sur la table basse, puis se tourna vers elle. Son jean frôla le genou de Juliana, qu'un long frisson parcourut.

— En général, je travaille tard le soir, déclara-t-il, donc vos leçons devront se dérouler le matin, ou pendant mes jours de repos. Qu'est-ce qui vous arrange ?

Il avait abandonné la séduction un peu canaille affichée pendant la soirée au profit d'une attitude plus pondérée de professionnel. Ce qui n'arrangeait pas Juliana, qui comptait sur lui pour l'entraîner dans une folle débauche.

— Moi, je travaille en semaine, annonça-t-elle.

— Dans quoi ?

Impossible de garder les idées claires en étant assise si près de lui... Ses yeux rivés aux siens, sa proximité, son odeur, tout cela troublait tant Juliana qu'elle en oubliait presque son métier. Alors qu'elle ne vivait que pour sa carrière...

— Je suis commissaire aux comptes à la banque Alden, finit-elle par souffler.

Le regard soudain rétréci de Rex passa lentement de son visage à ses épaules nues, puis descendit sur sa robe et ses jambes. Son corps réagit comme s'il l'avait touchée avec ses mains, et un flot de lave se déversa en elle.

Etait-ce la fameuse attirance animale dont parlaient les autres femmes ? Ne l'ayant jamais vécue, Juliana tâchait de décortiquer la sensation comme elle analysait les comptes lors d'un audit. Peau en feu. Sang en ébullition. Pouls affolé. Mains moites. Genoux en compote.

— Vous ne ressemblez à aucune des petites comptables de guichet que je croise d'habitude, remarqua Rex.

Son expression sceptique dépouilla les mots de tout compliment, et toucha un point sensible. Après l'obtention de son diplôme à l'université locale, Juliana avait accepté un poste au siège de la banque familiale. Elle avait dû travailler doublement pour prouver sa valeur et faire taire les rumeurs de favoritisme. Et n'avait cessé de faire ses preuves depuis. Mais, ce soir, il ne s'agissait pas de travail. Elle voulait que Rex la voie comme une femme désirable, non comme une financière de haute voltige.

Pourtant, si elle savait manier les chiffres, on ne pouvait pas en dire autant de ses compétences en rapports humains. Son frère Eric était devenu expert en relations sociales, raflant les titres enviables de chef de classe ou roi du bal annuel au lycée, mais Juliana était restée le vilain petit canard qui préférait les livres et les chevaux aux gens. En fait, Andrea et Holly étaient ses seules vraies amies.

Rex tapota une mesure sur la table avec son stylo, ramenant l'attention de Juliana sur ses grandes mains rugueuses de travailleur manuel. Elle connaissait sa musique, et que des mains aussi fortes, aussi masculines, puissent jouer de la guitare avec autant de délicatesse la surprenait beaucoup.

— Alors nous nous retrouverons après votre travail les lundis et jeudis soir, mes jours de congé. Ça vous va ?

Se surprenant à regarder le mouvement de ses lèvres tandis qu'il parlait, Juliana s'obligea à revenir sur ses yeux — si sombres, et qui semblaient la sonder, lire en elle.

— Je vous ai loué une moto plus légère que ma Harley, poursuivit Rex. Mais vous ne pourrez pas la conduire avant d'avoir décroché votre permis d'apprentie pilote, et de connaître quelques techniques de base.

Le tour imprévu que prenait la conversation arracha Juliana à l'étude corporelle de son interlocuteur.

— Un permis pour apprendre à piloter ?

— Obligatoire en Caroline du Nord. Je vous donnerai le manuel tout à l'heure. Commencez à l'étudier. Vous devrez passer un examen écrit à la Sécurité routière.

Un examen ? C'était compris dans son lot, ça ? Juliana ne se souvenait pas de l'avoir lu dans le descriptif ; or, elle lisait *toujours* tout, même ce qui figurait en petites lettres.

— Je travaille entre cinquante et soixante heures par semaine, objecta-t-elle. Quand vais-je trouver le temps de potasser un examen, sans parler de le passer ?

— Avant la fin du mois. A moins que vous ne préfériez que le journal rapporte que vous en avez été incapable.

Son instinct de compétition l'emporta. Elle avait toujours été une excellente élève, et apprenait vite.

— Très bien. 6 heures du soir, deux fois par semaine, pendant quatre semaines.

— Je donnerai l'info à la journaliste, décréta Rex en fermant son agenda. Ecoutez, Juliana, le Rebelle a besoin de toute la pub que cette série de reportages pourra lui apporter. Vous avez peut-être remarqué que la clientèle est rare.

— Oui, bien sûr. Vous savez, les comptes d'entreprises constituent l'essentiel de mon boulot. Pas de clients signifie pas de recettes, pas de recettes signifie pas de bénéfices, et pas de bénéfices signifie…

Comme Rex se penchait vers elle, Juliana sentit son esprit se vider et son cœur s'emballer. Elle avança ses lèvres, presque sans réfléchir. Mais au lieu de l'embrasser comme elle l'espérait il tira une écharpe en plumes roses et un petit sac à main pailleté de sous son coussin de canapé, puis se rassit.

Juliana cligna des yeux.

— C'est à vous ? demanda-t-elle.

Les traits de Rex s'adoucirent, ses yeux brillèrent de tendresse, la faisant fondre tandis qu'il répondait :

— Non, à mes nièces.

Ah, le rebelle avait des nièces. Et à en croire son expression, il leur réservait un coin particulier dans son cœur. Evidemment, l'idée de l'utiliser pour parfaire son... *éducation physique* était plus facile quand elle le prenait pour un véritable mauvais garçon, un vil séducteur sans cœur et sans scrupule. Tandis que maintenant, les images du voyou désinvolte, du propriétaire de bar soucieux de son chiffre d'affaires et du tonton gâteux formaient un mélange confus dans l'esprit de Juliana. Mais, loin de la perturber, cet assemblage l'intriguait, lui donnait envie d'en apprendre davantage sur Rex.

Plutôt une mauvaise idée, dans la mesure où cette aventure était un projet à court terme, songea-t-elle, tandis que Rex allait jeter les accessoires roses dans un panier d'osier.

— Soyons clairs sur un point, Juliana, dit-il. Vous avez acheté un lot de leçons d'équitation et de moto, et je vous les donnerai. Mais je n'ai rien d'autre à offrir. Compris ?

Seigneur, était-elle transparente à ce point ? Il n'avait tout de même pas pu deviner qu'elle mourait d'envie de savoir comment il embrassait, sans parler du reste...

Ni comment elle-même y réagirait. Mortifiée, Juliana sauta sur ses pieds.

— Je... j'apprécie votre franchise.

— Prête à appeler votre amie pour qu'elle vienne vous chercher ?

Quelle impatience à se débarrasser d'elle ! Jamais un homme ne lui avait montré la porte de façon aussi crue.

— Absolument, répliqua-t-elle d'un ton guindé.

C'était un désastre ! La soirée ne se déroulait pas comme prévu, et elle ne savait pas du tout comment remettre les choses sur la bonne voie. Elle était nulle en matière de séduction, et avait compté sur lui pour faire tout le travail.

Pourquoi diable n'avait-elle pas échafaudé de plan de secours ?

— Alors, il est aussi formidable qu'il en a l'air, ou c'est juste un beau gosse sans cervelle ? demanda Holly.

— Non, il n'est pas un simple bel animal stupide, admit Juliana en grimpant dans la jeep de son amie.

Oui, sa tendresse pour ses nièces, son idée habile d'utiliser la vente aux enchères et la chronique étalée sur un mois dans la presse comme publicité pour le Rebelle, tout cela prouvait que Rex était bien plus qu'un joli garçon à la tête creuse.

— Et toi, tu as eu ton pompier ? reprit-elle.

Holly se pencha aussitôt vers la radio dont elle tripota le bouton des fréquences.

— Non.

Sale lâcheuse. Andrea et elle se seraient dégonflées après avoir envoyé Juliana sur le front des enchères comme un agneau au sacrifice ?

— Tu avais promis de l'acheter.

— Non, j'avais promis d'acheter un *célibataire*,

et je l'ai fait, plaida Holly. Le pompier est parti pour une somme plus importante que celle dont nous étions convenues — bien que, *toi*, tu aies brisé cette règle, hein ? En plus, Eric était totalement désespéré que je l'achète !

— Eric ! s'étrangla Juliana. *Mon frère Eric ?*

Holly acquiesça d'un hochement de tête.

— Tu as triché, protesta Juliana.

— Pas du tout. Je voulais un homme qui m'emmène dîner aux chandelles et danser. Le lot d'Eric promet « Onze soirées de rêve ».

Le sourire radieux de son amie l'agaça soudain.

— Mais enfin il s'agit d'Eric !

— Et alors ?

— Tu veux du romantisme, Holly. Eric n'est pas ton Prince charmant, et toi sa Cendrillon, voyons ! L'idée que mon frère t'embrasse pour te souhaiter une bonne nuit après chaque soirée me dégoûte carrément. Berk.

— Je sais que tu refuses de le croire, Juliana, mais Eric est aussi beau gosse que ton rebelle.

— Berk. Berk. Berk.

Juliana se boucha un instant les oreilles en frissonnant. Elle avait beau dire, Holly avait trahi en choisissant la solution de facilité. Tandis qu'elle…

— Vous m'aviez persuadée de prendre des risques et d'acheter Rex. Or, il n'y en a aucun à acheter quelqu'un qu'on connaît. Andrea aussi a eu la frousse ? Qui a-t-elle acheté ?

— Clayton, répondit Holly avec une petite grimace.

Un élan de compassion gonfla le cœur de Juliana, qui soupira avant de demander :

— Alors, elle va aller jusqu'au bout ?

— C'est ce qu'elle dit, en tout cas, répondit Holly.

— J'espère qu'il ne lui brisera pas de nouveau le cœur.

— J'espère que ton rebelle ne brisera pas le tien. Ça jetait pas mal d'étincelles entre vous quand vous êtes partis.

Des étincelles ? Unilatérales, en ce cas. Rex Tanner ne semblait pas le moins du monde intéressé par l'idée d'attiser le feu qui la brûlait intérieurement. Juliana ignorait encore comment le faire changer d'avis. Mais cela ne devrait pas être trop difficile, compte tenu de son passé tumultueux.

— Tu es à côté de la plaque, ma vieille, répliqua-t-elle. Ne t'en fais pas, mon cœur ne risque rien. Je te rappelle que mon temps avec Rex Tanner est limité. Jamais il n'entrera dans mes objectifs professionnels à long terme, et je doute qu'une commissaire aux comptes maniaque, pour qui l'aventure se résume à essayer une nouvelle nuance de vernis à ongles, colle avec les siens.

Pour la cinquième fois, Rex détacha son regard du fessier de Juliana, et hocha la tête. Des jodhpurs ! Mais qu'attendre d'autre d'une fille de la haute société qui signait des chèques bourrés de zéros sans sourciller.

— La prochaine fois, mettez un jean, grommela-t-il.

D'accord, sa tenue d'équitation la couvrait bien plus que la minuscule robe sexy du samedi précédent. Mais les jodhpurs moulant ses courbes appétissantes semblaient peints à même sa peau, et la chemise de coton sans manches épousait la rondeur de ses seins avec la précision des mains d'un amant. Elle avait également attaché ses cheveux bruns sous une bombe cavalière de velours noir — le genre de truc que ces gens-là portaient dans les concours hippiques. Sans vernis et presque sans maquillage, il la trouvait plus jolie. Mais pourquoi remarquer tout cela ? Il lui donnait une *leçon*.

— Pour les bottes, ça ira, et je vais supporter le chapeau.

— N'en jetez plus. Vous allez me faire rougir avec vos compliments, riposta Juliana du tac au tac.

Devant son sourire sarcastique, Rex se demanda s'il n'avait pas mal interprété ses regards appuyés, l'autre soir.

— Si j'ai le temps, j'irai m'acheter un jean, reprit-elle.
— Acheter ? Parce que vous n'en avez pas ?
— Non. Ce n'est pas le style de la banque. Cette condition vestimentaire ne figurait pas non plus dans le descriptif de votre lot.

— Ça tombait sous le sens, répliqua Rex en commençant à seller Jelly Bean, la jument qu'il avait achetée pour ses nièces. Bon, les selles western se posent de la même manière que les anglaises. On serre le cran comme ceci.

Sa démonstration terminée, il défit le tout, puis invita Juliana à essayer à son tour.

Elle s'attaqua à la tâche, mais Jelly Bean, énervée par la chaleur estivale, se déroba. Rex vint alors se placer derrière Juliana pour l'aider, comme il le faisait avec ses nièces. Mettre ses bras autour d'une femme attirante fouetta ses sens. Il s'efforça de l'ignorer, mais, contrairement aux petites filles, la silhouette élancée s'ajustait à la sienne comme des cuillers dans un tiroir. La jument fit un écart, poussant Juliana et son adorable derrière contre lui. La réaction de son corps fut immédiate, et il recula aussi vite que possible.

— Les rênes, maintenant, ordonna-t-il.

A l'évidence, Juliana savait se débrouiller avec les chevaux. Coinçant la tête de Jelly entre ses seins, elle lui enfila prestement la bride, la mit en place puis remercia la jument de sa coopération par une bonne caresse sur le front.

Rex envia fugacement le cheval, puis se morigéna : cette fille lui était interdite.

— En selle.

Obéissante, Juliana leva un pied aussi haut que possible, mais se trouva entravée par ses vêtements. Elle se retourna.

— Vous pouvez me donner un coup de main ?

Quoi de plus innocent que cette requête ? D'ailleurs, un sourire timide étirait ses lèvres, et Rex aurait juré qu'il voyait une certaine nervosité dans son regard.

Du calme, Tanner. A force, ton ego s'est trop habitué à ce que toutes les femmes en veuillent à ton corps...

Comme avec ses nièces, il la souleva par la taille. Mauvaise idée. Il n'avait nul besoin de savoir que sa taille était fine, et son corps brûlant sous le tissu fin. Il la lâcha si vite que Jelly Bean — pourtant le cheval le plus paisible du monde — fit une grande embardée effrayée. Rex s'attendait à ce que Juliana tombe, mais elle parvint à rester en selle.

— Encore un test ? railla-t-elle, de nouveau sarcastique.

Décidément, il l'avait mal jugée, le premier soir.

Juliana se dressa sur les étriers, puis testa la selle.

— La monture western est bizarre, mais confortable.

Passant un doigt nerveux dans l'encolure de son T-shirt, Rex détourna le regard. La dernière fois qu'il avait vu une femme bouger de cette manière, elle le chevauchait *lui*. Mais cela remontait à longtemps. Trop longtemps.

D'ailleurs, il ne se souvenait même plus de son nom. Son passé était peuplé de rencontres anonymes. Pas de quoi être fier, mais à l'époque où il volait au sommet de la gloire les femmes se jetaient à ses pieds, et les ramasser lui procurait le sentiment d'être enfin quelqu'un. Ce qu'il avait été, tout compte fait. *Quelqu'un de stupide.*

Il arrivait que ses musiciens abusent de l'alcool ou des drogues. Rex, lui, se dopait aux femmes — vice qui le dégoûtait aujourd'hui. Encore heureux que ses orgies ne l'aient pas conduit à l'hôpital pour MST sévères, comme l'avait prédit son père. La plupart des leçons paternelles étaient entrées par une oreille pour ressortir par l'autre, mais, Dieu merci, celle sur la nécessité de se protéger lors de rapports sexuels était restée.

Rex s'en était bien tiré. Maintenant, il voulait tourner le dos à ce passé sordide et entamer une nouvelle vie dans une nouvelle ville. Dorénavant, il serait le frère qu'il aurait dû être pour Kelly, et un oncle dont ses filles seraient fières. Avec leur père militaire envoyé à l'autre bout du monde, il leur fallait quelqu'un sur qui compter quand leur mère aurait besoin d'aide.

Bon, retour au boulot, mon vieux.

— L'assise des selles western est plus profonde que celle des anglaises, expliqua-t-il. Elle épouse mieux les formes naturelles — *et quelles formes, bon sang!* Prenez les rênes dans une seule main. Ces chevaux préfèrent les rênes lâches.

— Mais comment vais-je pouvoir la contrôler, en ce cas? demanda Juliana, le regard incertain.

— Par des indications du poignet et des jambes. Allez-y.

D'un mouvement des cuisses, elle ordonna à la jument d'avancer. Jelly Bean obéit, et Rex marcha à leurs côtés. La légère brise du soir portait le parfum de Juliana, lequel emplissait ses poumons à chaque inspiration.

Rex maudit sa distraction, dont il n'était pourtant pas coutumier. D'habitude, il regardait droit devant lui avec des œillères. Il voyait ce qu'il devait faire, sans jamais dévier du but fixé. Sa carrière comme la destruction de celle-ci en étaient des exemples parfaits. Il avait voulu atteindre le succès, y était parvenu, puis, après la mort de ses parents, avait tout arrêté, malgré les contrats qui le liaient encore aux maisons de disques. Avant de quitter Nashville, il avait pris soin de brûler tous les ponts derrière lui.

Stop. Il hocha la tête pour s'éclaircir les idées. *Concentre-toi, mon vieux.*

— Quelque chose ne va pas ? demanda Juliana.

— Votre façon de bouger. Vous êtes perchée sur le bord de la selle au lieu d'être au fond, et tous vos muscles sont tendus. Relâchez le haut de votre corps et vos jambes.

— Toute ma vie, on m'a appris à me tenir droite sur un cheval, et vous me demandez de m'avachir ? protesta-t-elle.

Son ton hautain était exactement ce dont Rex avait besoin pour se souvenir de leurs différences.

— Pas de vous avachir. Juste de vous détendre là — il effleura le bas de son dos —, là — il toucha sa cuisse — et là — sa paume frôla son ventre.

Rex la retira aussitôt et s'éloigna à grands pas vers le centre de la carrière. La chaleur émanant de Juliana lui brûlait la peau. Dix mètres entre eux suffiraient tout juste à apaiser l'incendie qui s'était allumé dans ses veines.

Tandis que la leçon se poursuivait, il serra les dents en observant le balancement du corps parfait de Juliana. Elle pratiquait le trot levé, à l'anglaise, et il lui fallut quelque temps pour apprendre à accompagner naturellement l'allure de la jument. Jamais une femme n'avait attiré Rex ainsi. Pourtant, il savait qu'une relation avec elle ne les mènerait nulle part — pas plus que celles d'autrefois, et qu'il voulait éviter de revivre.

Se tenir à distance de la belle comptable était crucial. Elle connaissait son passé. Pire, il craignait fort qu'elle n'ait le pouvoir de faire resurgir le sale égoïste enfoui en lui. Et ça, c'était hors de question.

Lorsque cet homme cessait de charmer, il ne faisait pas semblant. Juliana soupira. Rex ne lui avait pas donné le moindre signe d'encouragement ! Quant à elle, hormis se déguiser en bimbo et le manger des yeux, elle ne savait comment faire pour le séduire !

Elle descendit à contrecœur de la jument. Etait-elle donc si quelconque, si peu sexy, que même un homme qui avait la réputation d'avoir une femme dans chaque ville où passait sa tournée ne la trouvait pas intéressante ? Misère.

Elle devait absolument trouver un moyen de revenir à son plan initial. En étude comptable, elle s'attachait à comprendre tous les paramètres en posant un maximum de questions, d'abord anodines, puis peu à peu plus indiscrètes. Elle comparait cette méthode à un puzzle qu'on reconstituerait en commençant par les bords.

— Vous n'envisagez pas de vendre Jelly Bean ?

Non qu'elle ait le temps de monter, en fait. Mais la petite brise de cette fin de journée qui ébouriffait ses cheveux, la tiédeur du soleil couchant sur sa peau étaient autant de sensations de liberté lui rappelant combien un cheval manquait à sa vie actuelle.

— Elle ne m'appartient pas vraiment, répondit Rex. Je l'ai achetée pour Becky et Liza, mes nièces.

— Vous leur avez acheté un cheval ? Et aussi la ferme, pour qu'elles aient un endroit où monter ?

Rex hocha la tête, et son catogan balaya ses larges épaules. Juliana aurait adoré défaire ce lien de cuir qui retenait les mèches sombres, et y glisser les doigts. Ce n'était pas du tout son genre de faire des choses pareilles, mais jusqu'ici, son univers collet monté ne lui avait proposé que des hommes bon chic bon genre à la coupe sage et nette. Comme celle de Wally.

— Non, je loue juste l'écurie et un peu de terrain autour. La propriétaire est veuve depuis l'an dernier et a besoin d'argent pour payer l'hypothèque de la propriété.

— Pourquoi êtes-vous venu vous installer à Wilmington ? demanda Juliana. Ce n'est pas une région de chevaux.

Il lui jeta un regard agacé. Oups. Son interrogatoire ressemblait trop à une investigation bancaire ? Elle pensa un moment qu'il refuserait de répondre.

— Mon beau-frère fait partie d'une unité de marines chargée de la lutte antiterroriste. Je veux être à proximité pour aider ma sœur avec ses filles lorsqu'il est envoyé en mission. Actuellement, il se trouve à Bagdad.

Encore une brèche dans sa carapace de mauvais garçon. Allait-elle découvrir d'autres contradictions chez le rebelle ?

— Vous avez grandi dans un ranch, n'est-ce pas ?

Rex aboya un « oui » sec signifiant « de quoi je me mêle », puis mena la jument à l'ombre de l'écurie.

Juliana lui emboîta le pas sans pouvoir détacher les yeux de sa silhouette vigoureuse. Admirer un homme pour son physique était une réelle nouveauté de sa part.

L'odeur de l'avoine et du foin fraîchement coupé, le bourdonnement des insectes réveillèrent de vieux souvenirs. Jusqu'à l'âge de dix-sept ans, elle avait passé presque autant de temps avec son cheval qu'avec ses livres. Mais lorsque son vieux hongre était mort, elle n'avait pas eu le cœur de le remplacer.

— Le ranch vous manquait pendant vos tournées ?

Durant quelques instants, Rex ignora la question. Il remplaça la bride de Jelly Bean par un licol, et l'attacha dans le box. Puis il saisit une brosse qu'il tendit à Juliana.

— Oui, jeta-t-il d'un ton bref. Tenez, brossez-la.

Tout en s'exécutant, Juliana songea qu'elle serait incapable de quitter Wilmington. Aussi loin que remontait sa mémoire, elle avait voulu travailler au siège de la banque Alden. Le beau bâtiment, avec son hall immense, ses piliers de marbre, son balcon de fer forgé, avait toujours été son palais personnel. Enfant, elle adorait le parcourir avec son père, écoutant leurs pas résonner sur le sol de marbre dans le lourd silence suivant le départ des employés et des clients.

Pour ne pas s'éloigner de sa maison et de ses amis, elle avait choisi d'aller à l'université locale — au grand dam de sa mère — et non dans l'une des prestigieuses institutions privées hors de Caroline du Nord, à l'instar de la plupart de ses condisciples. Son père, lui aussi, avait suivi ses études sur place, et, fait rarissime, avait contredit son épouse en soutenant Juliana.

— Il vous est arrivé de vouloir rentrer chez vous? reprit-elle.

Leurs regards se croisèrent par-dessus l'encolure de la jument. Les sillons autour de la bouche de Rex s'approfondirent, et elle remarqua un début de barbe sur sa mâchoire carrée.

— Vous avez acheté des leçons d'équitation et de moto, pas l'histoire de ma vie, grogna-t-il.

Quelle susceptibilité! Mais Juliana avait l'habitude de négocier avec des gens hostiles. Eplucher les divergences de comptes d'une personne rendait rarement celle-ci aimable. Aussi avait-elle appris à tenir bon et à continuer de questionner jusqu'à obtenir toutes les informations nécessaires. Bien qu'elle ne sache pas exactement ce qu'elle cherchait à présent, elle persisterait jusqu'à le découvrir.

— En effet, reconnut-elle, je n'ai pas acheté votre biographie, Rex. Mais puisque nous devons passer ensemble environ seize heures au cours des semaines prochaines, il nous faudra bien parler d'autre chose que de météo. Comme l'histoire de ma vie est parfaitement rasante, je suggère la vôtre. Mais libre à vous de proposer d'autres sujets…

La mine renfrognée, Rex dessella la jument, déposa selle et tapis sur la paroi du box, puis croisa les mains par-dessus. Ses larges épaules, moulées dans un nouveau T-shirt au logo Rebelle, paraissaient aussi solides que les poutres de la charpente.

— Oui, le ranch me manquait, admit-il. Et j'ai rêvé d'y retourner. Mais je ne l'ai pas fait. Le temps que je réagisse, ma sœur s'était mariée, avait déménagé, et mes parents étaient morts.

Son ton neutre signifiait clairement qu'il n'attendait ni pitié ni compassion, mais la douleur mal dissimulée qui transperçait néanmoins noua la gorge de Juliana.

Après une hésitation, elle posa une main sur son épaule.

— Je suis désolée.

Rex tressaillit sous le contact, et s'écarta de sa portée. Juliana frémit sous la fièvre qui embrasa ses terminaisons nerveuses, et ferma ses doigts tremblants. Mais avant qu'elle puisse trier cette avalanche de sensations il se retourna vers elle. Devant son regard vide, son cœur se serra.

— Ne le soyez pas. Je n'ai eu que ce que je méritais. Occupez-vous de la jument. Je vais ranger le matériel, et lui chercher de l'avoine. Nous avons rendez-vous avec la journaliste dans une demi-heure au Rebelle.

Lui désignant la corbeille de brosses, il souleva la selle et le harnais comme si cela ne pesait rien, puis quitta l'écurie.

Juliana le suivit des yeux. S'il croyait que grogner comme une bête blessée la découragerait, il se trompait. La pointe de douceur qu'il s'efforçait tant de masquer avait piqué sa curiosité, et lorsqu'elle avait un puzzle à reconstituer, elle n'abandonnait jamais avant d'en avoir placé chaque pièce.

- 3 -

— Dites-moi, mademoiselle Alden. Pourquoi l'héritière d'un empire bancaire s'achèterait-elle un célibataire ? demanda Octavia Jenkins, la journaliste à peau d'ébène du quotidien local.

Héritière. La chaise de Rex oscilla dangereusement, et il faillit tomber en arrière. Pourtant, il avait jusqu'ici été très détendu. Sa partie de l'interview s'était bien déroulée. Il avait fait de la pub à son bar, servi un choix d'amuse-gueules originaux, et évité d'aborder sa carrière abandonnée.

— La banque *appartient* à votre famille ? s'exclama-t-il.

Certes, après la vente aux enchères, sa première impression avait été que Juliana avait plus d'argent que de cervelle : mais, bon sang, il ne s'attendait pas à *autant* d'argent.

Se tortillant avec embarras sur son tabouret, Juliana lança un regard nerveux sur la salle du restaurant, comme pour vérifier si quelqu'un avait entendu la question de Rex.

— Je vous ai dit que je travaillais pour la banque Alden, se justifia-t-elle.

— Mais pas que votre famille la *possédait.*

Comme elle le possédait, *lui,* ou du moins le cautionnement de son bar. Et leurs sous-fifres fermeraient le Rebelle si Rex n'arrivait pas à rembourser ses traites.

Auquel cas il perdrait tout — son appartement, son entreprise — car il y avait investi tout son argent.

— Vous ne m'avez jamais dit votre nom de famille.

— Vous ne me l'avez jamais demandé, riposta Juliana.

La journaliste cessa un instant de prendre fébrilement des notes pour lever sur eux un regard brillant de convoitise. Rex avait trop souvent vu ce regard par le passé pour ignorer qu'il annonçait des ennuis.

— Cherchiez-vous à cacher votre parenté ?

Juliana hésita avant de répondre d'un ton morne :

— Quel intérêt d'en faire un secret ? Tous les célibataires de la région savent qui est ma famille.

Et cela lui posait un problème, en déduisit Rex. Aurait-elle vécu l'expérience humiliante d'être draguée pour ce qu'elle représentait en tant que fille de banquiers, plus que pour ce qu'elle était ? Il réprima une montée de compassion. Il ne voulait aucun lien avec Juliana, même si elle venait d'ébranler le mur de protection qu'il avait bâti entre eux.

— Ce qui nous ramène à ma question initiale, mademoiselle Alden. Les hommes font certainement la queue pour dîner avec vous. Alors pourquoi en acheter un ?

Juliana releva le menton, affichant l'assurance parfaite de la fille bien née, et sourit à la journaliste — un sourire qui n'atteignait pas ses yeux, remarqua Rex.

— Ma mère organisait la vente aux enchères. Je me devais de soutenir son œuvre de charité, n'est-ce pas ?

Mon œil, songea Rex. Quelque chose dans sa voix et son attitude impériale lui disait que ce n'était pas la vraie raison pour laquelle Juliana Alden, *héritière d'une banque*, l'avait acheté, *lui*. Du moins, son lot, corrigea-t-il.

— Et pourquoi avoir choisi Rex ? insista Octavia.

Oui, pourquoi lui ? Rex fit silencieusement écho à la

question de la journaliste. Croisant les doigts sur la table, il attendit la réponse.

— Il vient d'arriver en ville et je n'ai jamais fait de moto.

Mon œil encore. Il aurait parié sa Harley que c'était faux.

— Une sorte de comité d'accueil, en somme ? railla-t-il.

— Quel mal y a-t-il à se montrer amicale avec les nouveaux venus ? protesta Juliana en lui jetant un regard arrogant que démentait son expression tendue.

Que cachait-elle, bon sang ? se demanda Rex, intrigué.

— Donc, aucun rapport avec votre trentième anniversaire, l'accès à votre fonds de capitalisation et le fait que vos amies, Andrea Montgomery et Holly Prescott, aient également acheté un célibataire ? insista Octavia.

Juliana blêmit, et ses yeux s'agrandirent. Elle inspira à fond. Rex, un instant distrait par le léger mouvement de ses seins, maudit le désir qui l'envahissait.

— C'est juste que, tous les ans, Andrea, Holly et moi fêtons nos anniversaires ensemble, répondit-elle. Et c'est vrai, cette année nous pouvions toucher notre capital. Mais, puisque nous avons chacune un métier bien payé, nous n'avons pas vraiment besoin de cet argent. Alors nous avons décidé d'en offrir une partie à une œuvre charitable. La vente aux enchères devait financer une institution pour enfants handicapés. Cela nous a paru un choix idéal. Vous savez que Dean Yachts a dessiné et offert un bateau pour la cause ?

Octavia Jenkins balaya la diversion d'un geste.

— J'en parlerai plus tard. Pour le moment, c'est *vous* mon sujet — elle se pencha vers Juliana avec un sourire complice. Vous êtes banquière, et Rex, motard. Difficile de trouver plus différents. Une plongée en eaux troubles n'a jamais fait partie de vos plans ?

Les joues de Juliana s'enflammèrent. Elle lança un regard affolé vers Rex, puis baissa la tête vers son assiette.

— Non, pas du tout, riposta-t-elle trop vite.

Eh bien, ça m'étonnerait, songea Rex. Son expression coupable la trahissait. L'impeccable belle comptable mentait. Et bizarrement, la perspective qu'elle s'encanaille *avec lui* l'excitait comme un fou.

Allons, il fallait qu'il oublie ce genre d'idées. Beaucoup trop dangereuses…

— Si vous le dites, conclut Octavia en fermant son calepin avant de se lever. Bon, je n'ai pas d'autre question pour le moment. A la semaine prochaine ?

Rex se leva aussi. Sa mère avait quand même réussi à lui inculquer quelques bonnes manières. Après le départ de la journaliste, il se rassit, étudiant Juliana qui se tortillait sur son siège. Décidément, elle n'avait rien d'une rebelle. D'ailleurs, trente ans, c'était un peu tardif pour se révolter.

— Je dois y aller aussi, lança-t-elle en sautant soudain sur ses pieds.

Décidé à lui arracher la vérité coûte que coûte, Rex la suivit sur le parking. La nuit était tombée, mais la lumière des réverbères lui laissait le loisir d'apprécier la manière dont sa tenue d'équitation épousait sa silhouette.

— Pourquoi avez-vous acheté mon lot ? demanda-t-il.

— Je vous l'ai déjà dit, répliqua sèchement Juliana.

— Allons, personne ne vous enregistre maintenant. Aucun journaliste en vue. Dites la vérité. Pourquoi moi ?

Le visage en feu, elle parut plus mal à l'aise que fâchée.

— Je vous demande pardon ? Seriez-vous en train de me traiter de menteuse ?

— Avouez que vous avez raconté des craques à Octavia.

Le dos raide comme la justice, Juliana le toisa.

— Monsieur Tanner…

— Rex, la corrigea-t-il en s'approchant.

Sans ses talons vertigineux, elle lui arrivait à peine au menton. Elle recula, se cogna dans un réverbère. Une lumière laiteuse tombait sur elle, peignant des rubans d'argent dans ses cheveux noirs. La brise légère ébouriffait quelques mèches autour de son visage ravissant. Elle leva le visage, et ses lèvres s'entrouvrirent, qu'une langue rose vint humecter.

— Rex, d'accord. Pourquoi me soupçonnez-vous d'avoir eu un motif caché pour miser sur vous ?

— Parce que vous êtes passée par toutes les nuances de rouge lorsque la journaliste a parlé de plongée en eaux troubles. Vous aviez l'air coupable au possible.

Juliana battit des cils et baissa les yeux.

— Non, ce n'est pas vrai.

— Si, s'entêta Rex.

L'expérience lui avait enseigné que la seule manière de résoudre un problème était de l'affronter. Fuir était inutile. L'ignorer, également. Il posa un bras sur le réverbère et se pencha vers Juliana, au point de la toucher.

— Vous vouliez vérifier si le mauvais garçon de Nashville était à la hauteur de sa réputation ?

— Bien sûr que non ! rétorqua-t-elle trop vite.

Mais, malgré elle, son regard descendit sur sa bouche. Les pointes de ses seins durcirent sous le fin coton du chemisier.

Elle le désirait. Et, qu'il soit damné, c'était réciproque. Rex déglutit et maudit la pulsion qui battait dans ses veines. Embrasser l'héritière Alden serait une grave erreur, mais quelque chose en lui voulait oublier tout sens commun, goûter ces lèvres rouges et sentir ce corps gracile contre lui.

Peut-être que s'ils y cédaient, leur attirance mutuelle s'éteindrait d'elle-même, leur permettant de poursuivre les leçons. Après tout, Juliana n'était pas son type de femme et il savait qu'il n'était pas son genre non plus.

Il prit sa joue au creux de la main. Le velouté de sa peau le surprit. Irrésistible. Du bout des doigts, il joua avec son oreille, puis glissa derrière sa tête, qu'il attira vers lui.

— C'est ce que vous voulez, Juliana ?

Il la pressa contre lui, les mains posées sur son adorable derrière. Non seulement elle ne le repoussa pas, mais, paupières baissées et bouche offerte, elle se plaqua contre lui, attisant son désir. Leurs souffles tout proches se mêlèrent.

A quoi tu joues, Tanner ?

Un reste de raison le gifla intérieurement. Rex hésita un instant, étudiant le visage enflammé de Juliana, ses longs cils bruns posés sur ses joues. Bon sang, la journaliste avait tapé dans le mille. L'héritière se servait de lui. Et s'il succombait à l'envie fébrile de l'embrasser — et plus que cela, même —, lui aussi se servirait d'elle. Un bon coup sans lendemain. Comme autrefois.

Non. Il ne voulait pas redevenir ce sale type égoïste. D'ailleurs, risquer une relation avec une femme dont la famille pouvait briser son entreprise serait suicidaire.

Il aspira une grande goulée d'air, repoussa à grand-peine le désir qui déferlait en lui avec la violence d'un ouragan, puis s'écarta de Juliana. Elle laissa échapper un petit cri sexy de protestation, mais il l'ignora.

— Si vous cherchez à plonger en eaux troubles, mademoiselle Alden, trouvez-vous un autre gogo.

Et il tourna le dos à la tentation — et à un désastre certain.

***

Le jeudi soir arriva sans que Juliana soit parvenue à bien surmonter le rejet cuisant de Rex. Mais elle ne laisserait pas une déconvenue la dévier de son programme.

— Plan B. Si la montagne ne vient pas à Mahomet, marmonna-t-elle en garant sa voiture en face de l'écurie.

Au cours des deux derniers jours, elle avait mené une enquête de large envergure. En principe, elle était aussi préparée que possible pour la leçon d'aujourd'hui. Elle avait mémorisé les conseils des magazines recommandés par les collègues de son âge, acheté les tenues appropriées selon lesdits magazines pour des rendez-vous informels avec un beau gars, et appris tout ce que recelait la brochure de l'apprenti motard. En outre, elle était passée la veille chez le revendeur de motos local, qui lui avait fourni un équipement de sécurité complet moyennant plusieurs centaines de dollars, et elle avait passé une bonne partie de la nuit penchée sur un autre livre : le manuel du propriétaire de Harley.

Elle repéra Rex debout près de sa moto. L'essaim de guêpes dans son estomac reprit son envol. Une fois encore, il portait un jean ajusté et un T-shirt frappé du logo Rebelle. Son expression fermée lui mit le feu aux joues. Visiblement, il n'avait pas oublié leur dernière rencontre et son excitation fébrile. Elle non plus, d'ailleurs.

S'il parvenait à la troubler autant sans même l'embrasser, qu'en serait-il si leurs lèvres s'unissaient ? L'idée de le découvrir la fit soudain vaciller dans ses bottes neuves.

Juliana n'avait jamais couché avec un homme pour le seul plaisir du sexe, et la perspective l'embarrassait plutôt. Par le passé, les quelques relations qui avaient atteint ce degré d'intimité étaient celles qu'elle pensait susceptibles de déboucher sur l'amour et le mariage. Aucune n'y était parvenue, et elle admettait volontiers que c'était surtout sa faute. Elle n'avait jamais été raide dingue amoureuse, ni folle de désir pour personne, prétexte idéal pour faire passer son travail avant ses petits amis. Lesquels, lassés d'être négligés, finissaient par la laisser tomber.

Oublie tes échecs. Concentre-toi sur tes futurs succès.
Puisant son courage dans son nouveau look de jeune femme branchée et libre, Juliana descendit de voiture.

Viens me chercher, vilain garçon.

Elle s'approcha sous le regard de Rex qui décortiquait sa tenue. Un regard plus menaçant que les nuages à l'horizon.

Ne te laisse pas intimider.

— Bonsoir, Rex.

Le sourire travaillé de Juliana se figea sur ses lèvres devant sa mine sombre. Elle extirpa son permis d'apprentie conductrice de la poche de son jean flambant neuf.

— Je suis prête pour ma leçon de moto.

Rex prit le carton, mais ses yeux de braise ne la quittèrent pas. Mal à l'aise dans ce jean stretch à taille ridiculement basse, Juliana croisa les bras sur son top archimoulant à soutien-gorge amplifiant intégré. Elle aurait volontiers enfilé n'importe quel truc pour recouvrir la large bande de peau laissée nue sur son abdomen. Heureusement qu'elle avait refusé l'anneau de nombril, malgré l'insistance de la vendeuse ! Ce style de vêtements lui ressemblait si peu, bien qu'elle dût reconnaître que le regard plein de convoitise de Rex était particulièrement grisant.

Puis il cligna des yeux, et lui rendit le permis avant de se détourner brutalement vers la Harley.

— Commençons par un peu de théorie, dit-il.

Comment faisait-il pour changer si vite d'attitude ? songea Juliana. A la soirée caritative, ou avec la journaliste, il déployait tout son charme un peu canaille ; mais avec elle c'était « fichez-moi la paix ». Quel était le vrai Rex Tanner, et que pensait-il sous ce visage dénué d'expression ?

Elle s'enjoignit à ne pas se laisser abattre.

— J'ai emprunté un manuel au concessionnaire Harley, annonça-t-elle. Je peux citer tous les éléments de la moto.

Rex grommela une réponse inaudible en frottant une tache sur le réservoir avec l'ourlet de son T-shirt. La vision fugace d'un ventre plat recouvert de boucles brunes arracha un léger frémissement à Juliana.

A l'évidence, son application studieuse ne l'impressionnait guère. Rien d'étonnant à cela. A force, elle savait que les hommes n'aimaient pas trop les femmes cérébrales.

Allez, courage. Elle s'éclaircit la gorge.

— Je pourrai piloter votre moto aujourd'hui ?

Rex lui jeta un regard noir.

— Elle est trop lourde pour qu'un débutant la conduise seul. Et vous ne portez pas l'équipement adéquat.

— Je ne le portais pas non plus samedi soir, argua Juliana. Mais, si vous insistez, j'ai une veste et des gants de cuir dans la voiture. Bien qu'il fasse un peu chaud, non ? Pourquoi ne monteriez-vous pas derrière moi pour m'aider à la guider ?

Un muscle tressaillit sur la mâchoire de Rex, qui éluda :

— Montrez-moi déjà ce que vous savez.

Le pouls de Juliana s'accéléra. Mais elle y arriverait. Ne devait-elle pas faire ses preuves chaque jour, à la banque ?

Les mains moites, s'efforçant d'oublier la présence de Rex dans son dos, elle fit le tour de la Harley, en nommant chaque partie et restituant l'intégralité du baratin du vendeur. Elle termina à bout de souffle puis se retourna vers lui.

Sauf erreur, une lueur d'approbation brillait dans ses yeux.

— C'était la leçon d'aujourd'hui. Et aussi celle de la semaine prochaine. Vous avez appris le manuel par cœur ?

Juliana rougit en faisant une petite grimace. D'accord, les listes de données étaient son truc. Et alors ?

— Plus ou moins, admit-elle.

Rex passa une main sur son catogan. Elle réprima l'envie furieuse d'en vérifier la texture soyeuse. Depuis quand voulait-elle caresser les cheveux d'un homme ? Mais ceux de Rex étaient si brillants, si soignés…

— Bon, dit-il après un soupir. Mettez le casque.

Le ventre soudain noué d'excitation, Juliana se hâta d'obéir avant qu'il change d'avis. Ou qu'elle se dégonfle. Les deux étaient envisageables. Ses jambes tremblaient lorsqu'elle enfourcha la moto, ses mains bien plus encore en agrippant les poignées. La Harley lui parut bien plus haute, bien plus large que la dernière fois…

Rex enfila également son casque. Seigneur, quelle allure sexy il avait, ainsi vêtu de noir, des bottes au casque ! Puis il grimpa à l'arrière de la selle, et le cœur de Juliana s'emballa. Si leurs corps ne se touchaient pas, elle percevait néanmoins sa chaleur. Il l'entoura de ses bras, et ses mains se posèrent près des siennes sur le guidon.

Les oreilles bourdonnantes, Juliana déglutit avec peine.

— Avant de démarrer, mettez vos pieds sur mes bottes pour sentir comment je passe les vitesses, ordonna-t-il. Je recouvrirai vos mains pour manier les freins et l'accélération.

— Je vais démarrer la moto, dit Rex. Puis nous ferons lentement le tour de la ferme. Prête ?

Elle se mit à trembler, mélange de peur et d'excitation.

— Du calme, reprit-il par-dessus le rugissement du moteur.

Facile à dire ! Juliana ne savait ce qui l'impressionnait le plus : l'homme dans son dos ou le fauve mécanique entre ses jambes. L'homme, décida-t-elle. Mais d'une marge infime.

Comme Rex donnait un tour de roue pour relâcher la béquille, son corps pesa sur le sien, son souffle caressa sa nuque, ses muscles bandés pressèrent ses bras, et elle frémit. Cette fois, pas de doute. Il s'agissait de sensation *sexuelle*. Eh bien, elle se savait désormais capable de l'éprouver. Une fois descendue de ce monstre, elle analyserait soigneusement cette nouveauté, ainsi que la découverte qu'elle possédait des zones érogènes finalement très réactives.

Rex lui indiqua comment embrayer et passer en première. La moto fit un bond en avant, la rejetant contre lui. Sa chaleur l'enveloppa à travers le mince T-shirt. Juliana pensa rétablir l'espace entre eux, mais l'envie de rester blottie contre son torse vigoureux fut plus forte.

Rester concentrée lui coûtait, mais elle parvint à exécuter ses ordres, se laissant guider par ses mains et ses pieds qui manipulaient la Harley avec elle. La puissance de l'engin la traversait, et chaque anfractuosité du chemin la projetait contre Rex.

Ils firent deux ou trois fois le tour de la ferme, et Juliana apprit peu à peu à écouter les sons du moteur, puis à anticiper les changements de vitesse. Elle se détendit, laissant enfin d'autres sensations l'envahir.

Le soleil couchant caressait ses joues, l'air embaumait le chèvrefeuille. Une brise tiède glissait sur la peau nue de ses bras et de son ventre. C'était grisant.

Elle pourrait bien aimer ça, finalement, songea-t-elle. Juliana Alden, motarde. Sa mère en ferait une attaque ! Un gloussement s'échappa de ses lèvres, puis Juliana se ressaisit. Depuis la vente aux enchères, sa mère avait décidé de la punir par le silence. Le reste de sa famille lui épargnait ses commentaires, son père étant absent de la ville et son frère, occupé avec Holly…

Elle chassa aussitôt cette pensée dérangeante. Voilà un sujet qu'elle préférait éviter.

Rex ralentit puis arrêta la moto.

— A votre tour, maintenant, ordonna-t-il.

Le cœur de Juliana, qui avait retrouvé un rythme normal depuis un quart d'heure, s'emballa de nouveau.

— Déjà ? demanda-t-elle en se retournant vers lui.

Durant quelques secondes, leurs regards se nouèrent. Puis les yeux fauves de Rex se baissèrent vers sa bouche. Elle eut soudain du mal à respirer. Ils étaient si proches. Elle n'avait qu'à se pencher un peu pour…

Rex lâcha le guidon, recula sur la selle et la saisit par la taille.

— Oui. Vous êtes prête à conduire. Je resterai derrière vous pour vous aider en cas de besoin.

Sa voix semblait plus basse que d'habitude. Rauque. *Sexy.*

Humectant ses lèvres sèches, Juliana refoula sa déception. Elle ne se souvenait pas avoir autant eu envie d'embrasser un homme. Et surtout pas Wally, en tout cas.

Wally. Elle eut envie de se gifler et se força à regarder la route. Comment avait-elle pu l'oublier ? Il était *gentil* et ses parents l'appréciaient. D'après sa mère, c'était son assistante Donna, divorcée avec trois enfants, qui l'avait acheté à la vente aux enchères. Pourtant, Donna ne devait pas avoir les moyens de s'offrir un célibataire aux prix indécents de cette soirée. Wally avait sans doute payé la note. Avait-il espéré que Juliana l'achète ? Le poids de la culpabilité l'écrasa soudain. En ce cas, elle lui devait des excuses.

Un nuage masqua le soleil, et Juliana frissonna. Jamais le rebelle assis derrière elle ne comprendrait à quel point l'effrayait l'idée qu'elle ne méritait pas mieux que le sage et rassurant Wally. Avec un soupir, elle agrippa le guidon.

La protection du corps de Rex tout contre son dos lui manquait. Les mains moites, elle tenta de démarrer la moto, mais relâcha l'embrayage trop vite. La Harley bondit et cala.

— Doucement. Recommencez, lui conseilla Rex.

Mais comment se concentrer avec ses mains sur sa peau nue ? Comme s'il avait deviné, Rex les remonta, juste sous ses seins. Elle frissonna. Ce n'était pas franchement mieux.

Juliana serra les dents, fit une nouvelle tentative. Ratée. Les trois suivantes ne réussirent pas mieux. Chaque fois, l'élan en avant de la moto la plaquait contre Rex.

— Je n'y arriverai pas, maugréa-t-elle, les nerfs à vif.

— Si, vous pouvez le faire, objecta Rex d'une voix calme. Cela vous aiderait si je remettais mes mains sur les vôtres ?

— Oui. J'ai un peu de mal quand… vous me touchez, bredouilla Juliana, les joues en feu.

Le souffle haché de Rex trancha sur le brusque silence. Puis il se pencha sur elle afin de poser ses mains sur le guidon.

— Allez-y, siffla-t-il entre ses dents.

Juliana s'exécuta, et cette fois, parvint à passer les différentes vitesses sans problème. Elle exultait en silence lorsque Rex enleva ses mains et les reposa sur sa taille. Chacun de ses doigts lui brûlait la peau. *Du calme.*

Et soudain, le déclic se fit tandis que le ruban de la route défilait sous leurs roues. Elle pilotait l'énorme et dangereuse Harley de Rex Tanner ! D'accord, Rex était derrière elle, mais c'était elle qui dirigeait la machine. Une poussée d'adrénaline la traversa, et Juliana leva son visage pour lancer un grand éclat de rire dans le vent.

Sa joie ne dura que cinq minutes. Une goutte de pluie s'écrasa sur sa joue. L'instant d'après, les nuages sombres éclatèrent en cataractes d'eau.

— Demi-tour, cria Rex à son oreille.

Juliana mit pleins gaz vers l'écurie. La pluie lacérait ses bras, et elle se trouva trempée en l'espace de quelques secondes. Frissonnante, elle franchit les portes ouvertes, et Rex reprit les commandes pour garer la moto.

Grisée par son exploit, Juliana descendit et ôta son casque. Des trombes de pluie martelaient le toit de zinc, mais aucun orage ne pouvait tempérer son enthousiasme.

Elle, la barbante commissaire aux comptes Juliana Alden, avait piloté une gigantesque moto, et pas n'importe laquelle : la plus prestigieuse des motos. Si elle pouvait maîtriser ce monstre, alors elle pourrait tout maîtriser — même sa vie récemment bouleversée.

Elle aurait voulu hurler de bonheur. Alors elle jeta ses bras autour du cou de Rex, et planta un baiser sur sa joue râpeuse.

— Merci ! Merci ! Merci ! répéta-t-elle, aux anges.

Les mains brûlantes de Rex la saisirent par la taille, mais au lieu de la repousser il la retint. Juliana sentit sa chaleur traverser ses vêtements mouillés, et sa propre température monta de plusieurs degrés. Ses seins s'écrasèrent contre son torse, leurs jambes se mêlèrent. Le désir de Rex était flagrant. Elle frissonna, mais non de froid.

Elle leva le visage vers lui. Dans la pénombre de l'écurie, les yeux de Rex brillaient tels des soleils noirs. Comme une goutte de pluie coulait vers le coin de sa lèvre, il se pencha sur elle et la rattrapa du bout de la langue.

La légère caresse la foudroya, et, le cœur battant à tout rompre, elle laissa échapper un petit hoquet. Puis la bouche de Rex emporta la sienne dans un baiser fougueux.

Animal. Affamé. Tandis que leurs langues s'enlaçaient avec passion, il la pressait contre lui, embrasant ses sens.

Le plaisir déferla en Juliana, qui se laissa envahir par le flot inconnu mais exquis de sensations nouvelles. Tandis que les mains de Rex parcouraient fébrilement son corps, elle effleura ses lèvres et ses joues, mouillées de pluie sous la barbe naissante. Puis céda enfin au besoin ahurissant de libérer son catogan et de glisser les mains dans ses cheveux. Elle enroula les mèches brunes et soyeuses autour de ses doigts. Leurs pointes étaient trempées et froides, contraste absolu avec le feu intérieur qui la brûlait.

Jamais Juliana n'avait ressenti quoi que ce soit d'aussi intense, d'aussi incroyablement pressant. Comme Rex, englobant un de ses seins dans sa large main, en titillait le bout, elle laissa échapper un gémissement de plaisir.

Mais soudain, alors qu'elle s'abandonnait au plaisir inouï de ses caresses, Rex rejeta la tête en arrière, jura, puis la repoussa avec violence. Il traversa l'écurie à grands pas vifs, se planta à la porte ouverte, devant la pluie battante. Le vent plaquait ses cheveux noirs sur sa mâchoire tendue.

L'esprit confus, Juliana cligna des yeux. Pourquoi avait-il arrêté ? Pourtant, ce baiser prouvait bien qu'il lui plaisait ? L'embarras mêlé à la fièvre lui brûlait les joues, et son corps tremblait encore de désir.

Puis le battement de la pluie l'apaisa peu à peu. Elle frissonna, gagnée par le froid. Que s'était-il passé ? Rex Tanner avait envie d'elle. Elle l'avait lu dans ses yeux, senti dans son baiser. Mais, à l'évidence, son désir l'embarrassait. Pourquoi ? D'après ses renseignements, il avait toujours été coureur. Qu'est-ce qui clochait chez elle, alors ? Il lui manquait un élément intrinsèque mais essentiel de féminité ?

Ou bien le fait qu'elle l'ait acheté lui déplaisait ?

Mettant de côté les circonstances embarrassantes de leur rencontre, Juliana se concentra sur sa découverte : pour la première fois de sa vie, elle avait goûté à la passion grisante dont parlaient les autres femmes. Mais qu'elle soit capable de ressentir pareil désir posait sérieusement la question de son avenir avec Wally.

En attendant la réponse, une chose était certaine : son appétit à briser les règles qui avaient gouverné sa vie jusqu'à maintenant était aiguisé, et elle était impatiente de poursuivre. Il lui tardait déjà d'arriver à la prochaine leçon.

- 4 -

Quelle fichue journée ! songea Rex.

Comme pour le confirmer, la pluie redoubla, puis se transforma en grêle, martelant le toit de zinc.

Autant pour fuir cette femme si tentante qu'afin d'apaiser ses sens en feu, Rex envisagea d'affronter l'orage de glace. Mais il était à moto, et sans autres vêtements que ceux — trempés — qu'il portait. La température avait sérieusement baissé, et, le temps d'arriver chez lui, il serait en hypothermie.

Des éclairs zébrèrent le ciel, le tonnerre fit trembler le sol. Un vent glacé s'engouffra par la porte de l'écurie, balayant ses cheveux dénoués dans ses yeux. Rex se retourna vers Juliana pour lui réclamer son lien de cuir, mais la demande mourut sur ses lèvres.

Sa peau nue recouverte de chair de poule, elle claquait des dents. L'instinct protecteur de Rex l'emporta.

— Je vais chercher un truc pour vous couvrir la tête, et vous raccompagner à votre voiture.

— Non... Je ne r-r-oule pas là-d-dedans, bafouilla-t-elle.

A travers le vacarme, c'était à peine s'il l'entendait.

— Mais votre voiture a un chauffage, Juliana.

— Veux p-pas risq-quer la f-f-oudre pour y arriver.

Elle avait raison. D'autant qu'elle était garée à plusieurs centaines de mètres et en plein milieu d'un espace vide. Afin de les préserver un peu du froid, il fit coulisser la porte de l'écurie. Comment réchauffer Juliana ? Hormis son T-shirt mouillé, il n'avait rien à lui offrir.

D'un signe, il l'invita à le suivre dans la sellerie. La petite pièce sans fenêtre conservait un peu de la chaleur de la journée. Il farfouilla dans l'espoir de dégoter quelque chose qui ait échappé à son nettoyage frénétique, mais en vain. L'endroit était dans un état pitoyable quand il l'avait loué, et le saccage par les rats l'avait conduit à le vider presque entièrement. Il ne restait qu'un banc de bois et des réservoirs à avoine en acier.

— Tenez, dit Juliana, qui, le pourpre aux joues, lui tendait le lacet de son catogan.

S'efforçant d'ignorer qu'elle claquait des dents, Rex attacha ses cheveux. Après ce baiser, il avait le plus grand mal à garder son sang-froid, et la dernière chose qu'il devait faire était de poser les mains sur elle. Dire qu'après des mois de sommeil sa libido se réveillait pour la dernière femme qu'il pouvait se permettre !

Néanmoins, qu'elle gèle sur pied sans une plainte le toucha. Il s'approcha, inhala son parfum de fleurs et d'épices. Touchant aussi. En fait, tout en Juliana Alden le touchait.

— Tournez-vous, ordonna-t-il.

Après un instant d'hésitation, Juliana obéit. Il frotta sans ménagement la peau glacée de ses bras, étonné de la fermeté de ses muscles. La jolie gratte-papier entretenait donc son corps ? Elle lâcha un petit cri qui cingla son désir.

Stop. Pense à autre chose.

— De la grêle en été ! Moi qui trouvais dingue la météo chez moi, remarqua-t-il pour détourner son attention.

Chez lui. Hormis pour l'enterrement de ses parents, Rex n'y était pas revenu depuis l'âge de dix-huit ans ; mais, bien que le ranch ait été vendu, il le considérait toujours comme sa maison. Cependant, sa place désormais était ici. Auprès de Kelly, de Mike et des filles.

Juliana hocha la tête et le regarda par-dessus son épaule. Quelques mèches soyeuses caressèrent les doigts de Rex.

— La tempête a dû se charger du froid du nord-est avant de s'abattre sur la côte. Le temps est parfois surprenant ici. En hiver, nous avons de la neige, et croyez-moi, ça fait bizarre au bord de la mer, conclut-elle avec un petit rire.

Ses frissons diminuaient enfin. Sous les paumes de Rex, sa peau se réchauffait, ses muscles se détendaient peu à peu. Mais il n'avait pas envie de la lâcher. Au contraire, il brûlait de la prendre contre lui, d'enfouir le visage dans son cou tiède, de sentir la douceur ronde de ses seins. Cela faisait si longtemps qu'il n'avait pas eu une femme dans les bras…

Il ôta ses mains et fit un pas en arrière. Mais dans cet espace confiné, difficile de fuir la tentation.

— Nous resterons ici jusqu'à la fin de la grêle, ensuite vous rentrerez chez vous, marmonna-t-il.

— Et vous ? demanda Juliana en le dévisageant.

— Je suis à moto. J'attendrai qu'il ne pleuve plus.

— Et si cela ne s'arrête pas, vous passerez la nuit ici ? Où ça ? Il n'y a rien dans cette pièce, objecta-t-elle.

— J'ai dormi dans bien pire.

Une lueur têtue traversa le regard bleu de Juliana, qui leva le menton. Malgré la lumière chiche, Rex remarqua une marque rouge que sa barbe y avait gravée lors du baiser. Avait-il été brutal à ce point ?

— Je ne vous laisserai pas seul ici, déclara-t-elle.

Le pouls de Rex s'accéléra.

— Je ne vois pas l'intérêt que nous soyons deux à avoir froid et à dormir sans confort.

— Raison pour laquelle j'insiste. Soyez raisonnable et laissez-moi vous reconduire chez vous. J'ai un blouson dans la voiture, et un plaid dans le coffre. Aucun de nous n'aura froid, conclut-elle en baissant malgré elle les yeux sur le torse de Rex, dont les mamelons se dessinaient sous le T-shirt trempé.

Réaction qui n'avait pas grand-chose à voir avec la météo, mais il ne servirait à rien de le lui préciser, songea Rex en croisant les bras.

Elle tapota ses lèvres d'un doigt pensif, lui rappelant aussitôt la saveur de leur baiser. Lèvres fruitées. Langue satinée. Rex serra les poings, le sang en ébullition.

— Vous craignez qu'on vous vole votre moto si vous la laissez ici cette nuit ? demanda-t-elle ensuite.

Il devrait mentir et répondre que oui. Mettre de la distance entre eux avant qu'il cède à l'envie de la renverser par terre, là, tout de suite, tombait sous le sens.

— Non. La propriétaire laisse ses chiens en liberté le soir. Ils gardent la propriété.

— Très bien. Alors je vous emmène, conclut Juliana.

— Pas la peine, trancha-t-il.

— Vous pouvez aussi commander une pizza et rentrer avec le livreur, si vous avez peur de monter avec moi ?

Peur ? Piqué au vif, Rex se justifia :

— Je n'ai pas de téléphone portable.

Il avait abandonné ce type de gadget comme tous les autres témoins de son succès passé. En outre, cela évitait que ses anciens associés de Nashville ne retrouvent sa trace. Non qu'il se cachât. Il n'avait rien fait d'illégal. Mais il avait perdu tout respect pour l'homme qu'il était devenu, et préférait couper ces liens. Définitivement.

— Le mien est dans la voiture. Vous pouvez l'utiliser, si vous persistez à manquer d'esprit pratique, ironisa Juliana.

Rex serra les dents. Cela suffisait comme ça, maintenant.

— Je vais aller voir Jelly Bean. Si la pluie n'a pas cessé d'ici là, je partirai avec vous.

Puis il se dirigea vers le box de la jument. Il n'avait pas autant prié pour que le temps change depuis son premier concert à ciel ouvert. Vingt mille fans patientaient sans broncher sous un véritable déluge. Rex avait fait de son mieux pour ne pas les décevoir. Mais, cette fois, l'enjeu était différent. Juliana Alden écornait sérieusement sa volonté.

Il ne lui restait qu'une solution pour ne pas franchir la ligne jaune : se libérer de cette histoire de vente aux enchères. Bien sûr, impossible de rembourser la somme que Juliana avait misée sur lui, puisque tout était investi dans le bar. Mais il pourrait s'arranger avec le concessionnaire Harley pour les cours de moto, et avec la propriétaire de la ferme pour ceux d'équitation, car elle en donnait aussi. Il échangerait les leçons de Juliana contre du bricolage.

Ouais, bonne idée. Juliana aurait les leçons qu'elle avait achetées, mais ce ne serait pas lui qui les donnerait. Dès leur retour au Rebelle, il lui ferait ses adieux. Simple, non ?

— Je vous offre un verre.

L'invitation de Rex en arrivant au Rebelle surprit Juliana, dont le pouls s'accéléra. Elle chercha à lire sur son visage, mais l'obscurité de la voiture l'en empêchait. Aurait-elle mal interprété son silence obstiné pendant le trajet du retour ?

Soudain impatiente, elle se demanda si Rex la conduirait à l'étage. Oui, elle voulait *vraiment* passer de l'autre côté du miroir, envoyer balader son image vertueuse. La preuve, elle avait même une boîte de préservatifs dans son sac. Cela dit, l'idée de se trouver nue avec Rex lui donnait des palpitations, parce qu'elle commençait à l'apprécier un peu trop pour considérer cette histoire comme un simple dévergondage, une rencontre canaille sans lendemain.

Dernière chance. C'était sa dernière chance…

— Je… hum. Volontiers, oui.

Rex fit le tour de la voiture, lui ouvrit le parapluie puis la guida vers le Rebelle sans même l'effleurer. Mais Juliana n'en avait pas moins conscience de sa main près de ses reins.

Lorsqu'ils entrèrent, le barman leva les yeux vers eux.

— Hé, Rex, ta sœur est là-haut, elle a un problème.

— Excusez-moi une minute, lança Rex à Juliana avant de se précipiter dans l'escalier menant à son appartement.

Après un regard rapide sur l'assemblée exclusivement masculine du bar, et préférant fuir l'attention que sa tenue trempée semblait inspirer, Juliana lui emboîta le pas.

Arrivée en haut, elle vit une valise posée près de la porte, et une femme qui sanglotait dans les bras de Rex. Soucieuse de ne pas se montrer indiscrète, elle resta en retrait.

— Qu'est-ce qui se passe, Kelly? demandait Rex.

La jeune femme brune écarta son visage noyé de larmes.

— Mike a été blessé. Il est dans un état critique dans un hôpital militaire en Allemagne. Ils disent — sa voix se brisa — ils disent qu'il ne s'en sortira peut-être pas.

Rex l'agrippa par les épaules et reprit d'une voix tendre :

— Que veux-tu que je fasse, Kelly? Dis-le-moi.

Son insistance affectueuse bouleversa Juliana.

— Il faudrait que tu gardes les filles, répondit Kelly.

Rex recula, puis se gratta la tête, sourcils froncés.

— Où sont Becky et Liza?

— Elles dorment, répliqua sa sœur en désignant une

porte fermée. Je ne peux pas les emmener, Rex. Je sais que tu dois travailler, mais *il faut* que j'aille voir Mike.

— Je comprends, Kelly, mais je ne suis pas organisé pour les garder plus de quelques heures. Pourquoi ne pas demander à une autre femme de militaire ?

— Je ne les connais pas assez pour leur confier mes filles. Je t'en supplie, Rex. Je n'ai que toi. Et je dois aller là-bas avant… avant que…

Elle s'interrompit, un sanglot dans la gorge. Rex se renfrogna davantage, frustration et panique se mêlant en lui.

— Je ne peux pas fermer le bar, Kelly. C'est tout juste si je — son regard se posa un instant sur Juliana puis revint sur sa sœur. Je ne peux pas me le permettre, et je n'ai personne pour me remplacer. Les petites ne peuvent pas rester en bas, et je ne peux pas les laisser seules en haut. J'aimerais vraiment t'aider, mais c'est impossible.

Le cœur de Juliana se gonfla de compassion. Le mari de cette jeune femme était grièvement blessé, à des milliers de kilomètres d'ici. Si c'était aussi grave que Kelly le disait, chercher une autre solution prendrait trop de temps. Sans compter que, d'après ses collègues de la banque, les bonnes gardes d'enfants ne couraient pas les rues.

Alors la réponse s'imposa d'elle-même. D'autant que celle-ci résoudrait plusieurs problèmes à la fois. Irma, son ancienne nounou, se languissait depuis qu'elle avait cessé de travailler. Juliana se faisait beaucoup de souci pour cette femme qu'elle chérissait presque comme une mère. En aidant Kelly, elle aiderait aussi Irma. De plus, cela lui donnerait l'occasion de passer plus de temps avec Rex, et de découvrir une nouvelle facette de cet homme, argument qui n'était pas pour lui déplaire.

— Je peux peut-être vous aider, lança-t-elle.

Les deux têtes se tournèrent vers elle.

— Non, protesta Rex.

— Qui êtes-vous ? demanda simultanément sa sœur.

— Je suis Juliana Alden, une... amie de Rex. Ecoutez-moi. Je suis libre le soir et le week-end, et je suis certaine que mon ancienne nourrice adorerait s'occuper de vos filles aux heures où ni Rex ni moi ne pourrons le faire.

Une lueur d'espérance éclaira les yeux de la jeune femme, des yeux de la même couleur chaude que ceux de Rex.

— Vous aimez les enfants ?

— Oui, encore que je manque d'expérience, avoua Juliana. Mais j'apprends vite, et je suis tenace.

— Si vous pouviez prendre les filles en charge le soir, Rex le matin, et votre nounou dans la journée, ce serait idéal, remarqua Kelly, la voix plus enjouée.

Rex s'interposa.

— Pas la peine d'embêter Juliana. Je trouverai un truc. J'appellerai une agence d'intérim ou d'aide à domicile.

Mais Kelly lui jeta un regard horrifié :

— Mais les filles sont assez perturbées comme ça !

— Il y a une piscine et une aire de jeux dans ma résidence, ajouta Juliana, consciente du coup d'œil furibond de Rex. Irma s'occuperait des petites chez moi. Ayant grandi ici, je connais les meilleures boutiques de glaces de la ville. Combien de temps pensez-vous être partie ?

— Aucune idée, répondit Kelly, qui désigna la valise. J'ai préparé les affaires des filles pour une semaine, mais tout dépend de M-Mike... Oh, mon Dieu !

— Il n'est pas question de vous déranger, dit Rex, mais le message sous-jacent de ces mots était clair : « Fichez-nous la paix. »

Juliana l'ignora et avança un nouvel argument :

— Cela ne me dérange pas du tout. Au contraire, Irma sera ravie de s'occuper ainsi. Elle s'ennuie depuis sa retraite.

— Oh, merci, s'exclama Kelly en se jetant à son cou. Je suis si inquiète pour Mike. Imaginer que...

Sa voix se brisa de nouveau, et Juliana lui mit un bras réconfortant sur l'épaule.

— Je suis sûre qu'il est aussi bien soigné que possible. A quelle heure est votre avion ?

— Minuit, répondit Kelly.

Juliana consulta sa montre.

— Il est presque 9 heures. Vous devez aller à l'aéroport. Je vais vous y conduire. Votre frère restera avec les petites. Rex, je reviendrai ici dès que Kelly aura enregistré pour régler tous les détails.

Le dernier coup d'œil qu'elle jeta à Rex avant d'entraîner sa sœur vers la porte ne la rassura guère : ses poings serrés et sa mine fermée n'annonçaient pas une semaine facile.

Frère aimant et tendre. Oncle gâteux. Rebelle. Trop fier pour accepter son aide. Les contradictions de cet homme l'intriguaient plus qu'un compte bancaire falsifié. Et Juliana avait hâte de le déchiffrer.

Quel crampon, la petite comptable !

Rex avait invité Juliana à boire un verre pour la laisser tomber, et voilà qu'à minuit passé elle était de retour chez lui. Pire, il semblait bien qu'il allait se la coltiner jusqu'au retour de Kelly. Et vu la réaction de son corps lorsqu'elle se trouvait dans les parages, cela n'allait pas être de tout repos !

Le plus ennuyeux était que même si son aide le contrariait, il n'avait pas le choix. Ah, il maudissait sa sœur qui refusait le soutien du réseau militaire. Mais Kelly avait toujours fait l'autruche devant les problèmes. Incapable d'assumer la tragédie des maris tués au combat, elle se tenait à l'écart des veuves, niant l'horrible éventualité au lieu de s'y préparer.

Rex rejoignit avec réticence Juliana sur le canapé. Malgré ses traits tirés, elle restait incroyablement sexy. Les paupières lourdes, elle tombait de sommeil, et il refoula l'envie de poser sa tête sur son épaule. *Très mauvaise idée.*

— J'ai appelé Irma sur le chemin de l'aéroport, dit-elle après un bâillement étouffé. Tout est arrangé. Elle est ravie de s'occuper des petites, et Kelly soulagée de les confier à des mains expertes. Alors, voilà ce que nous avons décidé. La nuit, les filles dormiront ici. Vous assumerez les matinées puis les déposerez chez moi. Les jours de semaine, Irma s'en chargera jusqu'à mon retour le soir. Becky et Liza dîneront avec moi, puis je vous les amènerai pour le bain et les coucher. Je resterai jusqu'à ce que vous preniez le relais, et les garderai le week-end. D'accord ?

Dans ce parfait programme, elle avait omis quelques détails cruciaux, constata Rex.

— Attendez. En général, je ne remonte pas avant 2 heures du matin. C'est trop tard pour que vous repreniez la route ensuite, et je n'ai que deux chambres à coucher — la mienne et celle des filles.

— Aucun problème, trancha Juliana. Je m'en irai après votre retour.

Puis elle se leva, et ajouta en se dirigeant vers la porte :

— J'aimerais passer demain matin en allant travailler pour rencontrer les petites. Ça facilitera les choses pour le soir.

Pour quelqu'un qui jonglait avec les chiffres, elle comptait plutôt mal, pensa Rex avant de demander :

— Vous vivez loin d'ici ?

— Environ trente minutes, pourquoi ?
— Et vous vous réveillez à quelle heure le matin ?
— A 6 heures, mais je me lèverai plus tôt pour venir ici.
— En rentrant maintenant, il vous restera trois heures de sommeil avant de repartir, calcula Rex. Pareil pour le reste de la semaine. Alors, à partir de ce soir, vous devrez dormir ici.

Et Dieu sait que cette option ne l'enchantait pas !

Un instant, Juliana resta bouche bée. Puis elle agrippa son sac et se tourna vers la porte.

— Non, ce n'est pas la peine.
— Vous êtes crevée, plaida Rex. Hormis les mutants, personne ne peut se passer de sommeil. Prenez mon lit, les draps sont propres. Je dormirai sur le canapé.
— Mais je n'ai aucun vêtement, rien…, objecta-t-elle, les yeux élargis, une main sur la gorge.

L'idée de Juliana nue entre ses draps s'imposa dans l'esprit de Rex, lui promettant une nuit agitée. Quel enfer !

— Je vous prêterai un T-shirt. Et nous mettrons ce que vous portez dans la machine. Demain, nous préparerons les filles ensemble, puis, lorsque vous irez vous changer pour le travail, je vous suivrai chez vous. Comme ça, vous nous montrerez la maison et nous présenterez à Irma.

Juliana mit quelques instants à digérer la proposition, puis suggéra d'une voix hésitante :

— Euh, d'accord. Mais nous pouvons… partager le lit ?

Un flot de lave déferla dans les veines de Rex, et son bon sens s'émoussa fugitivement. Mais savoir qu'il ne *devait* pas coucher avec Juliana ne signifiait pas du tout qu'il sache se contrôler s'il s'étendait près d'elle toute une nuit…

— Aucun de nous deux ne dormirait, Juliana.

Et il passa devant elle, silencieuse et les joues écarlates, refoulant son désir taraudant pour aller chercher son plus grand T-shirt — plus Juliana serait couverte, mieux ce serait —, une brosse à dents neuve et une serviette de toilette.

— Savon, shampoing, dentifrice, tout est dans la salle de bains. Si vous voulez autre chose, réclamez-le.

Après un moment d'hésitation, Juliana prit les objets.

— Merci.

Après un moment d'hésitation, Rex s'obligea à dire ce qui s'imposait.

— Non, merci à vous, Juliana. Je n'avais pas de solution de rechange, et Kelly le savait. Sans vous, je n'aurais pas su quoi faire. Je vous suis redevable.

A son plus grand regret, bon sang, parce que ce genre de dettes se retournait toujours contre vous !

Rex était venu dans sa chambre pendant qu'elle dormait.

Ecartant les cheveux de son visage, Juliana considéra la pile de vêtements soigneusement pliés — son slip au-dessus — posée sur la commode près de son sac. Son cœur battait à un rythme désordonné.

Elle rabattit les couvertures de l'immense lit à cadre de cuir puis se leva. Dix minutes plus tard, douchée et habillée, elle suivit l'odeur de café frais jusqu'à la cuisine, et pila net.

Adossé au plan de travail, Rex, vêtu d'un simple jean bas sur les hanches, fixait le fond d'un mug comme s'il contenait l'élixir de longue vie. Il avait les cheveux en bataille, et une barbe naissante ombrait sa mâchoire. Au lieu d'atténuer sa virilité, ses longues mèches brunes mettaient en évidence la hardiesse de ses traits, son menton carré et ses larges épaules. Des boucles du même ton recouvraient son torse vigoureux, et Juliana ne put empêcher ses yeux de suivre la ligne de duvet qui divisait son ventre impeccable puis disparaissait sous le bouton du jean.

— B'jour.

La voix rauque de Rex, encore lourde de sommeil, alluma un incendie au creux de ses cuisses. Elle releva les yeux et croisa son regard intense. Il ressemblait plus que jamais au grand méchant loup, et elle désirait chaque jour davantage être croquée par son rebelle récalcitrant.

— Bonjour, Rex.

N'ayant jamais passé de nuit entière dans le lit d'un homme — avec ou sans lui —, Juliana ignorait tout de cette intimité un peu embarrassée qui s'ensuivait le matin.

— Du café ? proposa Rex.

— Volontiers.

Seigneur, pourquoi n'avait-elle pas, comme les autres femmes, une trousse de maquillage dans son sac ? Ni même un peigne. Elle se sentait négligée, trop exposée.

Il emplit un autre mug puis le lui tendit. Juliana le prit, attentive à ne pas toucher ses doigts. Il était encore trop tôt pour que son organisme encaisse un choc pareil.

— Merci d'avoir... hum, lavé mes vêtements, dit-elle.

Ses mains tremblaient en se servant du sucre. L'allusion au fait qu'il ait manipulé sa *petite culotte* renforçait son envie de lui, balayant presque ses dernières réticences à propos de cet extravagant projet de briser les règles.

— Pas de quoi, répliqua Rex.

Il ne semblait pas vouloir quitter la cuisine. En plus de l'impression que la pièce se ratatinait autour d'eux, Juliana avait le plus grand mal à éviter de le regarder. Le corps de Rex ne témoignait pas de la vie dissolue qu'il menait autrefois, selon les journaux, à Nashville. Aucune once de graisse n'altérait son torse musclé, ni son abdomen absolument plat. Elle s'obligea à détourner les yeux.

— Voulez-vous que je prépare le petit déjeuner ?

Avec une petite grimace, Rex se frotta la nuque.

— Je crains que vous ne trouviez pas grand-chose. Je ne suis pas du matin, et en général je mange au bar.

— Bon, mais les filles devront avaler quelque chose, argua Juliana. Je peux fouiller quand même ? D'ailleurs, chez moi aussi le réfrigérateur est vide. Mais Irma apportera de quoi les nourrir toutes les trois à midi.

— Allez-y.

Rex ne la quittait pas des yeux, et son regard soutenu la mettait mal à l'aise. Une fois de plus, elle regretta de ne pas avoir l'assurance sexuelle de ses collègues. Elle ouvrit le réfrigérateur, et l'air froid apaisa le feu de ses joues.

Elle dénicha de quoi préparer des toasts et des œufs brouillés, puis s'activa, les nerfs à vif sous l'insistance de Rex. Où voulait-il en venir ?

Il se resservit une tasse de café avant de lancer :

— Vous êtes différente de ce que je croyais.

Le cœur de Juliana s'emballa.

— Comment ça ? bredouilla-t-elle.

— Vous avez lâché sans sourciller une fortune pour des leçons que vous pouviez obtenir pour mille fois moins cher. Je pensais donc que vous aviez plus d'argent que de cervelle.

Et vlan. Comme quoi une première impression…

— Et alors ?

— Alors je me trompais.

Cela suffit à emplir Juliana d'un bonheur démesuré.

— Merci.

— Mais ça ne change rien à la décision que j'ai prise hier soir avant l'arrivée de Kelly, poursuivit Rex.

Hum. Voilà qui ne présageait rien de bon.

— Quelle décision ?

— Quelqu'un d'autre vous donnera les cours.

— Pourquoi ? protesta Juliana, estomaquée.

— Parce que je ne veux pas d'une aventure à court terme, tandis que vous, si.

Elle se sentit rougir de honte.

— Je n'ai *jamais* dit ça !

Une moue narquoise s'afficha sur les lèvres de Rex.

— Alors vous avez l'intention de m'épouser ?

— Non, bien sûr que non !

— Mais vous n'êtes pas contre l'idée de coucher avec moi, conclut Rex, goguenard.

Juliana déglutit, évitant soigneusement son regard.

— Qu'est-ce qui vous fait penser ça ?

— La boîte de préservatifs dans votre sac. Je l'ai vue ce matin en apportant votre linge. Il était grand ouvert.

Plus embarrassée qu'elle ne l'avait jamais été de sa vie, Juliana s'acharnait avec la spatule sur des œufs qui cuisaient pourtant sagement. Mais elle refusa de se laisser démonter.

— Rien ne vous dit qu'ils vous sont destinés. Quelle prétention ! lança-t-elle d'un ton aussi cinglant que possible.

Mais elle manqua son but. Rex ne parut pas décontenancé pour autant. Sans doute parce qu'il avait raison, et le savait ?

— C'est ce que j'ai d'abord pensé, en effet. Mais vous n'êtes pas une croqueuse d'hommes.

— N'en soyez pas si certain, fanfaronna Juliana.

— Si. Vous êtes une comptable. Vous aimez les choses bien rangées, et être préparée à tout. Les CD dans votre voiture sont classés par ordre alphabétique. Vous apprenez par cœur des manuels que la plupart des gens n'ouvrent même pas. Vous attachez votre ceinture avant de mettre le contact et vous vérifiez trois fois les rétroviseurs avant de changer de file. Le goût du risque n'est pas dans vos gènes.

Elle sentit le rouge lui monter aux joues. On pouvait dire qu'il l'avait cataloguée !

— Je vous ai acheté, non ? plaida-t-elle.

— Et je parie que vous avez étudié mon curriculum vitæ avant, parce que, ma petite, vous en connaissez un rayon sur moi pour quelqu'un qui n'écoute pas de country music.

Touché. S'il avait vu qu'elle rangeait ses disques par ordre alphabétique, il avait forcément remarqué qu'elle aimait le jazz. Et encore, il était loin de se douter qu'elle avait caché ses disques à *lui* sous son siège avant qu'il monte dans la voiture.

— Je ne vois pas où est le mal à se préparer à toute éventualité.

— Je ne dis pas le contraire, tempéra Rex. Mais ce que vous voulez est impossible. J'admets avoir besoin de votre aide cette semaine, mais je vais m'arranger pour que vous preniez vos leçons de quelqu'un d'autre.

Que faire ? Soit elle cédait à son embarras et aux requêtes de Rex, soit elle tenait bon sur l'objectif qu'elle s'était fixé. *Dernière chance.* Les mots résonnaient dans sa tête.

— Comme vous l'avez dit, Rex, vous m'êtes redevable. Et je veux mes cours de vous. Personne d'autre.

La colère assombrit les yeux de Rex, qui s'apprêtait à riposter lorsque la plus jeune des filles entra en trottinant dans la cuisine. Sans un mot, elle lui tendit les bras. Il posa aussitôt son mug, et souleva la petite.

— Salut, mon petit chou.

L'enfant enfourna son pouce, posa la tête sur l'épaule de Rex, dont elle entortilla une mèche de cheveux de l'autre main. Devant sa confiance si absolue et le baiser tendre que Rex déposa sur son crâne, la gorge de Juliana se serra.

— Liza, je te présente Juliana. Elle va me donner un coup de main pour m'occuper de vous les jours qui viennent.

Une paire d'yeux noirs croisa brièvement ceux de Juliana, puis la petite enfouit de nouveau le nez dans le cou de Rex, et fourragea dans ses cheveux.

— Coucou, Liza, dit Juliana, tout attendrie.

On lui répondit d'un regard timide. D'après ce que Kelly avait dit, Liza avait trois ans, Becky, cinq, et les deux gamines adoraient leur oncle. A l'entendre, Rex était un gros nounours gâteux, très éloigné de l'homme que Juliana connaissait. Elle sourit en servant les toasts et les œufs.

— Les filles doivent passer beaucoup de temps avec vous.

— J'aide un peu quand Mike est en mission, répliqua Rex en haussant les épaules.

Une seconde fillette déboula, bondissant sur Rex. Il la souleva de son bras libre avec une aisance qui dénotait une longue habitude. Son sourire ravi tandis qu'il calait une enfant sur chaque hanche ébranla Juliana.

L'affection flagrante entre Rex et ses nièces suscitait en elle des pensées tout à fait *hors de propos*, qu'elle chassa rapidement. Elle n'avait jamais prêté attention à son horloge biologique, et ne comptait pas commencer maintenant.

Rex fit les présentations, et expliqua aux petites qu'en l'absence de leur mère elles passeraient leurs journées chez Juliana avec sa nounou. L'aînée l'étudia d'un air suspicieux avant de demander à son oncle :

— Pourquoi on peut pas rester avec toi ?

— Parce que je dois travailler, mon chou.

Malgré son manque d'expérience avec les enfants,

Juliana devança les protestations que la moue de Becky annonçait.

— Ma maison a une piscine et une aire de jeux. En plus, Irma, la dame qui s'occupait de moi quand j'avais votre âge, sera ravie que des demoiselles l'aident à faire des gâteaux.

La ficelle fonctionna. Piscine et gâteaux appâtèrent les filles, dont les yeux se mirent à briller. Si seulement leur oncle était aussi facile à convaincre, songea Juliana.

Mais elle avait un plan, et s'y tiendrait, coûte que coûte, malgré ce petit écart dans la procédure. Rex avait beau clamer qu'une liaison ne l'intéressait pas, son baiser fougueux disait le contraire, et cela pouvait donc marcher. Raffolant comme personne des cas compliqués, Juliana n'était pas près de jeter l'éponge.

Elle se tourna vers son séducteur récalcitrant.

— Il me faudrait une clé de votre appartement.

Visiblement, c'était bien la dernière chose que Rex avait envie de lui confier.

- 5 -

Rex avait le sentiment que sa vie lui échappait — un peu comme lorsqu'il avait signé son premier contrat, et que d'autres, son agent, son impresario et les types de la maison de disques, avaient pris la barre et commencé à tout décider à sa place. Or, après une lutte si dure, si longue, pour reprendre le contrôle, revenir en arrière lui déplaisait franchement.

La nuit dernière, Kelly et Juliana lui avaient forcé la main. Aujourd'hui, Irma, le prototype de la grand-mère gâteau, l'avait évincé dès leur arrivée. Elle avait embarqué Becky et Liza dans la cuisine pour l'aider à ranger ses courses. Quant à Juliana, elle avait disparu à l'étage pour se changer avant d'aller travailler. A présent, il arpentait le salon en se demandant dans quel guêpier il s'était fourré. Mais il n'avait pas le choix. Plus jamais il ne laisserait tomber Kelly.

Qui était la vraie Juliana ? La sirène aguicheuse qui l'avait acheté à la vente aux enchères, la séductrice innocente qui avait monté Jelly Bean, l'audacieuse motarde sexy, ou l'organisatrice prudente qui vérifiait cent fois chaque détail ? Tant de contradictions le déconcertaient. Comment construire une défense si on ne connaissait pas l'adversaire ?

La salle à manger comme le salon de Juliana semblaient sortir d'un magazine. Une décoration sobre, de bon goût mais pas chichiteuse, où primait le confort. Un joli velours couleur pain d'épice recouvrait le grand canapé et les fauteuils, le genre de modèle parfait pour une bonne sieste — ce dont il avait terriblement besoin après avoir gigoté toute la nuit sur son petit sofa. On pouvait poser ses bottes sur les tables de bois et fer forgé sans craindre d'en abîmer la surface. Et surtout, hormis quelques céramiques colorées placées sur des étagères en hauteur, Juliana n'avait pas de babioles de valeur que les filles risquaient de casser.

Un bruit attira son attention. Rex se retourna et vit des jambes — de longues jambes sublimes — descendre l'escalier. Puis le reste de Juliana apparut dans son champ de vision. Avec son petit tailleur gris, les cheveux relevés et ses talons raisonnables, elle différait beaucoup des versions de Juliana qu'il avait croisées jusqu'ici. Celle-ci ressemblait à une employée de banque. Sereine. Responsable. Le claquement de ses escarpins sur le parquet tandis qu'elle se dirigeait vers la commode du salon ramena son regard sur ses jambes d'enfer.

Dans le genre bibliothécaire, il la trouvait sexy en diable. Et ce n'était pas bien. Pas bien du tout, même.

Juliana prit un objet dans un tiroir et se tourna vers lui.

— Tenez, voici la clé de ma maison.

Rex recula d'un pas. Exception faite de Kelly, il n'avait jamais donné sa clé à aucune femme.

— Ecoutez, Juliana. Je vous ai passé ce matin mon double parce que les filles et vous devez pouvoir entrer, mais…

— Mais il vous en coûtait, visiblement, oui, le coupat-elle d'un ton sarcastique.

— Mais je n'ai pas besoin d'avoir la vôtre, corrigea Rex en fourrant ses mains dans ses poches.

— Si, au cas où vous arriveriez avant Irma le matin.

— Cela ne se produira pas. Au pire, vous m'ouvrirez.

Juliana hocha la tête, et les petits diamants dans ses lobes étincelèrent, détournant l'attention de Rex sur l'ourlet délicat de ses oreilles, ainsi que la courbe gracile de son cou.

— Non, ce sera moins pratique. Vous vivez près de la banque, et je trouve plus logique d'aller travailler en partant directement du Rebelle le matin. Plus tôt j'y serai, plus tôt je rentrerai. Irma est ravie d'avoir les filles, mais à soixante-dix ans elle craint de ne pas tenir le coup toute la journée.

Un frisson nerveux parcourut le dos de Rex. Entrer chez une femme en son absence… Echanger des clés était vraiment un acte trop intime, une sorte de… d'engagement. Or, il voulait s'éloigner de Juliana, se débarrasser de cette attirance malvenue qu'il éprouvait à son égard, et non ajouter une boucle supplémentaire à la corde qui les liait déjà.

Mais Juliana lui prit la main, qu'elle referma sur le métal froid de la clé. Le contact de ses doigts alluma en lui un désir qu'il devait réfréner *à tout prix*.

— Rex, c'est une clé, pas une bague de fiançailles. Il n'y a ni lien ni attente attachés à son anneau. Cessez d'être aussi *masculin* et prenez-la. Je vais être en retard.

Mais plusieurs secondes s'écoulèrent avant qu'elle relâche les doigts. A voir le battement accéléré de son pouls dans son cou, Rex conclut qu'elle aussi ressentait la brusque chaleur suscitée par leur échange. Il s'éclaircit la gorge.

— Je déposerai Becky et Liza avant 10 heures chaque matin.

— Parfait, conclut Juliana. Je devrais rentrer à 18 heures au plus tard. Nous ferons en sorte que vous puissiez leur dire bonsoir avant qu'elles montent se coucher. Restez ici autant que vous le voudrez. Irma fait un café délicieux.

Ça ressemblait tellement à jouer au papa et à la maman que la frousse le terrassa. Compte tenu de son passé et de sa faiblesse, envisager une vie familiale était au-dessus de ses moyens. Rex fit machine arrière.

— D'accord. A ce soir.

Puis il se rua lâchement vers la cuisine, fuyant ce qu'il ne pourrait jamais avoir.

Wally Wilson était l'homme idéal pour un tas de raisons. Alors pourquoi ne laissait-elle pas tomber cette aberrante *dernière chance* pour être heureuse avec lui ?

Juliana étudia son convive. Séduisant, bon chic bon genre, Wally était blond, avait les yeux bleus et un gabarit raisonnable. Il entretenait toutes les semaines son hâle en institut. Grâce à son coiffeur, chacun de ses cheveux restait en place, et aucun pli n'osait flétrir son costume.

Certes, les femmes ne tombaient pas en pâmoison quand il traversait une pièce, mais c'était un garçon stable, responsable et d'une politesse sans faille. Il aimait l'ordre, tout comme elle. En fait, ils avaient beaucoup en commun. Le milieu social, le travail, l'ambition...

Pointilleux comme il semblait l'être sur tout le reste dans sa vie, Wally devait aussi être un amant consciencieux. Selon ses amies, Juliana ferait mieux de se renseigner là-dessus avant de l'épouser, mais l'idée ne l'excitait pas plus que ça. Pour autant, elle détestait les étalages d'émotion. Vivre avec Wally serait une croisière paisible. Ni hauts. Ni bas.

Ni plaisir ?

Ignorant le poison que distillait sa voix intérieure, Juliana sourit à Wally.

— Je te remercie d'avoir accepté de permuter notre dîner en déjeuner dans un délai si court, Wally.

— Je suis toujours heureux de m'adapter à ton emploi du temps, Juliana. Quel était ton empêchement, déjà ?

En fait, elle n'en avait rien dit, et comprenait mal sa répugnance à lui expliquer la situation maintenant. Mais si elle envisageait sérieusement de l'épouser, il ne devrait pas y avoir de secrets entre eux, n'est-ce pas ?

— Ce soir, je fais du baby-sitting.

— Du baby-sitting, toi ? répéta Wally. Tu en as déjà fait ?

— Euh, non. Mais les filles ont trois et cinq ans. Je suis sûre qu'elles sauront me dire si je fais un truc de travers.

— Je pensais que cela avait un rapport avec ton célibataire, remarqua Wally.

Soudain, la salade de poulet lui resta en travers de la gorge. Juliana avala une gorgée d'eau avant de poursuivre.

— Indirectement, oui. La sœur de Rex — mon célibataire — a dû quitter le pays de façon imprévue. Son mari militaire est blessé, et dans un état critique. Il fallait qu'elle le rejoigne. Alors Rex et moi nous occupons de leurs filles.

— Et elle ne pouvait pas embaucher quelqu'un pour ça ?

— Irma nous donne un coup de main, plaida Juliana.

— Ah oui, Irma. J'avais oublié que tu es restée en contact avec ton ancienne nourrice.

Et Wally lui adressa un sourire plein de tolérance à la dentition parfaite. Pourquoi avait-elle l'impression qu'il n'approuvait pas qu'elle continue de voir la femme qui l'avait élevée pendant que Margaret Alden grimpait les échelons de sa carrière ? Juliana décida de changer de sujet.

— Wally, ma mère a l'air de dire que tu t'attendais à ce que je t'achète lors de la soirée caritative. C'est vrai ?

— Vu l'accord entre nos deux familles, je pensais en effet que tu aurais pu, répondit-il d'un ton neutre.

Réflexion faite, Wally parlait toujours d'une voix plutôt monocorde. Un atout pour négocier avec les clients énervés.

— L'accord stipule que nous sortions ensemble pour voir si nous nous convenons l'un l'autre, corrigea-t-elle.

— N'est-ce pas le cas ?

Juliana tressaillit intérieurement.

— Je ne sais pas encore, Wally. Mais remercie Donna de ma part pour être intervenue. Bien que sa présence au Caliber Club m'ait un peu surprise, je l'avoue.

— Oui. Certains ont du mal à oublier les origines modestes de mon assistante.

Notamment les parents de Wally, sans doute. Madame Wilson appelait Donna « la prolo », et son père, pire encore. Les Wilson la considéraient comme une aventurière désireuse de mettre le grappin sur la fortune familiale. Peu importait qu'elle ait travaillé dur pour décrocher son baccalauréat, puis suivi des cours du soir tout en élevant seule plusieurs enfants. La mère de Wally ne voyait ni son intelligence ni son ambition. Quant à Juliana, elle taquinait souvent Wally en menaçant de lui voler son assistante.

— En tout cas, reprit-elle. Je suis désolée de t'avoir compliqué les choses.

— Tu n'as pas à t'excuser, Juliana. En fait, tout cela pourrait même tourner à notre avantage.

— Que veux-tu dire ?

— Que cela nous donne à tous deux l'occasion de fréquenter quelqu'un en dehors de notre milieu social si fermé, sans crainte des répercussions.

Voilà bien le plus étrange commentaire qu'elle ait jamais entendu de la bouche de Wally. Non moins surprenant, cette vague impression que Wally — si raisonnable et sans danger — puisse avoir des secrets.

Rex entra dans son appartement, et se figea aussitôt en voyant Juliana roulée en boule dans un angle du canapé.

Son cœur battait à toute force tandis qu'il s'approchait sur la pointe des pieds. La lampe déversait une lumière douce sur le beau visage endormi. Une lourde frange de cils noirs ourlait ses yeux, et de ses lèvres entrouvertes s'échappait un souffle paisible. Elle avait troqué son tailleur contre un pyjama sans manches de satin noir. Brillant. Lisse. *Sexy*.

Chassant cette pensée interdite, Rex jeta un coup d'œil vers la chambre. Par la porte ouverte, il aperçut la lueur de la veilleuse et les fillettes endormies. Avaient-elles donné du fil à retordre à Juliana, raison pour laquelle elle s'était plantée là comme une sentinelle ? Ou bien le sommeil l'avait-il surprise quand elle l'attendait, *lui* ? L'idée l'électrisa. Après tout, elle lui avait clairement fait comprendre qu'elle le désirait, avec son insistance pour les leçons et sa fichue boîte de préservatifs. Il n'avait pour ainsi dire pensé à rien d'autre toute la journée.

Comme il serait facile de prendre ce qu'elle lui offrait, et de se perdre dans le parfum de fleurs épicées de sa peau, dans la chaleur moite de son corps. Durant une heure ou deux, elle lui ferait oublier qu'il n'était qu'un chanteur de country lessivé qui avait déçu sa famille à tous points de vue. Oh, bien sûr, il leur avait envoyé de l'argent dès son premier contrat, mais aucun argent ne compenserait jamais les excuses qu'il n'avait jamais eu le courage de faire pour avoir meurtri ceux qui l'aimaient le plus. L'ivresse sexuelle guérissait momentanément beaucoup de choses — y compris la culpabilité. Il en savait quelque chose.

Oui, ce serait facile de redevenir ce sale type. Voilà pourquoi il devait garder ses distances. Rex serra les poings, luttant contre l'envie de caresser Juliana. Pas question de revenir en arrière maintenant, et de risquer de lâcher Kelly et les filles comme il avait lâché ses parents.

Autant profiter du fait que Juliana était sur le canapé et non dans sa chambre. Il prendrait une douche, et se laverait de la tentation en même temps que des odeurs du bar. Puis il la réveillerait pour qu'elle se couche dans son lit. Seule.

Sans faire de bruit, Rex alla chercher des vêtements propres dans son placard. La vision des tailleurs de Juliana pendus près de ses jeans l'ébranla. Un autre choc l'attendait dans la salle de bains, où des articles de toilette féminins s'alignaient sagement près de sa mousse à raser.

Hier, il voulait s'éloigner d'elle, et *aujourd'hui, elle avait emménagé chez lui!* Oui, décidément, sa vie lui échappait. Mais sachant combien cette erreur pouvait être destructrice, il ne la referait pas.

La douche calma tout juste ses ardeurs. Une fois rhabillé de frais, Rex redressa les épaules. Il était temps de mettre le fruit défendu au lit, et d'essayer lui aussi de prendre un peu repos. Car, demain, le manège reprenait. Et c'était samedi. Jour de congé de Juliana. Comment diable pourrait-il garder l'esprit au travail en la sachant chez lui toute la journée ?

Parvenu près du canapé où Juliana dormait à poings fermés, Rex subit une nouvelle morsure de désir. Impossible d'oublier la douceur de cette peau, la saveur de cette bouche. Jamais une femme ne l'avait obsédé à ce point. Sans doute une conséquence de son célibat forcé sur son esprit tordu.

Une semaine. Rien qu'une semaine encore à tenir

avant le retour de Kelly. Ensuite, dette ou pas, il larguerait Juliana.

— Juliana, chuchota-t-il. Juliana, réveillez-vous.

Aucune réponse. Zut. Il craignait de réveiller les petites en haussant la voix. Il allait devoir la toucher. Mais où ? Son épaule nue voisinait trop le creux d'ombre entre ses seins. Trop dangereux. Il tapota son genou. « Juliana. »

Elle ouvrit les yeux, eut un petit hoquet et sursauta.

— Quoi ? Oh, bonsoir, Rex.

— Allez vous coucher.

Elle battit des cils puis parcourut la pièce d'un regard égaré. Rex la trouva tout à fait adorable. Malheur !

— Et les filles ? s'enquit-elle en écartant ses cheveux.

— Elles dorment.

Juliana bâilla, et ses seins se soulevèrent sous le satin noir.

— Becky a fait un cauchemar. J'ai dû m'assoupir.

Son explication tranquille entama la résistance que Rex s'efforçait de maintenir. Force était d'admettre que Juliana prenait sa tâche et le bien-être des fillettes très à cœur.

Mais bon sang, hormis sa gentillesse, pourquoi l'attirait-elle autant ? Il avait connu des filles plus belles, plus girondes, plus sexy. Aucune ne lui avait fait un effet pareil.

Lentement, Juliana se déplia, se mit debout, puis s'effondra contre Rex. Aussitôt, il la saisit par les bras, et elle se retint en posant la main sur son torse. Sous lequel son cœur battait à tout rompre, ce qu'elle remarqua forcément.

Elle leva vers lui un regard somnolent.

— Pardon. J'ai des fourmis dans le pied.

Lui, c'était dans son corps tout entier. Pas une cellule qui ne frémisse de désir. C'en était presque douloureux. Il mourait d'envie d'embrasser ses lèvres savoureuses.

De caresser sa peau rose de sommeil. D'enfouir le visage entre ses seins parfaits. De lui donner envie de lui comme il avait envie d'elle. Puis de rouler avec elle sur le canapé.

Après tout, n'était-ce pas ce qu'elle voulait aussi ?

Les dents serrées, Rex repoussa l'insidieuse voix qui le rappelait depuis son passé. Inspirant un bon coup, il écarta Juliana, puis vérifia qu'elle tenait debout.

— Allez vous coucher, lui ordonna-t-il avant de la lâcher.

Habillée de pied en cap, Juliana arpentait la chambre de Rex. Habituée à se lever tôt, elle s'était réveillée sans sonnerie, et avait besoin d'une tasse de café tout de suite. Et du journal juste après. L'édition de ce matin contiendrait le premier épisode du feuilleton d'Octavia Jenkins sur la vente aux enchères. Mais Juliana ne voulait pas réveiller les filles ou Rex avec le crachotement de la cafetière, et ignorait s'il était abonné au quotidien local.

Munie de la clé de l'appartement et de son porte-monnaie, elle ouvrit doucement la porte de la chambre. Puis s'avança sur la pointe des pieds dans le salon. Son cœur s'arrêta à la vision de Rex étendu sur le canapé, puis s'emballa tandis qu'elle le buvait du regard. Ses longs cheveux brillants s'étalaient sur le cuir fauve d'un accoudoir, et ses pieds nus pendaient par-dessus l'autre. Ses draps formaient un tas froissé sur le sol. Il avait déboutonné sa chemise et ouvert le premier bouton de son jean. Juliana ne put s'empêcher de fixer ce bouton et le nombril dessous, puis de remonter sur son torse nu, son menton ombré d'une barbe naissante, et enfin sur ses lèvres entrouvertes.

Sa bouche se dessécha. Rex utilisait ces lèvres à merveille. La question était « comment faire pour qu'il recommence ». Sur elle. A chaque nouvelle rencontre, son désir pour lui s'exacerbait, et ses réticences à propos de ce projet insensé s'atténuaient. Mais elle n'approchait pas pour autant de son but. Alors, comment le tenter encore, et jusqu'où pouvait-elle aller, avec les fillettes à la maison ?

Toujours sur la pointe des pieds, Juliana alla vérifier que celles-ci dormaient comme des anges. Son cœur tressaillit. Elle n'aurait pas cru éprouver autant de plaisir à s'en occuper. Les petites étaient si douces, si drôles, elles adoraient leur oncle. Malheureusement, Juliana commençait à trop l'adorer aussi. En fait, l'idée de ne vivre avec lui qu'un mois de frissons coquins puis adieu ne lui plaisait plus tant que ça. Quatre semaines, cela semblait bien trop peu !

Elle voulait en apprendre davantage sur Rex Tanner que le fruit de ses recherches sur le Net. Par exemple, savoir ce qui avait posé ces ombres dans ses yeux fauves. Ou ce qui avait incité un homme au sommet de sa carrière à la détruire lui-même. Hélas, les filles ne sauraient pas le lui dire, et Rex n'en ferait rien.

Abandonnant Rex à un sommeil bien mérité, vu l'heure tardive de son retour dans l'appartement, Juliana sortit par la porte extérieure, celle qui donnait sur l'escalier menant à la rue. Durant le court trajet, l'air chargé d'humidité matinale lui colla à la peau. Après s'être procuré une tasse de café et le journal, elle remonta s'installer sur la terrasse qui dominait la rivière.

A 6 h 30 du matin, le soleil était maintenant assez haut pour lui permettre de lire, sans pour autant risquer de brûler sa peau fragile. Mais, dans quelques minutes, il lui faudrait rentrer dans l'antre de Rex, sous peine de se muer en crevette au court-bouillon. Or, elle se sentait incapable de l'affronter avant d'avoir avalé une bonne dose de caféine.

Dos à l'appartement, elle feuilleta le journal jusqu'à trouver l'article d'Octavia, puis frémit en lisant le titre : *L'AMOUR À N'IMPORTE QUEL PRIX ?* Elle parcourut rapidement l'introduction, et, une fois son nom repéré, lut le paragraphe.

Célibataire numéro 9. Rex Tanner et Juliana Alden affirment tous deux que leurs motifs pour participer à la vente aux enchères sont innocents. L'ancienne star de Nashville dit qu'il cherche juste à faire de la pub au « Rebelle », son nouveau bar à grillades en bordure du fleuve. Et Mlle Alden déclare que seules les leçons de moto l'intéressent. Mais je suis persuadée que cette relation rapportera plus qu'un profit financier et des compétences de pilotage. Les étincelles fusant entre le fringant motard et la sage banquière ont failli mettre le feu à la pièce lors de notre entrevue.

Epouvantée, Juliana reposa le journal, puis pressa ses joues brûlantes. Etait-elle donc si transparente ? Tout le monde à Wilmington saurait qu'elle courait après Rex. Y compris sa mère et Wally. Les retombées risquaient d'être désastreuses. Seigneur ! Elle avait souhaité briser les règles, pas devenir l'opprobre de la société et de sa famille.

Prise d'une brusque panique, elle composa à toute vitesse un numéro sur son téléphone portable.

— Allô ? grogna Andrea à l'autre bout du fil.

— Andrea, désolée de t'avoir réveillée, haleta Juliana, mais je viens de lire l'article d'Octavia Jenkins. C'est l'horreur !

Un gémissement lui répondit.

— Tu ne me réveilles pas. Moi aussi, je l'ai lu. Doux Jésus. « Cette romance est prête à se rallumer. Mlle Montgomery tient-elle les allumettes ? » Mais je ne cherche *pas* à reconquérir Clay. Je vais exiger un démenti d'Octavia.

Juliana fit une grimace honteuse. Obnubilée par sa propre situation, elle n'avait même pas lu les passages parlant de ses amies. Aussi survola-t-elle la page jusqu'à ce que ses yeux tombent sur le nom d'Andrea.

— Je ne pense pas que tu obtiennes un démenti, lui dit-elle après avoir lu. Elle ne franchit pas vraiment la ligne.

— Que tu dis, grogna Andrea.

— Tu as vu ce qu'elle écrit sur Rex et moi ? Maintenant, toute la ville sait ce que je suis en train de faire. Et en plus, comme si ce n'était pas assez humiliant, figure-toi que ça ne marche pas ! Tu prétendais qu'avec un coureur pareil je n'aurais qu'à me pointer devant lui et qu'il ferait tout. Eh bien, il ne fait rien.

— Mais de quoi parles-tu ?

Juliana jeta un regard prudent derrière son épaule avant d'expliquer à son amie en chuchotant :

— Il ne fait rien pour me séduire !

— Tu ne l'intéresses pas ? demanda Andrea.

— Si, je crois bien que je l'intéresse. Mais il ne fait pas un geste pour me mettre dans son lit. Ce plan est foireux. Et c'est bien ce que j'ai toujours pensé, d'ailleurs.

— Les hommes sont si bornés, soupira son amie. Il va falloir le pousser dans la bonne direction. Bon, je vais appeler Holly. Retrouvons-nous au Magnolia pour le petit déjeuner, et cherchons un moyen de nous sortir de cette pagaille.

— Impossible, objecta Juliana. Je garde les nièces de Rex.

— Quoi ? Ah non, Juliana, les enfants sont incompatibles avec le sexe. Alors je viens te voir. Il faut que nous parlions.

Juliana avala une gorgée stimulante de café, puis lança :

— Tu ne peux pas venir parce que je ne suis pas chez moi.

— Ah bon ? Et où es-tu donc ?

— Dans l'appartement de Rex, au-dessus du Rebelle, avoua-t-elle après une seconde d'hésitation.

Un silence assez pesant passa avant qu'Andrea énonce :

— Je suis certaine qu'il y a une bonne explication au fait que tu vives chez lui sans rien obtenir en échange. En dehors des enfants, bien sûr.

Un tapotement détourna l'attention de Juliana vers la fenêtre de la chambre des filles. Deux visages angéliques lui souriaient derrière la vitre. Elle leur sourit en retour, fit signe de ne pas faire de bruit, puis abrégea sa conversation.

— C'est un peu compliqué, et je n'ai pas le temps de t'expliquer maintenant. Excuse-moi, Andrea. Je dois y aller.

Puis elle raccrocha, ignorant les protestations véhémentes de son amie, rassembla ses affaires et rentra.

— Ecoute, Rex, tu me rends dingue. Et tu fais fuir les clients en tournicotant comme ça autour d'eux. Va-t'en.

— Je croyais que c'était moi le patron, grommela Rex.

— Oui, admit Danny. Mais je peux très bien me débrouiller sans toi. Va voir où sont les petites, ou cette fille, ou peu importe qui te met les nerfs en boule. Allez, ouste !

Danny avait raison. Son appartement vide au-dessus de sa tête le rendait malade. Pourtant, il était censé *être* vide, bon sang. D'ailleurs, Rex aimait vivre seul. Mais, depuis la veille, il ne tournait plus rond. Comment avait fait Juliana pour s'échapper en catimini avec les filles, sans le réveiller ? Probablement parce que dormir frisait l'impossible en sachant qu'il y avait une banquière sexy *et consentante* dans son lit, et lorsque le sommeil l'avait enfin gagné, il avait rêvé que Juliana ouvrait la porte de sa chambre, lui faisait signe de le rejoindre. Dans son rêve, il acceptait son invitation.

Rex s'était réveillé le corps en feu dans la maison silencieuse. Une note de Juliana dans la cuisine annonçait qu'elle avait emmené les petites chez elle, et qu'elle les garderait pour la nuit afin de ne pas le déranger. Qu'il téléphone si l'idée lui déplaisait. L'idée lui avait déplu, mais comme il ne savait pas pourquoi, il n'avait pas appelé. Un jour sans Juliana était un jour sans avoir à combattre leur attirance mutuelle. Et découcher amuserait certainement les filles. Alors, pourquoi ne lui en était-il pas reconnaissant ?

Le journal que Juliana avait également laissé sur la table de la cuisine n'avait pas amélioré son humeur, loin de là. Oh, bien sûr, grâce à l'article sur la soirée caritative, son chiffre d'affaires avait augmenté, ainsi qu'il l'avait espéré. Ce week-end, l'affluence avait été formidable, mais trop de clients lui posaient des questions sur sa romance avec Juliana. Tous semblaient attendre une fin de conte de fées, mais ils seraient déçus. Elle était peut-être une princesse, dans son style, mais lui avait prouvé qu'il n'avait rien d'un prince charmant.

Rex termina de nettoyer le comptoir, puis regarda sa montre. 17 heures. S'il partait maintenant, il aurait le temps de se doucher et de jouer avec les filles avant le dîner.

— Bon, j'y vais, annonça-t-il à Danny. Si tu as besoin de moi, appelle chez Juliana. Son numéro est près du téléphone.

Quarante minutes plus tard, il se garait derrière la berline de Juliana, grimpait les marches et sonnait. Personne ne répondit, néanmoins, utiliser la clé que Juliana lui avait confiée semblait beaucoup trop *domestique*. Il fit le tour de la maison, mais les enfants restaient invisibles. Zut. Rex sortit la maudite clé. Après tout, s'en servir ne signifiait pas que sa relation avec Juliana dépassait le cadre des filles et des leçons, n'est-ce pas ?

— Juliana ? Becky ? Liza ?

De nouveau, seul le silence lui répondit.

Sur la table de la cuisine, des flacons de vernis à ongles aux couleurs de dragées voisinaient sagement avec un tas bien rangé de rubans à cheveux, et d'autres colifichets de filles. Le sac de Juliana gisait près d'une pile de guides pédagogiques. Qu'elle s'investisse dans la garde des petites au point d'essayer d'en apprendre plus sur les enfants toucha Rex plus qu'il ne l'aurait voulu.

Force était d'admettre qu'il s'était sacrément trompé en pensant d'abord que Juliana avait plus d'argent que de cervelle. Mais il repoussa son admiration grandissante pour elle. Apprécier sa générosité ne changeait rien au fait qu'il était endetté jusqu'au cou auprès de la banque de sa famille, ni que Juliana ne cherchait qu'à s'encanailler avec lui. Tandis que lui, il cherchait…

Quoi, au fait ? A s'enraciner ? Peut-être. Un jour prochain, quand le bar fonctionnerait mieux, il pourrait envisager de fonder quelque chose avec une femme. Mais il avait fait assez d'erreurs comme ça, déçu trop de monde. Rex hocha la tête. Même s'il décidait de saisir sa chance — et de ne pas tout fiche en l'air ensuite — jamais l'héritière d'une banque ne serait intéressée à long terme par un motard chevelu grandi sur les routes, et dont la garde-robe se composait de jeans et de T-shirts au logo du Rebelle. Non. Juliana finirait avec un type éduqué dans des écoles privées et vêtu de costards impeccables.

Un homme semblable aux autres célibataires de la vente aux enchères.

Si le sac de Juliana traînait là, les trois filles ne devaient pas être loin. Rex se dirigea vers le parc de la résidence. Des exclamations joyeuses le guidèrent jusqu'à la piscine clôturée. Une douzaine de personnes s'y ébattaient. Le cri excité de Becky attira son regard sur le petit bain. L'enfant plongea avec fracas, et réapparut aussitôt à la surface de l'eau grâce à une bouée rose vif flambant neuve. Ensuite, il repéra Liza, également équipée d'une bouée jaune canard, sa couleur préférée. Elle barbotait en direction d'une femme brune et mince dont seul le dos nu était visible.

Juliana. Pas la peine de la voir de face pour la reconnaître. La moindre parcelle du corps de Rex se tendait vers elle. Sa silhouette gracile et élancée plongée dans l'eau jusqu'aux hanches lui mettait l'eau à la bouche. Si son Bikini n'était pas un modèle minimal aux critères modernes, savoir que quelques grammes à peine de tissu recouvraient sa peau nue le heurta avec la violence de la foudre. Entendre son rire sensuel qui répondait aux cabrioles de Becky empira encore son excitation soudaine.

Il regarda Juliana plonger et éclabousser les petites filles, pour leur plus grande joie. Apparemment, la digne banquière savait s'amuser. Que n'aurait-il donné pour participer à certains jeux, lui aussi ! Rex agrippa la clôture blanche.

— Oncle Rex ! hurla Becky.

Démasqué. Il grimaça un sourire, ordonna à son corps de se ressaisir, puis ouvrit le portillon. Juliana se tourna vers lui, et il faillit tomber à la renverse. Ses seins étaient ronds, nacrés, parfaits, et bien trop exposés pour sa santé mentale par le haut du Bikini bleu assorti à ses yeux.

— 'garde, tonton, moi nage !

La voix flûtée de la petite Liza le ramena en terrain plus sûr. Rex s'obligea à ignorer la vision enchanteresse et félicita avec ardeur ses nièces, qui, au comble du bonheur, lui firent toutes sortes de démonstrations, l'aspergeant au passage. Mais l'eau fraîche sur sa peau fiévreuse était bienvenue.

— Nous avons été très occupées, aujourd'hui. Elles devraient bien dormir cette nuit, déclara Juliana en souriant.

Sa remarque tranquille obligea Rex à reporter son attention sur elle — ce qu'il aurait préféré éviter tant que quelque chose ne la recouvrait pas de la tête aux pieds. Sa silhouette appétissante toute en courbes veloutées lui ôtait la parole. Il grommela un vague acquiescement.

— Quelque chose ne va pas ? Vous êtes censé travailler, non ? reprit Juliana en croisant les bras, ce qui mit encore plus en valeur la rondeur exquise de ses seins.

— Danny assure la fermeture du bar, expliqua Rex, qui peinait de plus en plus à se concentrer. Je pensais emmener les filles dîner et les ramener chez moi. Demain, c'est mon jour de repos, alors je les garderai cette nuit, ce qui vous permettra de dormir dans votre propre lit.

Le coup d'œil qu'il lança aux deux fillettes lui permit de voir leurs visages s'affaisser sous la déception.

— Ce soir, nous avions prévu de faire griller des brochettes, objecta Juliana en s'avançant vers le bord de la piscine. Et il y a de la glace maison que nous avons faite avec une machine toute neuve. Pourquoi ne pas dîner d'abord avec nous, plutôt ?

Très mauvaise idée. Mais comment y couper, bon sang ?

— C'est nous on a fait les brochettes, clama fièrement

Liza du haut de ses trois ans, tandis que Rex la tirait hors de la piscine et la reposait sur le sol.

— Les filles m'ont donné un sacré coup de main, renchérit Juliana en souriant avec une certaine malice. Faire la cuisine ensemble me semblait une activité très sympa.

— Bon, va pour le dîner, céda Rex à contrecœur.

Becky poussa un cri de joie et l'étouffa sous ses baisers.

Alors Juliana sortit à son tour de la piscine, telle une nymphe jaillissant des flots. L'eau cascadait le long des pleins et des creux de son corps sublime. Le tissu mouillé de son micro-slip collait à ses hanches comme une seconde peau. La gorge de Rex se dessécha, ses sens s'embrasèrent.

Il expira profondément puis tourna le dos au fruit défendu pour s'agenouiller et aider ses nièces à se sécher. La semaine qui l'attendait risquait d'être interminable…

— 'garde, tonton. Oo-liana a mis vernis.

Dans son langage encore hésitant, Liza lui expliqua que Juliana leur avait peint les ongles des pieds en rose bonbon.

— Très joli, s'extasia Rex.

Juliana s'approcha d'eux, arborant la même nuance sur les siens. Rex lutta contre l'envie de remonter des yeux le long de ces jambes magnifiques, vers ce nombril exquis et ses seins si parfaits, que sa position mettait juste à hauteur de son visage…

Allez, laisse-toi faire, et on n'en parlera plus.

La voix honnie de son passé ne lui accordait aucun répit.
Non, pas question. Tu aurais trop à perdre.

Celle de sa raison ne lâchait pas prise non plus.

Frustré et impuissant, Rex se releva, et croisa le regard mutin de la femme déterminée à le soumettre à sa volonté. Il sentait qu'elle le ferrait comme un poisson, mais il avait beau tirer sur la ligne, cela restait sans effet. Il devait réagir très vite.

Même si quelque chose lui disait qu'il était déjà trop tard.

- 6 -

Rex tournait dans le salon de Juliana comme un lion en cage. Il examinait un bibelot par-ci, par-là, regardait par la fenêtre, incapable de rester une seconde en place.

Archi-consciente de chaque déplacement de son corps d'athlète, Juliana sirotait du vin de pêche en lissant l'ourlet de la robe qu'elle avait enfilée après la piscine.

Une robe bain de soleil rose fuchsia qui pendait dans son placard depuis des siècles, car Juliana la trouvait trop décolletée et trop courte. Elle l'avait achetée, ainsi que les sandales ridiculement hautes assorties, pour la croisière prévue avec Andrea et Holly pour célébrer leur vingt-septième anniversaire, et annulée au dernier moment à cause de l'appendicectomie qu'elle avait dû subir en urgence.

— Je vais vous rembourser ce que vous avez dépensé pour Irma, les bouées des filles, les vêtements de poupée, tout ça, annonça Rex. Je vous dois combien ?

Pour la troisième fois consécutive, son regard balaya les parcelles de peau que la robe sexy dévoilait, puis se détourna avant d'y revenir de nouveau. Juliana acquit la conviction que, tout compte fait, cette robe valait chaque centime qu'elle lui avait coûté.

Elle croisa haut les jambes, et Rex n'en perdit pas une miette. Intéressant. Alors, se penchant en avant, elle posa son verre sur la table, puis enroula d'un geste sensuel autour de son doigt la chaîne d'or pendant à son cou. Les yeux sombres de Rex se fixèrent sur sa main qui jouait dans son décolleté plongeant. Elle vit sa pomme d'Adam remonter dans sa gorge.

Un sentiment exaltant de puissance féminine envahit Juliana. Galvanisant. Oui, Rex était attiré. Mais comment vaincre sa retenue ?

— Ce n'est pas la peine, Rex. Votre sœur prend en charge le salaire d'Irma. Quant au reste, ajouta-t-elle en désignant les fillettes qui jouaient à la poupée dans un angle de la pièce, cela me fait plaisir. Becky, Liza et moi nous amusons beaucoup ensemble.

— J'insiste, objecta Rex.

— Oui, Kelly m'avait prévenue. Ma réponse reste « non ».

Sur ce, Juliana balança avec nonchalance sa sandale au bout d'un orteil, juste pour voir s'il regardait. Il regardait. Elle se mordit la lèvre pour retenir un sourire satisfait.

— Ma sœur a appelé ce matin, reprit Rex dont les poings se serraient nerveusement. Mike a bien supporté l'opération, son état est stabilisé. Il n'y a plus qu'à attendre, maintenant, mais les médecins sont optimistes.

Juliana décroisa les jambes, et le bord de sa robe remonta encore — bonus imprévu dans la manœuvre mais bienvenu.

— Je prie le ciel comme tout le monde pour qu'il s'en sorte.

— Ouais, grogna Rex, sans quitter ses jambes des yeux.

— Vous êtes sûr de ne pas vouloir un peu de vin ? Je suis navrée de ne pouvoir vous proposer de bière.

Tout en parlant, elle se pencha de nouveau pour reprendre son verre, et savoura le déplacement des yeux de Rex vers son décolleté. La pointe de ses seins durcit aussitôt.

Une femme fatale était née, songea-t-elle. L'incongruité

du constat l'amusait autant qu'il la surprenait. Mais elle adorait l'excitation que suscitaient en elle les regards brûlants de Rex. Tout comme découvrir que des zones de son corps s'animaient de sensations tout à fait nouvelles.

— Non merci, grommela-t-il.

Il arrivait qu'une investigation comptable mène Juliana dans une direction inattendue. Elle avait donc appris à suivre son instinct.

— Alors, cessez de gigoter et venez vous asseoir, lança-t-elle en tapotant le canapé à son côté. Vous énervez les filles.

Mensonge. Elles étaient plongées dans leurs jeux depuis un bon moment. Mais à chaque passage de ce déhanché canaille devant sa ligne de vision, Juliana sentait son sang bouillir. Seigneur, elle aussi le lorgnait, se demandant s'il serait à la hauteur de la promesse si bien mise en valeur par son jean. Elle rougit d'avoir des pensées aussi effrontées.

Rex prit le fauteuil de l'autre côté de la table basse, posa les coudes sur ses genoux et mit la tête entre ses mains. Observant la chevelure épaisse, les épaules tendues, Juliana serra son verre pour s'empêcher de le toucher comme elle l'aurait voulu. Depuis qu'elle connaissait cet homme, elle se découvrait des besoins tactiles et sensuels insoupçonnés.

Si elle n'hésitait jamais à prendre des initiatives dans sa vie professionnelle, il en allait autrement dans sa vie privée, où elle n'était guère entreprenante. Mais la réaction de Rex ce soir lui donnait presque envie d'agir. Presque.

Soudain, il planta dans les siens ses yeux fauves.

— Pourquoi moi, Juliana ? Je veux la vérité.

Désarçonnée, elle tressaillit, et quelques gouttes de vin s'échappèrent de son verre. Pour gagner du temps, elle épongea le vin renversé. Cette fois, Rex n'accepterait aucune réponse évasive. Bon. Mais jusqu'où développer les explications, avec la proximité des filles ?

— Parce que j'ai une vie agréable, commença-t-elle.
— Quoi ?

A en croire son ton, Rex pensait qu'elle perdait l'esprit.

— Oui. J'ai trente ans. Une voiture agréable, une maison agréable, un job agréable. *Agréable*, c'est fade et ennuyeux. Comme moi. Je comptais sur vous et vos leçons pour me sortir de mon *agréable* chemin tout tracé. Il doit exister mieux que *l'agréable* dans la vie, et je ne veux pas le rater.

L'esquisse d'une compréhension adoucit quelque peu le regard intense de Rex, qui recula sur son siège.

— Moi aussi, je voulais plus, autrefois. Puis j'ai compris que *plus* n'est pas aussi génial que l'on croit.

Ravie de ce début de confidence, Juliana demanda :

— Vous parlez de votre carrière musicale ?
— Oui, avoua Rex après quelques secondes d'hésitation. Je rêvais de quitter le ranch et d'être *plus* que juste le fils de Reed Tanner, fermier. J'y suis arrivé. Et là, tout le monde voulait que je sois encore quelqu'un d'autre.
— Je ne comprends pas.
— Les producteurs, mon manager, mon agent, tous ont signé avec moi parce que ma musique était différente. Mais ensuite ils ont essayé de faire de moi une copie conforme de tous les types du hit-parade.
— Pourtant, vous avez réussi sans jamais ressembler à personne, argua Juliana.

N'étant pas une fan de musique country, elle ne pouvait pas vraiment comparer. Mais elle avait lu des articles vantant le son unique et l'originalité des paroles des chansons de Rex, et, en outre, elle aimait vraiment sa musique.

— J'y suis arrivé parce que je me suis battu contre

eux à chaque stade, admit Rex. Le plus important, c'est qu'il ne faut pas essayer d'être ce que l'on n'est pas.

Mais qui était-elle exactement ? Jusqu'à ce qu'on la pousse à épouser Wally, Juliana pensait le savoir. Aussi loin qu'elle se souvienne, on la destinait à prendre sa place parmi les dirigeants de la banque Alden. Cet objectif lui convenait, et avait toujours prédominé sur tout le reste, personnes comprises. Elle en était satisfaite. Une vie rectiligne et sans débordements d'émotion lui allait à merveille. Ayant été aux premières loges lorsque Andrea était tombée folle amoureuse, puis lorsque son cœur avait été brisé, Juliana avait choisi de préserver le sien de ce genre de cataclysme.

Mais aujourd'hui elle commençait à douter du bien-fondé de sa décision. Prenons Irma, par exemple. Que restait-il à son ancienne nounou, après une vie consacrée aux enfants des autres ? Rien. Ni famille ni plaisirs. Mais Juliana n'était pas certaine que se soumettre docilement aux projets de sa mère fût la solution pour ne pas en arriver là.

En fait, les principes sur lesquels elle avait fondé sa vie étaient en train de vaciller, et elle ignorait si cela se terminerait par une consolidation ou un effondrement.

Elle releva la tête vers Rex et lui demanda :

— Est-ce que le jeu en valait la chandelle ?

Et en ce cas, pourquoi abandonner ses rêves au faîte de la gloire ? compléta-t-elle en son for intérieur.

Rex se mit sur ses pieds.

— Devenir mon propre maître a été un parcours du combattant, c'est vrai. Mais j'étais égoïste, et j'ai fait souffrir trop de gens. Je les ai tous déçus.

Qui donc ? voulait savoir Juliana. Et comment ?

Avant qu'elle puisse poser la question, il se tourna vers Becky et Liza, qui jouaient sagement dans leur coin.

— Bon, les filles, on y va. Ramassez vos affaires et dites bonsoir à Juliana.

Bien qu'elle eût voulu creuser le sujet, Juliana se résolut à les aider à ranger, puis accompagna le trio vers le pick-up de Rex. Les adieux câlins des fillettes lui allèrent droit au cœur.

— Merci pour le dîner, lança Rex avant de démarrer.

Pensive, Juliana les regarda s'éloigner. Aurait-elle des enfants un jour ? Les chances étaient minces. A trente ans, elle n'avait encore rencontré personne avec qui elle ait envie de passer le reste de sa vie. Lors de ses rares aventures, son travail avait toujours primé sur la relation, et aucun homme ne l'avait intéressée au point de vouloir quitter le bureau plus tôt, voire prendre un jour de congé. En fait, sans Andrea et Holly, elle ne prendrait sans doute jamais de vacances.

Si tu épouses Wally, tu pourrais avoir des enfants. Un point de plus dans la colonne « Wally ». Alors, pourquoi ne pas accepter ce mariage, et arrêter de se poser mille questions ? Pourquoi hésiter ? Mais était-ce si irréaliste de vouloir davantage que juste des bons rapports avec un mari ? Etait-ce une illusion romanesque d'espérer une union véritable ? Et, surtout, en était-elle capable ?

Le lundi, juste avant midi, la porte du bureau de Juliana s'ouvrit en trombe. Elle leva la tête de son livre de comptes, et son estomac se contracta. Le regard noir de sa mère signifiait clairement que l'éloignement punitif était terminé.

— Bonjour, maman.

Margaret Alden brandit un journal ouvert en lançant :

— Ceci est absolument scandaleux.

Il s'agissait de l'article d'Octavia Jenkins *L'amour à n'importe quel prix ?* dans l'édition du samedi. Juliana grimaça. Elle avait espéré que sa mère ne le lirait pas. Raté !

— Tu as lu ça ? fulminait Margaret. Tu imagines le tort que cette femme fait à ton alliance avec Wally ?

Que sa mère ne lui demande pas ce qu'elle éprouvait pour Rex n'avait rien d'étonnant. Ce type de relation n'existait pas entre elles. Ses confidences, Juliana les partageait avec Irma, Andrea et Holly.

— Je ne suis pas encore fiancée, objecta-t-elle. Et si tu lis l'article jusqu'au bout, tu verras qu'Octavia insinue également une romance entre Wally et Donna, ainsi qu'entre Eric et Holly. Et tu sais bien que c'est faux.

Lire le passage sur son frère et sa meilleure amie l'avait dégoûtée, mais si elle espérait que la journaliste se trompait, Juliana n'osait pas appeler Holly pour en savoir plus.

— Je compte bien qu'Eric n'ait pas de liaison avec Holly ! rétorqua sa mère. Elle a terriblement déçu ses parents en allant vivre dans cette cabane comme une bohémienne.

— Ce n'est pas une cabane, c'est une ferme restaurée, et aussi son atelier de vitraux, corrigea Juliana.

Ce n'était pas la première fois. Elle devait même le faire si souvent que les mots sortaient tout seuls, comme un refrain.

— Quant à Wallace, il a du bon sens. Il sait que cette femme n'est pas de notre milieu, ajouta Margaret.

Tant de snobisme offusqua Juliana. Pourtant, elle aurait dû y être habituée, puisqu'elle entendait ce genre de choses depuis sa naissance.

— Tu veux dire que Donna n'est pas née avec une cuiller d'argent dans la bouche, et tout servi sur un plateau ?

Sa mère se défendit en levant un menton arrogant.

— Eric et toi non plus n'avez pas tout eu sur un plateau.

— Si, maman. Tout, sauf la considération, pour laquelle nous avons dû lutter d'arrache-pied.

Et l'attention de leurs parents, qui semblait subordonnée à un comportement irréprochable, compléta Juliana en silence. A l'école, les amies qui osaient désobéir étaient envoyées en pension. Par crainte d'être séparée d'Irma, d'Andrea et de Holly, Juliana s'était toujours soumise aux règles.

— Je vais appeler le journal et demander que cette Jenkins soit démise de la rubrique, conclut Margaret Alden.

— Le sexe fait vendre. Octavia ne fait que son métier.

— Serais-tu en train d'insinuer que tu couches avec ce... cet homme ?

Juliana sentit le rouge lui monter au front.

— Non, mais quand bien même ce serait le cas, cela ne te regarderait pas, il me semble.

— Cela me regarderait si tu compromets la fusion. D'ici l'an prochain Alden-Wilson sera le plus gros groupe bancaire privé de la région, et j'en serai la directrice générale.

— A condition que M. Wilson accepte de s'effacer, rétorqua Juliana. Or, selon Wally, son père ne tient pas du tout à se retrouver commandant en second. Tu risques de perdre, cette fois-ci, maman.

Elle admirait l'ambition de sa mère. Toute sa vie, elle avait entendu vanter les réussites de Margaret Alden — mari, famille, carrière. Juliana voulait y parvenir aussi.

Un sourire suffisant étira les lèvres minces de Margaret.

— C'est mon problème. Toi, occupe-toi de rectifier le tir avec Wallace. Et assure-toi que cette petite garce n'est pas en train de marcher sur tes plates-bandes. Ne me déçois pas, Juliana. Cette fusion est beaucoup trop importante pour que tu la mettes en péril avec une ridicule aventure inconvenante. Suis-je claire ?

Puis elle quitta le bureau aussi brutalement qu'elle y était entrée.

Juliana retomba sur son siège. « Ne me déçois pas ». Le cheval de bataille de sa mère. Elle avait entendu ça toute sa vie. Mais, cette fois, l'impression que la fusion comptait plus pour Margaret que le bonheur de sa fille la décontenançait.

Le sentiment d'étouffement qui l'avait conduite à acheter le pire célibataire du lot l'écrasait de nouveau.

C'est ta dernière chance. La dernière, Juliana.

Il fallait qu'elle s'en aille d'ici. Sans plus réfléchir, Juliana rangea ses affaires, annonça à son assistante qu'elle partait pour la journée, sortit sous le soleil de midi, et inspira une grande goulée d'air tiède qui avait la saveur de la liberté.

Coincé dans son propre appartement !

Oh, bien sûr, Rex savait qu'il pouvait invoquer du travail et s'échapper en descendant au bar, laissant Juliana veiller sur les filles. Mais il n'était pas un lâche. Plus maintenant. Il devait assumer ses décisions, celle d'avoir participé à la vente aux enchères comme celle de garder ses nièces.

Mais tout de même, sa résistance avait des limites. Et s'était drôlement émoussée depuis que Juliana avait débarqué à la ferme en début d'après-midi avec un panier de pique-nique. Durant quatre heures, elle avait joué et ri avec Liza et Becky, et Rex avait découvert une nouvelle facette de la commissaire aux comptes auparavant si coincée. Une facette qui lui plaisait beaucoup trop.

A cran à force d'excitation, il marchait de long en large dans son salon. Une femme superbe le désirait.

Le désir était réciproque. Alors, pourquoi continuer de lutter contre l'exigence qui le dévorait ? Parce que coucher avec Juliana reviendrait à mêler plaisir et affaires. Idée catastrophique, tout le monde savait ça. Sans compter que céder à la convoitise ouvrirait la porte à son pire point faible.

Oui, mais il mourait d'envie d'elle. De son odeur. De sa saveur. De sa peau. Contre la sienne. Juste une fois.

Quel imbécile il faisait ! Coucher une fois avec Juliana, il le savait, c'était comme reboire un seul verre pour un alcoolique. Retour assuré vers l'enfer.

A ce moment, Juliana sortit de la chambre des filles, dont elle ferma la porte, et Rex eut aussitôt le sentiment que son estomac s'emplissait de plomb.

Avec ses cheveux relâchés, elle ressemblait autant à un ange qu'à une sirène. Les mèches de jais balayaient ses épaules nues et sa gorge, dévoilée par un délicat top de dentelle bleu pâle qui s'arrêtait juste au-dessus d'un jean taille basse. Une large ceinture tissée était nouée autour de ses hanches, et les pans ornés de pompons se balançaient de façon hypnotisante à chacun de ses pas. Ces pompons semblaient inviter Rex, exacerber son désir.

Son regard remonta jusqu'au demi-sourire sensuel qui illuminait le visage de Juliana. Et qui le cloua sur place. Le cœur battant, le souffle court.

— Les petites sont parties pour la nuit, chuchota Juliana.

Les reins en feu, il réprima un frisson puis articula :

— Vous devriez rentrer. Vous commencez tôt demain.

— Oh, il n'est que 9 heures. Et si vous mettiez un peu de musique ? suggéra Juliana en s'installant sur le canapé.

Elle avait dû semer ses chaussures en cours de route. La lumière de la lampe fit briller l'anneau d'or qui ornait son deuxième orteil, ainsi que le bracelet autour de sa cheville.

Bon Dieu. Rex déglutit, mais sa bouche resta sèche.

— Je n'ai pas de chaîne stéréo, marmonna-t-il.

— Ah bon ? C'est un peu bizarre, compte tenu de votre métier précédent, non ? remarqua Juliana.

— La musique ne fait plus partie de ma vie.

— Pourquoi ?

Pour un tas de raisons, qu'il préférait garder pour lui.

— Manque de temps.

— Ça a été difficile de tourner le dos à votre passion ?

Mais pourquoi diable s'obstinait-elle à connaître ses pensées ? A chaque rencontre, elle le bombardait de questions !

— Non, répliqua-t-il d'un ton bref.

Menteur. Parfois — en ce moment, par exemple — des émotions le submergeaient, et ses doigts s'agitaient tous seuls, comme pour les déverser sur les cordes de sa guitare. Adolescent, puis adulte, la musique avait été pour lui le moyen de supporter la confusion de ses sentiments, et il jouait, chantait ou écrivait des chansons jusque tard dans la nuit. Il lui était même arrivé de penser que seule la musique le préservait de la folie.

Et plus il passait de temps avec Juliana, plus ses pensées s'égaraient vers la vieille Fender rangée au fond d'un placard. Mais l'instrument resterait là, et il ne retournerait pas dans ce monde qui lui avait coûté sa famille, sa maison, ses amis, et l'estime de lui-même.

Juliana se leva puis le rejoignit près de la fenêtre donnant sur la rue sombre. Rex inspira nerveusement, et ses narines s'emplirent de son parfum de fleurs épicées.

— Comment avez-vous fait ? Où avez-vous trouvé le courage de faire votre propre vie ? demanda-t-elle.

L'incertitude qu'il lut dans ses yeux le déconcerta.

Si elle s'était approchée avec des intentions coquines, pour poser ces lèvres exquises sur les siennes, il aurait pu lui résister. Mais les doutes assombrissant le regard de Juliana laminaient ses défenses.

— Qu'est-ce qui cloche dans votre vie, Juliana ?

Selon lui, elle n'avait guère à se plaindre.

— Les attentes, répondit-elle. Celles des autres. Les miennes. Il me semble parfois que ma vie ne m'appartient pas, et que mes désirs n'ont aucune importance.

Un élan de sympathie ébranla Rex, qui se détendit quelque peu. Voilà donc les vieux démons que Juliana avait cachés à la journaliste. Il aurait parié que c'était la vraie raison qui l'avait poussée à l'acheter lors de la vente aux enchères.

Il aurait voulu en savoir plus, pourtant, il s'y refusait. La compréhension menait à l'indulgence, l'indulgence à la faiblesse, puis inévitablement à la déception.

Mais si quelqu'un comprenait la pression des attentes d'autrui, c'était bien lui.

— Je vois ce que vous voulez dire, dit-il. Moi aussi, ma vie était toute tracée. Contrairement à la plupart des gosses, on ne m'a jamais demandé ce que j'avais envie de faire plus tard. J'étais né pour reprendre la ferme familiale, comme mon père et mon grand-père avant lui.

— Et ce n'était pas ce que vous vouliez ?

A la simple idée d'être ligoté au ranch, Rex frissonna.

— Non. Passer ma vie, année après année, à m'inquiéter de la sécheresse d'un été, de la rudesse d'un hiver, ou de savoir si les rentrées d'argent suffiront à nourrir la famille, très peu pour moi. De même que mourir à la fleur de l'âge à force de trimer, comme mon grand-père. Je voulais davantage. Et m'en aller ailleurs. Loin de ce bled paumé. Loin de la coupe que mon père exerçait sur moi.

Pourquoi n'avait-il jamais essayé d'expliquer tout cela à ses parents, au lieu de les accabler d'injures ?

— Alors je suis parti, poursuivit-il. J'ai coupé tous les ponts. Suivi mon cœur. Mais cela ne m'a pas empêché d'avoir des ennuis par la suite.

Juliana se mordillait la lèvre, et Rex lutta contre l'envie d'en goûter la saveur fruitée.

— Donc, vous me comprenez, murmura-t-elle. Je dois juste trouver le courage de suivre mon cœur, c'est ça ?

— Quelque chose dans ce genre, oui. Mais sachez qu'on paye toujours les conséquences de nos choix. Et on se rend parfois compte trop tard que le prix était trop élevé.

Tout ce dont Juliana avait besoin, c'était de courage, or le courage était ce qui lui manquait le plus en ce moment.

Si elle s'était trouvée devant un ponte de la Banque centrale plutôt que Rex, elle aurait été solide comme un roc. Mais, ce soir, elle voulait se sentir une femme, et non un pion sur l'échiquier d'une fusion bancaire.

Un baiser de Rex pouvait l'y aider.

Son odeur masculine et chaude l'enveloppait. Les jambes vacillantes, elle se sentait comme grisée par une brusque montée d'adrénaline. Pourquoi ne l'embrassait-il pas ?

Pourquoi ne l'embrasses-tu pas, toi ?

C'était une idée originale. Et terrifiante. Encore que prendre l'initiative l'effrayait moins qu'avant, car Rex lui plaisait et elle lui faisait confiance.

D'accord, mais s'il la repoussait encore ? Devrait-elle alors laisser tomber, et admettre qu'elle ne méritait pas mieux que sa relation sans enthousiasme avec Wally ? Une pointe de panique fit se précipiter son pouls.

— De quoi avez-vous tant envie ? demanda Rex.

— De décider de ma vie, de faire les choses parce

que je le veux, et non parce qu'on l'attend de moi ou parce que c'est le plus raisonnable — Juliana déglutit, humecta ses lèvres, puis poursuivit : et puis je vous veux, vous, Rex Tanner.

Il ferma les yeux et serra la mâchoire.

— Mauvaise idée.

— Au contraire, je crois que c'est une excellente idée, répliqua Juliana, qui, armée d'un cran entièrement factice, se mit sur la pointe des pieds et posa les lèvres sur les siennes.

Tandis qu'elle effleurait sa bouche, Rex, raide comme la justice, ne bronchait pas. Sans le battement accéléré du cœur qu'elle sentait sous ses mains plaquées sur son torse, Juliana l'aurait cru insensible. Encouragée par ce signe révélateur, elle prolongea sa caresse, puis s'enhardit à lui lécher la lèvre supérieure. Il laissa échapper un gémissement rauque. Juliana recula d'un pas lent.

— Montrez-moi comment prendre le contrôle, Rex.

Une bataille faisant rage dans ses yeux fauves, Rex resta coi un long moment. Puis, au moment où elle se résignait à avoir joué et perdu, tandis que ses espoirs sombraient, il la saisit par les bras, la plaqua contre lui, et recouvrit sa bouche d'un baiser impérieux, sauvage.

Une fois le premier choc passé, Juliana se laissa emporter par une myriade de sensations. Le brasier qu'allumait sa langue enroulée autour de la sienne, la chaleur de ses mains qui parcouraient son corps, la pressait contre son érection, la saveur de sa bouche, son odeur enivrante, tout cela se mêlait, la noyant dans un désir brûlant, absolu et certainement aussi irrésistible qu'une drogue.

Les caresses de Rex se firent plus précises, ses doigts se glissaient sous la fragile barrière de son top, dessinaient un cercle de feu autour de son nombril. Juliana étouffa un petit cri, et plongea le regard dans les yeux assombris de passion.

Aucun homme ne l'avait jamais regardée ainsi. Comme s'il allait la déshabiller et la prendre sur-le-champ, là.

Et elle aimait ça. Lire ce besoin animal. Savoir qu'ils allaient dépasser leurs propres limites.

Un frisson d'excitation la parcourut. Puis elle fixa sa bouche gonflée et humide de leur baiser, tandis que Rex prenait un sein au creux de sa paume rugueuse. Sans la quitter des yeux, il en titilla la pointe tendue. L'ardeur sourde au plus secret de son ventre s'accrut encore, la fit chavirer.

Juliana avait toujours rêvé qu'un homme la désire — *elle*, et non l'héritière Alden. Elle l'avait trouvé. Dommage qu'elle ne puisse pas le garder pour toujours…

Durant de longues minutes exquises, elle s'abandonna à l'exploration de ses doigts magiques, sans que la danse fiévreuse de leurs bouches ne ralentisse. Puis Rex recula peu à peu vers la chambre, la tirant par les pans de sa ceinture. Le cœur de Juliana s'emballa.

Arrivé à l'intérieur, il s'interrompit.

— Vous êtes une femme intelligente, dit-il. Ordonnez-moi de sortir, Juliana.

Pour toute réponse, elle inspira à fond et referma la porte sur eux. Alors, en un geste fébrile, Rex lui ôta son top. Le soutien-gorge suivit très vite. Puis il suivit la ligne exquise de ses seins, d'abord avec les yeux, ensuite avec les mains. Frissonnant sous ses caresses, Juliana haletait presque. Toujours à l'aide de la ceinture, il l'attira vers le lit, s'y assit, puis, l'ayant installée entre ses cuisses, laissa sa bouche prendre le relais de ses mains.

Juliana rejeta la tête en arrière, suffoquant sous la caresse brûlante de sa langue sur ses mamelons dressés. Elle se couvrit la bouche pour étouffer ses gémissements.

Avec les filles endormies à côté, elle ne devait pas faire de bruit. Et pour la première fois de sa vie, elle songea que garder le silence pendant l'amour risquait d'être un véritable défi.

Les caresses de Rex se poursuivirent un moment, impatientes, ardentes, tandis que le désir montait, inexorable, brûlant de promesses. Il la tenait toujours captive avec la ceinture. Elle tremblait, ses genoux vacillaient.

Sa fébrilité s'accrut encore lorsqu'il baissa lentement son jean et poursuivit la danse affolante de sa bouche vers son nombril, puis juste au-dessus de sa culotte de dentelle.

Au bout d'un moment, il fit également glisser celle-ci, et se tint quelques instants immobile devant ce qu'il voyait. Jamais Juliana n'avait senti sur elle un regard aussi intense.

Puis, avec des gestes très lents, une lueur sauvage au fond de ses yeux sombres, Rex enroula les extrémités de la ceinture tissée autour de ses poignets. Elle frémit.

— Fermez les yeux et tournez-vous, Juliana.

L'heure de passer de l'autre côté du miroir était arrivée.

- 7 -

Dernière chance. C'était sa dernière chance.

Debout au pied du lit, les oreilles bourdonnantes, Juliana baissa les paupières, puis tourna le dos à Rex. Elle sentit l'air frôler sa peau nue. L'instant suivant, quelque chose de rêche passa sur ses seins. Un petit hoquet de surprise lui échappa. Il s'agissait de la ceinture.

Rex tira doucement sur les pans galonnés, à gauche, à droite, encore et encore. Les petites perles de verre insérées dans le tissage roulaient sur sa peau comme des bouts de doigts glacés, contrastant avec l'étoffe qui, semblable aux paumes calleuses de Rex, la râpait légèrement. Un souffle brûlant entre ses omoplates la prévint avant qu'il n'enfouisse son menton sous ses cheveux et dépose un baiser sur sa nuque. Suivi d'un autre sur son cou, puis sur son épaule, puis dans son dos...

La bouche de Rex la titillait, la mordillait, la picorait. Dents. Lèvres. Ceinture.

A chaque nouvelle sensation, elle croyait imploser. Et puis un autre baiser venait ajouter un frisson supplémentaire.

La ceinture glissa plus bas, passa sur sa taille, ses hanches, son pubis. Lorsque les perles rebondirent sur sa chair extrêmement réceptive, Juliana étouffa un cri.

Puis Rex joua un moment avec les pompons, exacerbant ses nerfs, attisant l'incendie secret qui la consumait.

— Tournez-vous, ordonna-t-il ensuite d'une voix rauque.

Juliana obligea ses jambes tremblantes à obéir. La ceinture la serrait maintenant sous les fesses. Puis l'étoffe tissée de perles effleura ses cuisses, ses mollets, ses chevilles, remonta, redescendit. Doux supplice. Les paumes serrées, elle gémit entre ses dents. Rex l'attira plus près.

Le besoin de le toucher était trop fort. Juliana ouvrit les yeux, et vit dans ceux de Rex la même faim animale. Alors elle céda à l'urgence qui la taraudait depuis si longtemps, glissa les mains sous son T-shirt, les posa sur son torse, fourragea enfin dans les boucles de sa toison, caressa le contact souple et brûlant de sa peau. La réalité dépassait le fantasme. Incapable d'exprimer autrement son ravissement, elle prit son visage entre les mains et l'embrassa avec fougue.

Rejetant la ceinture sur le lit, Rex la remplaça par ses bras, et plaqua Juliana contre lui. Puis dévora sa bouche avec une avidité presque rageuse. Mais cela ne suffisait pas. Elle voulait plus, beaucoup plus. Comme s'il lisait ses pensées, il l'installa à califourchon sur sa cuisse musclée. Et profita de cette position vulnérable pour explorer le nid secret de sa féminité. A mesure que ses caresses se faisaient plus précises, plus intimes, Juliana s'agrippait à ses épaules, cherchant l'air entre deux baisers, tandis que la tension au plus profond de son corps devenait à peine supportable.

Abandonnant un instant sa bouche, Rex joua avec la pointe de ses seins, dont la chair exacerbée était quasi douloureuse. La torture exquise conjuguée de ses doigts entre ses cuisses et de ses lèvres sur ses seins finit par avoir raison de son endurance, et Juliana s'arc-bouta, foudroyée par la jouissance.

Elle reprit lentement son souffle, s'efforça de soulever ses paupières alourdies de plaisir, et sourit aux yeux sombres de Rex. Elle suivit du doigt sa mâchoire tendue de désir.

— Préservatifs. Vite, lâcha-t-il, la voix hachée.

Les mains tremblantes, elle les prit dans son sac laissé sur la table de chevet. Pendant ce temps, Rex se débarrassait de ses bottes et de ses chaussettes. Le cœur battant à toute allure, Juliana le regarda ôter son jean et son boxer d'un seul mouvement vif. Avec ses cheveux en bataille, son regard farouche, ses lèvres serrées, c'était le portrait même du voyou séducteur et sauvage.

Elle baissa les yeux le long de son corps puissant, jusqu'à l'érection somptueuse nichée au milieu de denses boucles brunes. Enorme. Dure. Sa bouche s'assécha.

Rex la désirait. *Elle*. Jamais encore un homme n'avait témoigné un désir aussi flagrant juste en la faisant jouir. En fait, peu s'étaient même préoccupés de sa volupté.

Il lui tendit la main. Mettant la sienne dans sa large paume calleuse, Juliana s'approcha. Le contact de son sexe érigé contre son ventre lui arracha un hoquet. Puis Rex s'empara de nouveau de sa bouche, l'embrassant longuement, profondément, à en perdre la tête. Elle s'abandonna au plaisir longtemps inavouable de toucher son dos, ses fesses.

Ensuite, il l'attira sur le lit. La pointe de ses cheveux effleurait ses épaules, ses seins, une caresse d'une sensualité inouïe, comme Juliana n'en avait jamais connu. Elle comprenait maintenant pourquoi les hommes aimaient les femmes à cheveux longs. Rex poursuivit avec sa langue, explorant avec délice chaque centimètre de son corps, la laissant à la fois trop comblée et inassouvie. Elle sentait sa raison la quitter peu à peu.

Très vite, trop vite, une extase fulgurante l'emporta

de nouveau, et elle dut mordre son poing pour ne pas hurler. Elle qui voulait connaître la passion était servie. Jamais elle n'aurait imaginé que ce fût si intense. Et en même temps si effrayant. Effrayant car elle perdait tout contrôle, devenait esclave de ses sens, et pressentait que Rex Tanner était trop fort pour elle — ou pour n'importe quelle femme. Il devait être un véritable missile pour cœurs brisés pour toutes celles qui attendaient de lui plus que du frisson à court terme.

Une chance qu'en l'occurrence elle-même ne voulait justement que du temporaire.

N'est-ce pas ?

Le doute s'insinua dans les limbes de sa conscience. Pourrait-elle se satisfaire de la notion *agréable* après cela ?

La bête égocentrique tapie en Rex le taraudait, celle-là même qui l'incitait autrefois au plaisir facile, après ses concerts. Sauf que le désir qui le brûlait était plus profond.

Donne, pour une fois dans ta vie, sale égoïste. Donne au lieu de prendre.

Il repoussa la faim quasi animale qui le consumait, et laissa Juliana découvrir chaque centimètre de son corps. Il tremblait des pieds à la tête dans son effort à contenir le besoin brutal de la prendre sur-le-champ. De l'utiliser comme il en avait utilisé tant d'autres. Lorsqu'il fut au bord de l'explosion, il lui tendit un préservatif.

— Tu veux prendre le contrôle ? Alors vas-y.

Sa voix était aussi rocailleuse que s'il avait joué et chanté toute la nuit dans un bar enfumé.

La surprise éclaira les yeux de Juliana. Ses seins tressautèrent sous son hoquet étonné, décuplant l'ardeur de Rex. Tandis qu'elle déchirait l'étui, il se reput de la douceur soyeuse de sa peau pâle, de la sensibilité exacerbée des mamelons qu'il titillait et mordillait, se délectant des cris étouffés qui lui échappaient.

Les mains tremblantes, avec d'infinies délicatesses, elle déroula la protection sur son sexe dressé. Rex se mordit la lèvre, tant la lenteur de son geste était insoutenable. Lui aurait déchiré l'étui avec les dents, enfilé le préservatif d'un coup sec et se serait perdu aussitôt dans son corps brûlant.

Mais il se doutait bien que Juliana n'était pas le genre de personne à déchirer l'emballage d'un cadeau. Raison pour laquelle il lui avait confié cette tâche. L'extrême délicatesse de son geste le surprit néanmoins, et, sur le point de perdre la tête, il serra les poings, les dents, et se concentra.

Elle le caressa, attisant encore un désir affolant à force d'intensité. L'esprit en bataille, le sang battant à ses oreilles, le cœur gonflé d'anticipation, il la regarda. Ses yeux bleus brillaient de pouvoir tout féminin, ses lèvres rouges se gonflaient de plaisir. Qu'attendait-elle pour le délivrer de cette torture, enfin ? Agenouillée au-dessus de lui, ses seins sublimes frôlant sa poitrine, elle se pencha pour prendre la ceinture derrière lui.

Rex avala une goulée d'air. A quoi jouait-elle ? La banquière ne semblait pourtant pas cultiver des goûts pervers. Mais après tout il était prêt à apprécier n'importe quoi en sa compagnie, si cette histoire se poursuivait.

Ce qui ne serait pas le cas. Ne *devait* pas être le cas.

Mais au lieu de lui lier les poignets comme il s'y attendait Juliana l'électrisa un peu plus en jouant avec les pompons sur tout son corps, comme autant de doigts caressants. A son tour, il expérimenta la sensation des perles de verre sur sa peau agacée. Puis, avec douceur, elle enroula la bande tissée autour de son sexe, et Rex crut mourir.

— Cesse de me torturer, gémit-il, attirant sa tête par les cheveux pour s'emparer de sa bouche avec avidité.

Il devina son sourire sous ses lèvres, et vit ensuite le rire dans ses yeux. Très bien. A son tour maintenant de prendre la direction des opérations. La saisissant par les hanches, il trouva la moiteur intime de sa chair, y glissa les doigts, un à un, jusqu'à ce qu'elle se cambre une fois de plus, sur le seuil d'un plaisir souverain, son regard noué au sien.

Prends-la. Maintenant.

Rex n'en pouvait plus. Il était sur le point de basculer Juliana sur le dos, et d'assouvir enfin cette ardeur lancinante, lorsque, sans le quitter des yeux, elle se laissa glisser sur lui, l'enveloppant du fourreau humide de son corps.

Des étoiles s'allumèrent derrière ses yeux. L'air quitta ses poumons. Jamais il n'avait vu de vision plus excitante, plus sublime, que Juliana le chevauchant. La passion alourdissait ses paupières, rosissait ses joues. A chaque ondulation de ses hanches, Rex sentait un peu de raison le quitter. Tant pis. Il adorait regarder cette femme si belle jouir pour lui.

Il plongea, plongea toujours plus fort, plus loin. Cramponnée à ses épaules, elle resserra sa chair autour de lui, et il explosa enfin avec elle, une fois, deux fois, avec une violence, une intensité qu'il n'avait jamais connue.

Juliana s'effondra contre lui, et il l'entoura aussitôt de ses bras, comme par habitude. Pourtant, Rex n'avait jamais fait cela, prendre une femme dans ses bras après l'amour. Mais, là, il voulait tenir Juliana tout contre lui.

Misère. Il allait vers des ennuis. De sérieux ennuis.

Les yeux au plafond, Rex resta silencieux, tandis que Juliana sombrait peu à peu dans le sommeil. Impossible pour lui de se détendre tout à fait, tant il se dégoûtait lui-même.

Si elle savait à quel type elle venait de se donner, Juliana ne reposerait pas aussi paisiblement. Elle méritait tellement mieux — n'importe quelle femme méritait mieux — qu'un égoïste qui avait oublié la plupart des noms de ses anciennes maîtresses !

Cela lui avait été si facile de croire les médias et tout le battage autour de son succès, si facile de croire que le monde lui devait tout, et non le contraire. Le plaisir sexuel que lui offraient ses admiratrices avait été sa drogue, et, maintenant que courait dans ses veines une dose de pure extase, Rex n'était pas certain de pouvoir désormais résister à l'attrait.

L'amour avec Juliana — non, le *sexe* avec Juliana — avait réveillé la bête égocentrique consommatrice de femmes, le pauvre crétin qui avait déshonoré sa famille et lui-même.

Il frémit tandis que son pire souvenir resurgissait dans sa mémoire. Ses parents n'avaient jamais assisté à ses concerts. Le travail au ranch leur interdisait toute absence. Et puis, un soir, sa famille lui avait fait la surprise de venir à l'un de ses plus importants spectacles. Rex l'ignorait jusqu'à ce qu'un technicien les fasse entrer dans sa loge.

Son père, sa mère et sa sœur s'étaient figés sur le seuil dans un silence horrifié, leurs yeux effarés passant de Rex à la groupie à demi nue agenouillée devant lui. Bien qu'il ait remonté son pantalon en vitesse, le mal était fait.

Et il ne connaissait même pas le nom de la fille. Sur le visage de ses parents, le dégoût, l'horreur et la honte se disputaient. Mais le pire fut de voir la fierté qui y brillait d'habitude quitter les grands yeux de Kelly.

Pourtant, Rex avait été élevé dans le respect des autres, surtout des femmes. Et voilà qu'il se comportait en complète contradiction. Jamais il n'oublierait la tension dans la loge tandis que la fille se rajustait, récupérait un autographe — elles ne partaient jamais sans — puis sortait. Sa famille en avait fait autant derrière elle, dans un silence réprobateur.

Le regard triste que sa mère avait lancé par-dessus son épaule en disait long. Rex était devenu un homme que même une mère ne pouvait plus aimer.

Bien sûr, il avait eu honte de son attitude. Mais avait-il compris la leçon pour autant ? Non. Il avait poursuivi sa vie de débauche jusqu'à la mort de ses parents.

Et ce soir, songea Rex avec un goût amer dans la bouche, il avait repris le cycle d'autodestruction. Coucher avec Juliana Alden était une erreur monumentale.

Comment la rattraper ?

Où était-ce déjà trop tard ?

Juliana s'éveilla avec un sourire comblé, et dans un lit vide. Ce dernier point clochait comme une donnée erronée dans un bilan comptable, mais elle écarta momentanément son inquiétude. Cette nuit avait été extraordinaire. Rex était l'amant le plus généreux qu'elle ait connu, et lui avait fait découvrir un aspect sensuel qu'elle s'ignorait jusqu'ici.

Comment avait-elle pu atteindre l'âge de trente ans sans connaître cette sensation si merveilleuse, si grisante, qu'était la passion ? Rien ni personne ne rivalisait avec Rex. Il était vrai que les expériences en matière de plaisir féminin ne devaient pas manquer dans sa vie de séducteur impénitent.

Un coup d'œil au réveil lui apprit qu'il était trop tôt pour que les filles ou Rex se lèvent, mais temps pour elle de se préparer à aller travailler. Or, pour la première fois de sa vie, elle avait envie de se faire porter pâle, et de poursuivre les joutes palpitantes de la nuit en compagnie de Rex.

Au-delà de l'anticipation qui embrasa ses veines, la réalité la heurta de plein fouet. Il ne s'agissait que de plaisir, n'est-ce pas ? Elle couchait avec Rex parce qu'elle l'avait voulu, parce qu'il lui plaisait, mais ce mois avec lui n'était rien d'autre qu'une ultime passade, et l'occasion de prouver à Holly et Andrea qu'elle ne perdait rien en obéissant à sa mère et en acceptant d'épouser Wally.

Oui, bien sûr, cette exaltation était passagère, et purement sexuelle. Elle n'était pas une personne impulsive, et ne prenait jamais de décisions importantes sans en étudier avec soin chaque option. La logique l'emportait toujours sur l'émotion, et la logique disait que Wally était le mari idéal. Donc, elle ne tomberait pas amoureuse de Rex. C'était aussi simple que ça. Il lui restait deux semaines et demie pour profiter de lui, ensuite elle remplirait ses obligations.

Dernière chance. C'était sa dernière chance.

Une brusque angoisse lui noua l'estomac. Juliana s'assit et écarta ses cheveux d'une main tremblante. Le ventilateur du plafond rafraîchissait sa peau nue. Elle saurait assumer une simple relation physique, n'est-ce pas ?

Mais oui. Les autres femmes faisaient ça tout le temps.

Elle quitta le lit, tendit l'oreille vers la salle de bains contiguë, mais n'entendit rien. Où était Rex ? En voyant sa tête dans le miroir, Juliana grimaça. Ses cheveux emmêlés et les traces de maquillage sous ses yeux piquèrent sa vanité. Elle prit une douche rapide, se brossa les dents et les cheveux, se maquilla légèrement avant d'enfiler une robe. Enfin, elle ouvrit la porte de la chambre, et se figea.

Impression de déjà-vu. Rex dormait sur le canapé, revêtu d'un jean déboutonné. Le sourire de Juliana s'effaça. Pourquoi dormait-il ici et non avec elle dans son lit, sans doute plus confortable ?

Les doutes l'envahirent aussitôt. Peut-être n'avait-il pas apprécié autant qu'elle la nuit passée. Pourtant, les souvenirs qu'il avait laissés *dans* et *sur* son corps disaient le contraire.

A moins qu'elle ne se soit pas montrée à la hauteur de ses autres maîtresses ? Atterrée, elle pressa une main sur son cœur. Rex aurait-il simulé le plaisir qu'il avait semblé prendre ?

Ou alors, il ne voulait pas troubler ses nièces. Cette idée lui plaisait davantage que celle selon laquelle il la fuyait.

Juliana brûlait de l'interroger, mais craignait les réponses. Dans son travail, la confrontation ne lui posait aucun problème, d'autant qu'elle maîtrisait généralement son sujet. Ce qui n'était pas le cas dans sa vie privée, surtout ce matin.

Sur la pointe des pieds, elle gagna la cuisine et mit la cafetière en route. De sa position, elle observa le peu qu'elle apercevait de Rex, espérant presque que le glouglou de l'appareil le réveillerait. En voyant le rythme de sa respiration changer, son pouls s'accéléra. Dans quelques secondes, elle aurait ses réponses. Déplaisantes ou non.

Rex leva un poignet, consulta sa montre, puis passa une main sur son visage. Juliana regretta de ne pouvoir voir son expression. Souriait-il ? Ou bien regrettait-il déjà ?

Il s'assit sur le canapé, tourna la tête vers elle. Juliana lut dans ses yeux l'instant précis où leur intimité partagée lui revint à la mémoire. Son visage se tendit. Mauvais signe. Bon. Mais il avait toujours affirmé ne pas être du matin.

— Bonjour, articula-t-elle, la bouche sèche,

— Bonjour, répéta Rex en dardant sur elle un regard noir.

Les joues râpeuses et torse nu, il était d'une virilité si sexy que les veines de Juliana se chargèrent de désir.

— Vous n'aviez pas besoin de dormir ici, dit-elle.
— Oh si !
— A cause des filles ? Pour qu'elles ne nous trouvent pas dans le même lit, c'est ça ?
— Non, riposta Rex d'une voix sourde. A cause de cette nuit. Ça n'aurait pas dû se produire. Et ne se reproduira plus.

Juliana sentit son sang se glacer.
— Pourquoi ?
— Ecoutez, Juliana. Vous êtes une femme très attirante. Cela faisait longtemps que je ne... Cela faisait longtemps pour moi. J'aurais dû me retenir.
— Vous voulez dire que n'importe quelle femme aurait fait l'affaire ? insista-t-elle, de plus en plus désemparée.

Comme il hésitait avant de répondre, Juliana sentit son cœur s'effriter. Luttant contre la douleur, elle se tourna vers la cafetière. Tandis que ses mains tremblantes emplissaient une tasse, une évidence plus douloureuse encore la frappa. Le simple plaisir ne faisait pas aussi mal. Cela signifiait que ses sentiments pour Rex dépassaient le désir physique. Non. Il ne le fallait pas. Tomber amoureuse de lui ne cadrait ni avec ses projets de vie ni avec ses plans de carrière.

— Juliana, je suis vraiment désolé.
Elle redressa les épaules, croisa son regard grave.
— Pas moi, riposta-t-elle, les doigts serrés sur la tasse.

Et c'était vrai. Lorsqu'elle voulait quelque chose, Juliana ne lâchait rien. Or, elle voulait revivre la passion que Rex Tanner lui avait révélée. Elle voulait profiter encore de son voyou récalcitrant. Elle voulait — *avait besoin de* — faire des réserves de souvenirs pour plus tard.

Mais Rex, le voulait-il aussi ? Elle l'ignorait, mais

savait en revanche que si on n'exprimait pas ses désirs, on n'obtenait rien. Aussi, si cela impliquait qu'elle devait devenir la séductrice, eh bien, ils inverseraient les rôles.

— Vous ne comprenez pas, soupira Rex. Je ne suis pas l'homme qu'il vous faut, Juliana. Vous rêvez de fleurs et de serments d'amour éternel. Je ne sais pas le faire. Moi, je déçois les gens. C'est ma spécialité.

« *Des serments d'amour éternel* » ? L'esprit de Juliana buta sur ces mots.

— Je ne vous ai rien demandé de tel, Rex. Tout ce que j'attends de vous, ce sont les deux semaines et demie qu'il reste de votre lot mis aux enchères.

La mâchoire de Rex se contracta nerveusement.

Juliana traversa la distance qui les séparait, posa la main sur son torse. Sentit son cœur battre à tout rompre.

— Dix-sept jours, Rex. Je ne veux rien de plus.

Mais maintenant qu'elle avait goûté à la passion, saurait-elle s'en passer, à l'avenir ?

Evidemment. Sa vie était toute tracée, et si elle voulait parvenir au sommet comme sa mère l'avait fait, Juliana ne pouvait se permettre aucun écart.

Surtout pas le genre qui lui donnait envie de passer la journée au lit avec un amant.

- 8 -

Apparemment, sa pauvre mère avait enfanté un abruti, se dit Rex sur le seuil de sa chambre.

Sinon, l'offre de Juliana d'une relation sans engagement ne l'aurait pas emballé à ce point. Ni de la voir ainsi, couchée dans les draps froissés, saupoudrée de clair de lune. De toute évidence, il n'avait rien retenu des leçons de son passé.

Il la désirait autant que l'air pour respirer. Ce matin, si elle n'avait dû partir travailler juste après sa proposition, il l'aurait sans aucun doute ramenée à toute vitesse dans le lit, puis déshabillée pour s'enfouir en elle.

Même pas dans le lit. Il l'aurait prise là, sur la table de la cuisine, tant il était excité. Plus enragé que devant un public hurlant. Juliana parvenait seule à l'enthousiasmer autant que des dizaines de milliers de fans. Pareil pouvoir était néfaste.

En attendant, il en mourait d'envie. Comme d'une drogue.

Il était 2 heures du matin. Ses yeux s'adaptèrent à l'obscurité de l'appartement. La respiration endormie de Juliana emplissait le silence. Elle était étendue sur le côté, sa chevelure brune étalée sur l'oreiller, dans la même position que la nuit dernière, lorsqu'il s'était obligé à quitter le lit.

Le cœur de Rex battait la chamade. Un tempo d'enfer.

Allez, il ne lui restait plus qu'à filer se coucher sur le canapé. Mais ses pieds ne bougèrent pas, et son regard resta fixé sur la femme qui avait monopolisé ses pensées toute la journée. Le ventilateur au plafond brassait l'air, diffusant sa senteur exquise.

Accepter son offre ne voulait pas dire abuser d'elle.

Non, n'est-ce pas ? Lui donner ce qu'elle réclamait ne signifiait pas redevenir le sale type d'autrefois. D'ailleurs, il n'avait jamais prévu de finir sa vie comme un moine.

Alors, à défaut de célibat, il avait prévu quoi ?

Rien. Et la réponse le surprit. Toute sa vie, Rex avait poursuivi des objectifs. D'abord, quitter le ranch, puis décrocher un contrat avec une maison de disques, et enfin parvenir en tête du hit-parade. Il avait atteint les trois, non sans occasionner des ravages en cours de route par son égoïsme autodestructeur. Après la mort de ses parents, il avait décidé de quitter Nashville et de couper tous les ponts. Ensuite, il s'était fixé comme but de monter le Rebelle et de se rendre disponible pour Kelly et les filles. Là encore, mission accomplie, et cette fois, avec la ferme intention de ne blesser personne.

Mais sa vie privée ne figurait pas dans l'équation.

Alors ? Puisque des relations sexuelles d'un soir étaient hors de question, cherchait-il autre chose ? De permanent ? Avait-il l'étoffe d'un mari ? Non, sûrement pas. Mais peut-être, une fois l'emprunt remboursé à la banque, pourrait-il envisager qu'une fille ait envie de tenter le coup avec un bouseux qui essayait de rectifier ses priorités. Une fille assez forte pour le ramener dans le droit chemin s'il essayait encore de prendre sans rien donner en échange.

Une fille comme Juliana.

Oh là. Stop. Machine arrière.

Il avait beau trouver Juliana aussi adorable que désirable,

et apprécier à sa juste mesure son aide pour s'occuper des petites, il voyait mal l'héritière de la banque Alden se caser avec un marginal fauché qui avait brûlé tous ses vaisseaux. D'ailleurs, en admettant qu'elle veuille de lui, le dragon femelle qu'était sa mère ne l'accepterait jamais dans sa famille, et Rex refusait de s'interposer entre Juliana et ses parents. Un jour ou l'autre, elle comprendrait le prix qu'il lui coûtait, et elle le haïrait comme il s'était haï pour avoir laissé son égoïsme empoisonner ses rapports avec ses propres parents.

Mais une relation — fût-elle temporaire — avec Juliana n'aurait rien à voir avec les rencontres anonymes et sans visage de son passé, plaida l'avocat du diable dans sa tête. Après tout, il connaissait son nom, sa maison, sa glace préférée — pêche — et une dizaine d'autres détails la concernant, comme son caractère circonspect, sa façon de soupeser les risques avant d'agir, son humour sarcastique lorsqu'elle était nerveuse, ou sa tendance à se documenter systématiquement à fond sur lui, la moto ou les enfants. Quant à son visage, il ne l'oublierait jamais.

Alors, il n'avait plus qu'à foncer.

Rex fit un pas en direction du lit, mais s'arrêta. Outre sa libido, Juliana avait ressuscité ses envies de musique, et cela l'effrayait au plus haut point. Cette fichue chanson — celle qu'il avait écrite le jour de la mort de ses parents — avait trotté dans sa tête toute la journée. Si, autrefois, la musique avait été son salut, elle était aussi devenue sa damnation, le chemin de sa perte. Et devait donc rester hors de sa vie.

Juliana remua, puis roula sur le dos.

— Rex, c'est toi ?

— Oui, répondit Rex, la gorge sèche.

Elle rejeta les draps et s'assit. La clarté de la lune dansait sur sa peau nue. Vision de rêve.

— Ferme la porte et viens te coucher.

Damné. Il était définitivement damné.

Rex serra les poings, puis, la poitrine en feu, obéit. Ses pieds le portaient malgré lui. Revenu au pied du lit, il pria d'avoir la force de faire demi-tour avant qu'il fût trop tard. Alors Juliana se mit à genoux, et tout espoir de sauver son âme s'envola quand elle posa la joue sur son torse, sur son cœur battant à tout rompre.

Il se déshabilla et la rejoignit sous les draps.

En traversant l'aire de jeux baignée de soleil, vers le bac à sable où Rex était accroupi avec Becky et Liza, Juliana vit quelque chose qui lui avait manqué sans qu'elle le sache.

Aucun de ses deux parents n'aurait séché le bureau pour perdre une journée à construire des châteaux de sable que le vent du soir effacerait, ni laissé leur petite fille prendre leur visage entre ses mains sableuses pour y planter des baisers baveux comme le faisait Liza avec Rex. Dans l'univers de Juliana, les câlins étaient autorisés seulement lorsqu'elle était impeccablement propre. Irma s'occupait de la partie sale de sa vie, les bisous collants, les mains poisseuses, les genoux terreux, et les questions délicates de l'adolescente confrontée au changement de son corps et aux insolences des garçons.

A quelques pas de Rex et des filles, une femme contemplait paisiblement ses enfants, qui se pourchassaient et roulaient en riant dans le sable. Un peu plus loin dans le parc, de jeunes bambins et leurs mamans, réunis autour d'une table de pique-nique, fêtaient un anniversaire avec chants et jeux. Devant la joie qui illuminait les visages, jeunes ou mûrs, le cœur de Juliana se serra. Si elle suivait les traces de sa mère, connaîtrait-elle des moments comme ceux-ci ?

Le rire de Liza ramena son attention vers le bac à sable. Rex releva la tête, et leurs regards se croisèrent. Après quelques mots aux fillettes, il se mit debout et s'avança vers elle, un sourire sexy, irrésistible, sur les lèvres. Seigneur, un simple regard de lui la mettait en transe. Lui faisait-elle autant d'effet ? En ce cas, il le cachait bien. Tout extraordinaire amant qu'il se fût montré les deux nuits précédentes, elle avait le sentiment d'être la seule à perdre la tête au lit. Son travail lui avait appris à deviner quand les gens dissimulaient des informations. Et Rex retenait quelque chose. Elle voulait savoir quoi.

Le T-shirt qu'il avait enfilé par-dessus son maillot de bain moulait son torse puissant. La brise le plaquait sur son ventre plat. Les yeux de Juliana se baissèrent jusqu'à ses cuisses musclées. Ses doigts frémirent. Elle adorait la texture rude de ses jambes contre sa peau lorsqu'elle faisait l'amour avec Rex... Une brusque chaleur l'envahit. En tout cas, elle était désormais rassurée sur ses capacités à ressentir la passion.

— Alors, heureuse d'avoir pris ta journée ?

Rex s'assit à califourchon en face d'elle sur un banc, la coinçant entre ses genoux écartés. Une de ses larges mains lui frottait le dos, et l'autre se posa sur sa cuisse.

— Oui.

Heureuse, mais surtout surprise. Faire l'école buissonnière ne lui ressemblait guère. Son pouls s'accéléra tandis que les longs doigts calleux de Rex se glissaient sous l'ourlet de son short, jusqu'à l'élastique de son slip. Juliana jeta un regard autour d'eux, mais personne ne les voyait. Un incendie s'alluma au creux de son ventre et asséchait sa bouche.

Il jouait de son corps aussi bien que de sa guitare sur les disques qu'elle écoutait en secret dans sa voiture. Juliana lutta pour garder l'esprit clair. Si elle se laissait distraire par ses manœuvres de séduction, Rex resterait un mystère pour elle. Or, elle tenait à comprendre son fonctionnement.

— Pourquoi disais-tu que tu décevais les gens ?

Aussitôt, Rex se figea, et son sourire disparut. Il retira ses mains puis se tourna vers ses nièces.

— Parce que je les déçois, voilà tout, trancha-t-il.

— Oui, ça, j'avais compris. Mais comment ?

Il poussa un soupir qui signifiait clairement que cela ne la regardait pas. Comme chaque fois qu'elle lui posait des questions personnelles. Mais, cette fois, Juliana ne lui permettrait pas de se défiler.

— S'il te plaît, Rex. J'ai lu tant de choses contradictoires à ton sujet que j'ai besoin de savoir la vérité.

Le silence se prolongea quelques secondes. Les fillettes, hilares, ajoutaient une tour à leur château de sable. Les oiseaux pépiaient. Le parc respirait l'harmonie.

Visiblement mal à l'aise, Rex croisa les bras sur ses genoux. Aux yeux des autres, il devait paraître détendu, mais Juliana percevait l'extrême tension qui l'habitait.

— Je t'ai déjà dit que je détestais le ranch, commença-t-il d'une voix hésitante. Mais pas que mes parents ont essayé de me dissuader d'aller à Nashville. Cela partait de bonnes intentions ; ils ne voulaient pas me voir poursuivre un rêve illusoire. Ils cherchaient à me protéger. Mais, moi, je ne l'ai pas compris. Avant de partir, je les ai insultés, traités de péquenauds incultes sans aucune ambition.

— Tu avais quel âge ? demanda doucement Juliana.

— Dix-huit ans.

— Tu étais encore un gosse. Tout le monde sait que les ados ne font pas toujours les choix les plus sages.

Sauf elle. Qui avait toujours opté pour les choses raisonnables par crainte des conséquences.

— J'étais assez grand pour avoir un peu de bon sens, objecta Rex. J'aurais dû me montrer plus respectueux. Mais non. Je me suis vraiment laissé aller. J'ai été odieux avec eux. Odieux. Une véritable ordure.

Il s'interrompit, regarda les petites filles, et déglutit.

— Ensuite, j'ai eu quelques années difficiles à Nashville. Maman m'envoyait de l'argent alors qu'ils ne pouvaient pas se le permettre. Je ne réclamais rien, mais je le prenais quand même. J'étais assez fauché pour m'abaisser jusque-là, mais pas au point de présenter mes excuses. Je ne me suis *jamais* excusé, Juliana. Un jour, mon père m'a écrit que je pouvais rentrer à la maison, et tout ce que j'ai trouvé à lui répondre, c'était que je préférais encore coucher sous les ponts.

La souffrance et le regret qui teintaient sa voix mirent Juliana au bord des larmes. Sans un mot, elle posa sur lui une main réconfortante.

— A vingt-deux ans, ma chance a tourné, poursuivit Rex. Un soir, je traînais dans un bar miteux. Même pas de quoi me payer une bière. J'étais juste assis au fond de la salle pour écouter la musique. Le chanteur était plutôt mauvais, et le public râlait. Quelqu'un lui a lancé une canette vide. Le type l'a prise sur la tête et est tombé dans les pommes. Ça dégénérait sec, et j'étais loin de la sortie. Alors j'ai tenté une diversion. Je suis monté sur la scène, j'ai attrapé la guitare du gars, et j'ai commencé à chanter à tue-tête et à toute vitesse, pendant que ses musiciens le ranimaient. Le public s'est calmé. Le chanteur a récupéré ses esprits. Et moi, je suis descendu de scène pour m'en aller. Un type du public m'a suivi dans la rue et m'a aussitôt proposé d'enregistrer un disque. C'était un ponte chez un des plus gros labels. Et la suite…, conclut-il en haussant les épaules.

— Et la suite appartient à l'histoire. Mais c'est la

partie non officielle qui m'intéresse, insista Juliana. Qui as-tu déçu, et comment ?

— Tu n'as jamais trahi tes parents, toi ?

Juliana tressaillit sous son regard aigu. Si, récemment, en achetant Rex, mais elle espérait que sa mère s'en remettrait.

— J'ai toujours été une fille très docile, qui se pliait à toutes les règles de peur de décevoir ses parents.

— C'est bien ce que je pensais.

La remarque fit mouche. Mais sa lâcheté ou le fait qu'il lui ait fallu trente ans pour trouver le courage que Rex avait à dix-huit n'était pas le sujet. Juliana l'encouragea à continuer.

— Et ensuite, une fois le disque enregistré, que s'est-il passé ?

— Eh bien, j'ai commencé à gagner de l'argent, enchaîna Rex. J'en ai envoyé à la maison. Sans doute pour me faire pardonner mon imbécillité, mais j'étais trop fier pour aller les voir et leur faire mes excuses. Bon dieu, je n'avais même pas les tripes de prendre le téléphone pour le leur dire de vive voix. Et puis ça a été trop tard. Il y a deux ans, mes parents ont été tués dans un cyclone. Je ne les ai jamais remerciés de leur aide. Je ne me suis jamais excusé. Ils sont morts en pensant que leur fils était ingrat et égoïste. Et ils avaient raison.

— Non, je ne suis pas d'accord, glissa Juliana.

— Parce que tu ne me connais pas. Le jour de l'enterrement, j'avais un concert programmé. Figure-toi que j'ai dû réfléchir pour savoir où je voulais aller. Où je *devais* aller. Pour finir, j'ai demandé à Kelly d'avancer l'heure des funérailles, puis j'ai affrété un jet privé pour faire les deux — d'abord l'enterrement, puis le concert. Ce soir-là, j'ai joué comme si rien ne s'était passé. Comme si je ne venais pas de porter mes parents en terre.

Il se prit le visage entre les mains et se tut un instant.

— Le lendemain, reprit-il d'une voix sombre, en me regardant dans la glace, j'ai détesté le type que j'étais devenu. J'ai essayé de me libérer de mes contrats, mais ils étaient bétonnés. Alors j'ai tout arrêté, m'autodétruisant sans penser, une fois de plus, aux soixante-trois personnes de mon groupe et de l'équipe de techniciens qui dépendaient de moi pour vivre.

— Tu faisais ton deuil, Rex, plaida Juliana. Certains le vivent dans le déni jusqu'à ce qu'ils prennent de la distance.

Mais Rex se leva, lui jetant un regard douloureux.

— N'essaye pas de faire de moi un chic type, Juliana. Je ne suis pas un homme pour toi. Ce que nous vivons en ce moment convient pour l'instant, mais ne compte pas sur moi à long terme.

Puis il tourna les talons pour rejoindre les filles. Juliana pressa une main sur son cœur. Elle souffrait, non pour elle-même, mais pour Rex. Le beau rebelle était une bête blessée, et quelqu'un devait lui montrer qu'il n'était pas un monstre.

Qui d'autre qu'elle pouvait le faire ?

— Rex, quelqu'un pour toi, l'interpella Danny le samedi.

Etouffant un juron, Rex reposa les bilans comptables sur son bureau. Sans doute encore un client qui voulait l'asticoter sur le dernier article d'Octavia Jenkins. Son deuxième épisode était sorti dans le journal du matin, encore plus délirant que le premier. Cette fois, elle comparait sa relation avec Juliana à un conte de fées !

Après un soupir, il se dirigea vers la salle du Rebelle. En partant travailler la veille, Juliana avait proposé de — non, *insisté* pour — jeter un œil sur ses comptes, et essayer de trouver un moyen d'augmenter les bénéfices et de baisser les frais. Si l'idée de lui révéler l'ampleur de ses difficultés financières n'enthousiasmait guère Rex, il devait admettre qu'en matière de chiffres elle le dépassait largement.

Par-dessus l'assistance clairsemée du déjeuner, il suivit la direction que lui indiquait Danny, et regarda l'homme assis tout au bout du bar. Tous ses muscles se tendirent.

— Ça fait un bout de temps, Rex, lança John Lee, son ancien impresario. Ça roule ?

Rex ignora sa main tendue et gronda, sourcils froncés :
— Comment m'as-tu retrouvé ?
— Eh bien, on est loin de « Salut, John Lee, sympa de te revoir après tout ce temps ». Mon service de presse a repéré cet article sur cette histoire de vente aux enchères, poursuivit Lee devant le silence de Rex. Je n'ai pas pu m'empêcher de venir vérifier s'il s'agissait vraiment de toi. Pas mal ces cheveux longs…

Bon dieu. Rex savait qu'il risquait d'être découvert en participant à la vente, mais s'était dit qu'après la façon dont il avait quitté Nashville plus personne ne s'intéresserait à lui.

— Qu'est-ce que tu veux, John Lee ?
— Toi, Rex Tanner. Tu es parti avant que le label et tes fans soient lassés de toi. J'ai lu dans le journal que tu faisais de la pub pour ton bar. Moi, j'ai une meilleure idée pour y attirer les foules. Un mot de ta part, et on signe le contrat avant l'heure de l'apéro.
— Non. Ça ne m'intéresse pas. Je préfère perdre le Rebelle que de retourner à cette vie-là.

En un clin d'œil, John Lee abandonna l'attitude du bon vieux copain pour celle de l'intraitable homme d'affaires qui avait conduit Rex au sommet de la gloire.

— Ecoute-moi, Tanner. Tu ne peux pas abandonner en étant encore au top du hit-parade.

— Je te livre un scoop, grinça Rex. C'est déjà fait.

— Les femmes te manquent, j'en suis sûr, argua Lee.

Contre toute attente, ce n'était pas le cas. Dieu savait pourtant que de nombreuses clientes lui faisaient des avances, mais aucune ne l'avait tenté. Jusqu'à Juliana. Cela dit, sa faiblesse à son égard prouvait bien qu'il n'était pas sevré de sa dépendance sexuelle.

John Lee lissa de la main sa coûteuse coupe de cheveux.

— Bon, j'admets avoir été un peu dur avec toi après la mort de tes parents, mais j'essayais de te faire oublier ton chagrin. Tu as dû surmonter tout ça maintenant. Allez, reviens, Rex. Faisons de la musique et du fric, mon pote !

— Non merci. Salut, John.

Sur ce, Rex reprit la direction de son bureau.

— Tu es redevable à beaucoup de monde, Tanner.

Ces paroles clouèrent Rex sur place. Il pivota lentement.

— Je ne dois rien à personne. J'ai payé toutes mes dettes.

— Et ton groupe ? lança Lee. Ils comptaient sur toi pour une nouvelle tournée de dix ans.

— J'ai recasé chaque musicien et chaque technicien.

— Peut-être, mais pas avec des vedettes aussi rentables que toi. Il n'y a qu'un Rex Tanner.

— Ouais. Et il dirige un bar à grillades, aujourd'hui. Bon vent, John Lee.

— Je serai au Hilton pendant quelques jours, déclara l'impresario sans se laisser démonter. Réfléchis à ma proposition, Rex. Appelle-moi quand la raison te reviendra. Tiens, voici ma carte, au cas où tu l'aies perdue.

Comme Rex ne faisait pas mine de la prendre, il la posa sur le comptoir puis quitta le Rebelle.

Après son départ, Rex ramassa la carte, la froissa

et regagna son bureau. Effondré sur son siège, il la jeta devant lui. Le petit bristol échoua sur les bilans comptables. Le regard de Rex tomba sur la dernière colonne, et son estomac se serra. Son besoin d'argent était urgent. Certes, le chiffre d'affaires avait augmenté après les articles d'Octavia, mais pas assez. A moins d'un miracle, il serait incapable de faire face à ses prochaines échéances.

Et la musique lui manquait. Impossible de le nier. Mais comment se regarder en face s'il acceptait l'offre de John Lee ? Rex avait appris à ses dépens que l'argent ne valait rien si on n'assumait pas ses choix.

Mais s'il revenait en tête d'affiche, il aurait les moyens d'offrir à Juliana la vie qu'elle méritait.

La pensée le heurta de plein fouet. Espérait-il davantage qu'une liaison temporaire avec Juliana ? Rex se frotta pensivement la nuque. Peut-être bien. Leur entente sexuelle était parfaite. Seigneur, incroyable, même. Aucune maîtresse ne l'excitait comme elle. En outre, il l'aimait vraiment, il aimait sa prudence, son humour, sa générosité, et son insatiable fichue curiosité. Elle avait réussi à lui arracher des confidences comme personne avant elle, et cela, avec une telle délicatesse qu'il s'en était à peine rendu compte.

Chaque journée passée avec elle et les filles lui faisait se demander ce que ce serait d'avoir une vie de famille. Avec une femme comme Juliana, qui donnait autant qu'elle recevait.

Rex fourragea dans sa longue chevelure. Il ne pouvait pas entretenir une famille avec les revenus actuels du Rebelle. Tandis qu'en renouant avec le succès, si, mais alors Juliana détesterait le sale type qu'il ne manquerait pas de redevenir. Car il se savait incapable de retenir la bête égoïste qui sommeillait en lui. Il n'y avait qu'à voir la rapidité avec laquelle il avait cédé à Juliana.

Cela dit, la tentation était grande. Pour le bonheur de Juliana. Mais s'il la décevait, continuer de vivre avec lui-même serait impossible.

La situation était inextricable.

Et le bonheur... eh bien, il ne le méritait pas.

Un bruit tira Juliana de son sommeil. Ouvrant les yeux, elle tendit l'oreille. Un bras pesait sur sa taille. Elle tourna la tête vers Rex, allongé près d'elle. Pour une fois, il ne l'avait pas réveillée en venant se coucher.

Avant de pouvoir creuser ce sujet, un nouveau gémissement la fit sursauter. Cela venait de la chambre des filles. Juliana bondit du lit et enfila un peignoir.

— Que se passe-t-il? chuchota Rex dans l'obscurité.

— Une des petites a un problème.

Les pleurs s'amplifièrent. Refoulant l'urgence de lui demander pourquoi il ne lui avait pas fait l'amour en rentrant, comme toutes les nuits précédentes, elle se précipita dans la chambre des enfants. Becky sanglotait dans son lit.

— Tu as fait un mauvais rêve? demanda Juliana en caressant les cheveux sombres de la fillette.

— Papa, geignit Becky. Je veux mon papa.

Juliana perçut la présence de Rex avant de l'entendre.

— Tu te rappelles ce que maman a dit au téléphone, hier? murmura-t-il d'une voix tendre. Ils seront là demain matin.

Mais Becky restait inconsolable. Rex prit sa nièce dans les bras et gagna le salon sur la pointe des pieds. Hélas, il ne fut pas assez rapide. Liza se dressa à son tour dans son lit.

— Ta sœur a fait un cauchemar, mais ça va, maintenant, tenta Juliana en l'embrassant. Retourne vite au dodo.

— Moi aussi veux lever, protesta Liza en tendant les bras.

Incapable de résister, Juliana souleva la petite fille et rejoignit avec elle Rex et Becky sur le canapé du salon.

— Maman a dit que papa était b-blessé très g-grave, et qu'il a failli monter au-au ciel, sanglotait Becky.

Rex berça et câlina l'enfant, lui expliquant que son père allait mieux, mais qu'il serait encore fragile quelque temps.

— Il va avoir besoin que tu l'aides, tu sais, pour un tas de choses qu'il aura du mal à faire. Mais tout ira bien. Et je suis sûr qu'il est très content de retrouver ses petites chéries.

— Il faudra qu'il retourne dans l'horrible endroit, après ?

La question angoissée de Becky bouleversa Juliana. Comment y répondre ? Les fillettes étaient bien trop jeunes pour comprendre l'importance du métier de leur père.

— Pas tout de suite, dit Rex. Peut-être même jamais.

— Moi je veux qu'il y aille plus jamais ! s'écria Becky.

Ses sanglots redoublèrent, bientôt suivis de ceux de sa petite sœur, affolée par sa détresse. Juliana se mit à craindre qu'elles ne se calment pas. Ses yeux tombèrent sur la guitare posée dans un angle de la pièce. En s'installant chez Rex, elle avait remarqué l'étui rangé au fond d'un placard, puis, en ramenant les filles ce soir, avait aperçu l'instrument dans un coin du salon. Pourquoi Rex l'avait-il ressorti ? Il prétendait que la musique ne faisait plus partie de sa vie. Cela aurait-il changé récemment ?

— Pourquoi ne pas leur chanter quelque chose ?

La tête de Rex pivota.

— Quoi ? aboya-t-il presque.

— Oui, chante pour les petites. Ça les apaisera. Elles aiment ta musique. Nous en écoutons dans ma voiture.

A la faible lumière des réverbères de la rue, Juliana le vit se tendre. Il déglutit en grimaçant, puis soupira.

— Vous voulez, les filles ?

Les deux fillettes approuvèrent avec enthousiasme. Alors Rex posa Becky près de sa sœur et traversa le salon d'un pas raide. Chaque muscle de son dos nu au-dessus du jean enfilé à la hâte semblait noué. Puis il revint s'asseoir dans un fauteuil avec l'instrument, et hésita un moment.

Becky et Liza se blottirent tout contre Juliana. L'odeur suave du bain moussant à la fraise des fillettes l'enveloppa, et elle éprouva une tristesse fugace. Sa mère avait raté des moments comme celui-ci. Apaiser ses frayeurs nocturnes d'enfant relevait également du travail d'Irma.

Rex joua quelques accords, s'arrêta, recommença. Puis il se mit à chanter, d'une voix d'abord basse et rocailleuse, comme éraillée, qui gagna peu à peu en puissance. Les enfants se calmèrent. Rex noua son regard à celui de Juliana tandis qu'il enchaînait avec une autre chanson, qu'elle n'avait jamais entendue, parlant d'un homme qui voulait oublier le passé et recommencer à vivre.

Cet homme, les cheveux en bataille, torse nu, déchaussé, jouant de la guitare dans une semi-obscurité et chantant son désir de tout reprendre de zéro, c'était une image si sexy, si fascinante, que Juliana se sentit fondre.

Si les morceaux très rythmés de Rex lui donnaient des fourmis dans les pieds, ses ballades, comme celle de ce soir, la mettaient souvent au bord des larmes. De la part d'un homme qui parlait peu, le talent de Rex pour les paroles de chansons frisait la magie. Que ressentirait-elle si l'homme qu'elle aimait lui offrait ainsi ses sentiments les plus intenses mis en paroles et en musique ? Elle ne le saurait jamais.

Quelques chansons plus tard, Rex reposa la guitare. A ce moment seulement, l'envoûtement presque hypnotique se brisa et Juliana vit que les deux fillettes s'étaient rendormies.

Lorsqu'il souleva Becky, les mains de Rex l'électrisèrent en la frôlant au passage. Ils remirent les petites au lit, puis regagnèrent leur chambre. Dans le clair de lune, Juliana se planta devant lui, et déclara d'une voix douce :

— C'était magnifique, Rex. Pourquoi avoir arrêté tout ça ?

— Je suis parti parce que je n'aimais pas celui que j'étais devenu, grommela-t-il, de nouveau tendu.

— Je ne comprends pas.

Rex fourra ses mains dans ses poches. Son air sombre prévint Juliana que la suite risquait de lui déplaire.

— Le soir de notre rencontre, tu m'as demandé si des maris jaloux me poursuivaient. Je t'ai répondu « Plus maintenant ». Mais ç'a été le cas. Après mes concerts, je couchais avec n'importe quelle femme que mon impresario amenait dans ma loge. Je ne me souviens ni de leurs noms ni de leurs visages. Je les utilisais puis les jetais comme des mouchoirs de papier. Comme si elles ne valaient rien.

Ebranlée, Juliana resta muette. Ainsi, les rumeurs qu'elle avait lues étaient vraies.

— Je ne moquais qu'elles soient mariées ou pas, poursuivit Rex. Je cherchais juste à me défouler, à relâcher la pression après le spectacle. Certains consomment de la drogue. Moi je consommais du sexe. Je consommais des *personnes*.

L'homme que Juliana avait appris à connaître au cours des trois dernières semaines ne ressemblait pas à l'égocentrique qu'il décrivait. Mais la confession de Rex dépassait une simple vérité sordide. Sa voix trahissait une réelle souffrance et un vrai dégoût de lui-même.

Il passa la main sur son visage bouleversé.

— Mon comportement a écœuré, humilié ma famille. Bon sang, j'ai même dû ruiner quelques mariages.

Son regard meurtri se noua à celui de Juliana. Il s'attendait à ce que son aveu la répugne, qu'elle le rejette.

— Voilà. Tu sais maintenant pourquoi il fallait à tout prix que tu m'évites. Je suis un sale égoïste, incapable d'avoir une relation normale et saine avec une femme. Je ne suis pas assez bien pour toi, Juliana. Et si tu es aussi intelligente que je le crois, tu ferais mieux de ramasser tes affaires et de partir d'ici à toutes jambes pour oublier que tu m'as rencontré.

A l'instant même, Juliana sut qu'elle ne pourrait jamais faire ce qu'il disait. Ce qu'elle éprouvait pour Rex Tanner n'était pas simplement du désir. C'était de l'amour.

- 9 -

Pourquoi Juliana ne l'envoyait-elle pas au diable ?

Pourquoi ne fuyait-elle pas l'appartement, écœurée ?

Car c'était bien ce qu'il attendait, non ? Ce qu'il voulait, même ? Oui, plus vite elle le plaquerait, plus vite il cesserait de redouter que cela se produise.

Mais, au lieu de voir les beaux yeux bleus de Juliana s'emplir de dégoût, Rex y lut de la compréhension, tandis qu'un enchevêtrement d'émotions traversait son visage baigné de lune. Elle s'avança vers lui, prit doucement sa tête entre ses mains, recouvrit ses joues et ses yeux de petits baisers, avant de s'emparer de sa bouche.

Rex sentit son pouls s'emballer. Et son sang s'accumuler en un endroit bien précis de son corps.

Il saisit les mains de Juliana et recula le visage.

— Qu'est-ce que tu fais ?

Son magnifique regard sexy plongea dans le sien, et elle sourit avec une tendresse timide.

— L'amour.

Le cœur de Rex cogna de plus belle dans sa poitrine.

— A qui ? Moi, ou le type à la guitare ?

Juliana caressa sa joue râpeuse.

— Celui qui vient d'endormir ses nièces avec des chansons. Celui qui m'émeut avec ses paroles et me fait fondre avec son corps. L'homme qui m'a appris à maîtriser sa Harley et ma propre vie. Toi, Rex Tanner.

S'il ne comprenait pas tout ce qu'elle disait, il avait encore plus de mal à trouver les mots pour lui demander de s'expliquer. Une grosse boule se forma dans sa gorge.

— Mauvaise idée, parvint-il néanmoins à articuler.

— Je n'en vois pas de meilleure, répliqua Juliana, et sa langue effleura sa lèvre, allumant un incendie dans ses reins.

Tandis qu'elle glissait les doigts dans ses cheveux, Rex appela à la rescousse les raisons d'empêcher que cela se produise. La musique en faisait partie. Il ne voulait pas retourner sur la route, mais, à sa connaissance, il n'avait qu'une alternative : reprendre les tournées ou perdre le bar.

Dans le premier cas, il blesserait Juliana en revenant à ses mauvaises habitudes. Il aurait aimé croire le contraire, mais son passé prouvait qu'il recommencerait sans doute. Et quand bien même il parviendrait à contrôler la bête égoïste en lui, il passerait neuf mois de l'année sur les routes. Une belle femme comme Juliana ne resterait pas seule à la maison à l'attendre. Combien de mariages parmi les membres de son équipe avait-il vu voler en éclats pour cette raison précise ? Une épouse solitaire était une épouse malheureuse.

Dans la seconde option, il causerait une rupture entre elle et sa famille. La mère de Juliana l'avait tout juste toléré à la vente de charité. Jamais elle n'accepterait comme gendre une ex-star de country reconvertie en tenancier de bar — encore moins un fauché qui devait de l'argent à sa banque.

Un gendre ? Serait-il en train de penser mariage ? Avec Juliana ?

Rex recula tout à coup pour mieux dévorer des yeux la bouche offerte de Juliana, ses joues roses de passion.

Bon sang, oui ! Mais comment faire pour que ça marche ? Jamais ça ne marcherait. Il en était incapable.

Juliana se mit à lui mordiller le menton, le cou, tandis que sa main partait explorer la partie la plus inconfortable de son jean, lui ôtant toute capacité de raisonnement. Plus tard. Il réfléchirait plus tard à un moyen de faire fonctionner cette relation. Pour le moment, il avait envie de Juliana, une envie irrésistible, qui n'avait rien à voir avec la voracité sexuelle d'après concert. Il s'agissait d'*elle*. Son odeur. Sa saveur. Le fait qu'elle l'accepte avec tous ses défauts.

Il l'entoura de ses bras, la serra de toute son âme, et prit sa bouche, mettant dans son baiser tous les sentiments qu'il ne savait exprimer par des mots.

Ses mains parcouraient le corps gracile de Juliana, qui gémit sous ses lèvres. Encouragé, Rex écarta le fin peignoir, trouva avec ravissement sa peau nue, dont il emplit ses paumes. Aucune sensation n'avait jamais été plus délicieuse. Mais il voulait l'entendre crier de plaisir. Le chant de sa jouissance le mettait au bord de l'explosion.

Nue. Il la voulait nue. Maintenant. Le peignoir tomba. Rejetant la tête en arrière, Juliana lui offrit sa gorge. Rex savoura la peau parfumée de son cou, de ses seins. Puis glissa la main le long de son ventre plat, trouva le nid secret de sa féminité. Il dévora sa bouche, buvant ses gémissements tandis que sa caresse se faisait plus précise.

Ne demeurant pas en reste, Juliana batailla fébrilement avec le bouton de son jean. Puis, agenouillée devant lui, elle l'aida à le baisser, non sans le faire profiter au passage de la cajolerie redoutable de ses mains. Enfin, sans le quitter des yeux, elle le prit dans sa bouche.

Bon dieu. Il ne méritait pas ça. Il ne la méritait pas, *elle*.

La danse lascive de sa langue faillit l'envoyer au ciel. Un incendie déferla dans ses veines, mais il se retint à temps. Le plaisir de Juliana lui importait plus que le sien. Il la bascula doucement sur le lit. Et, à son tour, goûta sa saveur intime. Unique. Ce qu'il n'avait jamais fait avec ses groupies.

Les cris de Juliana qui s'envolait une fois, puis deux, vers des sommets de volupté résonnaient à ses oreilles comme la plus merveilleuse, la plus parfaite des mélodies. Enfin, il s'allongea sur elle, et plongea d'un grand coup de reins.

Paradisiaque.

Oui, il pourrait apprendre à aimer cela. Il aimait déjà cela. Rex s'enfonça plus loin, encore plus loin. Les jambes soyeuses de Juliana nouées autour de sa taille le plaquaient contre elle, cambrée, abandonnée tout entière. Il pensa perdre la raison. Avala ses cris tandis qu'ils franchissaient ensemble la vague d'une jouissance absolue. Rex énonça en secret une prière de reconnaissance, puis tout explosa dans sa tête.

Il s'écroula, totalement vidé.

Totalement amoureux.

— Je l'aime.

Les mots jaillirent de la bouche de Rex comme l'éruption d'un volcan surchauffé.

Fronçant les sourcils, Kelly se tourna vers son mari, étendu sur une chaise longue au milieu du jardin. Les filles dansaient autour de lui, distribuant baisers et babillages. Malgré la mine épouvantable de celui-ci, Rex trouvait la vision de son beau-frère sacrément plaisante. Ses os se ressouderaient, ses cicatrices s'estomperaient. Quant à savoir s'il reprendrait du service, on n'en était pas là.

— Mike, l'interpella Kelly, je vais chercher des boissons fraîches avec Rex. Toi, poursuivit-elle à l'intention de son frère, tu me suis. Dans la cuisine. Tout de suite.

Rex obéit, regrettant déjà son aveu spontané, mais cela le taraudait depuis la nuit dernière. Il n'avait rien dit à Juliana, car il lui fallait encore assimiler cette idée et réfléchir à la suite. Le plus sage serait de la laisser partir. Elle méritait tellement mieux que lui ! Mais comment la quitter ?

— Allez, crache le morceau, ordonna Kelly en lui tendant une bière.

— Il est trop tôt pour boire, maugréa Rex.

— C'est pour te délier la langue. Alors parle ou je te la vide directement dans la gorge.

Rex lui rendit la bouteille sans y toucher, puis soupira.

— Je suis amoureux de Juliana Alden. L'héritière d'une banque, rien que ça ! Mille fois trop bien pour un vaurien comme moi. Et j'envisage de reprendre les tournées.

La méfiance envahit le visage de Kelly.

— Attends. Une chose à la fois. Tu veux reprendre la route, cette vie de folie ?

— Non.

— Alors rien ne t'y oblige, Rex.

— Si. Je crois que je veux épouser Juliana.

— Je fais de mon mieux pour suivre ton raisonnement, mais tu ne m'aides pas beaucoup, Rex, se renfrogna Kelly. Qu'est-ce qui t'empêche d'épouser Juliana ? Soit dit en passant, les petites en sont dingues.

Rex arpenta nerveusement la cuisine étroite.

— Il me faut de l'argent. Le bar ne me rapporte pas assez. Pas encore, du moins. Et je n'ai pas le temps. Mes échéances arrivent à terme. Je vais devoir les payer.

— Mais tu as de l'argent, idiot ! répliqua sa sœur.

— Si c'était le cas, cette conversation n'aurait pas lieu. Et si je demande à Juliana de m'épouser juste au moment où je dois rembourser mon emprunt *à la banque de sa famille*, tout le monde pensera que je le fais pour l'argent !

Kelly tira sur sa manche.

— Il y a ta part de l'héritage de papa et maman.

— Non, objecta Rex avec un geste de renvoi. Ce n'est pas à moi. En quittant le ranch, j'ai abandonné ma part.

— Arrête ton cirque, Rex ! Tu as envoyé de l'argent pendant dix ans — de l'argent que papa a utilisé pour le ranch. J'ai essayé de te parler de tout ça après l'enterrement, mais tu faisais la sourde oreille, et ensuite, selon le notaire, ses lettres lui revenaient fermées. En fait…

Kelly s'interrompit, lança « Attends une seconde » et quitta un moment la cuisine pour revenir avec un dossier.

— Tiens, voilà les chiffres. Regarde si c'est assez pour tenir jusqu'à ce que le Rebelle ne soit plus dans le rouge.

Rex ouvrit le dossier. La surprise lui coupa le souffle. Il ne s'agissait pas d'une fortune, mais largement de quoi payer l'emprunt. N'empêche que cet argent ne lui appartenait pas.

— Je me souviens t'avoir dit de le garder pour toi et les filles au cas où quelque chose arriverait à Mike. Reprends-le.

Inutile de lui rappeler l'alerte toute récente… Il lui tendit le dossier, mais Kelly refusa de s'en saisir.

— Non, c'est à toi, Rex, pas à moi. Mike a une assurance vie. Ne gâche pas ton avenir avec ta fierté mal placée.

— Kelly, je ne le mérite pas, plaida Rex, la gorge serrée. Je me suis comporté comme un monstre.

— Je sais, j'étais là. Mais papa et maman t'aimaient. Ils t'ont toujours aimé, et comprenaient ton besoin de chanter. Ils étaient si fiers de toi, Rex. On l'était tous. On aimait moins ta façon de vivre, mais… surtout parce qu'on craignait que tu y laisses ta peau, admit-elle avec une grimace.

— J'ai tout fait pour ! admit-il en grimaçant.

— Tu n'as jamais hésité à te battre pour ce que tu voulais, reprit Kelly. Alors, pourquoi ne te bats-tu pas maintenant ?

Bonne question.

— Tu sais, grand frère, poursuivit-elle. Ta fierté a toujours été ton plus gros problème. Alors… mets-la de côté, prends l'argent et épouse cette fille.

— Juliana mérite mieux que moi, Kelly.

— C'est justement ça, être amoureux : essayer d'être la personne que mérite l'être que l'on aime. Et arrête de te punir du passé en t'interdisant la musique que tu adores, dit Kelly en le serrant dans ses bras. Il existe forcément un moyen de vivre avec ta musique sans faire de concerts.

Puis elle leva la main pour fourrager dans ses cheveux.

— Cesse aussi de cacher cette belle bouille là-dessous. Fais-moi le plaisir de t'offrir une vraie coupe de cheveux.

Oui, sa sœur avait raison, il se cachait. Et Juliana l'avait sorti de son trou pour le ramener à la lumière.

Mais aurait-il le courage d'y risquer son cœur ?

Aucune leçon dans la parfaite éducation qu'on avait infligée à Juliana ne portait sur la manière la plus délicate de mettre un terme à des quasi-fiançailles.

Elle apporta la dernière touche aux plats raffinés qu'elle avait pris dans le restaurant favori de Wally. Elle-même serait incapable d'avaler quoi que ce soit. Puis Juliana alluma toutes les lampes de la salle à manger. L'intimité n'était pas à proprement parler son but pour ce déjeuner.

Elle aimait Rex Tanner. Sous l'éclairage aveuglant de cette découverte, la nuit dernière, elle avait compris toutes ses erreurs passées. Elle ne s'était jamais risquée à l'amour car elle craignait que l'émotion l'emporte sur la logique ; mais jouer la prudence ne l'avait pas rendue plus forte que ses amies ayant traversé des marasmes amoureux. Cela avait juste fait d'elle une trouillarde du sentiment.

Cela dit, elle ne se faisait aucune illusion sur les conséquences de sa décision — forcément difficiles. Pour commencer, elle décevrait sa mère — expérience rarement plaisante, mais Juliana avait passé l'âge d'être envoyée en pension. Cela risquait aussi de lui coûter son poste à la banque, mais elle préférait perdre son travail que perdre Rex.

Et enfin, bien sûr, quitter Wally menacerait sans doute la fusion nécessaire à Alden pour rester compétitive face aux groupes bancaires, car M. Wilson était du genre rancunier. Mais on n'était plus au Moyen Age, et les unions d'intérêt pouvaient se réaliser sans que les familles en fassent autant.

Dès aujourd'hui, elle préparerait son avenir — un avenir qu'elle espérait vivre avec Rex. Certes, il n'avait pas dit qu'il l'aimait, mais aucun homme ne pouvait se montrer aussi tendre, aussi attaché à son plaisir ou soucieux de ne pas la blesser, sans éprouver de réels sentiments. Au lieu de se servir d'elle comme de ses groupies autrefois, son beau voyou récalcitrant avait même essayé de la faire fuir avec ses aveux, alors que ses yeux la suppliaient de le comprendre.

Ce soir, elle lui déclarerait son amour. Et demain… demain elle assumerait les conséquences de sa décision.

La sonnette retentit, et la gorge de Juliana se serra. Son invité était arrivé. Inspirant à fond, elle pria le ciel de lui accorder le courage suffisant pour prendre un risque aussi colossal. Avec son avenir. Et son cœur.

— Bonjour, Wally, dit-elle en ouvrant la porte. Merci d'avoir accepté de venir déjeuner.

Un sourire exercé sur les lèvres, Wally Wilson lui tendit le bouquet de roses rouges qu'il cachait dans son dos.

— Tu sais que je suis toujours heureux de te faire plaisir.

Qu'il était lisse ! Cela ne l'avait pas frappée avant. Trop lisse, trop poli, trop aimable. Son sourire ne plissait même pas le coin de ses yeux. Non qu'il manquât de charme. Wally était un peu le genre mannequin de catalogue. Assez attirant pour une femme, mais pas dangereux pour un homme.

Sans danger. Voilà. Wally était sans danger, comprit soudain Juliana dans un éclair de lucidité. Pas étonnant qu'elle ait envisagé de l'épouser.

— Veux-tu un verre avant le déjeuner ? proposa-t-elle après l'avoir remercié pour ses fleurs.

— Non merci, dit Wally. J'ai une réunion après. Tu retournes travailler aussi, j'imagine ?

— Oui — même si elle ne pourrait sans doute pas mieux se concentrer que ce matin. Assieds-toi. Je reviens tout de suite.

Cinq minutes plus tard, les plats étaient disposés sur la table, les fleurs dans un vase de cristal, et un essaim de guêpes furieuses occupait son estomac. Jamais elle ne pourrait avaler une seule bouchée de ce repas.

Wally lança la discussion sur son dernier projet professionnel. Le sujet aurait passionné Juliana quelques semaines plus tôt — Andrea avait raison, ils ne parlaient ensemble que de travail. Son manque de participation finit par avoir raison de Wally, qui changea de thème.

— Alors, Juliana, pourquoi ce déjeuner impromptu ?

Elle plia sa serviette, cherchant une entrée en matière.

— Est-ce que Donna et toi appréciez vos petits dîners ?

— Oui, beaucoup, même, répondit Wally, avec une

lueur inhabituelle dans les yeux. Et toi, tu aimes tes leçons ?

— Oh oui. Et, plus encore que la moto, j'ai adoré m'occuper des nièces de Rex. Passer du temps avec elles m'a donné envie d'avoir des enfants. Chose qui me semblait jusqu'ici une vague possibilité dans un avenir très lointain.

— Pas si lointain, objecta Wally. Tu as trente ans. Moi quarante. Nous ne devons pas perdre de temps. Et nous aurons des enfants superbes, Juliana, ajouta-t-il en recouvrant sa main de la sienne, ce qu'elle trouva soudain désagréable.

La gorge brusquement nouée, Juliana récupéra sa main, puis avala une grande gorgée d'eau et inspira à fond.

— Wally. J'apprécie les moments que tu as passés avec moi, et ta patience pour avoir attendu que je me décide à notre sujet. Mais je suis désolée, je ne peux pas t'épouser.

Un éclair de panique traversa le regard de Wally, puis son visage recouvra sa placidité coutumière, ou presque.

— Bien sûr que si. Nous sommes parfaitement assortis.

Son refus d'accepter qu'elle ne veuille pas de lui la sidéra.

— Mais je ne t'aime pas, Wally.

— Moi non plus, répliqua-t-il. Mais je pense que nos sentiments évolueront avec le temps, voilà tout.

Sa franchise déconcerta Juliana. Pourtant, ne pensait-elle pas la même chose encore récemment ?

— Wally, j'aime un autre homme.

— Ton célibataire ?

— Oui. Rex Tanner.

— Ta mère sera aussi réticente à l'accepter au sein de la famille que la mienne avec Donna, énonça Wally.

— Donna ? Tu aimes Donna ?

Les yeux baissés, Wally tripota sa fourchette en argent.

— Je suis tombé amoureux de Donna dès le premier jour où elle est entrée dans mon bureau. Mais je n'ai jamais écouté mes sentiments jusqu'à ce que la vente aux enchères ne les force à apparaître au grand jour — un sourire tendre apparut sur ses lèvres, comme il n'en avait jamais eu pour Juliana. Je ne sais pas si je dois te bénir ou te maudire pour tout cela. Quoi qu'il en soit, les Donna et les Rex du monde entier ne seront jamais admis dans notre milieu social.

— J'en prends le risque, déclara Juliana.

Les yeux de Wally s'assombrirent, et son visage se ferma.

— Ce serait stupide de ta part. Regarde ce que tu perdrais. Si j'épousais Donna, mon père me déshériterait. Ta mère fera probablement la même chose si tu épouses ton barman.

Oui, et Dieu sait que cette certitude l'écrasait.

— Je sais. Wally, j'ai passé toute ma vie à ne pas décevoir ma mère, mais en ne franchissant jamais la ligne jaune je suis restée à l'écart du monde réel. J'observais de loin, sans vivre mes propres expériences. Je ne veux plus de cela.

Wally recula sur son siège, puis proposa :

— Alors, faisons un compromis. Nous nous marions. Nos familles comme nos affaires en bénéficieront. Je fermerai les yeux sur tes *loisirs* et tu en feras autant pour moi. Bien sûr, nous devrons produire un enfant ou deux assez vite pour rendre nos parents heureux, mais en dehors de ça tu pourras vivre ta vie comme bon te semble tant que tu restes discrète.

Estomaquée, Juliana le dévisageait sans un mot. Wally ne pensait quand même pas ce qu'il disait ? N'est-ce pas ?

Pourtant, il sortit ensuite de sa poche une petite boîte de velours bleu. *Un écrin de bague.*

Quelqu'un frappa à la porte d'entrée, mais Juliana, comme paralysée, était incapable de se lever. *Wally avait-il perdu la tête ?* Une proposition de mariage suivie de l'intention déclarée de commettre l'adultère ainsi qu'une permission lui octroyant la même liberté... Voilà un aspect — détestable — de Wally que Juliana ignorait jusqu'ici.

Wally ouvrit le coffret, dévoilant un énorme et sublime diamant, au moment précis où une clé pénétrait dans la serrure de la porte d'entrée, qui s'ouvrit à la volée. Sur Rex. Son regard chercha Juliana, la trouva, puis parcourut la table, les fleurs et le bijou prétentieux dans la main de Wally.

Il serra les dents, ses yeux s'assombrirent.

Horrifiée, Juliana sauta sur ses pieds.

— Rex, s'écria-t-elle. Ce n'est pas ce que tu crois.

Puis elle vit autre chose.

— Tes cheveux. Tu as coupé tes cheveux !

Sa coupe ébouriffée, décontractée, n'était pas aussi courte que celle d'un banquier, loin s'en fallait. Des mèches effilées recouvraient encore largement ses oreilles, soulignant la ligne carrée de sa mâchoire. Mais il était encore plus beau qu'avec son catogan, si possible.

Juliana fit un pas vers lui, mais Wally la devança.

— Je suis Wallace Wilson, le fiancé de Juliana. Et vous, son célibataire, je me trompe ?

Le regard glacé de Rex passa de l'un à l'autre.

— Tu n'es pas mon fiancé, Wally, rectifia Juliana.

— C'était une question de minute. Nous avons été interrompus alors que j'allais te mettre la bague au doigt — il brandit le gigantesque diamant afin que Rex n'en perde pas une miette. Nous sommes engagés de manière officieuse depuis plusieurs mois. Ta mère a déjà fixé la date, retenu l'église et le traiteur. Tu seras ma femme le 21 octobre.

On aurait dit sa mère. Quand les choses lui échappaient, Margaret employait la méthode bulldozer. Droit au but. Mais Wally ? Depuis quand Wally jouait-il au bulldozer ?

— Je ne veux pas t'épouser, Wally. Je regrette, mais je ne le veux pas et je ne le ferai pas, répéta Juliana.

Puis elle s'approcha de Rex.

— J'étais en train de refuser sa proposition, affirma-t-elle.

Rex desserra à peine les dents pour gronder :

— Depuis quand sors-tu avec lui ?

— Six mois. Mais…

— Et tu le voyais *officieusement* pendant que tu couchais avec moi ? poursuivit-il d'une voix sourde.

Juliana se fiait toujours, *toujours*, aux faits, mais, cette fois-ci, force était d'admettre que les faits la desservaient.

— Pas exactement. Nous…

— Alors, moi, j'étais quoi, la coupa de nouveau Rex. Juste une plongée en eaux troubles, comme disait la journaliste ?

Seigneur, comment lui expliquer ?

— Oui. Enfin, non ! Rex, ça l'était au début, mais ensuite je suis tombée amoureuse de toi.

Bon sang, ces mots-là, comme il avait eu envie de les entendre ! Mais à présent Rex ne parvenait pas à les croire.

Il aurait dû suivre son instinct, comme d'habitude. Ce que Juliana et lui vivaient était trop beau pour être vrai. Lui qui n'avait jamais été loyal avec aucune femme, comment avait-il pu croire à la fidélité ? Pourquoi l'aurait-il mérité ?

Juliana lui avait raconté la pression familiale et

l'insatisfaction de sa vie « agréable », mais elle s'était bien gardée de mentionner le fiancé idéal attendant en coulisse. En fait, elle l'avait *utilisé*, pour assouvir une envie qui la démangeait.

La souffrance qui lui tordait les entrailles était indicible. Jamais Rex n'aurait imaginé que sa banquière — non, pas la *sienne* — si convenable et disciplinée puisse mentir. Bon sang, il devait quitter cet endroit au plus vite. Il jeta la clé de Juliana sur la table, puis pivota sur ses talons.

— Rex, attends ! S'il te plaît, laisse-moi t'expliquer.

Juliana le suivit jusque dans la rue, et s'interposa entre lui et la portière du pick-up.

— Si ce type est ton fiancé, tout est dit, trancha Rex.

— Non, il ne l'est pas. Pas officiellement.

Pas officiellement ? Ça voulait dire quoi ? Quelle importance. Il n'avait même pas envie de le savoir.

— Mes parents veulent que j'épouse Wally pour sceller une fusion entre les banques de nos familles respectives. Alors j'ai accepté de voir si je m'entendais bien avec lui. Rien de plus. Je n'ai jamais accepté ce mariage. Et je l'ai convié aujourd'hui à déjeuner pour lui dire que je ne l'épouserai pas. J'ignorais qu'il apportait une bague.

Tu parles ! Aucun homme ne dépensait une fortune pareille sans y avoir été un peu encouragé. Le montant de cette fichue bague dépassait sans doute la somme que Rex avait empruntée à la banque pour monter le Rebelle.

— Juliana, tu préfères fuir tes parents que donner ton avis. Tu espérais quoi ? Que ce type refuse de ramasser mes restes et t'épargne de trouver le courage de dire non à ta mère ?

Il s'efforça d'ignorer la brusque pâleur de Juliana.

— Non, ce n'était pas ça du tout, objecta-t-elle, les lèvres tremblantes. Mais tu as raison. Avant la vente aux enchères, je n'ai jamais eu le courage de défier mes parents. Je déteste les confrontations si les faits ne viennent pas appuyer mes arguments. Mais je n'aime pas Wally, donc je ne l'épouserai pas, même si ma mère souhaite le contraire. Je t'aime toi, Rex. Et je ferai n'importe quoi, vraiment, pour être avec toi.

Rex serra les poings. Quelle actrice ! Son ton sonnait juste, sa douleur aussi.

— Tu t'es servi de moi pour vivre le grand frisson. Tu ne vaux pas mieux que mes groupies, Juliana.

Ni que lui-même, à l'époque, compléta Rex avec amertume. Si les femmes qu'il utilisait se sentaient aussi mal que lui à présent, il méritait d'être lynché…

— Rex, je t'aime. Crois-moi, je t'en supplie.

Juliana tenta d'atteindre sa joue, mais il intercepta sa main. Si elle le touchait, il ne maîtriserait plus ses pensées.

Quel imbécile il avait été d'imaginer qu'une riche héritière de la haute société puisse être heureuse avec un type comme lui ! Juliana était faite pour le genre d'homme capable de lui offrir des tombereaux de diamants. Un type qui ne creuserait pas un fossé entre elle et sa famille.

— C'est bien le problème, Juliana. Je ne peux plus te croire, désormais.

Puis il grimpa dans le pick-up. Avant de démarrer, il lui jeta un dernier coup d'œil. Et le regretta aussitôt.

Bon sang, les larmes dans ses yeux semblaient réelles.

Décidément, quitter Wilmington et reprendre la route paraissait de plus en plus une bonne idée.

- 10 -

— Pourquoi nous as-tu tous convoqués, Juliana ?

Margaret Alden jeta un coup d'œil à la pendule sur la cheminée du salon familial, comme si quelque chose de plus urgent l'attendait. Il en avait toujours été ainsi avec elle.

Irma remplaçait Margaret pour les corvées scolaires, et c'était elle qui jouait à la poupée avec Juliana, puis lui avait appris à cuisiner, à se maquiller, à se coiffer. En fait, la nounou avait été la mère que Margaret ne prenait pas le temps d'être. Et Juliana refusait d'être ce genre de mère pour ses propres enfants — si tant est qu'elle en ait un jour. Son pouls s'accéléra soudain. Cette éventualité avait des chances de survenir plus vite que prévu, tout compte fait.

La bouche sèche, elle déglutit, en vain. Sa nausée persistait. Puis elle décocha un regard à son père et son frère. Elle aurait préféré être à la maison, enfouie sous sa couette en train de pleurer toutes les larmes de son corps sur sa rencontre désastreuse avec Rex. Mais cela ne servirait à rien.

C'était précisément son manque de courage qui l'avait menée ici. Et il était temps qu'elle sache se défendre. Juliana inspira profondément puis se jeta à l'eau.

— Je n'épouserai pas Wally. Lundi midi, je lui ai annoncé que notre engagement était rompu.

Margaret reposa brutalement son verre de vin.

— Tu as perdu la tête ? As-tu pensé aux conséquences pour la fusion Alden-Wilson ?

« Tiens bon, s'encouragea Juliana. Maman attaque toujours à la gorge au premier signe de faiblesse. »

— La fusion peut se faire sans mariage. Je ne suis pas une stock-option ou une valeur boursière négociable dans une transaction. Je suis votre fille. Et j'aime un autre homme.

— Le motard ? s'enquit sa mère d'un ton horrifié.

— Rex Tanner, le célibataire que j'ai acheté à ta soirée.

— Il est infréquentable, totalement déplacé, voyons !

— Pour toi, peut-être, mais pas pour moi, rétorqua Juliana.

La mère de Juliana se tourna vers son fils avec un air horrifié sur le visage.

— Eric, le supplia-t-elle, ramène ta sœur à la raison !

— Non, maman. Si Juliana est amoureuse, elle doit suivre son cœur, déclara Eric. Moi aussi, tu as essayé de me troquer dans cette fusion, et j'ai eu la bêtise d'accepter. Que Priscilla m'ait quitté est la meilleure chose qui me soit arrivée.

Médusée, Juliana fit volte-face vers son frère. D'où venait ce changement d'esprit ? Non, elle préférait ne pas le savoir. Pas si Holly était impliquée. Eric collectionnait les femmes comme d'autres des papillons. L'idée que sa meilleure amie figure à son tableau de chasse lui était insupportable.

N'empêche. Elle serait là pour aider Holly à rassembler les morceaux de son cœur brisé. Les amies servaient à ça.

Margaret se tourna alors vers son mari.

— Richard ? l'interpella-t-elle d'une voix stridente.

— Je suis d'accord avec Eric, répondit-il. Juliana doit écouter son cœur. La banque a les reins assez solides pour survivre avec ou sans fusion si Wilson fait sa tête de mule. Quand me présentes-tu ce Reg, Juliana ?

Encore une surprise. Les occasions où son père était allé contre les désirs de sa mère se comptaient sur la moitié des doigts d'une seule main. Juliana l'aurait embrassé.

— Rex, pas Reg, papa. Et tu ne pourras pas le rencontrer avant que j'arrive à lui faire comprendre cette situation alambiquée. Apprendre l'existence de Wally l'a rendu furieux. En ce moment, il refuse de me répondre au téléphone. Mais je l'aime et ne suis pas prête à laisser tomber.

Pendant deux jours, elle avait laissé message sur message, et Rex ne rappelait jamais. Aujourd'hui, son répondeur n'était même pas branché, aussi s'était-elle rendue au Rebelle à l'heure du déjeuner, mais c'était son jour de congé, et Danny, le barman, avait affirmé que Rex était absent.

Juliana devait réussir à lui expliquer. Surtout maintenant. Elle avait du retard. Or, aussi loin qu'elle se souvienne, son corps avait été réglé comme une horloge.

Etait-elle enceinte ? Le pouls de Juliana s'affola, tandis qu'un flot de panique la traversait. Ils s'étaient toujours protégés, sauf la nuit où Becky les avait réveillés en pleurant. Mais elle savait depuis le collège qu'une fois suffisait.

Désirait-elle être enceinte ? Elle pressa une main sur son estomac brouillé, et inspira à fond pour se calmer. La pensée de porter l'enfant de Rex l'excitait et l'inquiétait à la fois. Car elle voulait un homme qui l'aime, et non un homme qui l'épouse par sens déplacé du devoir. Jamais elle n'obligerait Rex à rester avec elle pour le bébé.

Auquel cas elle devrait assumer les conséquences de cette discussion. Le visage fermé de Margaret ne présageait rien de bon. Si sa mère ne lui pardonnait pas,

Juliana risquait de se retrouver seule, enceinte et sans travail. D'accord, elle pouvait se reposer sur son compte d'épargne, le reste de son fonds de capitalisation, et des placements, mais cela ne durerait pas indéfiniment. Trouver un autre travail serait vite indispensable, or elle voulait pour son enfant mieux qu'une mère célibataire travaillant soixante heures par semaine. Rex lui avait montré ce qu'elle avait raté pendant son enfance, et son bébé ne viendrait pas au second plan après sa carrière.

Le regard perçant de sa mère s'arrêta sur la main de Juliana, qui feignit de lisser un pli de sa jupe de lin. Inutile de lever un vent de panique avant d'être certaine de sa grossesse. Le premier test qu'elle avait fait était négatif, mais la notice mentionnait la possibilité de résultats précoces faussement négatifs, et conseillait un nouvel essai quelques jours après. Un second kit attendait dans la salle de bains. Juliana n'était pas une fille impatiente, mais, cette fois, languir jusqu'au week-end la mettait sur le gril.

— Voilà. C'est ce que j'avais à vous dire, conclut-elle après avoir humecté ses lèvres sèches. Mais je tenais à ce que vous le sachiez avant la réunion de demain avec les Wilson. J'espère que vous me comprendrez.

Sa mère semblait plus implacable que jamais.

— Juliana, tu n'as jamais pris de décisions hâtives, illogiques et impulsives de ta vie. Pour le bien de la banque Alden, tu *dois* reconsidérer cette affaire.

— Maman, Wally aussi en aime une autre. Je refuse de briser quatre vies pour le seul intérêt de la banque. Si tu ne peux pas l'accepter — Juliana avala la boule d'angoisse dans sa gorge — alors je te donnerai ma démission.

Juliana n'attendit pas la réponse à son ultimatum, et ne l'aurait d'ailleurs sans doute pas entendue, tant le sang battait fort à ses oreilles. Elle prit son sac et quitta la maison.

— Il y a quelqu'un pour toi, annonça Danny en passant la tête par la porte du bureau, le jeudi soir.
— C'est mon jour de congé, objecta Rex. Je ne suis pas là.

Il savait par Danny que Juliana était passée plus tôt.
— Ce n'est pas Juliana, précisa le barman.

Ni John Lee. Après avoir formellement décliné l'offre de son ancien impresario, Rex l'avait conduit lui-même à l'aéroport. Kelly et les filles avaient plus que jamais besoin de lui pendant la convalescence de Mike. Rex ne pouvait ni reprendre la route ni passer le reste de sa vie à courir et à se cacher. Il finirait même par devoir sortir de son bureau.

— D'accord, soupira-t-il. J'arrive.

Danny le guida vers l'extrémité du bar, où patientait une belle blonde. Rex ne la connaissait pas. En tout cas, il ne s'en souvenait pas. Pourvu que les femmes de son passé ne lisent pas les articles d'Octavia Jenkins et ne viennent pas ensuite le voir comme John Lee l'avait fait ! Il devrait passer le restant de ses jours à s'excuser.

— Je peux vous aider ?
— Rex ? demanda la blonde.
— Oui. On se connaît ?
— Non. On ne s'est jamais rencontrés.

Ouf. Elle n'était pas un fantôme d'autrefois. Il se détendit.

— Excusez-moi un instant, reprit la jeune femme, qui pressa une touche de son téléphone portable, mais ne parla pas dedans. Je vous ai cependant vu à la vente aux enchères. Sympa, votre nouvelle coupe de cheveux.

La porte du bar s'ouvrit. Rex leva les yeux, et Juliana,

telle une tranche de ciel estival dans sa robe bleue assortie à ses yeux, entra. L'estomac de Rex se serra, son rythme cardiaque s'emballa. Un flot d'adrénaline se déversa dans ses veines, mais il réprima ses sentiments. Non, il n'était *pas* heureux de la voir. Elle lui avait menti. L'avait trahi.

— Ravie de vous avoir rencontré, Rex. J'espère mieux vous connaître la prochaine fois, mais je dois y aller.

La blonde glissa de son tabouret et alla vers la sortie.

— Il est à toi. Tiens-moi au courant, dit-elle à Juliana en la croisant au passage.

On pouvait ajouter la fourberie à la liste des péchés de Juliana, songea Rex en la regardant s'avancer d'un pas prudent. Avec sa pâleur extrême et les larges cernes sous ses yeux, elle semblait aussi mal en point que lui. Il durcit son cœur. Sa conscience la tourmentait la nuit, probablement.

— Qu'est-ce que tu veux ? gronda-t-il.
— Nous devons parler, Rex.
— Tout a été dit.

Juliana jeta un œil par-dessus son épaule, puis reporta son regard sur lui. L'angoisse emplissait ses yeux.

— Rex, murmura-t-elle. J'ai du retard.

Il fallut à Rex cinq secondes pour comprendre. Puis ses jambes menacèrent de le lâcher.

— Suis-moi, lança-t-il.

L'esprit maintenant aussi brouillé que son estomac, il la conduisit vers son bureau et l'invita à s'asseoir. Son parfum de fleurs et d'épices emplit ses poumons lorsqu'elle passa devant lui, et un nouvel émoi l'envahit. Pourquoi le troublait-elle tant alors qu'il connaissait ses mensonges ?

— Combien de retard ? demanda-t-il en fermant la porte.

— Quelques jours seulement.

— Tu as fait un test ?

— Oui. Négatif. Mais je n'ai jamais eu de retard, Rex. Jamais. J'en ferai un nouveau ce week-end, mais… mais j'ai pensé que tu devais être au courant.

— Donc, puisque t'encanailler ne t'a pas sortie du mariage dont tu ne veux pas, tu t'es imaginé que ça marcherait en te faisant engrosser ?

Juliana se raidit sur son siège, puis se défendit :

— Je n'ai pas fait exprès de tomber enceinte !

— Ne vends pas la peau de l'ours. Tu ne l'es peut-être pas, tempéra Rex en croisant les bras. Pourquoi ne pas avoir tout simplement eu les tripes de refuser ce mariage ?

Avec un soupir las, Juliana baissa la tête.

— Toute ma vie, je… j'ai eu l'impression que mes parents ne m'aimaient que parfaite. L'élève la plus primée, la cavalière la plus médaillée, la jeune fille la plus distinguée au bal des débutantes. Dès que je franchissais la ligne, ma mère me menaçait de la pension. Et je savais qu'elle le ferait, comme les mères de la plupart de mes copines.

Le crayon se brisa d'un coup sec entre les doigts de Rex. Espérait-elle lui faire gober son cinoche de pauvre petite fille riche ?

— Je ne vois aucun rapport avec moi, objecta-t-il.

— Si. T'acheter à la vente aux enchères était un acte de rébellion. Oui, je sais, trente ans c'est un peu tard pour se révolter, mais il a fallu que je sois acculée pour en avoir le courage. Ma mère a concocté mon mariage avec Wally pour conforter la fusion des banques Alden et Wilson. J'avais l'impression d'être une marchandise et non sa fille. Et le pire, c'est que les faits, la logique, désignaient ce mariage comme un choix raisonnable. Je me suis toujours plus fiée aux faits qu'aux émotions, et les faits disaient « oui ».

Ses beaux yeux bleus imploraient sa compréhension. Elle poursuivit, les joues rougissantes :

— Mais je n'en avais pas envie. Pour une fois, je voulais connaître la passion dont les femmes parlaient en secret, même si je doutais fort d'en être capable, puisque je n'avais jamais… Bref, j'ai pensé que si je n'y parvenais pas avec un homme aussi sexy que toi, alors j'étais une cause désespérée, et autant épouser Wally, car je n'avais rien à perdre.

Rex se mordit la langue. Le dragon ne pouvait pas être aussi mauvaise mère que le prétendait Juliana. Et, si celle-ci s'imaginait qu'il allait croire qu'elle ignorait le plaisir avant lui, elle le prenait pour un imbécile.

— Tu m'as acheté pour t'éclater au lit ? railla-t-il. Qu'est-ce qui t'a fait penser que je me montrerais si facile ?

Juliana s'empourpra de plus belle.

— Tu avais raison en m'accusant de fouiller ton passé. D'après tous mes renseignements, tu étais le genre de type à faire ton truc et à tourner les talons sans y réfléchir à deux fois.

Décidément, il avait droit à la totale, hein ?

— Et puis, tout compte fait, tu n'étais pas le rebelle que m'annonçaient mes lectures, enchaîna Juliana. Tu ne cherchais pas du tout à me débaucher, et tu étais un tonton gâteau avec Becky et Liza. Mais bizarrement, cela m'incitait encore plus à m'encanailler. Tu m'attirais comme aucun homme ne m'avait jamais attirée, Rex. Et tu me plaisais.

Il lui plaisait ? Pourquoi ne lui crevait-elle pas son ego une bonne fois pour toutes, qu'on en finisse ?

— Je n'ai jamais cherché à séduire un homme de ma vie, mais, toi, j'ai tout fait pour t'allumer, poursuivit-elle. J'ai acheté des vêtements qui provoqueraient un infarctus à mon père, et je me suis comportée comme une… gourgandine.

Le terme suranné prouvait que Juliana savait à peine de quoi elle parlait, songea Rex, qui argua :

— Ça n'excuse en rien ton comportement.

— Non, c'est vrai. Je t'ai acheté avec l'intention de t'utiliser pendant un mois, et de tourner les talons ensuite. C'est impardonnable. Mais si quelqu'un peut comprendre à quel point je le regrette, c'est toi.

Ça, c'était un coup bas !

— Rex, reprit Juliana, ma vie était vide et ennuyeuse avant de te connaître. Je ne veux pas arrêter notre histoire. Et, même si les faits disent qu'une comptable barbante et rigide n'est pas la femme qui te convient, mon cœur m'assure que je peux l'être si tu me laisses une chance. Je t'aime, Rex.

Il serra les dents de toutes ses forces. Pourquoi son cœur tressaillait-il dès qu'elle disait cela ? Impossible de la croire. Une femme qui avait tout pour elle ne pouvait pas tomber amoureuse d'un type comme lui. Sans parler de tout ce bazar de pauvre petite fille riche, de mère ultra-exigeante et d'absence de passion. Juliana en rajoutait tant que même un péquenaud comme lui n'y croyait pas.

— Cela ne change rien aux faits, décréta-t-il. J'assumerai ma part pour cet enfant, si enfant il y a. Rien de plus.

— Mais…, commença Juliana.

— Pas de mais. La discussion est close. Et, si tu es enceinte, j'exige un test de paternité. Pas question que j'entretienne le rejeton de Wilson.

Livide, Juliana pressa une main sur son cœur.

— Je n'ai jamais couché avec Wally, protesta-t-elle.

— A d'autres. Tu connais le chemin de la sortie.

De ce dernier mensonge aussi, il se remettrait. Dès que la porte fut refermée, Rex s'empara de sa guitare.

***

— Qu'est-ce que c'est ? demanda Margaret Alden.
Juliana releva la tête de son porte-documents et pâlit.

— Un test de grossesse, répondit-elle.

— Je le vois bien. Mais pourquoi en as-tu un ?

Si sa mère ne l'avait pas fichue dehors pour avoir lâché Wally, cela risquait d'être la dernière goutte qui ferait déborder le vase.

— Maman, tu es passée pour me conduire au bureau pendant que ma voiture est au garage, pas pour faire mes poubelles ou me soumettre à un interrogatoire.

— Je n'ai rien fouillé du tout. C'était sur le dessus de la corbeille de ta salle de bains. Tu es enceinte de cet homme ?

Le ton méprisant avec lequel elle avait prononcé *cet homme* hérissa Juliana.

— Rex. Il s'appelle Rex. Et je ne sais pas encore.

— Et que comptes-tu faire, si c'est le cas ?

Etait-il trop tôt pour une migraine nerveuse ? s'interrogea Juliana. Et pouvait-elle prendre un analgésique, si elle était enceinte ? Il fallait de toute urgence qu'elle achète un manuel pour femmes enceintes. Au cas où.

— Je ne sais pas, maman. Rex et moi y réfléchirons. A condition qu'il accepte de lui reparler...

— Je connais un médecin discret qui...

— Je ne me ferai pas avorter ! coupa Juliana.

— Tu préfères déshonorer ta famille en ayant un enfant en dehors du mariage ? s'indigna Margaret Alden.

— Des tas de femmes élèvent des enfants seules, de nos jours, maman. On n'en fait plus toute une affaire.

Sauf elle-même. Si bébé il y avait, alors Juliana voulait qu'il ait deux parents aimants.

— Je refuse d'avoir un bâtard comme petit-fils.

La remarque virulente de sa mère lui remit les idées

en place. C'était sa passivité coutumière qui faisait croire à Margaret qu'elle avait le droit de décider pour sa fille.

— Maman, tu n'auras pas le choix. Cette décision me regarde, et je la prendrai seule.

— Tu la regretteras toute ta vie ! prophétisa sa mère.

Puis elle quitta la maison, Juliana sur ses talons. Le trajet jusqu'à la banque se déroula dans un silence glacé. Juliana détestait cette tension, mais après tout rien ne serait arrivé si sa mère avait instauré le dialogue entre elles, ou si elle-même avait osé revendiquer son autonomie dix ans plus tôt.

A leur arrivée devant la banque, elle lui effleura la main.

— Maman, crois-moi ou non, je n'ai pas participé à cette vente de charité dans l'intention de te blesser. Et j'aimerais avoir ton soutien, quels que soient mes choix concernant mon avenir.

Si la moue pincée de Margaret était habituelle, il en allait autrement de l'inquiétude dans ses yeux. Elle serra brièvement les doigts de sa fille.

— Tu ignores complètement dans quoi tu t'engages, et tu te leurres en pensant qu'une naissance illégitime n'aura pas de conséquences négatives pour toi ou l'enfant.

Deux heures plus tard, Juliana sirotait sa troisième tasse de décaféiné. Loin d'être aussi efficace que du vrai café, hélas. Elle parvenait enfin à comprendre le tableau de chiffres devant elle quand Eric déboula, le regard furieux.

— Dis-moi qu'elle se trompe, s'écria-t-il.

— Qui et à propos de quoi ?

— Maman dit que cette crapule t'a mise enceinte ?

Derrière son frère, Juliana aperçut son assistante, les yeux écarquillés.

— Tu peux fermer la porte, s'il te plaît ?

Il obéit, puis revint vers elle, le dos raide de colère. Qu'est-ce qui lui prenait ? Eric était d'habitude calme et pondéré en toutes circonstances.

— Je ne sais pas encore si je suis enceinte, tempéra Juliana.

— Il va t'épouser ?

— Il dit que non.

— L'ordure. Je vais le tuer, rugit Eric.

— Eric, il y a des circonstances atténuantes que tu ne…

Mais son frère avait déjà tourné le dos et quitté le bureau en trombe sans attendre ses explications. L'essaim de frelons s'agita dans son ventre. Des ennuis s'annonçaient. Juliana attrapa son sac et quitta à son tour la pièce. Ignorant l'ascenseur, elle dévala les deux étages, puis, une fois dans le hall, se souvint qu'elle n'avait pas de voiture. Gagnée par la panique, elle remonta et se précipita vers son assistante.

— Heather, je peux vous emprunter votre voiture ?

Devant l'expression déconcertée de Heather — elle ne lui avait jamais demandé une chose pareille — Juliana poursuivit :

— Mon frère va tuer mon…

Son quoi ? Qu'était Rex, en fin de compte ?

—… mon amant si je ne l'arrête pas à temps, expliqua-t-elle, consciente de la formule dramatique, mais tant pis.

Opinant d'un air compréhensif, Heather lui tendit des clés.

— Une Honda bleue. Troisième allée. Bonne chance.

Tout en traversant la ville à toute allure, Juliana remercia les dieux de la circulation de lui offrir tous les feux verts. Pour la première fois de sa vie, elle roulait bien au-delà des limitations de vitesse. Sur le parking du Rebelle, il n'y avait qu'une voiture — celle d'Eric. Rien de surprenant, compte tenu de l'heure matinale. La clientèle du déjeuner n'était pas encore arrivée. Juliana se gara et se rua à l'intérieur. Le bar était vide. Entendant un bruit sourd suivi d'un grognement en provenance du bureau de Rex, elle s'y précipita.

Et pila à temps pour voir Rex bloquer le poing droit d'Eric. Celui-ci balança le gauche, que Rex intercepta aussi.

— Arrêtez ! hurla-t-elle.

Son cri détourna une fraction de seconde l'attention de Rex. Il croisa son regard, et Eric en profita pour le frapper à la tête. Rex recula de quelques pas avant de se ressaisir. Du sang perlait sur sa lèvre.

— Stop, Eric ! cria encore Juliana.

Mais son frère l'ignora et lança un nouveau coup, que Rex esquiva. Juliana se jeta entre les deux hommes, les sommant de cesser leur bagarre. Malgré son inquiétude concernant la blessure de Rex, elle n'osait pas quitter Eric des yeux, au cas où il recommencerait à cogner. Etait-il devenu fou ?

— Je vais te briser en morceaux, espèce de…, rugit-il.

— Alors tu devras me briser aussi, Eric, s'interposa Juliana. Je l'aime. Et je ne resterai pas les bras ballants si maman, toi ou quiconque essayez de blesser Rex pour une chose dont je suis responsable. Oui, tout est entièrement *ma* faute, ajouta-t-elle devant le regard rétréci de son frère. Alors écoute toute l'histoire avant de reprendre la bagarre.

Eric desserra les poings. Les deux hommes se défiaient comme des loups défendant leur territoire. Juliana décocha un coup d'œil à Rex. Sa lèvre gonflait déjà. Elle sortit un mouchoir et le pressa sur la plaie. Rex écarta sa tête hors de portée, mais accepta le mouchoir.

Qu'il ne veuille même pas qu'elle le touche la mortifia.

— Je suis désolée. C'est ma faute, répéta-t-elle.

Eric renifla.

— Pourquoi dis-tu ça ? Cette ordure s'est servie de toi.

— Non, Eric. C'est moi qui me suis servie de lui. J'ai acheté Rex à la soirée caritative pour le séduire.

Son frère émit un grognement incrédule.

— Comme si j'allais croire ça !

— Eh bien, tu devrais, insista Juliana. Car c'est la vérité. Et tu dois des excuses à Rex.

— Au diable. S'il est innocent, pourquoi ne me rend-il pas mes coups ?

Rex jeta le mouchoir taché de sang dans la poubelle.

— Parce que mon père disait toujours que, quand on a péché, on doit accepter le châtiment. J'ai couché avec votre sœur, et, si elle est enceinte, je suis peut-être le père. Et, non, je ne l'épouserai pas. Donc je mérite votre colère. Allez-y.

Juliana se tourna vers lui pour demander :

— Tu perds la tête ?

— Non, plus maintenant.

Son ton acerbe impliquait qu'il avait perdu la tête en couchant avec elle. La pique la frappa en plein cœur.

— Je regrette vraiment de t'avoir fait du mal, Rex, déclara-t-elle. Je n'en ai jamais eu l'intention. Retourne travailler, Eric, ajouta Juliana sans détourner son regard.

— Pas sans toi, rétorqua son frère.

— Vas-y, soupira Juliana. Je te suis.

Après quelques secondes d'hésitation, Eric s'éloigna. Le silence retomba sur le petit bureau, aussi lourd qu'un nuage de fumée suffocante. Juliana finit par le rompre.

— Je suis désolée. Je ne sais pas ce qu'il lui a pris. D'habitude, Eric est très calme. Je t'appelle dès que... je sais si je suis enceinte ou pas.

— Quoi qu'il arrive, je ne me mettrai pas entre toi

et ta famille, Juliana, déclara Rex. Pour commencer, je vais fermer le Rebelle et reprendre les tournées.

— Reprendre les tournées ? répéta-t-elle, abasourdie.

— Mon ancien impresario est venu me faire une offre.

Le désespoir l'envahit. Si Rex partait, elle ne pourrait plus le faire changer d'avis.

— Agis pour ton bonheur, Rex. Et si vendre est un moyen d'y parvenir... je t'aiderai à trouver un acheteur par mes contacts à la banque.

Des larmes montèrent dans ses yeux, et un sanglot lui noua la gorge. Juliana essaya de le chasser, mais en vain.

— Mais c'est toi qui m'as appris que fuir ne résolvait rien, poursuivit-elle d'une voix tremblante. Si tu trouves dans ton cœur de quoi me pardonner, me donner une chance de te prouver mon amour, alors je te suivrai partout, Rex. Je quitterai mon travail et vivrai dans un bus de tournée, n'importe où. Je me moque de ce que pense ma famille. Je veux juste — sa voix se brisa, elle ferma les yeux pour se ressaisir, puis les releva vers lui. Je veux juste que tu sois heureux, même si c'est sans moi.

Puis elle quitta le bar, aussi rapidement et dignement que possible, compte tenu du fait que son monde venait de s'écrouler.

Personne ne pouvait jouer la comédie aussi bien, songea Rex. La meilleure actrice du monde était incapable de simuler la souffrance qu'il avait vue dans les yeux de Juliana, entendue dans sa voix.

Elle voulait qu'il soit heureux bien qu'elle-même fût visiblement malheureuse.

Elle était prête à quitter sa famille pour lui, alors que toute sa vie, elle avait cherché à leur plaire.

Le doute le terrassa. Et si Juliana avait dit la vérité ? A propos de son enfance, de sa mère, tout ça ?

Rex fit jouer ses doigts, grimaçant sous le tiraillement de sa main droite. La douleur ne venait pas des coups parés, mais des ampoules au bout de ses doigts. La musique jaillissait de lui depuis qu'il avait surpris Juliana avec cette espèce de B.C.B.G. tout droit sorti de ses pires cauchemars. Les paroles et mélodies qui se formaient dans son esprit l'empêchaient presque de manger et dormir.

Ecrire des chansons était ce qu'il préférait dans son métier, et à en juger par son travail des quatre derniers jours, il n'avait rien perdu du talent qui faisait vendre autrefois tant de disques. Nom d'un chien, ce qu'il avait composé depuis qu'il avait perdu Juliana était mille fois meilleur que toutes ses œuvres précédentes, parce qu'il avait couché ses tripes sur la partition.

Peut-être Kelly avait-elle raison. Peut-être pourrait-il vivre avec sa musique sans faire des tournées.

Mais pourrait-il aussi vivre avec Juliana?

Elle disait l'aimer. Mais était-ce vrai?

Le cœur de Rex s'emballa follement.

Une fille de bonne famille pouvait-elle être heureuse avec un marginal sans éducation? Qu'avait-il à offrir à une femme qui avait tout?

— Tu as de la visite, annonça Danny à la porte du bureau le samedi soir.

Encore! Ce jeu commençait à lasser Rex.

— Je ne suis pas là.

— Ce n'est pas Juliana, précisa Danny.

— Ouais. Tu m'as déjà fait le coup.

— Cette fois, c'est une dame plus âgée. Elle a l'air assez mauvaise pour démolir le bar à coups de dents. Arrive, mon vieux, elle terrorise les clients.

Rex se leva pour suivre Danny. Le Rebelle était calme

entre le coup de feu de midi et celui du dîner. Le troisième article d'Octavia Jenkins était sorti le matin même. Juliana et lui ayant annulé le dernier rendez-vous avec la journaliste, ils ne figuraient pas dans sa chronique, consacrée cette semaine aux autres couples. Avec un peu de chance, on ne le harcèlerait pas avec ces idioties aujourd'hui.

Il reconnut aussitôt la personne qui l'attendait. Le dragon. La mère de Juliana. Misère. Tout compte fait, il regrettait les commentaires sur le journal.

Les yeux perçants de Margaret Alden — du même bleu que ceux de Juliana, mais dénués de sa douceur — se fixèrent sur lui, et son attitude hautaine s'accentua. Devint impériale. Rex se demanda comment les femmes de ce monde parvenaient à regarder de haut des gens qui les dépassaient d'une tête.

— Madame Alden, la salua-t-il d'un ton bref.

— Monsieur Tanner. Puis-je vous parler en privé.

Ce n'était pas une requête, mais une exigence.

— Mon bureau est par ici.

Les luxueux sièges de cuir, comme le bureau et la bibliothèque de prix, étaient des reliques de ses années fastes à Nashville, et Rex eut l'impression que Mme Alden les évaluait à leur juste valeur aussitôt le seuil franchi.

— Je suis prête à payer votre dette si vous cessez de voir ma fille, attaqua-t-elle dès qu'il l'eut invitée à s'asseoir.

Au moins, elle ne tournait pas autour du pot. Rex s'installa à son tour, puis se balança en arrière sur son siège.

— J'ai déjà cessé de voir Juliana, et je paye mes dettes moi-même.

— J'ai pris la liberté de vérifier vos comptes, reprit Margaret. Je n'y vois aucune réserve vous permettant de vous acquitter de la somme en temps voulu.

— Parce que mes « réserves » ne sont pas dans votre

banque, madame Alden. D'ailleurs, je vais solder tous mes comptes chez vous, en commençant par l'emprunt.

Et Rex prit dans un tiroir le chèque de caisse qu'il était allé chercher ce matin, sur lequel figurait le montant total de sa traite. Grâce à son héritage, il était en mesure de payer ses dettes. Il avait également ouvert une bourse d'études pour Becky et Liza. Il fit glisser le chèque sur le bureau.

— Vous m'épargnez un trajet, ironisa-t-il.

Margaret ne prit pas le chèque.

— J'annule votre dette si vous me promettez de ne plus jamais prendre contact avec Juliana, dit-elle, glaciale.

— Et si elle porte mon enfant ?

— Cela ne vous concerne pas. Nous nous en chargerons.

Rex soupira brièvement. Ça voulait dire quoi, *s'en charger* ? Que le dragon pousserait Juliana à prendre une décision regrettable pour tout le monde ? La colère, à fleur de peau depuis quelques jours, se mit à bouillonner en lui. Que Mme Alden ressemblât au portrait dominateur que Juliana en avait fait accentua sa fureur. Juliana n'avait pas menti sur sa mère. Alors peut-être n'avait-elle pas menti sur le reste ?

— Madame Alden, vous pouvez vous mettre votre argent au…

— *Monsieur Tanner*, ne dites rien que vous regrettiez ensuite. Je ne ferai pas cette offre deux fois.

Rex se leva et se pencha par-dessus le bureau, arc-bouté sur ses poings, les dents serrées.

— Madame, vous avez essayé de vendre votre fille, et maintenant vous essayez de me l'acheter. Mon opinion de vous ne peut pas descendre plus bas. S'il vous reste un semblant de cerveau, vous feriez mieux de penser à votre fille plutôt qu'à votre satanée banque.

— Je vous demande pardon ?

Margaret le toisait avec une arrogance et le dos le plus raide qu'il ait jamais vus de sa vie.

— Ce n'est pas à moi qu'il faut demander pardon. Mais à Juliana. Vous la repoussez par vos actes, et vous finirez par la perdre. La femme qui m'a acheté est sous votre coupe depuis trente ans. Elle était sur le point de se lasser de votre dictature et de se rebeller contre vous.

— Je veux le mieux pour Juliana, plaida Margaret, outrée.

— Et vous pensez dur comme fer que je ne le suis pas, compléta Rex qui fit le tour du bureau, pour venir toiser le dragon femelle de toute sa taille. Qu'est-ce qu'elle pourrait avoir de mieux qu'un homme qui la vénère et dépose son cœur à ses pieds ? Car c'est ce que votre projet lui a coûté.

Mme Alden se leva avec raideur, mais Rex eut la satisfaction de voir qu'elle avait perdu de sa superbe.

— Vous n'avez pas fini d'entendre parler de moi, monsieur Tanner, prévint-elle d'un ton méprisant.

— Je n'en doute pas, M'dame, mais je vous préviens moi aussi. Si Juliana est enceinte de moi, vous ne mettrez pas mon enfant sous votre coupe comme vous l'avez fait pour votre fille. Je vous ferai une vie d'enfer. Et, *ça*, c'est une vraie promesse.

Puis il lui fourra de force le chèque dans la main, et ouvrit la porte de son bureau à toute volée.

- 11 -

Encore un repas écœurant.

Juliana aurait préféré être ailleurs qu'avec sa mère dans ce restaurant huppé du bord de mer. Ce matin, elle s'était réveillée mal en point, d'humeur grincheuse, et, pour couronner le tout, le second test de grossesse s'était encore révélé négatif. Elle hésitait entre la déception, le soulagement ou acheter un troisième test. En fait, elle aurait voulu en avoir le cœur net avant d'abandonner tout espoir.

Retrouver sa mère pour un brunch dominical n'était pas dans leurs habitudes — sauf pour des motifs de travail. Si Margaret s'apprêtait à la renvoyer, Juliana aimait autant en finir rapidement. Après une heure de bavardage anodin, elle n'aspirait qu'à rentrer et à se plonger dans un bain moussant.

— Maman, pourquoi sommes-nous ici ?

Sa mère lui parut soudain plus embarrassée qu'elle ne l'avait jamais vue.

— J'ai conscience de n'avoir pas toujours été là pour toi, dit-elle d'un ton hésitant, insolite de sa part. Et je comprends parfois mal que tu t'entêtes à rechercher la difficulté. Mais je ne veux pas te perdre, Juliana. Or M. Tanner semble penser que cela risque de m'arriver.

Juliana ouvrit de grands yeux étonnés.

— Pardon ? Que vient faire Rex là-dedans ?

— Tu me ressembles tant. Ta carrière t'absorbe entièrement, et…

— Mais je ne suis pas toi, l'interrompit Juliana. Et je ne veux pas être comme toi. J'ai longtemps pensé le contraire, mais je viens de comprendre tout ce que tu as raté de la vie.

Puis elle se mordit la lèvre, regrettant la rudesse de ses paroles.

— Excuse-moi, maman. C'était un peu brutal.

— Et mérité, je le crains, avoua Margaret. Je suis passée à côté de l'essentiel de votre enfance, à Eric et toi.

— Nous avions Irma. Mais t'avoir également aurait été bien, oui.

— Tu as sans doute raison, mais j'avais tant à prouver. Tu sais, à l'époque, une femme devait travailler deux fois plus qu'un homme pour réussir dans le monde de l'entreprise.

— Les choses ont changé, énonça Juliana.

— Par certains côtés, oui. Mais tu es aussi naïve à propos des hommes que je l'étais, Juliana.

— Que veux-tu dire ?

— Moi aussi, j'étais une jeune fille riche. Les hommes se battaient pour attirer mon attention, et je trouvais cela grisant. J'ai été amoureuse. Deux fois. Chaque fois, j'ai fini par comprendre que ces hommes étaient plus attirés par l'argent de mon père que par moi. J'en ai eu le cœur brisé.

Margaret plia soigneusement sa serviette, puis leva les yeux vers sa fille avant de reprendre :

— Je ne voulais pas que la même chose t'arrive, Juliana.

Jamais sa mère n'avait parlé de ses aventures de jeunesse. Ces confidences aujourd'hui lui faisaient un drôle d'effet.

— Tu pourrais peut-être m'accorder assez de bon

sens pour reconnaître un homme sérieux, maman. J'ai moi aussi eu mon lot de soupirants et de ruptures. Et cela n'explique pas pourquoi tu tiens tant à ce que j'épouse Wally.

— Je voulais que tu fasses un mariage stable, fondé sur une compatibilité professionnelle et sociale. Autrefois, mon père m'a arrangé une alliance convenable. J'ai cherché à en faire autant pour ton frère et toi, afin de vous épargner les mêmes chagrins qu'à moi.

Juliana était estomaquée.

— Tu veux dire que tu n'aimais pas papa quand tu l'as épousé ? demanda-t-elle. Même un petit peu ?

— Je le respectais, et nous avions des intérêts communs.

Voilà qui semblait familier, et aussi tellement triste. La relation décrite par sa mère était exactement le genre d'union que Wally et Juliana avaient envisagée, et, sans sa rencontre avec Rex, elle serait sans doute à cette heure en train de choisir de la vaisselle et de l'argenterie en vue d'une vie sans amour. Elle l'avait échappé belle. Mais tout juste.

— Si tu ne l'aimes pas, reprit-elle, pourquoi être restée avec lui pendant trente-six ans ?

— Parce que j'ai fini par l'aimer, répondit Margaret. Pas aussi passionnément que tu sembles aimer M. Tanner, mais confortablement, si je puis dire. Nous sommes comme une paire de chaussures. Nous fonctionnons mieux ensemble.

« Une paire de chaussures » ? Quelle image déprimante !

— Ecoute, maman, j'ai beau adorer les chaussures, je n'ai pas envie de vivre ainsi. Je veux mieux que ça.

— Tu risques de souffrir, objecta sa mère.

— Je souffre déjà. Ça ne peut pas être pire. Et tu sais quoi ? Je suis prête à recommencer.

Oui, même en sachant qu'elle ne risquait d'écoper

que d'un cœur en miettes, elle tenterait encore d'aimer Rex. Oui, elle miserait sur un échec assuré. Une grande première pour elle. Mais Rex lui avait offert tant de premières.

— Quand as-tu discuté avec Rex ? demanda-t-elle.

Si sa mère l'avait rencontré récemment, peut-être n'avait-il pas encore quitté la ville. Autre nouveauté, Juliana vit sa mère rougir et se tortiller sur son siège.

— Hier. J'ai essayé de l'acheter, avoua Margaret.

— Quoi ? s'exclama Juliana, horrifiée.

— Autrefois, mon père avait offert de l'argent à chaque homme qui m'avait brisé le cœur, et tous l'ont pris. C'est ainsi que j'ai compris qu'ils ne m'aimaient pas. J'ai proposé à ton M. Tanner d'annuler sa dette, et il a refusé sans détour. De manière assez grossière, je dois dire.

Des émotions contradictoires luttaient dans l'esprit de Juliana. Sa mère avait tenté de se débarrasser de Rex. Et il avait refusé. Elle masqua derrière des doigts tremblants le sourire qui s'esquissait sur ses lèvres. Simultanément, son regard s'emplit de fureur.

— Tu n'aurais jamais dû faire cela, maman !

— J'admets que c'était maladroit, mais, ma chérie, je veux le meilleur pour toi, et je pensais savoir ce que c'était. Quoi qu'il en soit, je me trompais. Je soupçonne que l'homme qui te convient puisse être M. Tanner. *Rex*.

— J'ai peur qu'il ne soit trop tard, soupira Juliana.

La main de Margaret recouvrit la sienne.

— Il n'est jamais trop tard. Et tu es ma fille. Si tu es certaine qu'il est l'homme de ta vie, tu sauras comment le conquérir.

— Ce n'est pas si simple, maman.

— Rien qui vaille la peine ne l'est jamais. Et, si bébé il

y a, nous nous en accommoderons. Avec ou sans mariage. On y va ? Je suppose que tu voudras appeler M… Rex.

— Maman, Rex ne m'a même jamais dit qu'il m'aimait.

— Alors j'imagine qu'obtenir qu'il le fasse est ta priorité numéro un.

Cette conversation était surréaliste. Juliana suivit d'une démarche de robot sa mère vers la voiture. Demain, c'était lundi, jour de congé pour Rex. Ferait-elle une nouvelle tentative ? Parviendrait-elle à lui faire comprendre la situation alors que tous les faits étaient contre elle ?

Parfois, Juliana regrettait que la politesse lui ait été inculquée dès la naissance. Aujourd'hui, par exemple. Elle aurait voulu pouvoir ignorer la sonnette de la porte d'entrée et rester en boule sur son canapé avec sa tasse de café parfumé au chocolat suisse et aux amandes.

Indispensable café de consolation.

Elle n'était pas enceinte.

Juliana s'en était rendu compte après le déjeuner avec sa mère, la veille. Incapable de surmonter sa déception, elle avait annoncé ce matin au bureau qu'elle était souffrante. Elle devait de toute urgence en discuter avec Holly et Andrea, mais aucune n'avait répondu à ses appels téléphoniques. Ce n'était pas plus mal, en fin de compte. Car comment expliquer un conflit aussi déroutant d'émotions ?

La sonnette retentit encore, suivie d'un tambourinement sur la porte. Juliana posa sa tasse et se leva à contrecœur. C'était probablement Eric ou son père, venu vérifier qu'elle allait bien. Elle regarda par le judas, et son cœur s'arrêta.

Rex.

Puis son cœur repartit en accéléré, ses paumes devinrent moites. Elle les essuya sur son short. Que voulait-il ?

Tu ne le sauras jamais si tu n'ouvres pas.

Après avoir jeté un coup d'œil dans le miroir de l'entrée, elle grimaça. Ses cheveux étaient en bataille et son teint, pâle comme un linge. Elle n'était pas maquillée. Et son vernis était écaillé à force de se mordre les ongles. *Une loque.*

Mais trop tard pour réparer les dégâts.

Juliana déverrouilla et ouvrit la porte. L'air quitta ses poumons. Rex était sublime, si grand, si bronzé. Ses joues rasées de frais brillaient. Sa lèvre portait encore la marque du coup d'Eric. Il portait comme d'habitude un jean et des bottes noires, mais, ce matin, il avait troqué son T-shirt pour une chemise blanche — semblable à celles qu'il arborait sur les pochettes de ses disques.

Elle ne parvint pas à déchiffrer son expression tandis qu'il parcourait de ses yeux de braise son visage, puis glissait lentement sur ses seins, son ventre, ses jambes, avant de remonter. Elle frissonna sous la caresse visuelle.

— Bonjour, Rex.

Quel formalisme, alors qu'elle n'avait qu'une envie, passer les doigts dans ses cheveux raccourcis et l'embrasser jusqu'à ce que tous deux s'écroulent par manque d'oxygène.

— Bonjour, répondit Rex en se balançant sur ses talons. Je peux entrer ?

— Bien entendu.

Comme elle s'effaçait pour le laisser passer, son eau de toilette effleura ses narines. Juliana regarda furtivement dehors, car elle n'avait pas entendu le grondement caractéristique de la Harley. Le pick-up de Rex était garé dans l'allée. Avec deux motos sur le plateau.

Deux motos ? Pourquoi ? Son pouls s'emballa.

Elle le suivit dans le salon. La largeur de la pièce les séparait, vaste comme un océan infranchissable. Inutile de perdre du temps, songea-t-elle. Qu'elle lui annonce ce qu'elle avait à lui dire. Et, tant pis, il s'en irait… Elle se jeta à l'eau :

— Tu n'avais pas besoin de venir, tu sais. Je comptais t'appeler tout à l'heure. Je ne suis pas enceinte.

Rex avala une brève goulée d'air.

— Je suis désolé.

Décontenancée, Juliana fronça les sourcils.

— Désolé que je ne sois pas enceinte ?

— Oui. Non. Enfin, si, répondit-il en fourrageant d'une main nerveuse dans ses cheveux.

Puis il hocha la tête, l'air aussi perplexe que Juliana de sa propre réponse.

— J'adorerais te voir porter mon enfant, ajouta-t-il.

Cela ne voulait rien dire, puisqu'il l'avait quittée quelques jours plus tôt, mais le cœur de Juliana se mit à battre la chamade. Qu'il n'ait pas bondi de joie en apprenant l'absence de sa grossesse devait être bon signe, non ?

— Et ça te fait quoi ? De ne pas être enceinte ? reprit Rex en la dévisageant avec attention.

Pourquoi mentir ? Juliana croisa les bras sur sa poitrine.

— Je suis déçue, avoua-t-elle.

— Pourquoi ?

— Comment ça, pourquoi ?

Rex franchit la distance entre eux, s'arrêta juste devant elle. La tentation de se blottir contre sa large poitrine, de passer les bras autour de sa taille, la submergea.

— Tu voudrais un bébé ? *Mon* bébé ? insista-t-il.

Ce n'était pas gentil de la taquiner ainsi…

— Quelle importance, Rex ?

— Ça en a pour moi, dit-il d'une voix sourde mais posée.

Juliana resserra les bras, détourna un instant le regard puis releva la tête vers lui pour déclarer :

— Oui. Oui, j'aimerais porter ton enfant.

La bouche de Rex s'étira, et ses épaules se relâchèrent un peu tandis qu'il exhalait lentement. Elle n'avait pas remarqué sa tension auparavant. Alors, il lança :

— Viens, allons faire un tour à moto.

— Quelle idée ! Pourquoi ?

— Je veux te montrer quelque chose, répondit Rex. Et j'ai pensé que tu aimerais essayer de piloter en solo. Il y a une moto pour toi sur le pick-up.

L'idée tentait Juliana. Etait-ce une sorte de masochisme ? Ou bien profiterait-elle de l'occasion pour lui expliquer une fois de plus qu'elle l'aimait et n'avait jamais eu l'intention de le blesser ? Elle releva le menton. Pas question d'abandonner avant de s'être battue jusqu'au bout.

— D'accord. Laisse-moi aller me changer.

Dix minutes plus tard, Juliana montait dans le pick-up, vêtue de son jean taille basse — le seul qu'elle possédât — et d'une chemise de popeline dont les pans flottaient. Elle ne cherchait pas à se montrer séduisante. Rex devait comprendre qu'elle n'était plus la prétendue sirène sexy qui l'avait acheté à la soirée caritative.

Les kilomètres défilèrent avant qu'il ne rompe le silence.

— Ta mère est venue me voir.

— Je sais, avoua Juliana en grimaçant. Je suis désolée. Elle ne voulait pas t'insulter. En fait, elle était même convaincue de bien faire.

Rex acquiesça, apparemment plus amusé que furieux.

— Et tu l'as convaincue de ta droiture en refusant son argent. Rex, je te demande vraiment pardon. Tu as vu le pire aspect de ma famille, cette semaine. Ils…

—… t'aiment, la coupa-t-il.

Passant en revue les étranges événements des derniers jours, Juliana opina. Rex avait raison. Ses parents ne le disaient jamais, mais les actes parlaient plus fort que les mots.

— Oui, je pense que c'est vrai. N'empêche que…
— Tu as de la chance de les avoir, Juliana.

La tristesse de sa voix la bouleversa. Elle posa la main sur son poing fermé. Rex le retourna et ouvrit sa paume, nouant leurs doigts. Ce simple geste lui redonna de l'espoir. Et elle s'accrocha à ce sentiment tout le long du trajet.

Ils sortirent de la ville, puis Rex prit une route familière.
— On va à la ferme ? demanda-t-elle en se redressant.
— Oui.

Lorsqu'ils arrivèrent, Rex descendit une par une les motos du pick-up, sa grosse Harley et un modèle plus léger, bleu clair. De la sacoche de cette dernière, il tira un manuel du propriétaire, qu'il lui tendit, goguenard.
— Tu as besoin de le lire avant de monter dessus ?

Juliana rougit, mais le sourire plein de tendresse de Rex l'emplit de joie.

Puis il lui donna des clés et un casque assorti à la moto.
— Elle fonctionne comme la mienne, mais pèse deux fois moins lourd, expliqua-t-il. Fais quelques tours d'essai autour de la ferme avant de te lancer vraiment.

Un mélange de crainte et d'excitation envahit Juliana pendant qu'elle bouclait le casque et enfourchait la machine. Ses mains tremblaient un peu lorsqu'elle les posa sur les poignées puis lança le moteur. Elle ignorait quel jeu Rex avait en tête, mais elle comptait bien entrer dedans juste pour le plaisir d'être avec lui.

Rex la guida autour du terrain, regardant souvent en arrière pour vérifier qu'elle suivait sans encombre. Une sensation grisante de liberté la gagna tandis que le vent s'engouffrait sous les pans de sa chemise et caressait ses joues. Peu importait ce qui adviendrait ensuite, elle s'achèterait une moto, et ne redeviendrait jamais cette femme dont la crainte de décevoir ses parents avait guidé la vie jusque-là. Il s'agissait de *sa* vie, et elle comptait désormais en vivre pleinement chaque instant.

Elle franchit une barrière derrière Rex, puis ils suivirent un sentier avant de gravir une petite colline. L'odeur de foin fraîchement coupé était paradisiaque. Enfin, Rex arrêta sa machine et en descendit, ôtant son casque. Juliana l'imita.

Pourquoi s'était-il arrêté en plein champ ?

— C'est un bel endroit pour une maison, dit-il.

— Oui, c'est magnifique.

Les insectes bourdonnaient gaiement, et un unique nuage dansait dans le ciel d'azur. On entendait les cris des canards dans un petit étang à une centaine de mètres plus loin. Des nénuphars parsemaient la surface de l'eau au-dessus de laquelle virevoltaient une nuée de martinets.

— Je vais acheter la ferme et construire une maison ici, déclara Rex en désignant la terre sous ses pieds.

Stupéfaite, Juliana reporta son regard vers lui. Il étudiait son visage avec attention.

— Tu ne repars pas en tournée, finalement ?

— Non, répondit Rex. Tous ceux que j'aime sont ici.

— Je suis sûre que Kelly et les filles seront ravies.

— Et toi ?

La question la fit presque suffoquer.

— Moi ?

Rex la prit par les épaules. La douceur de son regard la fit vaciller, et son cœur se mit à battre la chamade. Un espoir ahurissant fit naître une boule dans sa gorge.

— Je t'aime, Juliana. Je veux t'épouser et bâtir un foyer avec toi. Ici même.

Il posa une main sur son nombril, et traça autour un cercle lent, allumant le désir dans son ventre.

— Je veux te faire des enfants, poursuivit-il.

Juliana se mordit la lèvre, cligna des yeux, essayant de donner un sens à ses paroles.

— Moi ? répéta-t-elle de nouveau.

— Oui, toi. J'ai un faible pour les filles sages qui veulent s'encanailler.

Le sourire coquin de Rex l'emplit d'une félicité absolue.

— J'adore m'encanailler avec toi, renchérit-elle.

— Tant mieux. Car je me sens de taille à m'encanailler maintenant et pour au moins les quatre-vingts années à venir.

Et il s'empara de sa bouche pour un interminable, profond et enivrant baiser.

Juliana se perdit dans sa saveur, la virtuosité affolante de sa langue et la chaleur de son souffle contre sa joue. Elle se coula contre lui, le ceignant de ses bras. Puis Rex leva la tête.

— J'aurais dû te croire quand tu m'as parlé de ta mère et de ton enfance, avoua-t-il en lui caressant les joues. Mais je refuse d'avaler ta prétendue insensibilité au plaisir. Tu es la femme la plus excitante que j'ai jamais connue.

— Et tu sais de quoi tu parles, renchérit malicieusement Juliana, au comble du bonheur.

Rex tressaillit.

— Je regrette pour toutes ces femmes qui n'étaient pas toi. Et je jure que je n'en ai jamais désiré aucune autant que toi.

— Ne regrette rien, Rex. Ton passé a fait de toi l'homme que j'aime, dit Juliana avec une tendresse infinie.

Les yeux clos, les mâchoires serrées, il inspira à fond.

— Redis-le-moi, l'implora-t-il d'une voix sourde qui l'emplit d'un flot de désir.

— Je t'aime. Toi, mon voyou récalcitrant.

Rex ouvrit les yeux, la fixa un instant, puis repoussa ses cheveux en arrière pour ajouter :

— Et, concernant l'argent, ma part de l'héritage de mes parents a suffi à payer l'emprunt du bar et à verser un acompte pour ce terrain. Si tes parents veulent voir ma situation financière, il va sans dire que…

— Ce ne sera pas la peine, le coupa Juliana. Tu as déjà réussi à persuader ma mère. C'était elle la dure à cuire.

Puis elle se dressa sur la pointe des pieds pour l'embrasser encore. Rex la serra contre lui, contre la preuve vigoureuse de son désir. Leur baiser fut langoureux, intense, passionné. L'érotisme absolu avec lequel il savourait sa bouche la mettait au bord des larmes. Ensuite, il glissa les mains sous sa chemise et des doigts rugueux éraflèrent sa peau. Elle hoqueta presque, et, s'écartant un peu, saisit sa main droite qu'elle examina. Des ampoules à différents stades de maturité recouvraient l'extrémité de ses doigts.

— Qu'est-ce qui t'est arrivé ?

— T'aimer m'a empli de musique, répondit Rex avec simplicité. Je n'arrive pas à jouer aussi vite que les paroles et les mélodies me viennent à l'esprit.

Ces mots bouleversèrent Juliana.

— Jamais je ne te demanderai t'arrêter cela, Rex. J'étais sincère en te disant l'autre jour que si tu voulais reprendre la route, je quitterais mon travail pour te suivre n'importe où.

Rex embrassa ses doigts un par un.

— Tu aimes ton travail, et je ne veux pas que tu l'abandonnes. J'ai compris que c'était composer des chansons qui me plaisait. Pas me produire sur scène. Ni les fans. Et encore moins les tournées. Je peux rester ici avec toi, gérer le Rebelle, et écrire pour d'autres chanteurs. Selon John Lee, mon impresario, je devrais gagner largement de quoi subvenir à tes besoins et à ceux de tous les bébés que nous ferons.

Et ses mains caressèrent encore son ventre, y déclenchant une nouvelle tempête de désir.

Puis Rex s'agenouilla dans l'herbe et prit quelque chose dans sa poche. Le solitaire qu'il en sortit étincela sous le soleil. S'il n'était pas aussi gros que le diamant de Wally, il était cent fois plus magnifique.

— Epouse-moi, Juliana Alden. Laisse-moi t'aimer jusqu'à la fin des temps.

Nouant les bras derrière sa nuque, Juliana se coula contre lui jusqu'au sol, et, une fois à genoux devant lui, l'embrassa de nouveau, insufflant toute son âme et tout son cœur dans ce baiser. Rex la serra de toutes ses forces contre lui. Ecartant ses lèvres une fraction de seconde, Juliana plongea les yeux dans ceux de l'homme qu'elle aimait.

— A une condition, déclara-t-elle. Que tu te débarrasses de l'idée ridicule que tu dois m'entretenir. Je gagne très bien ma vie, et je suis excellente dans mon métier. Un de ces jours, il se pourrait que je réduise le nombre de mes heures de travail pour passer plus de temps avec nos enfants, mais cela restera toujours un partenariat entre nous. Chacun s'occupera de l'autre.

— Banco.

— Alors oui, Rex Tanner. J'accepte de t'épouser et de passer le reste de ma vie à tes côtés. Rien ne me semble plus parfait que faire de la musique et des enfants avec toi.

Rex glissa la bague à son annulaire, et Juliana sourit à travers ses larmes de bonheur. Les mots « agréable » et « ennuyeux » ne faisaient plus partie de sa vie. L'aventure commençait tout juste. Elle s'encanaillerait avec son mauvais garçon autant qu'elle le voudrait, et ce serait tellement bon !

SANDRA HYATT

Une nuit entre tes bras

Traduction française de
FRANCINE SIRVEN

Passions

HARLEQUIN

Titre original :
HAVING THE BILLIONAIRE'S BABY

Ce roman a déjà été publié en 2011.

© 2009, Sandra Hyde.
© 2011, 2019, HarperCollins France pour la traduction française.

- 1 -

Callie Jamieson se faufila sur la terrasse faiblement éclairée et laissa la porte vitrée se refermer derrière elle, abandonnant sans regret le faste de la réception de mariage. En cette nuit de Saint-Sylvestre, elle préférait mille fois le spectacle paisible des lueurs de la ville se reflétant dans les eaux du port de Sydney.

Son verre de champagne à la main, elle s'éloigna de quelques pas, cherchant à fuir les rythmes obsédants de la musique et trouva refuge à l'autre bout de la terrasse. Elle secoua la tête, esquissa un pâle sourire. Mais que voulait-elle donc prouver ? Un régime, une nouvelle robe, un nouveau style de coiffure, et alors ? Le résultat de tout cela ? Elle se retrouvait toujours aussi seule.

Mais sa décision était prise. Fini de penser à demain, fini de ressasser le passé. L'heure avait sonné de jouir pleinement du présent.

A cet instant, le volume de la musique se fit plus fort. Elle se figea, comprit qu'elle n'était plus seule, sur la terrasse. Sans faire le moindre mouvement, face au port, elle pria pour que la pénombre et les palmiers en pot, juste à côté d'elle, la dissimuleraient aux yeux d'un éventuel curieux.

— Rosa m'a demandé d'appeler, résonna une voix ferme et profonde. Elle a insisté pour que je le fasse maintenant. Comment vas-tu ?

Une longue pause s'ensuivit.

— Félicitations. Dans ces conditions, je suppose que nous n'avons plus qu'à t'excuser pour ton absence au mariage.

Etait-ce son imagination ou percevait-elle une certaine émotion dans cette voix chaude ? Poussée par la curiosité, elle tourna la tête. Un homme se trouvait sur la terrasse mais, éclairé à contre-jour, elle pouvait simplement voir qu'il était grand et que ses cheveux noirs coupés court ondulaient légèrement. Un téléphone portable dans une main, il tenait dans l'autre le même genre de verre que le sien, rempli sans doute du même champagne.

— Donne-moi les détails que je puisse en faire part à la famille. Nous verrons à mon retour pour les cigares.

Elle reconnut un fort accent australien, teinté cependant de quelque chose de plus exotique.

Son regard allait de l'inconnu à la porte vitrée. Personne ne l'avait suivi et, sans doute, une fois qu'il en aurait fini avec son coup de fil, il ne tarderait pas à retourner d'où il venait. Tant mieux. Elle avait besoin de se retrouver seule avant de regagner l'arène et de s'esquiver discrètement, afin de tirer une fois pour toutes un trait sur ce fiasco. Demain matin, elle prendrait l'avion et rentrerait en Nouvelle-Zélande.

— Bien des choses à Lisa.

Du coin de l'œil, elle le vit qui se dirigeait vers la porte. Elle n'allait pas tarder à retrouver la solitude qu'elle avait recherchée. Son répit fut de courte durée car une nouvelle sonnerie de téléphone vint troubler le calme de la terrasse.

— Nick à l'appareil.

Nick ? Elle tendit l'oreille.

— Qu'y a-t-il, Angelina ?

Envolée, la chaleur de sa voix, à présent plutôt lasse,

et vaguement agacée. Intriguée par ce changement d'humeur, elle tourna un peu plus la tête. L'homme s'était arrêté juste devant la porte vitrée et, maintenant en pleine lumière, elle nota d'autres détails de sa silhouette. Larges épaules, hanches étroites. Un profil parfait — mâchoire carrée, nez droit et volontaire.

Elle reconnut alors l'un des témoins du mariage. La cérémonie avait duré plus d'une heure, et elle avait eu tout le temps d'observer le cortège : la mariée elle-même, séduisante petite blonde, les demoiselles d'honneur, cinq jeunes femmes hypercoquettes tout en fanfreluches et froufrous roses et autant de témoins, la plupart aux cheveux noirs, tous irrésistibles.

Chez celui-là, c'était le mélange d'élégance désinvolte et de gravité qui avait piqué sa curiosité. Etait-il naturellement sérieux, ce mariage le dérangeait-il ou bien, aurait-il, comme elle, préféré être ailleurs ?

A un moment, en pleine lecture des textes liturgiques, elle avait cru intercepter son regard, comme s'il avait senti le sien l'étudier, et instantanément elle avait éprouvé une réelle difficulté à respirer. Après réflexion cependant, elle s'était rendue à la raison. De sa place, aux tout derniers rangs de la travée de l'immense cathédrale, cette sensation de courant, de chaleur entre lui et elle ne pouvait être qu'une illusion.

Elle détourna les yeux, comme elle l'avait fait plus tôt. Le témoin n'étant pas un ami de Jason, le marié, il devait donc être lié à la mariée.

— Tu as choisi de rompre, Angelina, et c'était la bonne décision. Je n'avais pas réalisé combien tes attentes avaient changé.

Elle se fit la réflexion qu'il était plus difficile de ne pas écouter une conversation que de détourner le regard. Un long silence suivit, puis il reprit :

— Nous étions d'accord dès le début. Ni toi ni moi ne recherchions ce genre d'engagement…

Elle s'efforça de reporter son attention sur les lumières de la ville, mais c'était plus fort qu'elle. Tout en se reprochant son indiscrétion, elle ne pouvait s'empêcher d'attendre ses prochaines paroles. Un nouveau silence, puis :

— Je suis désolé, disait-il d'une voix radoucie, mais c'est non. C'est mieux ainsi, et tu le sais.

Il soupira, puis referma son téléphone. « Et zut », dit-il avec calme dans la nuit.

Elle eut un mouvement de sympathie pour l'inconnue qu'il venait ainsi de rabrouer. Elle-même n'avait-elle pas eu une relation avec un homme qui refusait de s'engager ? Elle ne connaissait que trop la douleur et le sentiment de vulnérabilité que ce genre de situation entraînait. Mais jamais plus elle ne commettrait une telle erreur.

Aujourd'hui, l'homme qu'elle croyait un jour épouser avait promis à une autre son amour éternel.

Elle tourna légèrement la tête et, entre les feuilles de palmiers, aperçut Nick accoudé à la balustrade. Une brise douce faisait voleter ses cheveux. Avec un peu de patience, il finirait par rejoindre les invités. Elle trempa les lèvres dans son champagne, les yeux fixés sur les reflets changeants dans le noir d'encre des eaux du port. Il s'écoula plusieurs minutes de parfaite sérénité pendant lesquelles elle se demanda comment elle pourrait restituer sur la toile cette nuance par quelques touches de peinture à l'huile.

— La solitude est une chose, se sentir seul en est une autre. Qu'en est-il pour vous ?

Il avait prononcé ces mots à voix si basse, qu'elle douta un instant qu'ils lui soient directement adressés. Elle regarda en direction de l'inconnu. Il s'était tourné vers elle et la fixait de ses yeux verts perçants. Que pouvait-elle répondre ? Se sentait-elle seule ou était-elle d'humeur solitaire ?

Un dicton que citait souvent sa mère lui revint à la mémoire. « Mieux vaut être seule que mal accompagnée », avait-elle coutume de dire. Mais elle y voyait des nuances. Ainsi, elle s'était sentie cruellement seule à l'intérieur, en dépit de la fête et malgré la foule des invités. Ici, dans la nuit, elle se sentait tout aussi seule, mais avec un sentiment de paix.

Soudain, elle prit conscience de l'impertinence d'une telle question. Presque insultante. Sa mère, elle, ne se serait pas formalisée et aurait pris la remarque avec un haussement d'épaules avant de rire à gorge déployée. Mais elle, qui s'appliquait à ne jamais rien faire comme sa mère, ne sut d'abord comment réagir.

L'inconnu la regardait, attendant manifestement une réponse. Elle ne vit dans ses yeux aucune volonté de l'offenser, plutôt de la curiosité…

— Peut-être l'envie d'être seule, ou alors une mauvaise compagnie à fuir ? insista-t-il.

Elle réfléchit à une réponse qui le dissuade d'essayer de poursuivre cette conversation. Heureusement, il ne pouvait savoir qu'elle était l'ex-petite amie de Jason, présente ici ce soir parce que le marié et elle avaient décidé de rester bons amis.

— Peut-être, comme vous, suis-je simplement sortie prendre un coup de fil, qui sait ? dit-elle alors, satisfaite de sa repartie.

Elle le vit esquisser un demi-sourire puis promena sur elle un regard amusé. Elle tressaillit quand ses yeux descendirent le long du fourreau de soie rouge qui épousait chacune de ses formes à la perfection, s'attardant pour finir sur ses chevilles. Une robe qu'elle n'aurait jamais portée si elle sortait encore avec Jason. Lui préférait les couleurs neutres, les vêtements classiques. Dans ce genre de tenue en tout cas, pas la moindre place possible pour glisser le plus mini des téléphones portables ; quant à sa pochette, elle était restée sur son siège, entre l'oncle excessivement amical de Jason et son cousin plus qu'antipathique.

— La technologie est vraiment une chose merveilleuse.

Elle sourit avec réticence.

— Ou peut-être voulais-je prendre l'air..., rajouta-t-elle, l'examinant à son tour, comme il venait de le faire avec elle.

A l'évidence, il n'avait pas acheté son costume en solde, la coupe dénotait la griffe d'un grand créateur, les retouches personnalisées d'un tailleur. Et aucune déformation trahissant la présence du portable qu'il avait glissé dans une poche.

— Ou vous retrouver seule un moment...? insista-t-il.

— Voilà, c'est exactement cela, répondit-elle, tout sourire.

Soutenant son regard, il leva son verre. La boisson dorée pétillait de centaines de bulles scintillant comme de minuscules joyaux.

— A la solitude, alors.

Elle leva son verre en retour. N'y avait-il pas comme une contradiction à porter un toast à la solitude en compagnie de quelqu'un ? Elle haussa les épaules. Elle n'était pas à une contradiction près.

Il porta son verre à ses lèvres, avala une gorgée de champagne tandis qu'elle observait sa pomme d'Adam bouger. Elle s'empressa pourtant de détourner le regard, consciente de prêter plus d'attention que nécessaire à cet inconnu.

Quelque part, dans le port, le moteur d'un bateau de plaisance résonna, discret chuchotement porté par l'eau.

— Et quelqu'un, évidemment, attend avec impatience votre retour à l'intérieur ?

Malgré elle, ce sursaut d'intérêt lui fit chaud au cœur.

— Absolument pas.

Et, pour la première fois de la soirée, elle ne regretta pas que Marc, son collègue, lui ait fait faux bond à la dernière minute. Les invités, les nouveaux mariés, tous ici ce soir étaient censés la voir danser avec un homme beau comme un dieu. Histoire que chacun sache combien son existence était passionnante. Raté.

— Dans ce cas, je suggère un autre toast. A un nouveau départ, à une nouvelle vie. A la liberté.

Elle hésita, avant de lever une nouvelle fois son verre.

— A la liberté.

Et, tout en prononçant ces mots, elle savoura, sans aucune vergogne soudain, ce sentiment. Oui, elle était libre désormais. Ils burent une nouvelle gorgée de champagne, puis il reprit :

— Malheureusement, je ne suis pas aussi libre que je le souhaiterais, ce soir. Il regarda à l'intérieur. Le devoir m'appelle. En trois foulées, il fut à la porte, mais, alors qu'il était sur le point de disparaître, il se tourna vers elle.

— Peut-être m'accorderez-vous une danse, tout à l'heure ?

Il la scruta d'un regard plein de promesses jusqu'à ce qu'elle réponde :

— Peut-être.

Elle eut la conviction alors que l'homme n'était guère habitué aux refus.

Il sourit, ses dents blanches brillant dans la nuit, ses yeux reflétant l'éclat des lumières en provenance de la salle de réception. C'était le premier vrai sourire qu'elle lui voyait et elle révisa aussitôt son opinion, accrochée à la rambarde de la terrasse comme à sa dernière bouée.

Fascinant quand il ne souriait pas, il était à tomber à genoux quand il souriait. Et cette fossette ! Délicate, sexy, sur la joue gauche. Oh, il avait sans doute les défauts, mais aucun en tout cas qui soit visible à l'œil nu.

Puis il ouvrit la porte et disparut. Comme dans un état second, elle regarda le battant de la porte se refermer doucement sur lui. Elle secoua la tête, dans un effort pour dissiper cette sensation d'enchantement qui n'avait cessé de grandir en elle, au cours des dernières minutes.

Retour sur terre.

« Peut-être. » Voilà qui n'engageait ni lui ni elle. Elle était libre comme l'air. Elle était venue, elle avait assisté au mariage de Jason et, à vrai dire, cela ne lui avait presque rien fait. Certainement pas de la peine, uniquement des regrets d'être restée en couple avec lui aussi longtemps. S'il lui avait dit la vérité — à savoir qu'il ne se sentait pas encore prêt pour le mariage, et qu'il ne projetait pas de l'épouser elle, de toute façon — ils auraient pu se séparer bien plus tôt. Six ans ! Quel gâchis !

Elle s'autorisa quelques minutes supplémentaires de sérénité face au port, puis se dirigea vers la porte. Aveuglée par les lumières, elle cligna des yeux avant de pénétrer dans la salle. De somptueux lustres en cristal pendaient des hauts plafonds ornés de voûtes et de fresques. D'élégantes jeunes femmes en robe de soirée et des hommes en smoking bavardaient et riaient.

Elle regarda en direction de la piste de danse et retint son souffle. L'inconnu de la terrasse exécutait une valse dans les règles de l'art, guidant avec des gestes raffinés une femme légèrement grassouillette. Un large sourire aux lèvres, il chuchota quelque chose à l'oreille de sa cavalière aux cheveux grisonnants. La femme rit joyeusement, et lui donna pour finir une claque sur l'épaule. Il rit à son tour.

De façon fort incongrue, elle regretta soudain de ne pas savoir quel effet cela faisait d'être tenue dans les bras de cet homme. Elle jugea alors que le moment était venu pour elle de s'esquiver discrètement. Personne, de toute façon, ne remarquerait son départ. Ce soir, toutes les pensées étaient à la fête, chacun célébrait une nouvelle vie qui s'annonçait. Ce qui était d'ailleurs aussi son cas.

Un chapitre se fermait, une page blanche s'ouvrait. Et, demain, une nouvelle année commençait. Elle devait prouver, au moins à elle-même, qu'elle en avait bel et bien fini avec Jason. Et à lui comme à Melody, elle souhaitait du fond du cœur tout le bonheur possible.

Elle devait commencer par récupérer son sac. Elle était presque arrivée à sa table quand elle se heurta à un groupe de demoiselles d'honneur en train de discuter avec des airs de conspiratrices.

Elle tenta de les contourner, mais en vain.

— Ce n'est pas officiel, chuchota l'une des jeunes femmes sur un ton de tragédienne. Mais Melody et Jason sont aux anges. En fait, Jason n'a pas cessé de sourire depuis qu'ils ont appris.

Elle se figea, coincée entre l'essaim des demoiselles et un siège tapissé de velours et d'or.

— Si vous voyiez comme il la dorlote, reprit la jeune femme. Et, bien sûr, elle adore ça.

— C'est pour quand ? s'enquit une autre.

— Six mois.

Elle ne lui avait jamais caché son désir d'enfant, mais Jason s'était toujours opposé à sa requête. Pas encore, avait-il coutume de répéter. Elle-même, à la longue, avait fini par trouver normal d'attendre. En fait, la position de Jason sur la paternité ainsi que ses idées sur le mariage ne s'étaient apparemment jamais fondées que sur un seul et unique critère. *Pas avec elle.*

Elle resserra la main autour de son verre. Elle s'était montrée si naïve, en quête de vie parfaite, rêvant d'avenir... En réalité, elle n'avait été pour Jason qu'une étape, elle lui avait servi de compagnie tandis qu'il attendait la femme idéale. Elle prit une longue inspiration malgré le poids qui pesait sur sa poitrine. La sensation de liberté éprouvée un peu plus tôt sur la terrasse s'était évaporée, remplacée par un sentiment douloureux d'échec.

Elle ferma les yeux. Elle avait essayé, vraiment essayé, mais à l'évidence ses efforts n'avaient servi à rien. Inspirant profondément, elle redressa la tête, rouvrit les yeux. On ne pouvait changer le passé mais, en ce qui concernait le présent, c'était une tout autre histoire. D'abord, sortir d'ici. Et tant pis pour sa pochette. Elle ne contenait rien dont elle ait vraiment besoin.

Excepté la clé de sa chambre.

Le cœur serré, elle parvint peu à peu à se ressaisir. Tant pis. Elle avait besoin d'air. Elle viendrait récupérer ce satané sac plus tard. Elle fit un pas de côté, pressée de retourner d'où elle venait, et ne pensant qu'à fuir maintenant.

Dans son élan, elle entra en collision avec Melody et le choc lui fit renverser son champagne sur le somptueux corsage serti de perles de la robe griffée de la jeune mariée.

L'espace d'une seconde, toutes deux se figèrent, saisies d'effroi. Consternée, elle attrapa une serviette en lin sur la table voisine et entreprit avec frénésie d'éponger la robe.

— Melody, je suis tellement confuse.

— Ce n'est rien, ce n'est rien, dit Melody, cherchant à la réconforter. Un accident, voilà tout...

Mais sa voix tremblait et son regard exprimait toute sa détresse.

Deux demoiselles d'honneur surgirent auprès d'elles, et lui décochèrent des regards meurtriers. Elle s'écarta du petit groupe et s'apprêtait à présenter de nouveau ses excuses quand une voix profonde interrompit les jérémiades des demoiselles.

— Une chance que ce n'ait pas été du merlot.

Elle leva la tête et vit Nick, une main sur l'épaule de Melody.

— Rien de dramatique…

Son assurance, sa décontraction dissipèrent le stress de la mariée qui finit par esquisser un timide sourire. Tous deux semblaient proches et, une nouvelle fois, Callie se demanda quelle était exactement la nature de leur lien. Elle les observa, estima que Nick devait avoir une dizaine d'années de plus que Melody, qui était âgée de vingt-quatre ans.

— J'étais sûre que je tacherais ma robe avant la fin de la journée, confia Melody avec un rire mélodieux.

— Ne t'ai-je pas entendue dire un peu plus tôt que tu avais envie de te changer pour enfiler une tenue plus décontractée ?

Melody acquiesça d'un signe de tête et s'éloigna, escortée par un régiment de demoiselles d'honneur. Deux d'entre elles, toujours les mêmes, la fusillèrent du regard au passage.

Nick se tourna vers elle, un demi-sourire aux lèvres.

— Vous me devez une danse, il me semble…

— Je dois y aller, répondit-elle en secouant la tête.

— Pourquoi tant de hâte ? Le bal commence à peine.

Il prit sa main et il lui parut alors plus facile de le suivre que de lui résister. Et il était certainement plus facile encore d'être en compagnie de quelqu'un d'aussi sûr de soi. Il la guida entre les tables, adressant ici et là des sourires à des invités, mais sans ralentir le pas.

— Une danse, et ensuite, si vous y tenez, vous pourrez partir.

Une fois sur la piste de danse, il l'attira entre ses bras. L'orchestre joua les premières notes d'une valse célèbre. Ils dansèrent sans faux pas ni aucune hésitation, comme s'ils avaient toujours dansé ensemble, en accord parfait, parmi les autres couples. Subitement, elle se souvint combien elle adorait danser, contrairement à Jason qui avait toujours détesté ça. De fait, il y avait une éternité qu'elle n'avait ressenti ce sentiment euphorique de liberté — tiens, encore ce mot ? — sur une piste de danse. Cet homme avait une telle présence, une telle prestance, une aura si envoûtante, qu'elle en aurait presque oublié qui et où elle était.

Il dansait avec aisance. Sans rien de mécanique dans sa façon de bouger, mais terriblement sensuel. Le contact de sa main sur sa taille était ferme, et à la fois tendre, son épaule robuste et puissante sous ses doigts. Elle respira son parfum, mélange d'une eau de toilette hors de prix et de virilité. Elle sourit.

— Voilà qui est mieux, chuchota-t-il à son oreille d'une voix chaude et intime.

La musique ralentit puis se tut. La réalité revint alors en force. Submergée par un sentiment de profond désarroi, elle retira sa main de son épaule, chercha à échapper à son bras. L'orchestre enchaîna à cet instant avec un nouveau morceau, aussitôt Nick resserra son étreinte et se remit à bouger sur la piste.

Elle leva les yeux, vit son sourire.

Un sourire irrésistible, mais qui lui fit craindre brusquement pour sa santé mentale. Un regard de cet homme apparemment, et vous en oubliiez votre propre volonté. Or, elle tenait absolument à la sienne.

— Vous avez dit une danse, puis que je pourrais partir, dit-elle, sans toutefois retirer sa main de son épaule.

— Vous êtes libre en effet de le faire. Mais on dirait que vous avez choisi de rester et de danser avec moi…

Elle croisa son regard, plongea ses yeux dans les siens, aussi verts que le fleuve d'une forêt émeraude, et durant une fraction de seconde, sous l'effet d'une espèce d'envoûtement, quelque chose en elle s'apaisa. Ce ne fut qu'au prix d'une véritable lutte qu'elle réussit à se libérer de cet état hypnotique, à se rappeler qui et où elle était.

— J'ai rarement été confrontée à un tel ego, dit-elle avec une légèreté qu'elle était loin de ressentir.

— Possible, répondit-il, son sourire délaissant ses lèvres pour s'attarder dans ses yeux, rivés aux siens. Mais vous avez envie de cette deuxième danse… Je me trompe ?

— Non, en effet, reconnut-elle, souriant à son tour.

Elle ne dansait avec cet homme pour aucune autre raison que l'envie qu'elle avait de le faire. Et, si c'était cela la liberté, elle pourrait rapidement y prendre goût.

— Alors, tout va bien.

Elle avait l'impression de passer une espèce de test. Alors qu'ils virevoltaient sur la piste, elle perdit toute notion de temps ou d'espace, consciente uniquement de Nick, de sa proximité, de sa puissance féline. De leur corps-à-corps. Pour la première fois depuis très longtemps, elle se sentait à la fois désirable et désirée. Une sensation grisante. Et, de manière tout à fait inattendue, le désir s'éveilla en elle, surgi du plus profond de son être.

Une danse suivit l'autre. La musique adopta un nouveau tempo, plus lent, plus voluptueux, un rythme latino-américain. Tout en dansant, il la regardait au fond des yeux. Des yeux verts qui semblaient voir en elle. Surtout, ne pas le laisser pénétrer sur ce territoire où elle cachait ses pensées les plus secrètes. Elle détourna le regard, réalisant avec stupéfaction qu'ils étaient seuls sur la piste de danse, excepté un autre couple. Par ailleurs, la foule dans la salle avait considérablement diminué. Comme dans un rêve, elle le regarda de nouveau, plongeant littéralement dans ses yeux.

Soudain, son regard s'assombrit, il la fit tournoyer devant lui avant de l'attirer de nouveau entre ses bras. L'espace d'un instant, son dos collé à lui, elle fut maintenue prisonnière entre ses bras, puis il la fit tourner sur elle-même et elle se retrouva face à lui, plus essoufflée que ce que le rythme de la danse l'exigeait.

Elle ne pensait plus qu'à cet homme et la façon dont leurs corps s'épousaient pour ne faire qu'un avec la musique. Il la guidait avec un savoir-faire stupéfiant, la faisant bouger comme il le voulait, quand il le voulait, elle s'exécutant sans même y réfléchir.

Une pensée pourtant la traversa. Elle, qui dans la vie avait une réputation de meneuse, comprit à cet instant qu'elle pourrait suivre cet homme n'importe où.

Il resserra son étreinte, leurs jambes se mêlèrent, comme celles de deux amants dans la fièvre d'ébats intimes. Le désir qui n'avait cessé de couver en elle durant la soirée s'enflamma et la submergea.

— J'ignore votre nom, chuchota-t-il, son visage à quelques centimètres du sien, sa voix résonnant profondément en elle.

— Calypso.

Elle choisit de lui donner son prénom complet, qu'elle employait rarement. Jason ne l'avait jamais aimé, il le trouvait bizarre. Mais cette nuit n'était-elle pas l'occasion de revendiquer pleinement son identité retrouvée ? Elle avait été baptisée en hommage à un bateau, un bateau qui avait sillonné toutes les mers du monde et connu mille aventures…

— C'est beau, dit-il en la faisant tourner une nouvelle fois.

Elle croisa alors son regard et les masques tombèrent. Il vit le désir qu'elle ne pouvait cacher. Elle vit la flamme dans le vert abyssal de ses yeux.

Il avait envie d'elle.

Son cœur s'accéléra, sa gorge se serra. Elle aussi avait envie de lui.

Le sol parut se dérober sous ses pieds, remplacé par une étourdissante sensation de liberté. Sensation terrifiante, exaltante aussi. La liberté de choisir — sentiment fabuleux de toute-puissance. Ou peut-être était-ce l'homme lui-même qui lui faisait tourner la tête, lui donnait l'impression de ne plus toucher terre. Il y avait si longtemps que quelqu'un ne l'avait regardée de cette manière.

Il respirait la confiance en lui, la force tranquille et tout son être dégageait une sensualité troublante. Il l'attirait. Mais elle savait de par son coup de fil tout à l'heure qu'il ne souhaitait pas s'engager. En fait, il ne correspondait pas du tout à ce qu'elle recherchait.

Force était pourtant de reconnaître que ses tentatives pour trouver ce à quoi elle aspirait avait lamentablement échoué. Que sa quête avait viré au désastre. Elle se souvint à cet instant de sa décision. Vivre pleinement le moment présent.

Peut-être. Le mot vibrait de possibilités sans limites. Peut-être pour une nuit pouvait-elle oublier la prudence, mettre de côté son caractère pratique et organisé, et aller là où le destin, et le désir, voulaient l'emmener ? Peut-être pour une nuit pouvait-elle mordre la vie à pleines dents. Vivre vraiment. Et, demain, elle reprendrait le cours normal de son existence, faite de responsabilités, de décisions raisonnables et de plannings. Mais ce soir…

— Si nous partions… ?
Elle sut sans aucune ambiguïté ce qu'il lui demandait.
— Oui.

La main de Callie dans la sienne, Nick prit la direction des ascenseurs. Elle ne lui posa aucune question, se contentant de s'abandonner à lui. Il savait ce que signifiait cette absence de toute tentative pour créer un semblant d'intimité. Elle n'attendait rien de plus de lui que ce qu'il attendait d'elle. Peut-être était-ce justement cette réticence qui le poussait à vouloir en savoir plus, sur elle. Qui elle était, de quoi riait-elle, pour qui pour quoi pleurait-elle, ses espoirs secrets, ses peurs… ?

Il n'aurait jamais imaginé rencontrer quelqu'un au mariage de sa sœur. Quelqu'un qui l'attire autant. Après les tensions de ces derniers mois, avant et après sa rupture d'avec Angelina, il s'était promis de prendre un peu de bon temps, du temps pour lui, libéré des contraintes dues à une relation stable.

Enfin seul ! Envie, oui, de cette solitude à laquelle il avait porté un toast, avec cette femme, à son côté.

Il y avait quelque chose de différent, chez elle, quelque chose qui la distinguait des autres. Il avait senti le courant passer — crépiter — entre elle et lui, à la seconde où il l'avait aperçue, silhouette solitaire dans la nuit. Et ce courant, il le sentait maintenant encore, sa main brûlant presque la sienne.

C'est le destin qui décide… Ainsi parlait sa grand-mère Rosa. Il tenta de repousser cette idée. Il ne croyait pas au destin. L'homme seul forgeait sa destinée. Pourtant cette rencontre… Oui, cela ressemblait au destin. Il crut presque entendre le rire de Rosa. Sa grand-mère qui, un peu plus tôt, l'avait envoyé sur la terrasse pour donner ce coup de fil. Comme si elle avait pressenti quelque chose.

En dépit de ses protestations, elle racontait à qui voulait l'entendre que Nick était le seul dans la famille à avoir hérité de son don. Et à vrai dire, parfois, il était tenté de la croire. Il sourit, réalisant qu'il se cherchait un alibi. Il allait passer la nuit avec une femme dont il ne savait rien, encore une heure auparavant, tout ça à cause du « destin » ?

Non, cela n'avait rien à voir avec le destin, seule sa libido était en jeu. Il appuya sur le bouton de l'ascenseur.

— Vous souriez ? demanda-t-elle.

Il regarda la femme près de lui, séduit par ses yeux chocolat et, approchant la main de son visage, il écarta une mèche soyeuse sur son front. Il l'imaginait très bien, au petit matin, après une nuit de passion, les cheveux en désordre, somnolente. Cette idée le prit de court. Il se gardait bien de telles pensées habituellement, et ne voyait jamais si loin, avec une femme. Il vivait le moment présent. Pourtant, avec elle, il s'imaginait déjà le lendemain matin, prenant le petit déjeuner au lit…

— J'ai tant de raisons de sourire, dit-il avec une sorte de tendresse.

Elle lui répondit d'un sourire hésitant, mais pas moins fascinant. Il en conçut une vive satisfaction. Depuis le début, il avait eu envie de la faire sourire, de redonner tout leur éclat à ses yeux qu'un voile obscurcissait. Il savait que, pour cette nuit au moins, il pourrait lui faire tout oublier. Une flamme scintilla dans son regard, comme si elle devinait ses pensées. Il détourna les yeux. S'il l'embrassait maintenant, rien ni personne ne pourrait l'arrêter. Il pressa de nouveau sur le bouton, avec une certaine impatience. Enfin, l'ascenseur arriva.

Les portes se refermèrent lentement, trop lentement, et une fois seul avec elle, dans l'intimité de la cabine, il fit ce qu'il brûlait de faire depuis le premier regard, sur la terrasse. Il entoura son cou de ses mains, ses pouces caressant la ligne de ses mâchoires, ses cheveux soyeux cascadant sur ses doigts.

Il attendit, savourant ce moment, puis approcha ses lèvres des siennes.

Ce fut un long et tendre baiser, comme s'ils avaient toute la vie devant eux. Elle inclina légèrement la tête, pour mieux l'embrasser. La pêche. Elle avait le goût d'une pêche gorgée de soleil, comme celle qu'il avait dégustée, au dessert. Sa bouche était tendre, sous la sienne. A peine si leurs corps se touchaient, pourtant le désir qu'il avait de cette femme le transperça à cet instant d'une manière foudroyante.

Il était homme de sang-froid, généralement. En toutes occasions. Il était d'ailleurs connu pour son flegme. Mais là, ce soir, dans cet ascenseur, il était sur le point de perdre toute maîtrise. Aussi, ce fut partagé entre désespoir et soulagement qu'il vit les portes de l'ascenseur se rouvrir, au dernier étage.

Il écarta son visage du sien, regarda au fond de ses yeux presque noirs et prit ses mains dans les siennes, faisant glisser sa pochette autour de son poignet, si fin. Il déposa alors un baiser sur chacun de ses doigts.

Ils se dirigèrent vers sa suite. Surtout ne pas se précipiter. Il devait s'appliquer à prendre son temps pour s'imprégner d'elle, le contact de sa main, l'odeur de ses cheveux, la sensation de son corps bougeant tout contre le sien, tellement en accord avec le sien.

Il sortit sa carte d'accès de sa poche, hésita au moment de l'introduire dans la fente prévue à cet effet. Il la regarda de nouveau, cherchant à avoir la confirmation qu'elle était absolument consentante. Voulant s'assurer que ce désir, cette impatience dans ses yeux n'étaient pas le fruit de son imagination. Elle lui prit alors la carte des mains, l'introduisit elle-même dans la fente. Puis, lorsque le voyant d'accès passa au vert, elle poussa la porte et le précéda dans la chambre.

Elle se retourna et vint vers lui. Il prit ses mains dans les siennes, comme s'il ne voulait plus les lâcher. Il plongea ses yeux dans les siens, fut saisi par son regard à la fois innocent et arrogant. Puis, avec un sourire tout aussi mystérieux, elle l'attira entre ses bras.

Durant quelques secondes, elle demeura blottie contre lui, son buste plaqué contre son torse, et il eut la conviction qu'il en serait de même pour les autres parties de son corps. Sa chaleur se diffusa en lui, attisant un feu qu'il s'efforçait de maintenir sous contrôle. Puis elle l'embrassa. Ce fut un baiser à couper le souffle.

Il savoura une nouvelle fois la saveur de la pêche, découvrit aussi un parfum subtil, une odeur qui n'appartenait qu'à elle, faite de féminité et de sensualité. Il promena ses mains sur chacune de ses courbes, ses doigts glissant sur la soie rouge de sa robe.

Il avait envie d'elle, comme un fou. Il la voulait, tout entière. Il voulait la prendre, la posséder. Il voulait que cette nuit soit pour elle aussi exceptionnelle et unique qu'elle le serait pour lui.

Il voulait que cette nuit dure toute l'éternité.

Il s'arracha à ses lèvres, posa son front contre le sien. Il posa ensuite ses mains sur ses épaules dénudées que les lumières de la ville par la fenêtre ouverte venaient caresser. Il sentit alors ses mains, à la fois délicates et déterminées, libérer les pans de sa chemise, qu'elle entreprit aussitôt après de déboutonner. Puis ce furent ses mains sur son torse, l'explorant, le découvrant, ses doigts laissant dans leur sillage sur sa peau, sur son cœur, une traînée de feu.

Le temps s'arrêta, calme avant la tempête, puis de

nouveau ils s'embrassèrent, leurs langues dansant, s'enroulant l'une à l'autre, sans jamais se dénouer tandis que leurs vêtements volaient aux quatre coins de la pièce.

Sa beauté et sa passion le stupéfièrent, faisant vibrer quelque chose d'inconnu en lui, avec une intensité qui lui donna envie de la posséder non seulement maintenant, mais toujours.

Le « maintenant », il sut comment le gérer et roula sans plus tarder avec elle sur le lit.

L'aube pointait à peine lorsque Callie repoussa les draps de satin. Une fois habillée, elle se tourna vers le lit pour regarder Nick. Même endormi, il la fascinait. Il était… beau. Il n'y avait pas d'autre mot pour le définir. Les cheveux en bataille, ses longs cils frémissant sur ses pommettes, il dormait un bras replié sur la tête. Des bras musclés, qui savaient tour à tour se montrer puissants et tendres. Et ce torse. Ah, ce torse… Elle retint son souffle, assaillie par les souvenirs de la nuit.

Elle dut se faire violence pour se reprendre. Déterminée, elle se dirigea vers le bureau, ses pieds nus s'enfonçant dans l'épaisse moquette. Elle se mit en quête d'un stylo et d'une feuille de papier tout en réfléchissant à ce qu'elle allait écrire. Son nom et son numéro de téléphone, sans rien d'autre ? « Merci » ? Quelque chose de spirituel sur le genre de compagnie préférable à la solitude ?

De nouveau, elle contempla l'homme endormi dans la chambre voisine. Elle avait la certitude que si elle l'embrassait, même le plus léger des baisers, il se réveillerait. Or, elle avait un avion à prendre.

Elle s'empara d'un stylo plaqué argent, saisit une carte de visite empilée avec d'autres, sur le bureau, et elle s'apprêtait à écrire quelques mots au dos quand elle lut son nom.

Elle se figea.

Dominic Brunicadi. Aussitôt, elle jeta la carte comme si elle lui brûlait les doigts. Qu'avait-elle fait ? Le richissime et irrésistible célibataire avec lequel elle venait de passer la nuit était… Non seulement un client, ou presque, mais aussi désormais parent de son ex et enfin… un mirage pour elle. En tout cas, il était exclu qu'elle le revoie.

- 2 -

Nick se fraya un chemin parmi la foule massée dans le hall d'arrivée de l'aéroport d'Auckland, incapable, malgré tous ses efforts, de chasser Calypso de ses pensées. Son port de tête, l'éclat de ses yeux, son rire cristallin. Son corps.

Un mois s'était écoulé depuis cette fameuse nuit, un mois de combat intérieur à essayer de l'oublier. Quelque chose d'incroyable, de magique était passé entre eux, un courant, une étonnante alchimie, sur la terrasse d'abord, puis sur la piste de danse, et plus tard encore. De ces moments, il se rappelait avec précision chaque seconde, trop bien, oui, et trop souvent. A moins que ce sentiment lancinant de perte soit le fait de sa fierté bafouée, car elle lui avait ni plus ni moins faussé compagnie. Evanouie. Elle s'était littéralement évanouie.

Il s'était bien enquis ici et là si quelqu'un la connaissait. En vain. Il n'avait pas insisté, trop soucieux de protéger sa vie privée. Pourtant l'envie de retrouver la trace de Cendrillon ne l'avait jamais totalement quitté. Apparemment, elle faisait partie des proches de Jason et, dès que l'occasion se présenterait, il ne manquerait pas de lui parler d'elle.

Non pas qu'il ait l'intention de courir après une femme qui manifestement ne voulait plus entendre parler de lui. Elle était partie sans lui laisser la possibilité de la joindre, et ne l'avait jamais appelé — et pourtant elle en avait eu l'occasion puisqu'il avait remarqué que l'on avait touché à ses cartes de visite, sur le bureau. Mais il devait absolument savoir qui elle était.

Et, pour la paix de son esprit, il devait connaître la réponse à une question, toute petite question mais vitale. Il observa la foule. Quelle idée saugrenue d'imaginer qu'il pourrait l'apercevoir, là. Autour de lui, des passagers fébriles fouillaient sacs et portefeuilles à la recherche de leur passeport ou de leur billet, des parents épuisés tentaient de calmer leur progéniture. Le regard rivé sur la porte de sortie, il écarta sans ménagement Calypso de son esprit et entreprit de se concentrer sur ses prochains rendez-vous, quand son portable sonna. Sans ralentir sa foulée, il sortit son téléphone de sa poche, en consulta l'écran.

— Melody ?

Il ne s'attendait pas à entendre sa sœur si tôt. Elle et Jason rentraient tout juste de leur lune de miel.

— Alors, comment c'était, l'Europe ?

Il laissa sa sœur lui faire le résumé de son voyage, le temps d'accéder au parking où il retrouva sa Mercedes noire.

— Heureux que cela se soit bien passé, dit-il en se glissant au volant, mettant aussitôt le contact. Mais je suppose que tu ne m'appelles pas pour me faire le récit de ta lune de miel, non ?

Melody téléphonait rarement sans une bonne raison. Elle savait qu'il n'était pas doué pour les bavardages. Il y eut un long silence, un silence lourd de tension.

— C'est Jason, lâcha-t-elle enfin.

Il se redressa sur son siège. Quelque chose clocherait donc au paradis ? Déjà ? Il ne connaissait pas très bien Jason, avec lequel il avait passé très peu de temps. Il se trouvait en Europe quand sa sœur avait noué cette relation. Les choses étaient allées si vite ensuite, les faire-part de mariage imprimés dans la foulée. Une chose en tout cas était sûre, Melody était follement amoureuse et rayonnait littéralement de bonheur pour la première fois depuis bien des années. Et, rien que pour cela, il avait été tout disposé à sympathiser avec Jason.

— Qu'est-ce qui ne va pas ?
— Rien. Enfin, rien de grave, je pense…
— Qu'y a-t-il, Melody ?
— En fait, euh, je m'inquiète au sujet de son ex, tu sais, son associée de l'agence de relations publiques Ivy Cottage.

Il connaissait de nom cette société basée en Nouvelle-Zélande à laquelle Melody faisait appel pour Cypress Rise, les caves de prestige de la maison familiale, dans la vallée Hunter. Melody avait d'ailleurs fait la connaissance de Jason lors d'une mission qu'il faisait pour le compte du domaine. De son associée, l'ex de Jason, Nick ne savait rien.

— Que se passe-t-il avec elle ?
— Ce n'est sans doute rien…
— Mais ?

Melody n'aurait jamais appelé si elle considérait que ce n'était rien.

— Elle et Jason étaient plus que de simples partenaires en affaires et il est toujours en contact avec elle. Il souhaite lui racheter sa part, gérer seul la société, d'ici, en Australie, expliqua Melody à toute vitesse, comme si elle se libérait d'un fardeau. Je sais qu'il lui en a offert un bon prix, mais elle refuse de vendre. Il dit qu'il ne veut pas faire pression sur elle, mais c'est comme si… elle ne voulait pas le laisser partir. Et puis, elle lui téléphone à des heures tout à fait inhabituelles, tard le soir, tôt le matin.

— Peut-être t'inquiètes-tu à tort.

Melody avait déjà connu une situation similaire par le passé et elle en avait été blessée, d'où sa méfiance.

— Peut-être, oui. Sûrement.
— Mais tu t'inquiètes quand même...
— Oui.
— Et tu voudrais que j'aille la voir ?
— Tu es en Nouvelle-Zélande. Et tu sais si bien t'y prendre, avec les gens. Tu pourrais aller là-bas en tant que directeur du vignoble... ?
— Mais j'ignore tout des affaires quotidiennes du domaine...
— Je voudrais juste ton opinion. Je crois que c'est quelqu'un de bien, mais je ne la connais pas. Je traitais essentiellement avec Jason.

Il laissa échapper un soupir. Melody parvenait toujours à ses fins, avec lui, et il en était ainsi depuis sa naissance, dix ans après lui. Le lien qui les unissait s'était encore renforcé au décès de leur mère, Melody venait d'avoir trois ans. Leur père avait réagi à cette disparition en se jetant à corps perdu dans le travail, laissant ses enfants se débrouiller comme ils le pouvaient avec leur chagrin.

— Je vais voir ce que je peux faire, dit-il. Où puis-je la trouver ?
— Oh, merci. C'est tellement important, pour moi.

Le soulagement dans sa voix en disait long en effet sur les espoirs qu'elle mettait en lui...

Plus tard, lorsqu'il trouva le temps de passer à Ivy Cottage à la périphérie de la ville, Mme Jamieson ne s'y trouvait pas, et une toute jeune réceptionniste aux cheveux noir corbeau striés de rouge lui dit qu'on ne la verrait pas à l'agence avant lundi matin.

Cependant, il nota sur le bureau de la jeune femme un carton d'invitation pour une cérémonie de remise de prix qui avait lieu le soir même. Melody lui avait en effet appris que la campagne néo-zélandaise pour leurs vins avait décroché une récompense, et regrettait évidemment de ne pouvoir s'y rendre si près de son retour de sa lune de miel. Il décida donc qu'il irait à sa place. Pour représenter le vignoble familial bien sûr, et tenter aussi de rencontrer par la même occasion celle qui causait tant d'inquiétudes à sa sœur.

Dans la salle de réception brillant de mille feux, Nick eut le plaisir d'échanger quelques mots avec certaines connaissances de l'industrie hôtelière et vinicole. Même si, comme il le suspectait, Melody s'inquiétait pour rien, cette soirée n'aurait pas été entièrement inutile. Il avait en effet recueilli quelques informations intéressantes et pris contact avec des confrères perdus de vue depuis longtemps. L'un d'eux venait d'ailleurs de lui montrer Kelly Jamieson. Assise à une table voisine, elle lui tournait le dos. De longs cheveux noirs noués en une élégante queue-de-cheval, robe de soirée d'un bleu électrique près du corps.

Il fronça les sourcils, intrigué. Quelque chose d'étrangement familier à sa façon de pencher la tête, à l'arrondi de ses épaules lui rappelait quelqu'un. Mais il se promit de creuser cette idée plus tard et de ne pas se laisser détourner de la raison essentielle de sa présence ici, ce soir. Tout ce qu'il avait à faire, c'était de parler à Mme Jamieson afin de sonder ses intentions. Il se leva et déjà il se dirigeait vers elle, quand elle tourna la tête, révélant son profil. Ces longs cils, ces pommettes saillantes, cette mâchoire volontaire, presque arrogante...

Pas Kelly, mais Callie.

Ou Calypso.

Il aurait été bien incapable de définir le sentiment qu'il ressentit alors. Etait-ce de la joie ou du triomphe ? Il l'avait retrouvée.

Passé ce bref moment d'euphorie, son sentiment de victoire fut balayé par le doute et une sensation douloureuse de trahison. Il se figea. Réprimant son émotion, il tenta de raisonner. Voilà donc la femme que Melody suspectait de menacer son mariage. Cette même femme avec laquelle il avait passé la nuit, le soir du mariage de Melody, et qui avait disparu sans laisser de traces. Une femme qui lui avait donné un nom qui, s'il n'était pas vraiment faux, ne semblait pas être celui sous lequel on la connaissait.

Et si les soupçons de Melody étaient fondés ? Si elle avait couché avec lui uniquement pour atteindre sa sœur, ou Jason ? Il ne pouvait pas faire abstraction de cette éventualité.

Assise à la grande table ovale, Callie jouait distraitement avec le pied de son verre vide tout en écoutant Robert, de l'agence Harvey, lui expliquer en détail la campagne pour laquelle lui aussi avait été nominé. On voyait clairement qu'elle s'appliquait pour paraître attentive, mais ne put cacher son soulagement quand le maître de cérémonie, un présentateur télé visiblement en quête d'extra, se présenta sur le podium. Dans la salle, le brouhaha des conversations s'estompa alors que le maître de cérémonie entamait son discours. A cet instant, quelqu'un tira la chaise libre sur sa droite, elle tourna la tête et fut comme foudroyée.

— Nick…

Elle se trouva dans l'incapacité d'en dire plus, son nom mourut sur ses lèvres. Tout le mois, elle avait essayé, en vain, de ne plus penser à lui. Si, le jour du mariage, elle avait pu croire que c'était une bonne idée de jouir du moment présent — de la nuit en l'occurrence —, elle avait changé d'avis dès le lendemain à l'aube.

— Calypso.

Il prit nonchalamment place à côté d'elle, salua les autres convives autour de la table d'un sourire, puis il se tourna vers elle et la regarda. Ou plutôt plongea ses yeux dans les siens. Durant d'interminables secondes, elle ne put que le regarder en retour, son cœur comme sa tête totalement affolés, impuissants à contrôler la situation.

Aspirée dans la profondeur de ses yeux verts, elle n'y vit rien qui ressemble à la chaleur dont elle se souvenait, pas même de la surprise. Rien. Il l'observait, cherchant manifestement quelque chose, sans qu'elle puisse dire de quoi il s'agissait.

— Tu es partie bien tôt l'autre matin, après le mariage.

Non seulement tôt, mais sans perdre une minute. A vrai dire, elle était presque sortie en courant de la suite, paniquée après avoir lu son nom sur la carte de visite. Elle releva la tête, ne voulant pas lui laisser voir son trouble.

— J'avais un avion à prendre.

— Bien sûr, acquiesça-t-il sur un ton léger.

Elle demeura sur ses gardes, avec le sentiment que sa décontraction apparente n'était qu'une façade.

Depuis trois ans qu'ils avaient en charge la communication de Cypress Rise, elle ne l'avait pas rencontré une seule fois, et en réalité elle espérait fortement qu'il continuerait à en être ainsi. L'oublier, voilà tout ce qui importait. Mais, à le regarder maintenant, elle pressentait que ce ne serait pas si facile.

Par ailleurs, elle travaillait depuis quinze jours maintenant à l'organisation du Festival de jazz et d'art sponsorisé par Cypress Rise, ce qui ne facilitait pas les choses. Entre une charge de travail phénoménale et des souvenirs récurrents, elle pensait à tout moment être sur le point de basculer dans la folie. Elle hocha la tête, inspira une profonde bouffée d'air censée être relaxante.

— Je ne m'attendais pas à voir quelqu'un de Cypress Rise ici, ce soir. Melody a prévenu…

— Qu'elle ne pourrait venir. Heureusement, j'ai pu me libérer.

— Heureusement.

Il aurait fallu être sourd pour ne pas entendre avec quelle ironie il insista sur ce mot. Il promena son regard sur elle, puis de nouveau, riva ses yeux aux siens.

— Quelle sobriété, ce soir, dit-il, la douceur de sa voix tranchant avec la froideur de son regard. Mais je préférais cette somptueuse robe de soie rouge hypermoulante au décolleté plongeant, fendue sur la cuisse…

Elle ne décela aucune nostalgie dans sa voix, mais plutôt quelque chose d'accusateur. Où voulait-il en venir ?

— Et tes cheveux… Je trouvais tellement plus charmant de les laisser retomber librement sur tes épaules, continua-t-il, une certaine douceur éclairant alors son regard, du moins furtivement. J'adorais les sentir caresser mon…

— C'est une réunion de travail, s'empressa-t-elle de l'interrompre.

Elle appréhendait des évocations trop suggestives en ce lieu et en ces circonstances.

— Pas de séduction au programme, donc ? répondit-il, un peu sèchement.

— Bien sûr, tu n'imagines quand même pas…

— Je n'imagine rien. C'est juste de la curiosité.

— A quel propos ?

— Plusieurs choses. Ton nom, par exemple. Pour bien des gens, tu es Callie.

— C'est le diminutif de Calypso, que j'utilise rarement.

Mais pour quelle raison avait-elle le sentiment de devoir se justifier ?

— Ah, je vois.

Son regard vert océan s'assombrit. Etrange comme au mariage, ces mêmes yeux avaient semblé si pleins de promesses et de passion. Or, ce soir, elle n'aimait pas ce qu'elle y voyait.

— Calypso me semblait convenir à, euh… pour cette soirée, dit-elle.

Il continua de l'observer, avec perplexité, et visiblement peu satisfait par son explication. En fait, il donnait l'impression de ne pas la croire. Et alors, que pensait-il ? Lui reprochait-il de l'avoir séduit, de l'avoir trompé ? Callie releva fièrement le menton et poursuivit, à voix plus basse :

— Depuis ces dernières semaines, je n'ai pas cessé de me reprocher mon manque de jugement, à propos de cette nuit-là. Mais même si je suis prête à assumer mes responsabilités, je ne vais pas te laisser faire, car nous étions deux dans cette chambre… associés à part entière.

Cette notion d'associé, si elle lui avait totalement échappé dans le feu de l'action, lui était apparue plus tard, atténuant ainsi les reproches dont elle n'avait pas manqué de s'accabler. Mais, pour l'heure, elle ne souhaitait pas s'arrêter sur cette subtilité.

Un serveur se présenta à sa gauche, pour lui offrir de remplir son verre. Elle acquiesça d'un signe de tête, elle qui pourtant ne buvait que rarement. Le mariage de Jason et Melody avait été une exception, sur ce point. Mais il s'agissait d'une cuvée spéciale Cypress Rise, et elle considérait comme une petite victoire d'avoir su convaincre les organisateurs de le servir ce soir, au banquet.

Un rire bon enfant parcourut la salle après une plaisanterie du maître de cérémonie sur les publicitaires et les chargés de relations publiques, dont Callie n'entendit pas un traître mot. Nick approcha son visage du sien, si près qu'elle aurait pu compter ses longs cils noirs.

— Il n'y a pas d'association qui tienne, si l'un des partenaires détient plus d'informations que l'autre, et si cette personne choisit de les garder pour elle.

Elle soutint son regard. Et dire qu'elle s'était sentie en phase avec cet homme, connectée par un courant survolté. En réalité, il n'était qu'un parfait inconnu.

— Je n'ai pas plus gardé d'informations que toi.
— Tu prétends que tu ignorais qui j'étais ?

Elle le fixa elle aussi au fond des yeux et répondit avec fermeté :

— Jusqu'au lendemain matin, oui, quand j'ai vu ta carte de visite.

— Malgré les discours des uns et des autres, au mariage ?

Alors que tous deux continuaient de se toiser du regard, une chaleur étrange envahit Callie. Qu'elle attribua par commodité à la colère.

— Je n'en ai pas écouté les trois quarts…

Entre autres, pour fuir l'oncle de Jason et ses mains baladeuses.

— Et tu ne t'es pas demandé à quel titre j'étais invité au mariage ?

Elle lutta pour ne pas se laisser distraire par le parfum familier de son eau de Cologne aux senteurs boisées et éminemment masculines.

— Tu n'as pas été présenté nominativement lors de la réception, que je sache et, vois-tu, la ressemblance entre ta sœur et toi n'est pas frappante.

Comment aurait-elle pu deviner que Nick, le teint mat, un mètre quatre-vingt-dix-huit au bas mot, était le frère de Melody, blonde comme les blés et toute menue ? Il se rendit à l'évidence par un bref et sec hochement de tête, mais manifestement loin encore d'être convaincu par sa bonne foi.

— Je ne comprends pas que tu refuses ainsi de me croire. Si cela peut finir te convaincre, sache que jamais je n'aurais… eu de relation… de ce genre avec un client.

— Ton assureur s'y oppose ? demanda-t-il d'une voix neutre.

Etant donné ce qui était arrivé entre Jason et Melody, elle se voyait mal prétendre que ce n'était pas le genre de la maison.

— Ethique personnelle, répondit-elle à la place.

Il continua de la dévisager de longues secondes avant de détourner les yeux. Elle réprima un soupir de soulagement. Il avait écouté ses explications, mais la croyait-il, c'était une autre histoire. En tout cas, il n'en laissait rien paraître tandis qu'il dégustait avec application une gorgée de vin.

— Ecoute, Nick, nous avons partagé…

Elle se tut quand un deuxième serveur se présenta et déposa une assiette de salade de mangue devant chacun d'eux.

— Une fantastique nuit de sexe, acheva-t-il pour elle, à voix basse mais audible.

Le serveur la regarda, les yeux écarquillés. Elle soutint son regard sans ciller et le pauvre garçon finit par battre en retraite. Elle oublia aussitôt l'émotion du serveur et se tourna vers son véritable interlocuteur, soucieuse de ne se montrer ni affirmative ni offensée. Nier reviendrait à mentir de façon éhontée, quant à confirmer, cela lui parut une très mauvaise idée.

— Une seule nuit.

Il sourit au choix de ses mots.

— De liberté, dit-il en souriant.

Quelque chose brilla dans son regard. Un souvenir ? En dépit de tous ses efforts, elle aussi fut à ce moment submergée par les souvenirs.

— Une nuit de totale liberté, voilà tout ce que c'était.

Cette liberté-là, certes elle y avait goûté, mais l'expérience s'arrêtait là. En réalité, cette nuit avait été l'occasion pour elle de faire le point sur ses besoins et sur ses attentes. Elle voulait se consacrer à son travail, puis un jour viendrait, si elle avait de la chance, où elle trouverait l'homme, le bon, un homme qui apprécierait les choses simples de la vie — comme l'amour —, un homme qui aurait envie d'avoir des enfants. Même si elle n'avait pas entendu dire que Nick fuyait tout engagement, les recherches qu'elle avait menées sur lui à son retour lui en avaient dit long non seulement sur son talent à mener des affaires — achetant et revendant des sociétés comme elle achetait son journal —, mais aussi sur le cortège de jeunes femmes glamour qu'il était censé avoir séduit.

La voix du maître de cérémonie s'éleva, mettant fin à toute possibilité pour eux de poursuivre cette conversation — ce qui n'était pas plus mal —, et désigna le gagnant de la première catégorie. Callie applaudit quand Tony, confrère et ex-camarade d'université, se dirigea vers le podium où il fit un bref discours de remerciements.

Arriva le plat principal — carré d'agneau à la moutarde — et Callie saisit sa fourchette, observant Nick du coin de l'œil. Elle regarda ses mains, des mains puissantes et expertes, se rappelant ce que ces mêmes mains avaient été capables de lui faire. Il se rapprocha d'elle. De nouveau, son odeur, la vraie, celle de l'homme, et non celle de son eau de toilette à un million de dollars le flacon, son odeur l'enveloppa, et, malgré ou peut-être à cause de sa colère, ces effluves bruts réveillèrent quelque chose de primal en elle. De la danse et du sexe, voilà tout ce qu'ils avaient partagé, ce qui expliquait sans doute que toutes les pensées le concernant soient aussi… charnelles. Elle s'efforça de refouler cette idée à peine éclose dans sa conscience.

— Tu ne bois rien ? s'enquit-il en désignant son verre.
— Non, répondit-elle, sur un ton qu'elle voulait dégagé.
— Tu as bien bu du champagne, au mariage.
— Si peu. Je me suis surtout promenée avec mon verre…

Comme si, à la voir un verre à la main, il avait pu déduire qu'elle y prenait plaisir.

— … Ce n'est pas un principe. Il m'arrive de faire quelques exceptions…

Par exemple, si elle ressentait le besoin de se donner du courage, comme ce soir. Quoique, ce soir, elle avait surtout besoin de garder les idées claires.

— Es-tu enceinte ?

De surprise, elle laissa échapper sa fourchette qui tomba bruyamment dans son assiette. Elle se tourna vers lui. Une ride creusait son front. Ses yeux s'étaient adoucis. Elle s'empressa de regarder ailleurs.

— Je te serais reconnaissante de parler plus bas. Si la rumeur circule que je suis enceinte, ce n'est pas bon pour mes affaires.

Le maître de cérémonie appela à ce moment Len Joseph, mentor de Callie et pilier de l'industrie, chargé de révéler les lauréats dans la catégorie « Innovation et P.M.E. », où elle avait eu la surprise d'être nominée.

— Je te le demande, parce que…
— Je ne le suis pas, l'interrompit-elle avant qu'il ne s'avise de dire à voix haute « préservatif déchiré ».

Quel choc cela avait été, après une nuit aussi… parfaite. L'accident avait eu lieu alors qu'ils étaient en pleine action, à leurs premiers ébats. Emportés par la passion, ils s'étaient convaincus l'un et l'autre que tout irait bien.

Elle ferma les yeux quelques secondes. Oh, faites que tout cela se termine, qu'elle puisse partir d'ici et ne plus jamais avoir à croiser cet homme, ne plus jamais avoir à se souvenir de ces moments avec lui…

— Tu as eu tes règles ?

Elle rouvrit les yeux, regarda avec anxiété autour d'elle pour s'assurer que personne n'écoutait leur conversation.

— Oui, soupira-t-elle.

Et en effet elle avait eu ses règles. Un peu tardives, un peu légères, mais elle les avait eues.

— A présent, pouvons-nous changer de sujet, s'il te plaît ?

Il parut se détendre un peu. Qu'aurait-il fait, ou voulu faire, si elle était tombée enceinte ? Sans doute avait-il été horrifié à cette perspective. Et elle ne pouvait lui en vouloir. Elle ne saurait elle-même que faire. Tomber enceinte après une nuit, une seule, aurait été un manque de chance incroyable, mais surtout c'était absolument improbable.

Si tel avait été le cas, elle n'aurait eu pourtant qu'à s'en prendre à elle-même. Cette nuit-là, elle n'aurait jamais dû céder à ses pulsions. Par ailleurs, c'était elle qui avait fourni les préservatifs. Elle avait glissé la petite boîte, cadeau de sa secrétaire, dans sa pochette, à des lieues de se douter qu'elle les utiliserait le soir même, ni même jamais. En réalité, elle les avait emportés comme un symbole de son indépendance, une étape dans son chemin vers la liberté.

Depuis, tandis qu'elle se tourmentait à propos des conséquences de son acte, elle en était arrivée à la conclusion que certaines formes de libération étaient illusoires. Ce qu'elle cherchait était en elle, elle ne le trouverait pas chez quelqu'un d'autre.

Elle reporta son attention sur son assiette. Cependant, il y avait cette satanée horloge biologique, celle qui dernièrement avait carillonné pour lui rappeler que le temps, irrémédiablement, filait. Il y avait aussi cette petite voix qui, au moment où elle s'y attendait le moins, lui soufflait « bébé » à l'oreille. Elle avait beau ne pas savoir comment elle réagirait si elle était enceinte, elle ne pouvait pourtant s'empêcher d'en avoir une idée. Et, passé le premier instant du soulagement à l'arrivée de ses règles, s'en était suivie une sorte de déception, de moment de flottement.

Soudain, Robert Harvey lui donna une tape amicale sur l'épaule. Des applaudissements retentirent et, lorsqu'elle leva la tête, ce fut pour découvrir son visage sur le grand écran, au-dessus du podium. Elle retint son souffle. Elle avait remporté le premier prix de la catégorie !

Elle s'empressa de sourire mais, alors qu'elle se levait pour rejoindre le podium, Len remarqua Nick à son côté et l'appela pour qu'il l'accompagne, au titre de représentant de Cypress Rise. Elle demeura quelques instants pétrifiée. Ces deux-là se connaissaient donc ?

La main de Nick se posa, aérienne, sur le bas de son dos, tandis qu'elle grimpait les quelques marches du podium et, l'espace d'une seconde, elle fut tentée de se retourner et de le gifler tant ce contact, aussi furtif fût-il, déclenchait en elle une volée de sensations dont elle ne voulait pas.

Elle accepta diplôme et trophée, un baiser sur la joue de la part de Len puis elle se tourna, et trouva Nick juste devant elle.

— Félicitations, dit-il.

Mais ses yeux démentaient ses paroles. Il posa ses

mains sur ses bras nus, approcha son visage du sien et l'embrassa brièvement sur la joue.

— Je me souviens de l'odeur de ton parfum…

Ces mots chuchotés lui donnèrent la chair de poule.

— … Il me hante depuis le mois dernier.

Et il l'embrassa sur l'autre joue. Les applaudissements redoublèrent. Tout en s'écartant, il laissa ses doigts effleurer sa peau. Il jouait les charmeurs devant un public conquis, et n'avait pas la moindre idée du désarroi dans lequel il la plongeait.

— Touche-moi encore une fois comme ça, dit-elle avec un large sourire, sachant que lui seul pouvait l'entendre, et je te promets que je saurais quoi faire avec ce lourd trophée tranchant.

Il rit, d'un rire discret et profond dont l'écho se propagea en elle, ravivant des sensations. Sensations qu'elle se refusait à nommer. Il se tint derrière elle quand elle prononça quelques mots de remerciements. Elle pouvait sentir sa présence, une aura de charisme et de magnétisme. Après son discours, elle se dépêcha de descendre du podium, mais le photographe d'une revue professionnelle l'arrêta dans son élan.

— Madame Jamieson, une photo de vous et de votre client ? Monsieur Brunicadi, pouvez-vous vous rapprocher de madame, s'il vous plaît ?

Un flash crépita, l'empêchant de répondre.

Le photographe disparut, elle demeura immobile, des étincelles papillonnant encore devant ses yeux, puis elle se dirigea vers sa table. La tentation de s'esquiver était grande, tant elle ressentait le besoin de s'éloigner de cet homme. Elle devait fuir pour ne plus se rappeler le jeu des clairs-obscurs sur les contours de son corps nu. Elle voulait oublier combien elle s'était sentie passionnée, désinhibée avec lui, une facette d'elle-même qu'elle ne soupçonnait pas. Oui, sortir d'ici, vite !

Si, aujourd'hui, elle était complètement désemparée de se retrouver face à lui, lui en revanche ne semblait guère perturbé. Manifestement, il avait plus de pratique qu'elle pour ce qui était de revoir quelqu'un avec qui on avait vécu une folle nuit d'amour.

Comme ils approchaient de sa table, il la força à ralentir en lui prenant son coude. Il regarda vers la sortie et secoua la tête, comme s'il lisait dans ses pensées.

— Cela ne se fait pas, chuchota-t-il en lui présentant sa chaise. Assieds-toi et profite de cette soirée.

Elle regarda autour d'elle, souriant à des confrères qui déjà venaient vers elle pour la féliciter.

— Je reste parce que, pour la première fois de la soirée, tu as raison, cela ne se fait pas. En revanche, toi, tu peux partir, parce que je n'ai plus rien à te dire.

Son regard s'arrêta sur le trophée entre ses mains, puis de nouveau il plongea ses yeux dans les siens.

— Je m'en vais, dit-il. Je te laisse à ta victoire. Mais nous n'en avons pas terminé, Calypso.

- 3 -

Nick étala le journal du matin devant lui, se renfrogna quand la table en fer forgé, trop patinée à son goût, branla sur ses pieds. Le soleil inondait littéralement la véranda de la charmante villa de Calypso, laissant présager une nouvelle journée de grosse chaleur. Il se laissa glisser sur sa chaise, enfila ses lunettes de soleil. L'endroit n'était pas désagréable. Il aurait bien dégusté une tasse de café. Il regarda sa montre. Bien, d'ici peu, il pourrait s'en aller.

Il promena son regard sur le vignoble, à trois cents mètres à peine. Des rangées de vigne s'étiraient à perte de vue sur les coteaux alentour. Même à cette distance, il pouvait voir les sarments mal élagués, l'herbe trop haute autour des ceps noueux.

Secouant la tête, il reporta son attention sur son journal. La manière dont ses voisins traitaient leur vignoble ne le regardait pas. Il parcourut les gros titres, ouvrit les pages économie. Une photo de Calypso et de lui s'étalait en page deux. Il examina le cliché, s'arrêta sur ses grands yeux, ses lèvres pulpeuses, la sensualité redoutable qui émanait d'elle, même lorsqu'elle portait la plus sage des robes. Un flot de questions l'assaillit. Pour quelle raison exactement avait-elle couché avec lui ? Et si ce n'était qu'une simple histoire de sexe, pourquoi avoir disparu ? Pourquoi Melody au téléphone paraissait-elle si inquiète ?

A toutes ces questions, il avait besoin de répondre. Mais

pouvait-il lui faire confiance ? Ou, plus important encore, pouvait-il faire confiance à son propre jugement, quand chacune de ses pensées la concernant s'accompagnait de souvenirs torrides, et que l'attirance qu'il éprouvait pour elle semblait ne pas vouloir se tarir ?

Il ne la lâcherait pas tant qu'il n'aurait pas ses réponses, et tant pis si sa présence l'exaspérait, il prendrait cela comme une petite vengeance.

Le bruit d'une porte de placard que l'on ferme résonna dans la cuisine, derrière lui. La veille, il était tombé de haut en découvrant que la femme qui posait tant de problèmes à Melody et sa mystérieuse rencontre au mariage de sa sœur ne faisaient qu'une. Sa détermination avait été un peu émoussée par ces retrouvailles surprises. Malgré tout, il n'y avait aucune raison pour que sa victoire soit entachée par des préoccupations d'ordre privé. Elle méritait de fêter son trophée avec ses pairs. Aussi avait-il choisi de la laisser.

Mais aujourd'hui était un autre jour, et il était prêt à l'affronter.

Deux minutes plus tard, la porte-fenêtre à l'autre bout de la véranda s'ouvrit et Callie apparut. Il n'aurait su dire avec précision à quoi il s'attendait, mais certainement pas à cela.

Il l'avait vue revêtue d'un fourreau de soie rouge hypersexy, d'une robe de soirée bleue éblouissante, chaque fois glamour, élégante et sensuelle, et aujourd'hui, pieds nus, elle portait un déshabillé de soie et dentelle, et par-dessus un peignoir ocre, ceinture dénouée. Personnification saisissante de l'innocence et de la séduction.

Glisser les mains sous ce peignoir, effleurer la rondeur de ses hanches voilées de soie. N'importe quel homme en aurait rêvé. Lui, en plus, connaissait déjà le contact de sa peau sous ses doigts. La gorge sèche, il dut se faire violence pour lever les yeux.

Elle tenait entre les mains une tasse fumante. Une odeur de café fraîchement moulu lui chatouilla les narines. Elle s'avança au bord de la véranda, leva légèrement la tête comme pour offrir son visage au soleil, les yeux clos, puis elle inspira profondément.

En un instant, il regretta amèrement de se trouver là. Comment ne pas être fasciné par le mouvement de sa poitrine, sous l'effet de sa respiration ? Tout ce qu'il voulait, c'était des réponses, il n'avait pas besoin d'être séduit une nouvelle fois. Même si une partie de lui paraissait décidée à le faire mentir.

A ce moment, elle tourna la tête et, lorsqu'elle le vit, la sérénité de son visage s'évanouit pour laisser place à la stupéfaction.

— Que fais-tu ici ?

— Tu voulais que j'entre avant que tu sois levée ?

Elle fronça les sourcils.

— Je ne veux pas que tu entres, ni maintenant ni jamais.

— Dans ce cas, c'est une bonne chose que je sois resté dehors, pas vrai ?

Le calme olympien dont il faisait preuve contrastait avec sa nervosité à elle. Envolée la Calypso Jamieson froide et tout en retenue d'hier soir. Il choisit néanmoins de ne pas laisser voir sa satisfaction — lui-même ne se sentait pas si sûr de lui.

— Non ! Ce n'est pas une bonne chose du tout. Je t'ai dit la nuit dernière que je n'avais plus rien à te dire.

La colère donnait à ses yeux chocolat un éclat volcanique.

— En effet. Tu n'as peut-être pas envie de poursuivre notre conversation, mais j'ai certaines questions à te poser. Et je veux des réponses.

L'air furieux, elle franchit les quelques mètres qui la séparaient de la table basse et posa sans ménagement sa tasse, répandant quelques gouttes de café dans son élan.

Il écarta sans hâte le journal de la flaque de liquide fumant.

— Attention au journal… Ce serait dommage, avec ce qu'il y a dedans, remarqua-t-il avec un sourire.

— Je me fiche de ce journal.

Elle se tut, avant de demander :

— A qui est-il, d'ailleurs ?

— Je l'ai trouvé au pied de ta boîte aux lettres.

— Mais fais donc comme chez toi ! s'exclama-t-elle, les joues rouges sous l'effet de la colère, poursuivant, la voix lourde de sarcasmes : Veux-tu boire quelque chose ? Une tasse de café ? Et pourquoi pas un bagel ?

Il regarda sa tasse, puis la tache sur la table.

— Non, merci.

Elle aurait sans doute été exaspérée de le voir accepter son offre, et il préféra donc s'en abstenir, tout en le regrettant, ne serait-ce que pour voir sa réaction.

Il voulait la déstabiliser comme elle l'avait fait avec lui, et comme sa proximité continuait de le faire. Mais il n'était pas venu pour cela, il ne devait pas l'oublier. Il referma le journal, le plia en deux et le repoussa.

— Pourquoi refuses-tu de vendre ta part d'Ivy Cottage à Jason ?

Elle écarquilla les yeux.

— Quoi ?

— Tu as parfaitement entendu.

— Oui, je t'ai entendu, mais je n'arrive pas à croire que tu m'aies posé cette question.

— Il le faut bien, pourtant.

Elle le toisa, serra les poings.

— Ce que je fais avec mon affaire n'est pas… ton

affaire ! Je suggère donc que tu arrêtes de perdre ton temps, de me faire perdre le mien par la même occasion, et que tu t'en ailles.

— J'en fais précisément mon affaire, vois-tu, répondit-il en croisant les bras. Et je n'irai nulle part avant d'avoir obtenu des réponses. Alors soit nous réglons cela le temps d'une conversation, soit nous faisons durer la chose aussi longtemps qu'il te plaira. A toi de choisir.

Elle le regarda d'un air hautain, mains sur les hanches.

— Je choisis que tu t'en ailles. Va-t-en, s'il te plaît. Tout de suite.

Ce n'était guère le moment d'étudier la question, mais il ne pensait pas s'être jamais trouvé face à quelqu'un qui ose le mettre à la porte. Il ôta ses lunettes de soleil de façon à pouvoir la regarder droit dans les yeux. Il espérait qu'ainsi, elle verrait à quel point il était sérieux.

— J'ai réservé mon vol pour rentrer à Sydney, cet après-midi. J'aimerais ne pas le rater. Réponds à mes questions, puis je m'en irai. Ne réponds pas et tu me trouveras à ton bureau, lundi matin, puis mardi, et mercredi… Tu vois ce que je veux dire.

Elle ne répondit pas.

— Bien sûr, tu peux toujours refuser de me parler, même à ton bureau, mais en tant que relations publiques au service de Cypress Rise, je te laisse imaginer les critiques de la presse professionnelle lorsqu'elle apprendra la crise qui oppose ton agence au client pour lequel tu as été récompensée. Une aubaine ! Les médias adorent ce genre d'histoire, sur fond de vie privée…

Elle le fixa du regard, et le silence s'éternisa. Et alors ? Lui aussi savait se taire.

— Je vais me changer.

Elle lui tourna le dos et disparut. Il prit sa réponse comme un début de conciliation. Elle allait revenir.

Il étala de nouveau le journal devant lui, tout en se demandant combien de temps elle le ferait attendre. Mais elle revint sans trop tarder. Au moins n'aurait-il pas à supporter un petit jeu qui ne les mènerait nulle part et où ils avaient tout à perdre. Elle avait enfilé un jean slim et un T-shirt blanc classique. Grâce à Dieu, il ne serait pas déconcentré par la vision de sa peau nue. Même si la tentation demeurait, car le denim mettait ses formes en valeur, et le coton de son T-shirt épousait à la perfection la courbe de ses seins. Il fit donc en sorte de ne regarder que son visage. D'une beauté ensorcelante. Et seul l'éclat de la colère dans ses yeux lui permit de garder la tête froide.

— Je crois que je commence à comprendre, attaqua-t-elle, tête légèrement inclinée de côté. Hier soir, des insinuations à propos de séduction et de tromperie, ce matin des accusations non fondées.

Elle tira la chaise face à lui et s'assit.

— C'est à propos de Jason et ta sœur, je me trompe ?
— Je t'écoute. Explique-moi les coups de fil à toute heure de la nuit, explique-moi aussi ton refus de vendre.

Elle continua de le dévisager, mais ne répondit pas à ses questions.

— Pourquoi ? Crois-tu que j'ai couché avec toi en ayant une idée derrière la tête ?

Son regard soudain se fit rieur.

— Les femmes ont-elles besoin d'un alibi, généralement ?

Il réprima un sourire.

— Pas avec moi, que je sache.

Il la dévisagea, s'efforça de ne pas se laisser distraire par sa remarque.

— Ainsi, enchaîna-t-il, tu prétends que c'est de l'attirance pure et simple ?

Elle écarquilla les yeux en réalisant le piège dans lequel elle était tombée.

— Une simple attirance passagère, répondit-elle, insistant sur ce dernier mot.

Cette fois, il sourit sans retenue. Car, en dépit de ce que tous deux prétendaient, l'attirance était toujours là, crépitant dans l'air ambiant.

Elle détourna le regard. Il profita de cette occasion pour observer la ligne de sa nuque sous sa queue-de-cheval, le lobe délicat des oreilles qui s'était teinté de rose.

— Qui t'a dit que je refusais de vendre ma part de la société ? demanda-t-elle alors, le regard rivé sur les vignes au loin. Certainement pas Jason, n'est-ce pas ?

— Non, admit-il.

Il fut dépité que ce soit Callie qui le rappelle à l'ordre, alors que son esprit s'était égaré, à des lieues des préoccupations d'affaires.

— Tu ne vérifies jamais tes informations ?

— Je n'ai aucun doute quant à la crédibilité de mes sources, répondit-il avec calme.

Elle le dévisagea quelques secondes avant de reprendre :

— Je suis certaine que tu as toute confiance en ta sœur…

Il n'était pas surpris qu'elle en arrive naturellement à cette conclusion. Il n'avait jamais fait de secret sur l'admiration qu'il portait à sa sœur.

— … mais soit elle est arrivée à de fausses conclusions, soit Jason ne lui a pas dit toute la vérité. Je ne pense pas qu'il ait délibérément menti, ajouta-t-elle aussitôt, il n'est pas malhonnête. En revanche, il est extraordinairement doué pour dissimuler toutes informations susceptibles de donner une image négative de sa personne. Sans doute l'expression d'une certaine angoisse, ou un besoin de tout contrôler.

— Epargne-moi la psychanalyse de ton ex-petit ami, veux-tu ?

La pensée de Jason en situation... intime avec elle l'agaçait plus qu'il n'aurait voulu le reconnaître.

— Tu veux dire que tu acceptes de vendre ta part de la société ?

— Non, répondit-elle du tac au tac.

— Dans ce cas, il dit la vérité.

— Non.

Nick fronça les sourcils, perplexe.

Elle croisa les bras, ce qui eut pour effet de faire ressortir ses seins ronds sous son T-shirt. Le faisait-elle délibérément ? Comme tactique de diversion, c'était plutôt réussi. Il plongea ses yeux dans les siens, n'y vit aucune duplicité, seulement de l'indignation.

— Je n'ai pas à te donner d'explications. Tout ce que je peux te suggérer, c'est d'avoir une conversation avec ton nouveau beau-frère.

Il n'était pas prêt à se laisser détourner de son objectif par son évidente frustration empreinte de lassitude. Il sortit son téléphone de sa poche.

— Dois-je annuler mon vol ?

Il en avait presque envie. Pour passer plus de temps avec elle. Mais il avait conscience qu'une fois de plus, c'était sa libido qui parlait.

— Pose ce téléphone. Tes tentatives d'intimidation deviennent lassantes.

Il cacha sa surprise. En des circonstances différentes, il n'aurait pas été mécontent de croiser le fer avec cette jeune femme. Vivacité, finesse d'esprit et un sens de la repartie qui n'était pas fait pour lui déplaire.

Elle décroisa les bras et posa les mains à plat sur la table, qui balança et menaça une fois de plus de faire déborder son café.

— Tu devrais vérifier tes informations, le défia-t-elle, sur un ton ironique. Ivy Cottage est ma société. Je l'ai créée, et c'est moi qui l'ai développée. Jason est arrivé plus tard, et il a joué un rôle primordial dans l'affaire en tant que commercial. Je reconnais qu'il a fait beaucoup pour entretenir d'excellentes relations avec les médias, avec son sens du contact… Il sait se montrer très charmeur avec les clients.

Il repensa à la façon dont Jason avait littéralement subjugué Melody.

— Quant à moi, je suis la fondatrice de la société. Je gère le planning, exécute les campagnes de communication. Nous avions passé un accord avec Jason. Il prévoyait de me céder sa part. Or, il s'avère qu'il a changé d'avis sur le prix que nous étions convenus et, aujourd'hui, il exige plus que ce que ne vaut réellement sa part. L'affaire est rentable, mais je ne peux pas envisager une telle dépense et creuser ma trésorerie. Voilà tout ce que je peux te dire. Si tu souhaites connaître certains détails, adresse-toi à lui.

« Tu devrais vérifier tes informations », avait-elle dit. En principe, il maîtrisait chaque aspect des affaires auxquelles il s'intéressait. Aujourd'hui, il agissait sur les seuls dires de Melody. Et, même si sa sœur était vraiment inquiète, il savait aussi qu'elle pouvait parfois réagir de façon excessive. Il ne voulait pas douter de Melody, mais il voulait aussi croire cette femme au regard de braise. Voulait comprendre ce désir en lui, toujours plus intense, bien plus qu'il n'aurait dû.

Il chassa cette pensée. Il devait l'oublier, au moins jusqu'à ce qu'il connaisse la vérité.

— Je ne manquerai pas de le faire. D'ici là, fais en sorte de ne plus appeler Jack.

— Je téléphonerai à mon associé chaque fois que je le jugerai nécessaire. Tu n'as pas à me dire ce que je dois faire. Et, si Jason ne répond pas à mes appels la journée, je l'appellerai la nuit.

Sa réaction ne le surprit pas vraiment. Il aurait réagi de la même manière, à sa place. Il ouvrit la bouche pour parler, mais elle le prit de vitesse.

— Ta sœur apprécie peut-être que tu te mêles de sa vie, mais sachez-le, monsieur Brunicadi, je ne tolérerai pas que vous vous mêliez de la mienne.

Et, sur ces paroles, elle se leva, sortit un jeu de clés de voiture de sa poche.

— A présent, je sors. Car je présume que c'est le seul moyen dont je dispose pour me débarrasser de ta compagnie. J'espère en tout cas, pour toi comme pour moi, que tu ne rateras pas ton vol parce que je ne veux plus jamais avoir à poser les yeux sur toi.

Et s'il se levait, s'il approchait son visage du sien, posait ses lèvres sur les siennes, comment réagirait-elle ? Il ne voulait pas le savoir.

Elle pouvait lui interdire de se mêler de sa vie, il ferait ce qu'il avait à faire pour protéger ceux qu'il aimait. Il resta assis tandis qu'elle s'éloignait d'un pas décidé, sur ses longues jambes fuselées, sa queue-de-cheval bondissant dans son dos. Arrivée en haut des marches, elle s'arrêta et se retourna vers lui.

— Qu'est-ce que représente exactement le vignoble de Cypress Rise pour toi ?

— En temps normal, peu de chose. C'est le bébé de Melody.

Un certain soulagement passa dans son regard.

— Tant mieux.

— Je suis flatté…

Si elle ressentait encore quelque chose pour lui, il venait sûrement d'y mettre fin avec son ironie.

— Reconnais que la situation est extrêmement inconfortable.

— C'est inévitable. Et il en sera ainsi aussi longtemps que tu seras associée à Ivy Cottage, et que ton agence traitera la communication de Cypress Rise.

Elle revint vers lui à petits pas lents mais déterminés et le regarda au fond des yeux.

— Comment dois-je prendre ceci ? Est-ce une menace ? Tu renoncerais aux services d'Ivy Cottage ? A cause de ce qui est arrivé entre nous, ou à cause d'accusations non fondées ?

— Nous ne prenons nos décisions en affaires que sur la base d'arguments solides, éprouva-t-il le besoin de se défendre.

Il ne lui dit pas que Melody seule prenait ces décisions, et que sa sœur voulait avoir les meilleurs partenaires pour Cypress Rise. C'était pour cette raison qu'elle avait choisi Ivy Cottage, et elle n'avait eu qu'à se féliciter de son choix.

— Ce n'était qu'une observation, reprit-il. Tout le monde sait que les partenariats entre clients et agence de com' sont plutôt inconstants.

— Mes clients me sont totalement fidèles.

— Tu as beaucoup de chance.

— Je suis une vraie professionnelle, monsieur Brunicadi. Je viens d'ailleurs de remporter un prix, vous êtes au courant ?

Il réprima un sourire. C'était la deuxième fois qu'elle lui donnait du « monsieur Brunicadi », comme si ce formalisme pouvait effacer ce qu'ils avaient partagé.

— Etant donné notre... expérience commune, fit-il remarqua, je pense que tu peux m'appeler Nick. Par ailleurs, je sais que tu es l'une des meilleures...

A ses yeux écarquillés et au rose qui soudain colora

ses joues, il sut qu'elle avait bien saisi l'équivoque de sa réflexion.

— Laisse mon journal tranquille, dit-elle alors entre ses dents. Ne touche pas aux mots croisés. Et ferme le portail derrière toi quand tu t'en iras.

Menton fièrement relevé, droite comme un « i », elle lui tourna le dos une fois de plus et disparut derrière la maison. Une minute plus tard, le bruit d'un moteur rugit et il vit une Triumph MG, ancienne mais en bon état, descendre l'allée à toute vitesse, crachant dans son sillage un nuage de poussière.

Un peu plus d'une semaine après cet entretien, Callie se gara dans un crissement de pneus sur le parking d'Ivy Cottage. Comme toujours, elle éprouva un sentiment de fierté à la vue de l'agence. Son agence. Depuis les jardins jusqu'à l'enseigne, tout respirait l'excellence, le bon goût, une atmosphère à la fois chaleureuse et studieuse.

Elle venait d'avoir dix-neuf ans quand elle avait pris la décision de ne jamais dépendre de personne pour subvenir à ses besoins. Son agence de relations publiques était l'aboutissement de ce vœu qu'elle s'était fait. Au fil des ans, la société avait traversé des hauts et des bas, mais elle s'était accrochée et avait survécu aux tempêtes.

Avec le départ de Jason, ces douze derniers mois n'avaient pas été faciles — certains clients avaient exprimé leur mécontentement, voire leur inquiétude, puis tout était rentré dans l'ordre. Cerise sur le gâteau, le trophée de la semaine dernière avait des retombées positives sur son activité et les nouveaux clients affluaient. Ce type de reconnaissance avait également un effet rassurant pour les clients déjà existants. Elle savait qu'ils étaient contents de son travail, car elle obtenait des résultats, mais un prix octroyé par les acteurs les plus prestigieux du monde économique avait une valeur inestimable.

Remontant son sac sur son épaule, elle poussa la porte de l'agence, promena son regard sur la salle d'accueil — les confortables canapés en cuir, les roses abricot dans un vase sur la table basse. Shannon leva les yeux de son écran d'ordinateur, ses cheveux noirs en brosse méchés de… Bleu ?

— Vous avez passé un bon week-end ? demanda Callie.

Les week-ends de Shannon étaient de loin bien plus passionnants que les siens.

— Génial, répondit Shannon. Mais pas d'inquiétude. Je n'ai rien fait que vous n'auriez fait vous-même.

Shannon sourit, un sourire espiègle qui la rajeunit. Etant donné que Shannon ignorait ce qui s'était passé au mariage de Jason, elle ne put s'empêcher de sourire à la remarque de la jeune fille.

— Et vous ? reprit sa secrétaire. Pas de rendez-vous torrides ?

— Vous savez bien que je n'ai jamais de rendez-vous torrides.

L'incident du mariage ne pouvait être considéré comme un rendez-vous. Mon Dieu, si Shannon savait…

— Vous devriez. Parfois, lorsque vous arrivez en retard au bureau, je me dis que peut-être…

Elle éclata de rire, un rire forcé qui sonna faux à ses oreilles.

— … je n'ai pas entendu mon réveil, dit-elle. Et non pas parce que j'ai eu un rendez-vous torride, comme vous dites. Cela arrive de ne pas se réveiller, tout simplement.

— Pas à vous.

— Je suis pourtant un être humain comme vous.

— Non, s'exclama Shannon en levant les mains, feignant la terreur. Je vais vous servir un café, enchaîna-t-elle en bondissant de son siège. Je parie que vous n'avez pas pris votre petit déjeuner, vous n'avez pas eu le temps, puisque vous vous êtes réveillée en retard…

Drôle de sensation que d'être maternée par quelqu'un de dix ans de moins que vous.

— Vous avez raison, je n'ai pas eu le temps. Je prendrai quelque chose chez Dan l'Homme Sandwich, quand il passera. Et faites-moi plutôt un thé que du café…

Le café ne lui réussissait pas, ces derniers jours.

— … Je vous donnerai deux dollars et vous irez m'acheter un muffin, chez Dan. Il me semble qu'il vous sert les meilleurs…

— Il adore mon côté *bad girl*, répondit Shannon en souriant. J'ai toujours fait flasher les types à lunettes.

Le téléphone sonna et Shannon décrocha. Lorsqu'elle-même fit mine de se retirer dans son bureau, elle l'arrêta en levant la main.

— Je vais voir, monsieur, mais son agenda est complet, aujourd'hui.

Elle appuya sur le bouton de mise en attente et la regarda.

— Un certain Nick. Il semble penser que vous pourrez vous libérer pour le recevoir. Je crois bien que c'est lui qui vous cherchait, le jour de la remise des trophées. Pas trop mal, à vrai dire. Pour un vieux.

Elle s'était raidie à la seule mention de son nom. Que voulait-il, cette fois ? Peu importait, elle n'avait pas envie de le voir. Sa réaction l'agaça. Pourquoi tant de sensibilité ? Et le fait qu'il semblait considérer comme un dû qu'elle le reçoive l'agaça plus encore. Mais autant en finir…

— Dix minutes à 10 heures. Sinon, ce sera demain.

Elle ignora les yeux écarquillés de Shannon et se réfugia sur-le-champ dans son bureau, loin de son regard suspicieux.

Quelques minutes plus tard, Shannon, une tasse de thé à la main, vint lui confirmer son rendez-vous de 10 heures. Le tout dans un silence religieux, qui en disait long sur ses interrogations, mais qu'elle ignora délibérément.

Si seulement il lui avait été aussi facile d'ignorer l'imminence de sa rencontre avec Nick Brunicadi. Elle était censée travailler sur la brochure du nouveau point de vente d'une entreprise de machinerie agricole, mais à vrai dire les idées lui manquaient et le projet n'avançait guère.

Lorsque Shannon frappa à la porte du bureau, elle sursauta. Elle inspira, expira, parvint à recouvrer son sang-froid.

— Faites-le entrer, dit-elle avec froideur.
— Dan ?
— Dan ? répéta-t-elle, sans comprendre dans un premier temps. Oh…, rit-elle, réalisant sa méprise.

Elle se leva, heureuse de cette diversion. Elle croisa Marc, son graphiste, dans la salle d'accueil, et tous deux se lancèrent dans un débat animé, la question cruciale étant de trancher si elle préférait du pain aux raisins ou des scones.

Elle avait les mains pleines quand la porte d'entrée s'ouvrit. L'air déterminé, Nick fit son apparition. L'espace de quelques secondes, un silence absolu se fit, Callie, Shannon, Marc et même Dan se figèrent.

Shannon fut la première à recouvrer ses esprits et, dissimulant son petit pain au chocolat derrière l'écran de son ordinateur, elle prit sa plus belle voix pour saluer leur visiteur :

— Bonjour. Vous devez être Nick ?

Ce dernier acquiesça d'un bref signe de la tête, puis il se tourna vers Callie, la mettant profondément mal à l'aise quand, regardant ses mains pleines, il fronça les sourcils et remarqua :

— Je comprends maintenant pourquoi tu ne peux m'accorder que dix minutes…

Elle n'allait pas se laisser intimider. Transférant son scone dans sa main gauche, où trônait déjà son pain aux raisins, elle releva fièrement le menton et lui tendit la droite. Nick promena son regard sur elle, visiblement intéressé par sa tenue style *executive woman*, pantalon noir, veste noire. Et zut, si elle avait mis des talons hauts, elle aurait pu le regarder droit dans les yeux.

Un sourire aux lèvres qui la laissa de marbre, il fit un pas vers elle, prit sa main dans la sienne, la retint plus longtemps que nécessaire. Une chaleur diffuse se propagea à elle, faisant de cette poignée de main qu'elle voulait professionnelle et distante, une expérience troublante.

Elle s'empressa de mettre un terme à ce contact.

— Je ne m'attendais pas à te revoir si vite.

— Une agréable surprise, j'espère ? demanda-t-il, avec un demi-sourire.

— Absolument pas.

Son sourire s'élargit. Sa fossette se creusa.

Cet homme ferait de merveilleux bébés, se dit-elle alors.

Cette pensée ricocha dans sa tête, en même temps qu'elle pensa à ses règles. Plus exactement, à leur retard dans son calendrier. Mais ce n'était pas la première fois que cela se produisait. Cela ne signifiait rien. Point.

Chassant ces pensées, elle affecta une froide indifférence.

— Je pensais que nous nous étions dit tout ce qu'il y avait à dire.

— Nous n'en sommes qu'au commencement.

Ces paroles firent voler en éclats tout espoir de sérénité et la désarçonnèrent. Un silence pesant s'installa. S'éternisa.

— Si tu le souhaites, je peux dire ce que j'ai à dire ici, dit-il alors en regardant autour de lui les visages attentifs de Shannon, Dan et Marc. Je pensais que tu préférerais avoir cette conversation en privé…

Elle considéra les choix qui s'offraient à elle — ce qui ne prit que deux secondes. Elle désigna la porte de son bureau grande ouverte.

— Si tu veux bien me suivre…

Elle formula l'invitation à contrecœur, mais elle devait à tout prix l'éloigner de Shannon. Celle-ci à plusieurs reprises lui avait parlé de la beauté des liaisons « coup de foudre » comme elle avait l'habitude de les appeler. Mais elle ne voulait surtout pas que la jeune fille comprenne que sa patronne avait vécu ce type d'expérience avec leur visiteur.

— Café ? s'enquit à cet instant Shannon, le regard perçant.

— Ce ne sera pas nécessaire. Je suis sûre que, quel que soit le sujet dont souhaite m'entretenir M. Brunicadi, cela ne prendra que quelques minutes.

Il n'était pas dans la politique de l'agence de se montrer si ouvertement inhospitalier avec un client, mais Nick était l'exception à la règle. Il devait partir, et au plus vite. Sa seule présence provoquait en elle une succession d'émotions complexes face auxquelles elle se sentait désarmée — colère, sentiment de vulnérabilité, de culpabilité et, par-dessus tout ça, un raz de marée de sensations toutes plus sensuelles les unes que les autres. Elle ne put s'empêcher d'admirer les traits réguliers de son visage, la largeur de ses épaules. Pour un peu, elle aurait senti la chaleur de ses mains emprisonnant les siennes.

Elle referma la porte avec calme et fermeté, et se

retrouva enfermée avec lui dans l'espace soudain exigu de la pièce. Ressentant le besoin d'une barrière physique, elle se réfugia derrière son bureau et, bras croisés, l'interpella :

— Que veux-tu ?

Il interrompit son examen des prix et diplômes exposés au mur, impassible. Si leur rencontre une semaine plus tôt, sous sa véranda, avait été éprouvante, celle-ci promettait d'être pire. Comment faisait-il ? Il paraissait n'avoir aucune difficulté à faire abstraction de ce qu'ils avaient partagé. Il finit par prendre place sur l'un des fauteuils face à son bureau, jambes croisées. L'image même de la décontraction.

Au moins pouvait-elle se raccrocher à une certitude. Au-delà d'une petite erreur de jugement, d'une décision un peu trop hâtive sur la piste de danse, elle n'avait rien fait de mal.

— Je parie que tu viens me présenter tes excuses à propos de tes accusations sans fondement, dit-elle, mains sur les hanches, feignant une nonchalance qu'elle était loin de ressentir en sa présence. Tu dois savoir maintenant que je ne cherche pas à garder Jason dans ma vie. Pour être honnête, je serai la première à danser de joie sur mon bureau lorsque je n'aurai plus affaire à lui.

Il fronça les sourcils, mais ne dit rien. Aucune excuse. Elle enchaîna donc :

— S'il ne s'agit pas de cela, et puisqu'il semble que tu ne sois pas venu pour m'apprendre que Jason accepte de vendre, ce qu'il ne manquera de me dire lui-même, je pense, je vais te demander de partir.

Sans la quitter des yeux, il hocha doucement la tête, comme pour acquiescer, mais, fit pas le moindre mouvement.

— En réponse à tes menaces du week-end dernier,

je tiens à te dire que je n'hésiterai pas à appeler la sécurité. Raconte ce que tu veux à la presse. J'en assumerai les conséquences. La mauvaise publicité ne me fait pas peur.

Finalement, il dénoua les jambes, se leva, mais, au lieu de se diriger vers la porte, il vint se coller à son bureau, posa les poings dessus et se pencha dans sa direction. Elle eut soudain du mal à respirer. Il se tenait si près d'elle qu'elle pouvait voir toutes les nuances de ses yeux verts.

— J'ai de bonnes et de mauvaises nouvelles, pour toi.

Il se pencha un peu plus et Callie, malgré toute l'envie qu'elle en avait, fut incapable de se lever et resta là, figée, le cœur battant à tout rompre.

— As-tu une préférence ? demanda-t-il.

— Ma préférence, c'est de te voir quitter les lieux sur-le-champ, lâcha-t-elle en tendant la main vers son téléphone. Vas-tu partir, ou dois-je appeler ?

Sans hâte, il se redressa puis il s'empara de la plante grasse sur son bureau et la déposa sur le classeur à tiroirs ; sur l'étagère, il arrangea le trophée qu'elle avait reçu la semaine dernière.

— Mais que fais-tu ? demanda-t-elle, médusée, la main sur le combiné.

— Je mets de l'ordre dans ton bureau.

— Pourquoi ?

Il lui fit face, la regarda droit dans les yeux.

— La bonne nouvelle, c'est que Jason a accepté de vendre sa part d'Ivy Cottage.

Elle lâcha son téléphone. Elle aurait dû éprouver du soulagement, de l'enthousiasme. Elle aurait le contrôle absolu de l'agence, elle en aurait définitivement fini avec Jason. Une lueur dans le regard de Nick, quelque chose qui tenait du prédateur, la retint de manifester une quelconque joie.

— Et quelle est la mauvaise nouvelle ?

Il sourit.

— Il a décidé de me vendre sa part.

- 4 -

— Non !

Callie se laissa tomber sur son siège, pour se relever la seconde d'après, prise de nausées. Elle tourna la tête en direction des toilettes, mais à force de détermination elle parvint à se reprendre, malgré les haut-le-cœur et le choc qu'elle venait de subir.

— C'est impossible, dit-elle avec calme.

Non, cela ne pouvait se faire. Pas avec Nick, l'homme qui était censé n'être qu'une nuit de passion et rien d'autre. Son coupable secret.

Ses yeux verts rivés sur elle, il ne dit rien, son calme contrastant avec le chaos qui l'agitait.

— Jason n'oserait pas vendre sans mon consentement, dit-elle en élevant la voix, luttant pour garder son sang-froid. Nous avions passé un accord. Par contrat.

Elle dévisagea l'homme qui bousculait les fondations de son univers.

Après ce qui lui sembla être une éternité, elle vit son expression changer en quelque chose de vaguement… narquois ?

— L'accord passé avec Jason est nul, dit-il avec gravité. Un contrat verbal conclu entre deux personnes, sans témoin, sans trace écrite, sans même un dépôt de garantie au cas où l'une ou l'autre des parties ne tienne pas parole, tsst… Quelle naïveté. Tu aurais dû faire preuve de plus de discernement.

— Non !

Elle cria presque, opposant un refus tout net. Non pas pour nier sa prétendue naïveté, ou sa confiance en Jason, mais un « non » qui venait du plus profond de son être. Tout ceci ne pouvait être vrai.

Il ne la contredit pas, pas en paroles en tout cas, mais son regard fixe lui dit qu'il ne plaisantait pas. Il était tout à fait sûr de lui.

Elle sentit ses jambes se dérober sous elle et dut s'asseoir dans son fauteuil, alors que dans son esprit les pièces du puzzle se mettaient lentement en place. Il avait raison, bien sûr. Jason avait su tirer parti de la situation, n'hésitant pas à user de méthodes méprisables, avec l'aide sans doute de l'un de ses amis avocat qui connaissait toutes les ficelles. Quelle idiote elle faisait. Elle n'avait jamais envisagé que le jour où l'un d'entre eux voudrait vendre, tous les moyens seraient bons. Ils se faisaient confiance. En tout cas, elle avait confiance en lui.

— Mais Jason ne ferait pas ça sans en parler au préalable avec moi. C'est mon affaire.

— Erreur, c'est notre affaire, dit Nick qui se rassit et désigna le téléphone. Mais, je t'en prie, appelle-le pour confirmation, si tu le souhaites. Mais je pense qu'entre plaire à son nouveau beau-frère qui lui a offert un poste fort bien rémunéré dans l'une de ses sociétés, et plaire à son ex-petite amie, Jason a fait son choix.

Même si Jason avait obtenu de la sorte ce qu'il voulait, elle crut percevoir dans la voix de Nick une sorte de mépris.

Elle fut prise de vertiges. Cela ne ressemblait-il pas à Jason, tout compte fait ? Aller là où était son intérêt, sans un regard pour les dommages collatéraux. Seul l'argent l'intéressait.

— Tu l'as acheté.

Il demeura imperturbable.

— Je lui ai présenté plusieurs options. C'est son choix. Et cela n'a pas paru lui poser de réel problème.

Elle n'aurait jamais imaginé que Jason puisse encore lui faire du mal. Or, cette dernière trahison prouvait combien elle se trompait. Manifestement, toutes ces années passées ensemble ne pesaient pas lourd pour lui. Elle le regarda, secoua la tête, incrédule.

— Pourquoi avoir fait cela ?

Que Jason ait vendu, elle pouvait le comprendre, mais Nick. Que voulait-il ?

— Pour garder le contrôle. Je n'aime pas que l'on fasse peser des menaces sur ma famille, répondit-il avec un haussement d'épaules.

— Personne ne menace ta famille. N'as-tu pas parlé à Jason ? Ne t'a-t-il pas dit que le peu de relations que nous entretenions encore n'était que de l'amitié ?

— Je lui ai parlé, en effet. Et il s'est montré extrêmement convaincant. Mais qu'en est-il réellement ? Après tout, je suis son nouveau beau-frère. Et son patron. Toujours est-il, qu'à tort ou à raison, Melody se sent menacée.

— A tort, dit-elle, élevant la voix, frappant du poing sur son bureau.

Son regard remonta de son poing à son visage.

— Peu importe, répondit-il avec calme. Je pense qu'avec quelqu'un aux commandes, les choses se passeront beaucoup mieux.

— Les choses se passent pour le mieux.

— Et je vais faire en sorte que cela continue.

Il avait été bien inspiré de retirer sa plante verte du

bureau, car, à ce moment, elle lui aurait probablement balancé le pot en pleine figure.

— Je sais bien que tu passes ton temps à racheter et vendre des entreprises, mais cette affaire est la mienne. Elle représente beaucoup pour moi. Mon équipe est comme ma famille. Je ne peux pas travailler avec toi, conclut-elle après un petit moment de silence.

— Je comprends. Je m'y attendais un peu, à vrai dire. La solution est simple.

Elle se prit la tête entre les mains, s'attendant au pire. Il allait la pousser dehors. Elle perdrait tout ce pour quoi elle avait travaillé si dur. Elle leva les yeux, rencontra son regard implacable.

— Vas-tu me donner pour ma part ce que tu lui as donné ?

— Ce n'est pas ainsi que je vois les choses, répondit-il en secouant la tête.

Elle n'aurait donc pas même la satisfaction d'obtenir une compensation décente…

— Tu crois que je vais m'en aller comme ça ? le défia-t-elle. Sache que j'ai des responsabilités, des personnes et des sociétés qui dépendent de moi.

Sous l'effet de la surprise, il écarquilla les yeux.

— Je ne suis pas un monstre, Callie. J'ai fait procéder à certaines recherches. Il est clair que tu es le pilier de l'affaire. Tu n'as pas non plus ménagé tes efforts pour t'imposer sur le marché. J'ai aussi une petite idée sur ce que cette agence signifie pour toi.

Sur ses gardes, elle ne broncha pas, se demandant où il voulait en venir.

— Je ne veux rien avoir affaire dans la gestion quotidienne de la société. J'en espère des bénéfices raisonnables, comme pour toutes les entreprises que j'ai rachetées. Mais dès lors que tu honores ta partie du contrat, et que tu t'abstiens de tout contact avec Jason ou Melody, tu ne m'auras pas dans les pattes.

— Cypress Rise est un client, je te le rappelle. J'ai besoin de garder le contact avec Melody. A moins que le vignoble ne traite plus avec l'agence ?

— Je ne vois pas pourquoi. Il suffira que quelqu'un fasse la liaison.

Comme elle aurait aimé l'envoyer paître avec son vignoble ! Mais elle ne le pouvait pas, Cypress Rise représentait beaucoup pour l'agence.

— Le Festival de jazz et d'art est dans moins d'un mois, lui rappela-t-elle.

Abandonner le projet à un tiers risquait de le faire capoter. Le plus grand perdant dans l'histoire serait alors le Mary Ruth Home, le refuge pour adolescents en fugue.

— Fais ce que tu as à faire, mais il faut que le vignoble traite avec quelqu'un d'autre.

Cela paraissait si simple, dit ainsi.

— Ta sœur est donc si anxieuse ? Elle m'a toujours semblé si énergique et si sûre d'elle.

Melody semblait avoir tout pour elle. La beauté, l'élégance, des privilèges à foison, et un job qui la passionnait.

— Elle est énergique et sûre d'elle, dit-il en se redressant sur son siège, le regard froid. En affaires. Dans sa vie privée, c'est une autre histoire. Elle a ses raisons. Et, si j'ai la possibilité de la protéger, je le fais, c'est tout.

— Je n'accepterai pas de t'avoir en permanence sur le dos.

Il promena son regard sur ses épaules, sa nuque gracile, avant de revenir à son visage.

Il se souvenait. Involontairement, le souvenir demeurait. Il se rappelait ces heures de brûlante intimité. Considérait-il que c'était une bonne chose ou une mauvaise chose, elle n'aurait su le dire.

— C'est une démarche familiale. J'ai racheté une part de cette affaire… en raison des circonstances, expliqua-t-il en promenant un regard critique sur son bureau, et sur la base de données minimales par rapport à ce que j'exige habituellement. J'ai dû me satisfaire des dires de Jason et des informations disponibles.

— Tu attends ma sympathie ?

Il esquissa un sourire, et pendant un court instant elle crut voir une lueur d'amusement dans ses yeux.

— Il y a deux façons de procéder, Callie. Facile, ou difficile.

— Tu peux aussi me rendre la vie impossible.

— Je possède la moitié de cette entreprise. Toi comme moi avons le pouvoir de compliquer les choses. Mais je ne vois pas l'intérêt. Tu hérites d'un associé qui saura rester discret et, quant à moi, je…

— … garde le contrôle.

— Exactement. Bref, tout ce que je veux de toi à ce stade, ce sont des renseignements. Une fois que je les aurai, je m'effacerai.

Pouvait-elle être certaine que les choses seraient aussi simples ?

— Que veux-tu savoir ?

— Il est un peu tard pour les vérifications d'usage, mais j'aimerais plus de détails sur ce que j'ai acheté. Tu pourrais commencer par me montrer ta comptabilité, qu'en penses-tu ?

Elle se leva et considéra la situation tout en scrutant son visage impénétrable et son regard faussement calme. Elle avait dansé avec cet homme, mais elle ne reconnaissait rien de lui. La liberté, avait-il dit ! Ah. Elle se sentait aujourd'hui comme sur un ring de boxe.

Elle pouvait refuser, mais où cela la mènerait-elle ? Tête haute, lèvres pincées, elle se dirigea vers l'armoire, en sortit un dossier qu'elle lui tendit. En lui confiant ceci, peut-être daignerait-il enfin s'en aller et lui laisser ainsi le temps de se remettre pour faire le point, essayer de comprendre ce qui était arrivé et, surtout, comment elle allait gérer cette situation.

Il prit le dossier, le tourna, le retourna entre ses mains.

— Tant que tu y es, donne-moi le relevé comptable des cinq dernières années.

Il s'exprima sur un ton presque léger, comme s'il lui demandait une autre tasse de café.

— La société n'a que cinq ans, répondit Callie, sans faire l'effort de cacher son exaspération.

— Justement.

Sans un mot, elle retourna prendre les dossiers dans l'armoire, se promettant, dès son départ, d'appeler son avocat afin de trouver un moyen de sortir de ce micmac.

— Bien, puis-je travailler ici ?

A quoi jouait-il ? Elle le fixa du regard, mais ne vit rien dans ses yeux verts.

— Certainement pas. J'ai des rendez-vous.

Il continua de la regarder avec cet air impénétrable.

— Cela pourrait être agréable de travailler ensemble, Callie…

Elle inspira profondément, mais cette fois ne put cacher son agacement.

— Nous ne travaillerons pas ensemble. Et nous ne ferons rien ensemble non plus. Prends ces dossiers et va-t'en !

— Tu ne me présentes pas à ton équipe ?

Elle fut littéralement horrifiée à cette idée.

— Pas aujourd'hui, finit-elle par répondre.

— J'aurai forcément des questions, reprit-il en désignant les dossiers. Nous serons amenés à nous revoir.

Le téléphone sonna, le signal d'appel interne clignota. Elle décrocha.

— M. Keane, de la société de rafting, annonça Shannon.

— Je suis à lui dans une minute, répondit-elle avant de se tourner vers Nick. Maintenant, si tu veux bien me laisser, dit-elle en désignant la porte du menton. Si tu as des questions, appelle-moi.

— Tu pourrais me donner ton numéro perso…?

— Comme si tu ne l'avais pas déjà…!

Cette fois, il ne réussit pas à dissimuler son amusement. Cela ne la surprendrait pas s'il avait en sa possession un dossier complet, sur elle. Il savait sans doute ce qu'elle prenait au petit déjeuner, connaissait la couleur de ses sous-vêtements. Non, cela il le savait déjà.

— Tu auras bientôt de mes nouvelles, dit-il et il se leva, se dirigea vers la porte.

Elle contourna son bureau et lui emboîta le pas.

— Tant que je gérerai la société, tu n'as rien à faire ici, nous sommes bien d'accord?

Elle avait besoin d'en être sûre. Elle ne s'inquiétait pas sur le fait de ne plus avoir de contacts avec Jason et Melody. En revanche, elle ne voulait pas être confrontée à Nick plus que nécessaire. Devoir faire comme si rien n'était arrivé entre eux, devoir sentir en permanence cette attirance dont elle ne voulait pas mais qui était indéniable, serait une torture.

Il s'arrêta, se tourna vers elle.

— Je te le promets.

— Et je dois te croire sur parole?

— As-tu vraiment le choix?

— Cela est loin de me rassurer, répondit-elle en soupirant.

Elle prenait peu à peu conscience de l'énormité de ce qui arrivait, à sa société et, de ce fait, à sa vie.

Quelque chose à ce moment s'adoucit, dans son expression.

— Je suis un homme de parole, Callie.

— Comme tu l'as dit, je n'ai pas d'autre choix que de te croire.

— J'ai moi aussi une société à gérer. Une entreprise bien plus importante pour moi que ceci.

Il pointa le doigt sur les dossiers financiers de l'agence, comme si toute son affaire se réduisait à cela.

Il se tenait si près d'elle qu'elle aurait presque pu attraper le col de son costume haut de gamme et le secouer comme un prunier.

— Tu insinues que mon agence ne serait qu'une affaire minable ?

Il fronça les sourcils, puis parut comprendre.

— Ce n'est pas le propos. Ivy Cottage est en quelque sorte une assurance pour la tranquillité d'esprit de ma sœur. Et comme avec toutes les assurances, une fois que je sais exactement ce que j'ai pour mon argent, je n'ai aucune difficulté à oublier ce qu'elles me coûtent.

Il posa une main sur la poignée de la porte, la salua d'un signe de tête, et sortit.

Elle regarda la porte se refermer doucement derrière lui. Si seulement ce pouvait être aussi facile pour elle, de l'oublier, lui.

- 5 -

Le dimanche après-midi, au prix d'efforts surhumains, d'une dizaine de toiles massacrées, et de tout un lot de tubes de peinture gâchés, Callie avait fini par effacer de son esprit toute pensée touchant à Nick. Si bien que, lorsque l'on frappa à sa porte, elle sursauta. Horrifiée, elle regarda sa montre. Il était en avance, de cinq petites minutes. Elle n'avait pas le temps de se changer, pas le temps non plus de se préparer mentalement à ce nouveau face-à-face. Prise de panique, impuissante à repousser l'inéluctable, elle rangea son pinceau, essuya ses mains moites sur sa chemise maculée de taches multicolores, puis inspirant profondément, elle se dirigea avec détermination vers la porte.

Nick avait sollicité un rendez-vous et, aucun des deux ne pouvant se libérer à un autre moment, ils s'étaient mis d'accord pour cet après-midi. En règle générale, elle se refusait à accorder une seule minute au travail le dimanche, mais dans ce cas elle trouvait l'arrangement à son goût. Elle n'avait pas encore informé Shannon et Marc de l'arrivée d'un nouvel actionnaire dans l'affaire. Si Nick revenait à l'agence, elle ne pourrait faire autrement que d'annoncer la nouvelle à l'équipe. Déjà, Shannon la pressait de questions qu'elle avait de plus en plus de difficulté à éluder.

Lorsqu'elle ouvrit sa porte, Nick, qui regardait en

direction de la propriété voisine, se tourna vers elle. L'espace de quelques secondes, elle eut le souffle coupé du seul fait de le voir. Mâle, mais sans trop, il ferait fureur dans une publicité pour une voiture européenne. Et, à propos de voiture européenne, le soleil faisait scintiller la carrosserie grand luxe de la sienne, garée dans l'allée.

Il retira ses lunettes de soleil, et plongea ses yeux verts dans les siens.

— Callie, dit-il avec un bref signe de la tête.

— Nick.

Elle s'efforça de dissimuler son trouble, réaction presque physique, tous ses sens soudain en alerte rouge.

C'était la première fois qu'elle le voyait dans une tenue décontractée. Polo noir près du corps, en l'occurrence épousant chaque contour de son torse, montre argentée autour de son poignet bronzé, pantalon de lin, chaussures cuir.

Il promena son regard sur elle, s'arrêta un instant sur ses cheveux ébouriffés, puis sur sa chemise trois fois trop grande et barbouillée de peinture, avant de revenir à son visage. Le contraste entre eux n'aurait pu être plus flagrant. Un vague sourire se dessina sur ses lèvres, il haussa les sourcils. Elle s'écarta de la porte, résistant à l'envie de répondre à ce sourire et de justifier son look.

— Entre.

Il ne se fit pas prier.

— Alors, impossible d'échapper à notre partenariat… ?

Il avait donc un sixième sens ?

— Ce n'est pas faute d'avoir essayé, crois-moi, dit-elle du bout des lèvres.

En fait, elle avait passé l'essentiel de la semaine en réunions et coups de fil stériles à son avocat.

— Je n'en attendais pas moins de toi.

Elle crut noter dans ses yeux un éclat qui ressemblait à de l'admiration, mais elle devait sans doute faire erreur.

— Mais, lorsque je fais quelque chose, je le fais bien.

Et, sans prévenir, les souvenirs l'assaillirent. Elle se rappela tout de ses gestes, comment et avec quel talent il lui avait fait l'amour — non, pas l'amour, comment il l'avait comblée, plutôt — la nuit du mariage de Melody.

Elle porta les yeux aux dossiers, sous son bras.

— Finissons-en avec ça.

Elle le guida jusque dans la cuisine, tous ses pores conscients de sa présence, derrière elle, et de son regard, sur elle.

— Belle maison.

— Je la loue.

Voilà près d'un an qu'elle avait emménagé, et elle adorait l'atmosphère de la vaste villa, style vieille Europe. Suffisamment éloignée de la ville pour ne pas être importunée à tout bout de champ. Ce qui n'avait pas de prix.

— A qui?

L'intérêt dans sa voix, dans son regard, paraissait sincère, et elle devait s'en protéger.

— Un voisin. Qui veut la vendre dans six mois, malheureusement.

Elle tourna la tête, vit qu'il s'était arrêté devant une peinture. L'une de ses œuvres, abstraite, tout en vert et bleu.

— On dirait l'océan…, dit-il, songeur.

Elle fronça les sourcils, puis haussa les épaules. Après tout, il n'y avait rien d'étonnant à cela, le tableau étant à dominance bleu et vert, des couleurs de l'océan.

— Oui, c'est ça, la crique de Cathedral Cove, rajouta-t-il alors, tout en continuant d'observer le tableau. J'ai rendu visite à un collègue américain, en vacances dans la région, le mois dernier.

Elle fut parcourue d'un frisson.

— Quelque chose ne va pas ? demanda-t-il.

Elle secoua la tête, reprit la direction de la cuisine.

— Non, rien.

— C'est toi qui l'as fait ? s'enquit-il d'un ton dégagé.

— Oui.

Etant donné l'état de sa chemise, il serait vain de lui cacher qu'elle peignait. Mais la peinture était une activité très privée, son jardin secret. Une thérapie en quelque sorte, les couleurs traduisant ses humeurs et ses émotions. Six mois auparavant, elle avait procédé en grand cérémonial à l'autodafé de la série la plus hideuse, la plus noire, de ses œuvres, réalisées après sa rupture avec Jason. Aujourd'hui, l'orange et le rouge vifs dominaient, dans ses tableaux.

— Veux-tu boire quelque chose ? demanda-t-elle en ouvrant le réfrigérateur.

Comme il ne répondait pas, elle se pencha pour regarder. Il était en train d'examiner une autre de ses peintures. Il tourna lentement la tête vers elle et répondit :

— Non…

Elle sortit une carafe du réfrigérateur. Et « merci », ce n'était pas dans son vocabulaire ?

— Si tu dois être mon associé, j'apprécierai que nos relations restent courtoises, remarqua-t-elle.

— Mais c'est bien mon intention, répondit-il en déposant les dossiers sur le comptoir. Toujours courtois…

— Et les menaces à peine voilées, c'était de la courtoisie ? répliqua-t-elle en lui faisant face.

Il esquissa un sourire.

— Oh, tout est dans l'interprétation. Seule ou solitaire, menace ou opportunité…

Seule ou solitaire. Elle se souvenait trop bien, et ne souhaitait pas revenir sur ce sujet.

— Je t'en prie, épargne-moi toute allusion à cette nuit. Je m'efforce de ne plus y penser, jamais.

Si l'entreprise était loin d'être couronnée de succès, l'intention y était. Il la dévisagea.

— Moi, en revanche, j'ai beaucoup de plaisir à m'en souvenir.

Elle eut soudain du mal à respirer. Le simple fait de regarder le vert profond de ses yeux, le sourire, le col entrouvert de sa chemise laissant voir sa peau nue...

— Tu ne devrais pas. Nous sommes associés désormais. Les affaires, rien que les affaires...

— Tu n'y repenses jamais, vraiment ? insista-t-il, comme s'il ne l'avait pas entendue. Parfois, quand tu es supposée penser à tout autre chose, un souvenir te traverse avec une fulgurance telle que...

— Non. Jamais.

Elle préféra l'interrompre, car il y avait quelque chose en lui d'envoûtant, une intensité qui systématiquement minait son sang-froid et sa détermination. Il était plus détendu, aujourd'hui, et cela le rendait bien plus dangereux.

Il la regarda, comprit qu'elle mentait.

Elle détourna les yeux, remplit deux verres d'eau fraîche.

— Merci, dit-il, avec une pointe d'ironie.

Elle grimaça en guise de sourire.

— Je vais changer de chemise. Tu n'as qu'à m'attendre sous la véranda.

Elle avait prévu de mener cet entretien ici, dans la cuisine, mais elle s'imaginait mal maintenant dans cet espace confiné, en tête à tête avec lui.

— Je suis très bien ici, répondit-il.

— Il ne te vient pas à l'esprit que le fait de rester dans la cuisine de quelqu'un quand on te prie d'en sortir puisse être impoli ?

— La véranda, donc ? dit-il, son petit sourire trahissant sa satisfaction à la voir perdre son sang-froid.

— L'endroit est frais et ombragé.

— Et je suppose qu'il faut que j'emporte mon verre ?

— Oui.

Sans se départir de son sourire, il ramassa les dossiers et prit la direction de la véranda d'un pas traînant. De son côté, elle se lava les mains sans se presser puis retira sa chemise. Au moment de se changer, elle hésita. En semaine, les vêtements et le maquillage lui servaient en quelque sorte d'armure, et, d'une armure, elle en avait besoin ici et maintenant. D'un autre côté, elle ne voulait surtout pas que Nick devine son trouble, et en abuse. En fin de compte, elle se décida pour un T-shirt et son jean préféré.

Durant tout ce temps, il lui fut impossible de le chasser de ses pensées. Nick, dehors, qui l'attendait. Son sourire. Avait-il la moindre idée de l'effet de ce sourire sur elle ?

Elle secoua la tête. Il s'agissait d'une simple réunion de travail, rien qui ne soit au-dessus de ses compétences. Elle se trouvait là en territoire connu, il était question de sa société, et elle n'aurait aucun mal à répondre à ses questions. Même si cela l'arrangerait de savoir à quel genre de questions elle devait s'attendre.

Et cela l'arrangerait plus encore s'il n'y avait pas cette autre préoccupation — ses règles, définitivement en retard —, cette épée de Damoclès au-dessus de sa tête. Elle était même allée jusqu'à acheter un test de grossesse. La boîte trônait dans l'armoire de la salle de bains, attendant qu'elle se décide. Sauf que, tant qu'elle n'y toucherait pas, l'espoir était encore permis.

Sous la véranda, Nick admirait le paysage, une succession de coteaux à perte de vue tout autour de la villa, plus verts que ceux d'Australie. De nouveau, il observa avec un œil critique le vignoble de la propriété voisine, l'herbe trop haute entre les ceps, les sarments mal taillés. Pour tout bruit, on n'entendait que le bruissement des feuilles de quelques peupliers, un peu plus loin. Il sentit la tension qui nouait ses épaules s'alléger, tension dont il n'avait même pas conscience. Il comprenait pourquoi elle aimait cet endroit.

Au bruit que fit la porte en s'ouvrant derrière lui, il se tourna. Tenant son verre d'eau aussi fermement serré qu'elle tenait sa flûte de champagne le soir du mariage, Callie s'avança sous la véranda. Ses boucles brunes dansaient autour de son visage, son jean délavé collait comme une seconde peau à l'arrondi de ses hanches, enfin son T-shirt blanc caressait le bout de ses seins.

Il n'avait jamais croisé quelqu'un qui savait être aussi sexy dans des tenues pourtant très sages.

Les affaires. Il était ici pour parler affaires, se rafraîchit-il la mémoire. Il était réputé pour sa rigueur, toujours très attentif à ne pas mélanger les genres.

En temps normal.

Elle soutint son regard avec calme, pourtant sa nervosité ne faisait aucun doute, il le devina aux mouvements brefs, presque spasmodiques, de sa gorge. Il sourit. Confiant. Si son entrée dans la société lui donnait un petit avantage sur Calypso Jamieson, si elle comprenait qu'il n'était pas quelqu'un avec qui l'on pouvait jouer, alors c'était tant mieux.

D'un autre côté, il ne pouvait s'empêcher de se sentir en phase avec elle. Elle avait su capter l'essence même du vignoble dans son travail pour Cypress Rise. Ce qu'il avait pu découvrir sur sa façon de gérer sa société n'était pas si éloigné de sa propre manière de fonctionner. Les tableaux exposés chez elle faisaient vibrer quelque chose en lui. Et la profondeur de ses yeux chocolat ne cessait, à vrai dire, de le hanter. Jusqu'à cette tache de peinture oubliée sous son menton qu'il avait envie de toucher. Pour la toucher elle. Comme si c'était la chose la plus naturelle du monde. Comme s'il en avait le droit.

En fait, chaque fois qu'il la voyait, il ne pouvait se défaire d'un sentiment de connexion.

C'était bien d'ailleurs ce sentiment qui était à la base de tout, qui avait tout déclenché.

Il lui serait facile de lui faire regretter de le repousser, mais il avait conscience que la distance qu'elle s'efforçait de maintenir entre eux était nécessaire. Elle n'était pas faite pour lui. Contrairement à ce qu'il pensait la nuit de leur rencontre, elle était une femme à liaison durable, le genre de relation profonde et exclusive. Nombre de ses clients étaient des fidèles de l'agence, depuis le premier jour. Elle vivait dans sa villa de location comme dans un nid douillet qu'elle décorait de touches personnelles, y mettant toute son âme, rien de comparable avec l'appartement ultramoderne et froid qu'il possédait depuis six ans.

Il croyait Jason autant qu'elle lorsque tous deux prétendaient qu'il n'y avait plus rien entre eux. Mais il ne se fiait pas totalement à son propre besoin de le croire. C'était l'une des raisons pour lesquelles il avait racheté les parts de la société. Il lui semblait logique d'avoir pris cette garantie, même si, au fond de lui, il devait se rendre à l'évidence et admettre que sa décision était bien plus complexe que cela.

Pour le moment en tout cas, il avait repris le contrôle. Il aimait avoir le contrôle sur toutes choses autour de lui, du début à la fin.

Elle posa son verre avec délicatesse puis, fronçant les sourcils, elle examina sous la table le bout de papier qu'il avait glissé sous l'un des pieds pour l'empêcher de balancer. Elle l'interrogea du regard.

— Ce n'est pas parfait, mais ce n'est que temporaire, dit-il.

— Depuis le temps que je dois arranger ça, répondit-elle, et, après une profonde inspiration, elle dit entre ses dents : merci.

Il réprima un sourire, sachant combien ce mot lui coûtait. Bien, ils allaient se mettre au travail et en finir avec cette réunion, et point final. Il aimait trop être avec elle.

Il lui présenta une chaise, et en profita quand elle s'assit pour capturer quelques effluves de son parfum.

— Alors, quelles questions souhaites-tu me poser ?

Elle regarda les dossiers, entre eux, effleura de ses doigts longs et fins les chemises cartonnées d'un rouge délavé, et les étiquettes de couleurs vives sur chacune d'entre elles.

— Pour commencer, tu pourrais me faire l'historique de la société.

— Mais tout est là-dedans, il me semble.

— Ces dossiers ne parlent que de chiffres. J'aimerais savoir ce qui se cache derrière eux. Comment as-tu démarré la société ? Depuis combien de temps Shannon et Marc font-ils partie du personnel ? Comment mènes-tu tes affaires ?

— Tu en demandes beaucoup, non ? dit-elle, légèrement sarcastique.

Il ignora sa réflexion, comme il ignora les demandes autrement plus personnelles qui l'assaillaient chaque fois qu'elle était à proximité.

— Combien de temps as-tu ?

Il s'enfonça sur son siège et étira les jambes.

— Le temps qu'il faudra.

Elle soupira et le regarda, avant de détourner aussitôt les yeux, puis elle commença à lui parler. Son récit était hésitant et laborieux au début mais, à mesure qu'il l'interrogeait, elle parut oublier à qui elle s'adressait. Il l'écouta avec une égale attention raconter ses succès, ses erreurs. Il comprenait combien cela avait été difficile les premiers temps, et il l'admirait pour avoir su se faire une place.

Il démêla ainsi tout l'historique d'Ivy Cottage. Il avait besoin de toutes ces informations car il devait lui faire confiance avant de lui abandonner totalement la gestion de la société. D'autant que Jason paraissait n'avoir jamais joué qu'un rôle mineur dans la réussite de l'agence, bien qu'elle s'en défende et qu'au contraire elle loue son investissement et ses compétences. Jason, lui, ne lui avait pas fait de cadeau. Il en éprouva un certain ressentiment contre son beau-frère.

A un moment de son récit, et de manière inconsciente, elle se détendit, passant de la défensive à un ton plus proche de la confidence.

Il oublia tout ce qui n'était pas elle. Pouvoir juste être avec elle, l'écouter, rire avec elle. La regarder.

Il aurait été bien incapable de dire depuis combien de temps ils étaient assis là, à discuter, jusqu'à ce qu'elle lève les yeux. Il suivit son regard, découvrit l'explosion de nuances orange du crépuscule, à l'horizon. Elle porta une main à ses lèvres, visiblement surprise.

— Je suis désolée. Je ne voulais pas parler si longtemps. Et nous n'avons même pas encore évoqué les dossiers de comptabilité.

Il secoua la tête, s'avança sur son siège.

— Ne t'en fais pas pour ça. Tout est de ma faute, dit-il, regardant tout au fond de ses yeux. Je vais rentrer à mon hôtel, voilà tout. Mais toi ? Tu voulais trouver le temps de peindre, non ?

Elle entrouvrit la bouche, mais les mots ne vinrent qu'une fois leur échange de regards interrompu.

— Ce n'est pas très important, maintenant. La lumière n'y est plus, de toute façon.

Il avait conscience de la perturber, il savait que sous son masque de jeune femme sûre d'elle vibrait une sensibilité qu'elle s'efforçait de dissimuler. Il aurait pu profiter de la situation, engager la conversation sur la nuit à venir, et la chambre d'hôtel qu'il occupait, seul, mais lui-même n'était pas suffisamment sûr de lui. Il devait garder le contrôle. Aussi décida-t-il de changer de sujet.

— Tu as toujours peint ?

— Toujours, oui. J'ai même commencé des études aux Beaux-Arts.

Il perçut une note de nostalgie dans sa voix.

— Commencé ?

— Oh, j'ai changé pour le commerce, répondit-elle, sur un ton soudain résolu.

— Pour quelle raison ?

— Parce qu'il faut bien gagner sa vie…, dit-elle l'air morose.

— Qui a dit cela ?

Elle le dévisagea, les yeux écarquillés.

— Tu viens bien de citer quelqu'un, là, non ? insista-t-il.

Fronçant les sourcils, elle continua de le regarder fixement, sur ses gardes, puis soudain un sourire se dessina sur ses lèvres et elle hocha la tête.

— Le conjoint de ma mère, à l'époque.

— Tu as changé de filière pour faire plaisir à quelqu'un d'autre ?

— Pas vraiment, répondit-elle avec un haussement d'épaules. Mais il venait d'être licencié, et il m'a aidée à comprendre que je devais choisir une voie raisonnable, une profession rentable. Les études commerciales semblaient la meilleure option.

— Sauf que ce n'était pas ce que tu avais envie de faire, remarqua-t-il avant d'éclater de rire.

— Qu'y a-t-il de si drôle ? demanda-t-elle, interloquée.

— Cela me va bien de donner des conseils, répondit-il. L'université où j'ai fait mes études… Je l'ai choisie à cause de quelqu'un.

— Que veux-tu dire ?

— Ma petite amie à l'époque voulait étudier à Adélaïde, alors je l'ai suivie, dit-il en regardant les coteaux. Pour rester auprès d'elle.

Ne se dévoilait-il pas un peu trop ? On touchait là à la vie privée, et ce face-à-face s'écartait dangereusement de la réunion de travail.

— Si vous avez choisi de fréquenter la même université, vous deviez vous connaître depuis longtemps… Un amour d'enfance ?

— Quelque chose comme ça.

— Qu'est-elle devenue ? demanda Callie, sur un ton taquin.

— Elle m'a plaqué pour son professeur d'anglais…

Ce fut la première et la dernière fois qu'il avait été celui que l'on abandonnait.

— Mauvais choix…

Il l'observa avec attention, s'attendant à découvrir de l'ironie dans ses yeux. Mais son regard exprimait une authentique gravité. Il sourit.

— C'est aussi ce que je me dis…

Il regrettait de s'être laissé aller à pareille confidence. Pourquoi Callie ? Pourquoi avoir raconté à cette femme ce dont il ne s'était jamais ouvert à personne ? Le passé était le passé, et n'avait assurément pas sa place ici. Cela ne lui ressemblait pas de perdre de vue ses priorités. La faute à cette femme devant lui, à cette bouche sur laquelle il rêvait de poser la sienne.

Il se saisit du premier dossier sur la pile.

— Cela sera vite réglé. Le temps de clarifier une ou deux choses, et il ne sera plus nécessaire de nous revoir.

Au vu de ces dossiers, mais aussi de ces entretiens avec elle, ou encore de la réputation de l'agence dans les milieux concernés, il savait que la société était entre de bonnes mains.

— C'est une promesse ?

Elle aussi avait envie d'en finir avec ce rendez-vous. En fait, le rapprochement furtif de cet après-midi n'avait été qu'une illusion.

— Nous pouvons parfaitement communiquer par téléphone ou encore par e-mail.

Contact impersonnel. La liberté, pour elle, comme pour lui.

Elle l'observa. Lui, souffrir ? Difficile de le croire. Il paraissait si fort, si imperméable. La chaleur qu'elle avait ressentie quelques minutes plus tôt en sa présence s'était dissipée. Mais, au cours de ces deux dernières heures, elle en était arrivée à la conclusion qu'elle ne devait plus le considérer comme un adversaire, mais comme un allié. En parlant, une certaine connivence s'était installée entre eux. Elle pouvait lui faire confiance, il était un homme de parole. Elle pourrait gérer la société comme elle l'entendait. Elle n'aurait pas à supporter sa présence comme un rappel constant de son erreur. Et quelle erreur !

Nuit magique.

Il ouvrit le dossier devant lui, elle s'accouda à la table, de façon à pouvoir lire l'en-tête du premier feuillet. La table chancela imperceptiblement. Par réflexe, elle s'écarta, son coude heurta son verre qui s'écrasa en mille morceaux sur le caillebotis.

Sans perdre une seconde, elle s'agenouilla et entreprit de ramasser les éclats de verre. Il ne tarda pas à s'accroupir devant elle.

— Laisse, ordonna-t-elle. Je m'en occupe.

Il fit comme s'il ne l'entendait pas, tendit la main vers un morceau tranchant. Le même qu'elle s'apprêtait à saisir. Ses doigts effleurèrent les siens. Elle leva les yeux pour voir si, lui aussi, avait senti cette secousse, comme un électrochoc. Il soutint son regard. Le cœur au bord de l'implosion, elle se releva ; malheureusement, son pied en appui sur une planche bancale lui fit perdre l'équilibre. Mains en arrière pour amortir sa chute, elle tomba lourdement au sol, et un débris de verre entailla sa paume.

Assise à même le caillebotis, elle examina sa main blessée. La coupure était nette, mais étendue et profonde.

— Tu t'es fait mal ? s'enquit-il, fébrile, en venant près d'elle.

— Ce n'est rien, dit-elle en le laissant la remettre sur ses pieds. Je vais mettre un pansement.

Tout en tenant sa main entaillée contre elle, elle trottina vers la villa, laissant des gouttes de sang dans son sillage. Comme son T-shirt était déjà maculé de taches, elle ne perdait rien à enrouler sa main dedans pour stopper l'hémorragie. Une fois dans la salle de bains, elle fouilla dans l'armoire à pharmacie, attrapa la trousse de premiers secours dont elle sortit la boîte de pansements.

— Comment ça va ?

La voix profonde, adoucie par l'inquiétude, résonna derrière elle.

Elle tenta de décoller le papier adhésif du pansement,

en vain. Agacée, elle le jeta à la poubelle avant d'en attraper un deuxième.

— Rien de grave.

— Tu as besoin d'aide ?

— Non, marmonna-t-elle en étalant un pansement neuf sur la paume de sa main. Laisse-moi.

Ignorant ses protestations, il s'approcha, l'acculant contre le lavabo dans sa minuscule salle de bains. Cette proximité, son parfum firent soudain disparaître la douleur. Tout ce qu'elle s'était efforcée de nier un peu plus tôt la submergea. Leur première rencontre, la sensualité fulgurante de cette nuit-là. Il s'empara de sa main, souleva le pansement qui à cause du sang se décollait déjà, puis il examina avec soin l'entaille.

— Je crois que je me suis fait mal au poignet, aussi, chuchota-t-elle.

Avec des gestes doux, il nettoya la plaie puis, tenant toujours sa main dans la sienne, il plongea ses yeux dans les siens.

— Je vais te conduire aux urgences.

Cette déclaration eut pour effet instantané de balayer toute sensation, elle oublia la douceur de ses doigts, la chaleur de son regard.

— Je ne supporte pas les médecins. Ni les piqûres.

Il resserra sa main autour de la sienne et plongea ses yeux verts dans les siens.

— Je m'en occupe, dit-il avec tendresse. Voyons ce que nous pouvons faire. Mais tu n'y échapperas pas, il faut que tu voies un médecin.

De nouveau, elle regarda la blessure. Peut-être avait-il raison. Elle acquiesça d'un signe de tête.

Il lui sourit.

— Il me faudrait un bandage.

— Là, dans l'armoire, répondit-elle.

Il lui tourna le dos, cherchant entre fioles et pommades la boîte marquée d'une croix rouge quand, soudain, il se figea. Au même instant, elle sentit son cœur s'arrêter. Puis il se tourna vers elle, les bandages à la main. Elle ne put voir son visage car il se pencha aussitôt sur sa main et entreprit d'enrouler la bande.

Le trajet de vingt minutes se fit dans le silence absolu. Callie, poignet dans la glace et main bandée, savait pertinemment ce que renfermait son armoire de toilette, outre la trousse de premiers secours. Une boîte blanche, trop blanche pour passer inaperçue. Une boîte qu'elle avait à plusieurs reprises regardée, ces derniers jours. Elle ignorait pourtant si Nick l'avait remarquée, ou s'il avait eu le temps de voir de quoi il s'agissait.

Et elle se voyait mal l'interroger à ce sujet.

Grâce au ciel, il n'y avait pas foule au service des urgences de la clinique A. & E. Elle remplit une feuille de renseignements et, après une courte attente, une infirmière approcha.

— Si vous voulez bien me suivre, dit-elle, sur un ton bien trop affable pour être honnête.

Elle faillit se lever et s'enfuir. Elle regarda la porte, puis Nick.

— Tu veux que je t'accompagne ? demanda-t-il, l'air crispé, une ride creusant son front.

Elle hésita devant son visage peu amène, mais finit par hocher la tête. Ils suivirent l'infirmière, sa chaussure droite crissant à chaque pas, jusqu'à une chambre meublée d'un lit, d'un bureau et de deux chaises. Une odeur d'antiseptique imprégnait littéralement l'air. Elle ressentit les premiers symptômes de la nausée.

— Asseyez-vous. Le médecin sera là d'une minute à l'autre.

Les crissements de semelle s'éloignèrent dans le couloir.

— Tu détestes donc tant que ça les médecins et les piqûres ?

— C'est plus fort que moi, répondit-elle.

Il s'apprêtait à l'interroger un peu plus quand le médecin apparut. Il lut sa fiche de renseignements, puis il se tourna vers elle.

— Je vais vous examiner. Asseyez-vous sur le lit.

Elle s'exécuta à contrecœur, se hissa sur le bord du lit, jambes pendant dans le vide. Le médecin ausculta sa main, puis son poignet.

— Vous avez besoin de points de suture, et votre poignet est foulé, mais il n'y a rien de grave, dit-il avec un large sourire.

Elle ne réussit qu'à esquisser une grimace en guise de sourire. Il n'y avait rien de drôle à se trouver ici, d'autant que l'on s'apprêtait à la recoudre. Elle laissa échapper un soupir puis, levant les yeux, elle vit que Nick et le médecin la dévisageaient.

— Il vaudrait peut-être mieux que vous vous allongiez, non ? suggéra le médecin, vaguement inquiet.

Se pouvait-il qu'elle soit aussi livide qu'elle en avait l'impression ? Elle fit ce qu'on lui demandait, s'allongea sur le lit et ferma les yeux.

— Monsieur ? enchaîna le toubib, vous pourriez peut-être lui tenir la main… ?

Elle rouvrit les yeux, de nouveau elle surprit les deux hommes en train de l'observer. Elle secoua la tête, ce fut du moins ce qu'elle essaya de faire pour marquer son refus. En une demi-seconde, il fut pourtant à son chevet et prit sa main valide entre les siennes. Elle n'avait besoin de personne, surtout pas de lui. Elle tenta de libérer sa main tout en surveillant le médecin. Elle vit la seringue entre ses doigts et, aussitôt, elle crut tomber à la renverse.

Elle tourna la tête, ses yeux rencontrèrent ceux de Nick, rassurants, elle s'y accrocha. Il était là, avec elle, tout se passerait bien. C'est ce que son regard lui disait. Elle ferma alors les yeux, serra sa main. De son pouce, il la caressa, avec douceur, avec calme. Un calme qu'il finit par lui transmettre.

De calme, il n'en était plus question lorsqu'il gara sa voiture devant la villa.

— Merci de ton aide.

L'incident était clos et, maintenant, elle voulait qu'il s'en aille.

— Inutile de m'accompagner à l'intérieur, je vais bien à présent.

Il éteignit les phares, coupa le moteur. Un silence pesant s'installa.

— Je sais, je me suis comportée comme une poule mouillée, là-bas, mais honnêtement je me sens bien maintenant.

De sa main gauche, elle déverrouilla sa ceinture de sécurité, ouvrit ensuite la portière et rajouta :

— Merci encore.

Il ouvrit à son tour sa portière et sortit en même temps qu'elle de la voiture. Il l'observa par-dessus le toit du véhicule, son visage éclairé par les lumières de l'allée. Il ne semblait pas de bonne humeur, c'était le moins que l'on pouvait dire.

— Nous n'avons pas fini notre conversation.

Elle se souvint des dossiers restés sur la table de la véranda. A condition, espéra-t-elle de tout son cœur, qu'il fasse allusion à la comptabilité de la société. Et pas à la petite boîte en carton dans son armoire de toilette.

— Les dossiers peuvent attendre. Il est tard, tu dois

être fatigué. En tout cas, moi je le suis, soupira-t-elle en feignant de bâiller.

— Je ne souhaite pas parler de comptabilité, dit-il avec calme.

Il claqua sa portière, passa devant elle et gravit les quelques marches de la véranda, puis il l'attendit devant la porte d'entrée.

Le pas lourd, résignée, elle le rejoignit sur le seuil. Il ne fit aucun geste pour l'aider quand elle chercha ses clés dans son sac, handicapée par l'épais bandage à sa main droite.

— Un verre ? Thé, café, quelque chose de plus fort ? proposa-t-elle une fois à l'intérieur.

Il secoua la tête, lèvres closes. Mais au moins ne fit-il aucune allusion à la boîte.

Elle ne se sentait pas d'humeur à boire, mais, voulant gagner du temps, elle mit de l'eau à bouillir. Dans le reflet pourtant distordu de sa bouilloire en alu, elle put voir qu'il ne la lâchait pas du regard. Tout en évitant de lui faire face, elle attrapa une tasse dans le placard au-dessus de sa tête, y jeta un sachet de thé. Il s'assit sur un tabouret, au bout du comptoir. Elle resta dos tourné, sans quitter des yeux la bouilloire.

Le seul bruit dans la pièce était le chuintement de l'eau en train de chauffer, et parfois l'écho de ses doigts pianotant sur le comptoir. Elle commença à ressentir la même impression de vertige qu'à la clinique. Son cœur se mit à battre de manière désordonnée, assourdissante.

Soudain, au bruit du tabouret sur le carrelage, à l'écho de ses pas dans le couloir, elle retint son souffle. Peut-être avait-il simplement besoin d'utiliser ses toilettes… Elle versa l'eau bouillante dans sa tasse, pressa sur le sachet de thé avec une petite cuillère. Elle tendit l'oreille. Oui, il revenait ! Elle jeta le sachet à la poubelle, rajouta une touche de lait à son thé.

Elle comprit qu'elle ne pouvait différer la confrontation plus longtemps. La tasse dans sa main valide, elle fit face au comptoir. Nick s'était rassis et la regardait. Sur le comptoir, devant lui, se trouvait une boîte rectangulaire, blanche, à caractères bleus. Elle délaissa la boîte pour le regarder, lui. Nick. Pas le Nick qui lui avait tenu tendrement la main à la clinique, non, celui qui la fixait maintenant était un Nick au regard froid, glacial.

— Quand as-tu acheté ceci ?

Elle ouvrit la bouche pour répondre, mais aucun mot ne s'échappa de ses lèvres. Elle l'avait achetée quelques jours plus tôt, ne pouvant plus ignorer le retard de ses règles. Elle tressaillit. Elle pouvait toujours mentir, prétendre que cette boîte n'était pas à elle, ou qu'elle l'avait dans son armoire depuis un an… mais alors, pourquoi ne pas l'avoir pas utilisée ? Il fronça les sourcils. Une tension extraordinaire émanait de lui, envahissant chaque coin de sa cuisine, se propageant à elle, qui n'avait pas besoin de ça.

— Que me caches-tu ?

Plus qu'une question, ses paroles résonnèrent comme une accusation. Elle baissa les yeux sur la boîte, submergée tout à la fois par la culpabilité et la peur.

— Cela n'aurait jamais dû arriver.

— Qu'est-ce qui n'aurait jamais dû arriver ? Tu es enceinte ?

— Je ne sais pas, répondit-elle calmement, fuyant son regard. C'est pour cette raison que j'ai acheté cela, rajouta-t-elle en fixant cette petite boîte inoffensive qui avait pourtant le pouvoir de bouleverser son existence.

— Tu m'as dit que tu avais eu tes règles.

— Oui, je les ai eues.

Elle releva la tête. Il semblait désemparé, tendu.

— Dans ce cas, pourquoi cette discussion ?

— Je les ai eues en retard, très légères. Et, depuis, j'ai appris que cela arrivait parfois en cas de grossesse, mais j'espérais que ce n'était pas le cas, que c'était dû au stress. Mais ce mois-ci, je n'ai toujours pas mes règles.

— Combien de retard ? demanda-t-il, mâchoires crispées.

— Deux semaines.

— Pourquoi ne m'avoir rien dit ?

— Parce que je n'en sais encore rien. Parce que tu tiens trop à ta liberté. Parce que tu n'as pas envie de t'embêter la vie.

— Et toi ?

— Je n'ai pas le choix. Et puis, je ne suis pas comme toi, allergique à toute forme d'engagement.

— Tu ne sais rien de moi, répliqua-t-il, cinglant.

— Je te connais suffisamment.

— Tu prévoyais de me le dire ? s'enquit-il, ne voulant pas dévier du sujet qui les préoccupait.

— Oui. Si j'avais découvert que j'étais enceinte, je te l'aurais dit.

Il haussa imperceptiblement les épaules, comme s'il en doutait. Son scepticisme la blessa plus qu'il n'aurait dû, peut-être parce qu'il n'était pas complètement injustifié… Ou peut-être, sans qu'elle y prenne garde, était-elle de nouveau tombée sous son charme, peut-être avait-elle été touchée par ce respect et cette reconnaissance dans son regard. Elle devait faire preuve de plus d'autorité.

— Que tu me croies ou pas n'a aucune importance. Et cette discussion n'a aucun sens. Je ne suis sans doute pas enceinte. C'est en tout cas ce que j'espère.

— Quand vas-tu faire le test ?

— Je voulais attendre encore quelques jours. Une semaine, tout au plus.

Repousser le moment fatal, pour continuer à espérer. Comme si l'espoir seul allait déclencher ses règles ! Il la dévisagea de longues secondes.

— Fais-le maintenant.

Elle le regarda, horrifiée, recula d'un pas.

— Mais… je ne peux pas.

— Pourquoi ? demanda-t-il en descendant de son tabouret pour venir vers elle.

— Je… ne suis pas prête, soupira-t-elle, adossée au comptoir.

— Que te faut-il pour être prête ?

— Rien. Je veux dire, je ne suis pas prête à être mère. A assumer une telle nouvelle.

— Crois-tu que je suis prêt à devenir père ? répliqua-t-il en s'approchant d'elle.

— Mais… tu n'aurais pas à…, essaya-t-elle en le regardant.

— Je n'aurais pas à quoi ? rétorqua-t-il, le ton glacial de sa voix la faisant tressaillir.

— Tu n'aurais pas à assumer quoi que ce soit durant de longs mois encore. Tandis que, pour moi, tout changerait à la seconde où je saurais que je suis enceinte.

— Il faut que nous sachions.

— Mais…

— Tu n'es pas prête… C'est ça ?

Elle, qui avait généralement réponse à tout, garda le silence.

— Voilà comment nous allons procéder. Tu fais le test. Je regarderai les résultats sans rien t'en dire. Ainsi, tu n'auras pas à assumer quoi que ce soit. Et, lorsque tu seras prête à l'entendre, je te dirai ce qu'il en est.

— Je ne peux pas faire cela, tu le sais.

— Que veux-tu que je te dise, Callie ? C'est la première fois que je me trouve confronté à cette situation. Je ne te connais pas. Je veux dire, je présume, si tu es enceinte, que je suis le père. Cela me semble probable, non ? Ou bien y a-t-il eu quelqu'un d'autre, avant ou après moi ?

— Comment oses-tu ? s'exclama-t-elle, furieuse. Si tu n'as pas envie de reconnaître cet enfant, s'il y en a un, ne te gêne pas ! Je ne te créerai aucun problème.

— Si tu t'avises de me priver de ce qui est à moi, c'est moi qui te créerai des problèmes.

— On ne possède pas un enfant.

— Ce n'est pas ce que j'ai dit. Je parle du droit d'un enfant à entretenir des relations avec ses deux parents. Et du droit d'un parent à entretenir une relation avec cet enfant. Et tu n'as toujours pas répondu à ma question.

— A quoi bon ? Tu ne crois rien de ce que je te dis !

— Réponds-moi, Callie. L'heure n'est plus au jeu.

— Tu es le seul homme avec qui j'ai fait l'amour depuis ma rupture avec Jason, dit-elle en le regardant droit dans les yeux. En fait, tu es le seul homme autre que Jason avec qui j'ai jamais fait l'amour ! Si je suis enceinte, c'est toi le père.

— Merci, dit-il si doucement qu'elle l'entendit à peine.

Il tourna et retourna la boîte, dans ses mains. Bientôt, le silence entre eux fut rompu par le papier Cellophane qu'il déchira avec calme.

— Tu dois faire ce test, lui répéta-t-il, les yeux dans les yeux.

Elle hésita puis se résigna :

— Après tout. Je suis certaine qu'il sera positif...

— D'autres symptômes ? s'enquit-il.

— Non. Pas de nausées matinales, ni de fringales absurdes, et je ne crois pas non plus que ma poitrine ait doublé de volume...

Tous deux baissèrent les yeux sur ses seins, puis de nouveau ils se regardèrent.

— Mais je ne supporte plus le café, et je dors plus que d'habitude.

— Tu essaies de gagner du temps...

— Et alors ?

— Moi, je veux savoir et, s'il y a lieu, nous prendrons nos dispositions. J'ai pour habitude de faire face à mes... J'ai toujours préféré affronter les situations, quelles qu'elles soient.

Il avait failli dire « problèmes », elle en était convaincue. Mais, après tout, n'avait-il pas raison ? Une grossesse entraînerait évidemment des problèmes. En affaires, elle estimait que les problèmes avaient toujours de bons côtés. Et, s'il s'avérait qu'elle était enceinte, elle pressentait qu'elle finirait par trouver aussi des bons côtés à cette situation.

Il prit sa main valide et y déposa le sachet. Durant quelques secondes, sa main serra la sienne, puis il la lâcha, s'écarta.

— Fais ce test.

- 6 -

Plus tard, une éternité plus tard, Callie rejoignit Nick sous la véranda. La fraîcheur de la brise nocturne la surprit. Un croissant de lune veillait, parmi des nuées d'étoiles. Elle se souvint de cette autre nuit, il n'y avait pas si longtemps, lorsque tous deux s'étaient rencontrés, sur la terrasse… Un nouveau départ, une nouvelle vie. C'était réussi.

Nick, dos tourné, contemplait la nuit sur les coteaux. Appuyé à la rambarde, il semblait détendu. Au premier abord, en tout cas, car à y regarder de plus près, la tension qui pesait sur ses épaules était manifeste. Elle attendit qu'il se retourne.

Comme il restait immobile, elle vint à sa hauteur, regarda devant elle, sourit au chant des cigales.

— Quand j'étais petite, dans mon lit, je rêvais que j'étais Pocahontas. Je pensais qu'en écoutant les cigales de toutes mes forces, je comprendrais leurs secrets.

Il se tourna vers elle, la dévisagea.

— Tu es enceinte.

Elle hocha la tête, revoyant le trait bleu.

— Peut-il y avoir une erreur ?

— Pas trois fois, non.

Elle se détourna, au bord des larmes. La venue prochaine d'un enfant n'était-elle pas censée combler une femme de joie ? Du désarroi, de la peur, voilà quant à elle tout ce qu'elle ressentait. Elle ignorait comment faire face à tout ça, être mère, élever un enfant. Particulièrement quand sa relation avec son père était si fragile.

Elle regarda Nick, qui continuait de l'observer. Elle ne voyait rien dans ses yeux, aucune trace de colère, de peur ou de doute comme elle en éprouvait. Elle aurait voulu dire quelque chose, mais aucun mot ne lui vint. Pour la deuxième fois, il prit sa main dans la sienne, noua ses doigts aux siens. La tendresse, la chaleur de son contact la pénétra, manifestation physique de leur connexion. Il l'entraîna lentement vers le canapé en rotin. Ils s'assirent, épaule contre épaule, silencieux, le regard perdu dans la nuit. Un nuage venait d'obscurcir la lune lorsque enfin, il dit :

— Je veux ce qu'il y a de mieux pour notre enfant.

Elle ne décela aucune émotion dans sa voix qui puisse l'éclairer sur ses pensées ou ses sentiments.

— Moi aussi. Mais j'ai peur de ne pas savoir comment m'y prendre… je ne sais plus…

En un instant, sa vie avait basculé. Etre enceinte était si… énorme. Tout serait différent désormais. De longues secondes s'écoulèrent avant qu'il ne réponde :

— Je pourrais m'occuper de l'enfant… ?

— Bien sûr que non, voyons ! s'exclama-t-elle en se levant d'un bond pour lui faire face.

— Je ne crois pas que je ferais un mauvais père. Et je pourrais me faire assister. Par une nounou, continua-t-il, avec un calme étonnant.

— Comment peux-tu imaginer une seule minute…

— Ce n'était qu'une question, soupira-t-il. Il faut que je sache. Comment les choses vont-elles se passer ? Que veux-tu ?

— Je veux cet enfant, répondit-elle du tac au tac, en posant les mains sur son ventre.

À son tour, il se leva.

— Mais il y a encore quelques minutes, tu ne voulais même pas savoir s'il existait !

— Et alors ? Maintenant, je sais qu'il existe et il y a une chose dont je suis sûre : je veux ce bébé.

— Au moins les choses sont-elles claires sur ce point, dit-il en soutenant son regard.

Elle se détourna, agrippa la rambarde, l'esprit confus.

— Nous ne le savons que depuis quelques minutes. Il est trop tôt pour tout mettre en ordre. Il y a tant à penser...

Elle attendait un enfant. Une vie s'éveillait en elle, distincte d'elle, et pourtant faisant partie d'elle-même. Comment était-ce possible ? Il s'approcha d'elle, sûr de lui, tout-puissant. Elle savait combien il se montrait protecteur avec sa famille. Peu importait sa relation avec cet homme, elle ne doutait pas que leur enfant jouirait de cette protection exclusive. Mais quelles conséquences, pour elle ? La considérerait-il comme un obstacle, une adversaire devant être neutralisée, un peu comme il procédait en affaires ?

— Donc, tu veux bien fonctionner avec moi, sur ce plan ?

Etait-ce de la paranoïa ou avait-elle cru noter dans sa question comme une menace voilée ? Et si sa première réaction, demain matin, était d'appeler ses avocats ?

— Bien sûr que oui.

Sa proposition de prendre lui seul l'enfant à charge l'avait effrayée. Après tout, peut-être serait-ce elle qui se mettrait en contact avec son avocat, demain. Il avait déjà démontré sa capacité à prendre des mesures de précaution drastiques.

— Cela ne va pas forcément de soi, remarqua-t-il, sur un ton où perçait une certaine perplexité. Nous nous connaissons si peu...

— Et, pourtant, nous voilà associés en affaires et parents.

Il garda le silence, qu'elle s'empressa de combler :

— J'ignore ce que tu attends de moi, quels droits tu exiges ou penses avoir.

— Tu veux que nous parlions de droits de garde et de visite ou d'arrangements financiers ? maugréa-t-il.

— Non, Nick, dit-elle en lui faisant face. C'est trop tôt. Si tu pouvais juste…

— Juste quoi ?

Un papillon de nuit voleta un moment sous le lampadaire du porche avant de disparaître dans la nuit.

— Juste t'en aller. J'ai besoin de temps. Je dois réfléchir.

C'était soit lui demander de partir, soit lui demander de la prendre entre ses bras, mais elle ne voulait surtout pas avoir besoin de lui.

— Combien de temps ? demanda-t-il en la dévisageant.

— Je ne sais pas…

— Bien, acquiesça-t-il avec calme. On se voit demain, alors ?

— Demain ? s'exclama-t-elle.

Il croyait qu'une bonne nuit de sommeil suffirait, pour une telle nouvelle ?

— Je voudrais clarifier les choses.

— Moi aussi. Mais, demain, c'est beaucoup trop tôt.

— Qu'y a-t-il de plus important que cela ? répliqua-t-il en désignant son ventre.

— Rien, répondit-elle en s'efforçant de conserver un semblant de sang-froid. Il me faut du temps, demain je ne serai pas plus avancée. Cela peut attendre. Donne-moi… une semaine. S'il te plaît.

La ride qui se creusa entre ses sourcils lui dit toute la réticence qu'il éprouvait à lui accorder autant de temps. Il était un fonceur, un battant qui, face à un problème, ne lâchait pas prise avant d'avoir la solution. Mais sa façon de procéder n'était pas la sienne.

— J'ai du travail en attente. Et, à la différence de toi, je ne dispose pas de dizaines de collaborateurs pour exécuter mes ordres.

En réalité, le travail à ce moment était bien le dernier de ses soucis, mais peut-être trouverait-il l'excuse acceptable.

— Pourrais-tu trouver le temps de te rendre chez le médecin, la semaine prochaine ? Ton emploi du temps va-t-il te le permettre ?

— J'irai, répondit-elle, ignorant le ton lourd de sarcasmes.

— Je t'accompagnerai.

— Pour être sûr que j'y vais ou pour m'apporter ton soutien ? demanda-t-elle, narquoise.

— Les deux sans doute. Je prends l'avion demain matin pour San Francisco où m'attend une série de réunions. Je peux remettre certains rendez-vous et être de retour la semaine qui vient. Nous rencontrerons le médecin à ce moment-là.

Il baissa les yeux sur elle. Elle l'imita. Sans même y penser, elle avait posé les mains sur son ventre. Lorsqu'elle releva la tête, il la regardait encore. Il vint lentement vers elle, puis effleura le dos de sa main du bout des doigts. Durant quelques secondes, ils se dévisagèrent. Etait-ce le fruit de son imagination, ou vit-elle dans ses yeux le reflet de son propre effroi mêlé d'émerveillement ? Sous leurs mains palpitait une nouvelle vie.

— Y a-t-il quelque chose que je puisse faire ? demanda-t-il, écartant sa main.

— Comme quoi ?

— Je ne sais pas, dit-il, manifestement désemparé.

Elle fut alors submergée par un étrange élan de sympathie. Elle résista à l'envie de se rapprocher de lui, de prendre sa main. Pour lui apporter du réconfort ou en chercher ? Elle n'aurait su le dire. Mais elle s'écarta, croisa les bras.

— Non, il n'y a rien que tu puisses faire, répondit-elle doucement. Excepté de me laisser un peu de temps. Je t'en prie.

Il opina lentement du chef, puis lui tourna le dos et s'éloigna, ses pas résonnant dans la nuit. Elle entendit sa voiture vrombir, et suivit des yeux la traînée rouge de ses feux arrière.

Assise au volant, Callie fixa le bâtiment de brique rouge, devant elle. Il n'y avait plus de temps à perdre, elle devait y aller, à présent. Rien de plus facile. Il suffisait de descendre de voiture, de gravir les quelques marches et d'entrer. Comme elle se sentait seule ! Mais elle ne voulait informer de la nouvelle aucun de ses amis, pas encore. Pas plus qu'elle n'était prête à se confier à sa mère. D'ailleurs, elle ne savait même pas où sa mère se trouvait en ce moment. Sa dernière carte représentait des ruines incas, au Pérou.

Avec lenteur, elle déboucla sa ceinture, et elle s'apprêtait à ouvrir sa portière quand son téléphone sonna. Elle s'en empara, avec reconnaissance.

— Allô ! lança-t-elle, avec le fol espoir que l'on ait besoin d'elle tout de suite, et ailleurs.

— Comment vas-tu ? répondit une voix chaude et profonde après un court silence. Tu as pu dormir, la nuit dernière ?

Cela sous-entendait-il que lui non ? Elle ne pensait pas avoir envie d'entendre Nick aussi vite, apparemment elle se trompait.

— Mieux que je ne l'espérais. Au moins en ai-je fini avec le doute, soupira-t-elle en repensant à toutes ces nuits sans sommeil à se demander si oui ou non elle était enceinte.

— Où es-tu ?

Et voilà. La seule question dont elle aurait préféré qu'il s'abstienne.

— Devant chez mon médecin, à essayer de trouver le courage d'entrer, dit-elle en fixant la lourde porte de bois, et, retenant son souffle, elle compta les secondes que dura son silence, à l'autre bout du fil.

— Ne devais-tu pas attendre mon retour ? demanda-t-il enfin.

Elle n'avait pas été très claire là-dessus, de toute façon, le moment était mal choisi pour y revenir.

— Je prends exemple sur toi, même si je n'aime pas cela. Au moins, tu n'auras pas à écourter ton voyage.

De nouveau elle regarda le bâtiment devant elle, silhouette soudain menaçante. Elle pensa à l'autre coup de fil, pour prendre rendez-vous avec son avocat, celui-là. Même si Nick semblait conciliant, protecteur même, elle avait retenu la leçon. Elle se protégerait elle-même et rien ne valait le conseil d'un juriste, dans certains cas.

— Je n'ai pas encore quitté le pays. Donne-moi l'adresse du médecin, dit-il quand soudain, en bruit de fond, elle entendit une voix feutrée annoncer le départ du prochain vol.

— Tu es à l'aéroport ?

— Oui, mais je peux annuler.

— Non, mais merci quand même, répondit-elle avec calme, réconfortée par son offre. Tout ira bien, je t'assure. Je n'ai qu'à franchir cette porte. Et le plus tôt sera le mieux. Mon rendez-vous est dans quelques minutes à peine.

— D'accord.

Mais aucun d'eux ne raccrocha.

— Merci pour ton appel.

— Sors de ta voiture, Callie.

Elle sourit, touchée par le sourire qu'elle entendit, dans sa voix.

— Voilà, c'est fait, répondit-elle et, refermant sa portière, elle traversa le parking. Mon médecin est adorable. Une dame très douce, âgée, qui me connaît depuis des années.

— Depuis combien de temps ?

— Elle m'a mise au monde, répondit-elle, avec l'impression qu'il grimpait les marches du perron, à côté d'elle. Je t'appellerai après, au cas où il y ait quelque chose que tu doives savoir.

— Appelle-moi quoi qu'il en soit.

Elle avait appelé, pensa Nick qui se glissa dans l'auditorium et s'isola dans un coin de la salle bondée. Au moins lui devait-il cela. Sauf que son appel était intervenu en plein vol. Elle avait laissé un message, et assuré que tout s'était bien passé.

Peu après, elle appelait de nouveau pour laisser un autre message, professionnel cette fois, prétextant mille raisons pour reporter de deux semaines supplémentaires leur prochaine rencontre. Il n'était pas d'accord, aussi était-il rentré à Sydney où il savait qu'elle serait présente à cette conférence.

Elle se tenait sur la scène, un micro minuscule clippé au revers de sa veste de tailleur, les cheveux tirés en arrière, la jupe à peine au-dessus des genoux. Rien de provocant dans sa tenue. Le simple galbe de ses mollets et le seul contour de ses chevilles suffirent pourtant à le troubler. Il crut sentir sous ses mains la douceur de sa peau, entendre résonner l'écho cristallin de son rire. Il la désirait. Réaction instinctive. Son côté pragmatique avait beau s'en défendre, il ne pouvait nier ce désir.

Difficile de croire que cette femme hyperprofessionnelle et la jeune femme au visage maculé de peinture, ou encore celle qui s'était tenue sous la véranda, en proie au doute, ne faisaient qu'une. Comme il avait eu envie de la serrer entre ses bras, alors, de la bercer ! Mais il se méfiait de lui-même, car il avait tendance en sa présence à perdre son esprit rigoureux et cartésien.

Quelle ironie. Généralement, c'était lui qui repoussait les avances, trop d'intimité menait souvent à la catastrophe. Mais, aujourd'hui, c'était elle qui gardait ses distances.

Depuis l'estrade, elle regarda à cet instant dans sa direction et interrompit son exposé. Non, elle étant sous les projecteurs et lui dans l'ombre des derniers rangs, impossible, elle ne pouvait le voir. Lui revint soudain à la mémoire son aveu, l'autre nuit. Excepté Jason, alors son petit ami, elle n'avait fait l'amour qu'avec un seul homme, lui. Cela était difficile à croire. Une femme aussi séduisante, aussi éblouissante ? Cela prouvait qu'elle prenait ses relations au sérieux.

Il se renfrogna en notant le bandage à sa main, la lenteur avec laquelle elle manipulait son pointeur laser, la main droite posée sur son ventre encore plat. Elle portait son bébé. Qu'elle le veuille ou pas, il ferait partie, partie intégrante, de la vie de son enfant.

A peine avait-elle refermé la porte de sa chambre d'hôtel que Callie retira ses chaussures, soupirant d'aise au contact de ses pieds nus avec le tapis. Elle ôta alors sa veste, la jeta sur l'un des lits jumeaux, et commença à faire glisser son collant sous sa jupe quand le téléphone sur le chevet sonna. Elle sautilla, attrapa le combiné et se laissa tomber sur le lit.

— Callie, j'écoute.
— Tu es dans ta chambre, enfin.
— Nick ? s'exclama-t-elle, son cœur battant au son de cette voix qu'elle ne connaissait que trop bien.
— Pourquoi ? Tu attendais quelqu'un d'autre ?

Elle se releva, comme si cela devait lui donner la force nécessaire pour lui parler.

— Je n'espérais personne, soupira-t-elle.

Elle savait qu'elle aurait affaire à lui tôt ou tard, elle espérait plus tard.

— Nous ne devions pas nous revoir pour discuter, cette semaine ? demanda-t-il, d'une voix presque chaleureuse.
— Je t'ai laissé un message pour t'avertir, se défendit-elle, sur ses gardes.
— Tes excuses étaient bidon, Callie. Nous le savons tous les deux.
— Ce n'étaient pas des excuses bidon. Je n'avais pas mon agenda lorsque nous nous sommes entendus pour cette semaine, et tu peux admettre que j'ai été perturbée, ce soir-là. J'ai mon emploi du temps avec moi, ce soir… Une seconde, je vais le chercher dans ma serviette.

Elle lâcha le téléphone sur le lit, sortit son organizer et le feuilleta tout en reprenant le combiné.

— Voilà, la semaine prochaine me conviendrait mieux. Quel jour ?
— Je refuse d'attendre jusqu'à la semaine prochaine pour te parler.
— Mais il m'est impossible de te voir plus tôt. Je donne des conférences, cette semaine, et je serai de retour au bureau que la semaine prochaine.
— Tu n'as pas dit dans ton message où se tenaient ces conférences…

Une omission volontaire. Mais à l'évidence, puisqu'il était au bout du fil, il savait où elle se trouvait.

— Sydney, soupira-t-elle.

Sydney qui accueillait entre autres le siège de Brunicadi Investissements.

— Dans ce cas, je pense que nous pouvons nous rencontrer avant la semaine prochaine.

— Nick, je ne…

Trois coups résonnèrent à cet instant à sa porte.

— Une seconde, quelqu'un frappe…

— A très bientôt, donc…

Et il raccrocha.

Tout en se dirigeant vers la porte, elle eut un mauvais pressentiment. Elle ralentit le pas, scruta sa porte avec méfiance, se hissa sur la pointe des pieds pour regarder dans le judas. Lui ! Toujours aussi élégant, toujours aussi séduisant, il attendait, la veste de son costume ouverte sur une chemise blanche, apparemment calme. Elle ouvrit doucement sa porte et l'espace de quelques secondes ils se dévisagèrent. Comme chaque fois qu'elle le voyait, elle sentit tout son corps parcouru d'une secousse. Le vert de ses yeux était plus lumineux que jamais. Soudain, détournant le regard, il pénétra dans la chambre.

— Je dois me rendre à un dîner avec un sponsor, dit-elle, fébrile.

Il observa autour de lui. Trop tard, se dit-elle, catastrophée, pensant à ses vêtements éparpillés, ses collants au pied du lit. Elle se souvint aussi de s'être trouvée avec lui dans une autre chambre d'hôtel. Aux vêtements éparpillés là aussi, sans que cela lui pose alors de problèmes. Les joues en feu, elle le précéda dans la chambre, ramassa ses affaires, les jeta dans sa valise qu'elle referma aussitôt.

— Si tu es si pressée, pourquoi ne pas être montée plus tôt ? l'interrogea-t-il subitement, impassible.

Le cœur en plein chaos, elle tressaillit, submergée par une nouvelle rafale de souvenirs. La magie de cette nuit, dans un autre hôtel, son regard vert océan scintillant de désir.

— J'étais en bas à essayer d'obtenir un rendez-vous chez le coiffeur, répondit-elle en s'efforçant de garder à sa voix un ton détaché.

Associés en affaires et parents par accident, rien de plus, voilà ce qui les liait. Elle ôta la barrette qui retenait sa queue-de-cheval.

— Mais il y a un gala en faveur de la recherche contre le cancer, ce soir, et il leur est impossible de me prendre, dit-elle en passant la main dans ses cheveux. J'ai besoin d'un shampoing, mais à cause de cette satanée main…

Elle leva le bras droit en guise de rappel.

— Tu as toujours ce bandage ? On aurait dû te retirer les points…

— La blessure s'était infectée, expliqua-t-elle, surprise par l'inquiétude dans sa voix. Tout sera rentré dans l'ordre d'ici quelques jours.

— J'ai assisté à ta prestation, cet après-midi, dit-il en la dévisageant.

— Oh… C'était toi, au fond de la salle ?

Il acquiesça d'un bref hochement de tête. En réalité, l'impression qu'il se trouvait dans la salle ne l'avait pas quittée et, une fois sa conférence terminée, elle l'avait même cherché du regard dans l'assistance, avant d'en déduire que son imagination lui jouait des tours.

Avec nonchalance, il s'empara de son organizer sur le chevet, le retourna pour le remettre aussitôt là où il l'avait pris. Elle n'eut même pas le temps de protester.

— Nous devons parler de ta grossesse, de notre enfant, décréta-t-il alors en la regardant droit dans les yeux. Parler de ce que nous allons faire.

« Notre enfant. » L'entendre prononcer ces mots à voix haute rendait la chose tellement réelle. Elle était enceinte du frère de sa cliente, du beau-frère de son ex-petit ami, de son nouvel associé. Elle l'aurait voulu que les choses n'auraient pas été plus compliquées.

Elle se dirigea vers le lavabo, se versa un verre d'eau… et s'adressa au robinet :

— A peine si je parviens à penser à autre chose. Ce sont toujours les mêmes pensées qui m'obsèdent, les mêmes questions qui me hantent. Et je n'ai pas de réponses…

Elle se tut quelques secondes, puis ce fut un véritable flot de paroles.

— Je ne sais pas comment m'y prendre. Quels parents ferons-nous pour cet enfant ? Comment concilier les affaires et mon rôle de mère…

Quel soulagement de pouvoir se libérer, exprimer enfin ses angoisses. Personne d'autre dans son entourage n'était au courant de sa grossesse. Elle ne pouvait envisager de partager cette nouvelle avec personne, pas encore. Or cela signifiait n'avoir personne à qui parler.

Elle tourna la tête, le découvrit à côté d'elle, en train de scruter son visage, l'air soucieux. Il lui fut impossible de rajouter quelque chose. A quoi pensait-il ? Elle n'en avait aucune idée. Elle n'était même pas sûre de vouloir le savoir. Car cela semblait sinistre. Peut-être aurait-elle dû se taire, après tout.

— Veux-tu boire quelque chose ? demanda-t-elle en levant son verre.

Il secoua la tête, elle avala une petite gorgée d'eau. De l'eau qui n'apaisa pas sa gorge devenue soudain sèche. Il continua un moment de l'observer puis, de sa voix la plus déterminée, il dit :

— Epouse-moi.

- 7 -

Choquée, Callie manqua s'étouffer. Elle inspira, expira, cherchant à retrouver son souffle et posa son verre.

— Tu as dû mal entendre, parvint-elle enfin à remarquer. Je t'ai proposé à boire, je n'ai pas dit : « Je t'aime et je veux passer ma vie avec toi. »

Il esquissa un sourire.

— J'ai bien entendu.

Son sourire disparut, il enfouit les mains dans ses poches.

— Alors, je n'ai pas dû bien entendre.

— Je n'ai pas parlé d'amour ni de vouloir passer ma vie avec toi. Je t'ai proposé la solution la plus évidente à ton dilemme, c'est-à-dire le mariage. Il me semble que, par cette offre, je réponds honnêtement à tes attentes…

Elle se souvint soudain de cette phrase :

— Mieux vaut être seule que mal accompagnée…

Elle attendit et, devant le regard interloqué de Nick, elle enchaîna :

— Donc, aussi flatteuse que soit ta proposition, je ne pense pas que la meilleure solution à mon dilemme soit d'opter pour une situation qui ne fera que générer une nouvelle série de problèmes. Mes attentes n'incluent pas de devoir être confrontée à toi plus que nécessaire. Associés et parents, cela me paraît déjà bien assez.

Il parut se détendre, mais la ride au milieu de son front se creusa un peu plus.

— Donc, c'est non ?

Elle réprima un sourire. Avait-il cru un seul instant qu'elle pourrait dire « oui » ?

— Absolument, c'est non. Si je me marie un jour, ce sera avec certaines exigences.

— Dois-je comprendre que je ne réponds à aucune ?

— Pour commencer, les hommes qui foncent dans le tas pour parvenir à leurs fins ne m'ont jamais convaincue.

— Foncer dans le tas ? répéta-t-il comme s'il s'apprêtait à argumenter.

— Parfaitement, foncer dans le tas ou se conduire comme un rouleau compresseur, choisis. Car c'est bien ainsi que tu as agi avec ma société.

— J'essaie toujours de trouver le moyen le plus efficace de résoudre mes problèmes, remarqua-t-il avec calme.

— Sans considération pour quiconque se trouve sur ton passage… ?

Quelque chose changea dans l'éclat de ses yeux.

— J'ai toujours tenu compte de quiconque se trouve sur mon passage…

Ils se défièrent du regard, séparés par quelques centimètres à peine. Elle sentit son cœur s'emballer, le traître. Oh, elle ne doutait pas qu'ils étaient faits pour s'entendre sur un certain plan, et à court terme. Et, au cas où elle se serait avisée de l'oublier, son corps était là pour le lui rappeler.

— Je dois me préparer pour ce dîner, à présent, dit-elle en reculant d'un pas.

— Je t'en prie, répondit-il simplement.

— Mais…

— Je t'attendrai, l'interrompit-il en saisissant le journal sur la table.

Elle le regarda au fond des yeux, comprit toute sa détermination. L'espace de quelques secondes, elle crut aussi y voir autre chose, quelque chose comme, pas de la vulnérabilité, non, mais une certaine gravité, comme si cela était fondamental, pour lui.

Après un long soupir, elle réunit ses affaires pour la soirée et se retira dans la salle de bains. Elle se doucha, main bandée protégée du jet, et fit de son mieux pour chasser Nick de ses pensées... Plus facile à dire qu'à faire alors que, nue sous l'eau brûlante, elle n'était que trop consciente de sa présence dans la pièce à côté. Tout absorbé dans son journal qu'il soit.

Elle finissait de se sécher quand sa voix retentit, de l'autre côté de la porte :

— Tu ne penses pas que le mariage et une famille stable soient la meilleure façon d'élever un enfant ?

Pour ce qui était d'être absorbé dans son journal, il semblait bien qu'elle avait tout faux.

— Sans aucun doute, répondit-elle en enfilant sa petite culotte. A condition que le mariage soit heureux.

— On ne peut rêver meilleur environnement pour un enfant, insista-t-il d'une voix calme et mesurée.

— Mieux dans les bonnes circonstances, répliqua-t-elle, fébrile, vêtue maintenant de sa robe. Ce qui n'est pas le cas.

— Un enfant a besoin de deux parents.

Elle retint son souffle avant de compléter :

— ... qui s'aiment.

Tout se passait comme s'il lisait dans ses pensées en soulevant tous les inconvénients et les risques qui chaque nuit la maintenaient éveillée. Elle inspira profondément puis se décida à ouvrir la porte. Il se tenait juste derrière, adossé au mur. Elle fut soudain comme hypnotisée par le bout de peau masculine que laissait voir sa chemise entrouverte et dut se faire violence pour lever les yeux.

— Le mariage n'est pas une formalité, dit-elle en le toisant.

— Des personnes peuvent apprendre à s'aimer, remarqua-t-il, songeur, comme s'il envisageait cette possibilité.

Callie, de son côté, avait bien du mal à concevoir la moindre réflexion logique, aspirée par ces yeux verts comme dans une spirale sans fond.

— Excuse-moi… Que disais-tu ? tenta-t-elle de se reprendre.

Il eut un haussement d'épaules, détourna le regard.

— Je dis : épouse-moi. Je veux que cet enfant porte mon nom.

Proche du vertige, elle recula, se réfugiant dans la salle de bains où elle lui tourna le dos pour s'emparer de sa trousse de maquillage qu'elle se mit à fouiller avec fébrilité.

— Non.
— Prends le temps d'y réfléchir.
— C'est fait.
— Alors réfléchis encore, soupira-t-il. Mais sans… Si tu m'épouses, tu auras tout ce dont tu as besoin. Mais, en retour, je veux être certain que tu ne feras rien pour m'exclure. Que tu me laisseras être le meilleur père possible pour notre enfant.

Elle posa mascara et gloss sur le bord de la vasque et lui fit face. Elle refusait toute idée de mariage, en revanche elle pouvait le rassurer sur certains points.

— Trois choses. Un…, déclama-t-elle, pouce dressé, je ne t'exclurai jamais. Je ne ferai pas une chose pareille à notre enfant. Il aura besoin de son père, c'est une évidence.

— Il ? Qu'a dit le médecin ? s'exclama-t-il, manifestement très intéressé.

— Rien de précis. Je n'en suis qu'à dix semaines et, pour connaître le sexe de l'enfant, je devrais passer une échographie aux alentours de la vingtième semaine. Je dis « il » par commodité, dit-elle, une main sur le ventre. Mais, parfois, je pense « elle ».

— Elle, répéta-t-il, le regard dans le vague. Oui. C'est une fille, chuchota-t-il, semblant aussitôt regretter ses paroles.

— Qu'est-ce qui te permet de dire cela ?

— Oh, rien, maugréa-t-il avec un haussement d'épaules. Mais continue…

— Deux, reprit-elle, je ne triche pas.

Même dans le miroir embué, elle nota son regard sceptique.

— Demande à Jason, dit-elle tout en se maquillant les yeux.

— Je préfère éviter de parler de toi avec Jason.

Apparemment, se dit-elle avec une certaine satisfaction, si la situation était compliquée pour elle, elle l'était aussi pour lui.

— Melody et lui sont au courant ?

— Non.

— Pourquoi pas ? demanda-t-elle en posant son mascara.

— Je ne les ai pas beaucoup vus, dernièrement. Et puis, ils n'ont pas besoin de savoir. Pas encore.

— Comment Melody prendra-t-elle la nouvelle, selon toi ? s'enquit-elle en rangeant le tube dans la trousse.

Comment réagirait la jeune femme, convaincue encore récemment qu'elle s'accrochait à Jason, en apprenant que Callie portait l'enfant de son frère ?

— Melody est surtout préoccupée par sa propre

grossesse. Sa première pensée sera sans doute : « Super, un cousin pour mon enfant. »

— Est-elle toujours inquiète à propos de Jason et de moi ?

— Non.

Elle finit de passer du gloss sur ses lèvres avant de se retourner pour le regarder, essayer de lire dans ses pensées. Elle hésita puis :

— Et toi ?

Son regard s'attarda sur ses lèvres puis il marmonna :

— Je n'y ai jamais vraiment cru. Quelle est la troisième chose ?

Il n'avait pas répondu à sa question, mais elle n'insista pas. Elle n'était pas sûre de vouloir connaître sa réponse.

— Numéro trois, donc, reprit-elle en refermant sa trousse à maquillage, tu possèdes la moitié de ma société...

Ce qui impliquait qu'il avait potentiellement le pouvoir de lui mettre des bâtons dans les roues.

— Associé oui, pas adversaire... Une mauvaise entente entre partenaires, c'est mauvais pour les affaires.

Elle fronça les sourcils, tenta de sonder ce regard. Certes, une telle remarque avait de quoi la rassurer, mais était-il sérieux ? Elle était enceinte de son enfant et peut-être avait-il décidé de la ménager, pas pour elle non, mais parce que d'une certaine façon, pour une fois, il ne contrôlait pas la situation. Et cela devait lui être insupportable.

Elle sortit de la salle de bains, faisant de son mieux pour ignorer son regard qui la parcourut de la tête aux pieds. Elle alla prendre ses chaussures dans l'armoire, un modèle de sandales à lanières façon panthère très sexy. Elle s'apprêtait à les enfiler quand elle se ravisa. Après un bref regard à son réveil, sur le chevet, elle se leva. Elle avait encore le temps.

Elle s'assit sur le lit, agita le flacon de vernis, tout en le regardant traverser la chambre. Il attrapa sur la table le menu du restaurant de l'hôtel, le parcourut avant de l'abandonner sur le canapé puis il se tourna vers elle.

— Lors de la soirée de remise des récompenses, tu as prétendu qu'une rumeur sur une éventuelle grossesse serait mauvaise pour les affaires. Que va-t-il arriver, maintenant que c'est vrai ?

— Je me débrouillerai, répondit-elle en agitant vigoureusement le flacon de vernis.

— Comment ?

— Je l'ignore encore… mais je me débrouillerai, répéta-t-elle, agacée de se trouver ainsi sur le gril, consciente des bouleversements qui allaient se succéder dans sa vie. Je me suis toujours débrouillée…

— Je t'aiderai.

Elle hocha la tête, silencieuse, perdue dans ses pensées. La société lui appartenait pour moitié. Il protégeait son investissement. Rien de plus normal pour un homme d'affaires. Il protégeait la femme qui portait son enfant. Rien de plus normal pour un père.

— Merci, répondit-elle.

Un long silence s'ensuivit. Elle ouvrit le flacon et scruta ses orteils quand les chaussures noires de Nick apparurent dans sa ligne de vue.

— Puisque tu tiens tant à m'aider, fais donc ceci pour moi, dit-elle en lui tendant le vernis.

Sans manifester la moindre surprise ou réticence, il prit le flacon et s'assit sur le bord du lit, face à elle.

— Donne-moi ton pied.

Elle hésita, plus anxieuse soudain à l'idée de sentir ses mains sur sa peau qu'à son aptitude à vernir les ongles des femmes.

— Cela fait longtemps, dit-il en souriant, mais Melody

me demandait souvent mon aide, quand elle était plus jeune. J'ai la main sûre.

Elle le regarda dévisser le bouchon du flacon avec délicatesse.

— Comment ta famille va prendre la nouvelle ? l'interrogea-t-il en tendant la main.

Elle déposa son pied dans sa paume et le regarda, fascinée, alors qu'il manipulait le frêle pinceau, étalant sans trembler une couche uniforme de vernis prune sur son ongle.

— Tu as bien une famille ? insista-t-il en la regardant brièvement avant de s'attaquer au deuxième orteil.

— Une mère, oui.

— Qui d'autre ? s'enquit-il, tête baissée, manifestement concentré sur son œuvre.

— J'ai forcément un père, mais je ne l'ai jamais rencontré.

Elle avait eu une enfance heureuse, tout en ayant conscience d'un manque, d'un vide. Jamais son enfant n'aurait à souffrir de ce sentiment d'abandon. Jamais.

— Tu as parlé à ta mère ? reprit-il après un moment.

— Pas encore.

— Ce serait plus facile de le lui annoncer en même temps que nos fiançailles.

— Ou pas, rectifia-t-elle en soutenant son regard.

Il hocha la tête, sans qu'il ait pour autant l'air d'approuver.

— Comment va-t-elle le prendre ?

— Je doute qu'elle s'avise d'émettre la moindre critique.

En fait, bien qu'elle se soit toujours appliquée à se différencier de sa mère, adepte de permissivité, elle se retrouvait dans la même situation qu'elle, avec cette grossesse accidentelle.

Ayant terminé un nouvel orteil, Nick leva les yeux sur elle, le regard préoccupé.

— Peux-tu espérer en son soutien ? insista-t-il.

— Oui, si je le lui demande.

Et ce serait bien là le problème. Pour elle, demander l'aide de quelqu'un était un aveu d'échec. Une faiblesse. Ridicule bien sûr, car Gypsy se ferait une joie de l'assister, et serait aux anges d'avoir un petit-enfant qu'elle pourrait chouchouter tout son soûl quand, par hasard, elle ferait un passage en Nouvelle-Zélande.

— Mais parlons un peu de ta famille.

Il haussa les épaules, comme si c'était là le moindre de ses soucis. Il avait pourtant bien réfléchi à la réaction de sa propre famille.

— A partir du moment où ils auront la certitude que l'enfant fait bien partie de la famille, tout ira pour le mieux.

Cela paraissait si simple dit ainsi. Elle retira son pied pour lui confier le second. Il promena ses yeux sur sa jambe, rencontra son regard et, durant quelques secondes, il n'y eut que de la douceur entre eux, comme si tout devait bien se passer, comme si rien ne les opposerait.

— Et toi ? demanda-t-il, son regard se faisant pénétrant. Comment vis-tu le fait d'être mère célibataire ?

— Je crois que je suis en train de comprendre que je ne peux tout planifier, répondit-elle après un long soupir. Moi qui voulais faire les choses dans les règles, relation stable, amour, mariage puis enfants…

Ils se turent. Il se concentra sur ses ongles, tête baissée, puis soudain il l'interrogea :

— Amour, mariage et enfants. C'est ainsi que tu envisageais l'avenir avec Jason ?

— Oui, j'ai espéré qu'il en serait ainsi. Je présume que je projetais mes fantasmes d'idéal sur lui. Et il s'est satisfait de cette situation… jusqu'à ce qu'il trouve mieux.

Il se figea.

— Tu veux dire qu'il aurait épousé Melody pour… ?
— Je ne veux rien dire du tout. Jason l'aime comme il ne m'a jamais aimée, expliqua-t-elle, et d'ailleurs il le lui avait lui-même avoué. C'est juste que je n'avais pas réalisé combien il m'aimait peu, somme toute.

Elle retint son souffle, en proie à un douloureux sentiment de vide.

— Mais la prochaine fois, je serai plus exigeante, conclut-elle sur un ton faussement léger.

Après avoir remis le pinceau dans le flacon, il demanda, sans lâcher son pied :

— Et m'épouser ne correspond pas à tes exigences ?
— Tu sais bien que non. Je veux le grand amour, une relation vraie, et t'épouser reviendrait à compromettre les chances de la trouver, pour toi comme pour moi.

Il souleva son pied, souffla doucement sur ses ongles avant de le reposer sur sa cuisse.

— Et s'il n'y a pas de grand amour ?

La chaleur, la douceur de ses gestes la déconcertèrent et elle dut prendre sur elle pour ne pas se laisser déconcentrer.

— Il existe, j'en suis certaine.
— Tu pourrais bien ne jamais le trouver.

Elle ôta son pied de sa cuisse et le posa sur le sol.

— Je sais que c'est une possibilité, répondit-elle, et, à presque trente ans, la possibilité était en passe de devenir une réalité. Mais je préfère cela à la certitude que, si nous nous marions, nous risquons bien de n'avoir plus aucune chance de le rencontrer. Ou alors, quels problèmes en perspective, si l'un d'entre nous le trouvait ! Et puis, tu n'as aucune envie de t'engager.

— Je peux toujours décider de m'engager.
— Sur le plan professionnel et financier, sans doute. Mais pas sur le plan personnel ou affectif. J'ai mené

ma petite enquête. Tu as eu de nombreuses aventures, avec de très jolies jeunes femmes. Rien de sérieux. Et tu as oublié, je connais Angelina. Je me souviens de toi célébrant la fin d'une relation qui visiblement semblait exiger un peu trop d'engagement.

Il garda le silence un moment. Il la regardait, mais sans la voir.

— C'était différent.

Et de nouveau le silence, comme si c'était une réponse valable.

— Bon travail, dit-elle en examinant ses orteils. Je t'enverrai des copines…

— N'ébruite surtout pas cela, dit-il, avec un large sourire.

Elle se souvint alors de ce qui l'avait fascinée, chez lui, cette nuit-là. Son merveilleux sourire. Et c'est sans même s'en rendre compte qu'elle chuchota :

— J'espère que notre enfant aura ton sourire…

Il fronça les sourcils, puis ses traits s'adoucirent.

— Et moi, j'espère qu'il aura tes yeux, dit-il.

Il aimait ses yeux ? Désarçonnée par la chaleur générée par cette simple déclaration, elle se leva. Elle devait s'efforcer de rester insensible à lui, à ses paroles, à ses gestes, à sa présence, bref, à tout.

— Il faut que j'y aille, dit-elle subitement en enfilant ses sandales.

— Je t'accompagne, proposa-t-il en se levant à son tour.

En passant devant le miroir, elle jeta à son reflet un regard critique. Elle porta une main à ses cheveux, tenta de se recoiffer. Si elle avait pu obtenir un rendez-vous…

— C'est parfait. Tu es parfaite, dit-il en enfouissant une main dans ses cheveux, ses doigts contre son cou embrasant sa peau.

Elle capta son regard dans le miroir.

— Et si je dis oui ?

— Alors, nous nous marierons.

— Et toi et moi serons malheureux.

— Peut-être, soupira-t-il avec gravité avant de poser la main sur son épaule. Je trouverais le moyen de te rendre heureuse.

Elle éclata de rire, un rire qu'elle s'efforça de rendre insouciant, mais devant son sérieux elle se tut. Quelque chose vibra entre eux. Elle tressaillit devant l'intensité de son regard, se sentit glisser, comme happée par des sensations qu'elle avait déjà éprouvées… A cet instant, son portable sonna dans son sac. Une fois, deux fois. Elle reprit conscience, attrapa son téléphone et regarda sur l'écran le nom de son correspondant.

— Oui, Marc, que se passe-t-il ?

Tandis que Marc parlait, elle s'efforça de recouvrer son souffle et de remettre ses idées en place.

— Bien sûr que vous devez rentrer chez vous. Ne vous inquiétez pas pour le festival. Je me débrouillerai.

Elle écouta encore son graphiste puis l'interrompit.

— Non, je vous le répète, ne vous en faites pas. Rentrez chez vous le plus vite possible.

Elle referma son téléphone, regarda Nick qui s'était écarté, sans la quitter pour autant des yeux.

— Marc est un adjoint efficace, n'est-ce pas ?

Elle acquiesça d'un signe de tête, tout en repensant à ce que Marc lui avait appris.

— Il était à Cypress Rise, je l'avais chargé d'organiser le Festival de jazz et d'art…

— Et… ? l'encouragea Nick avec douceur.

— Sa sœur a été victime d'un accident de la route. Elle est dans le coma, relata-t-elle en repensant à la jeune femme pleine d'énergie qu'elle avait rencontrée à plusieurs reprises.

— A-t-il besoin d'aide pour rentrer ? s'enquit-il aussitôt. Brunicadi Investissements peut mettre un jet à sa disposition.

— Il a obtenu une place sur le prochain vol, répondit-elle en s'apprêtant à sortir de la chambre. Il est d'ailleurs déjà en route pour l'aéroport.

— Bien, dit Nick qui lui tint la porte et sortit derrière elle dans le couloir.

— Reste le problème du festival.

— Qui va s'en occuper ? s'enquit-il alors qu'ils se dirigeaient vers l'ascenseur.

— A part moi, il n'y a personne. Avant de partir, ce genre de manifestations était l'affaire de Jason. S'il est disponible, je suppose qu'il pourrait s'en charger. A condition de se mettre en relation avec moi...

Il secoua la tête, l'air revêche. Ainsi, il doutait encore d'elle. Cela faisait mal.

— Tu ne crois pas que le festival passe avant tout ? Pourquoi nous priver de ses compétences ?

De nouveau, il secoua la tête :

— Jason ne se trouve pas en Nouvelle-Zélande.

Ah ! Rien à voir donc avec une éventuelle réticence à la voir se rapprocher de Jason.

— Dans ce cas, je suis la seule à pouvoir m'en occuper, dit-elle en le scrutant, alors qu'ils attendaient l'ascenseur.

Elle avait chargé Marc de cette mission dans le but de minimiser ses contacts avec le vignoble et Melody. Mais, aujourd'hui, elle seule était en mesure de prendre le relais, de gérer tous les acteurs du festival, traiteurs, artistes, comédiens, service de sécurité...

— Je sais que cela va à l'encontre de notre accord, de ce que tu m'as demandé d'accepter, mais pour le bien du vignoble, pour le bien de ces adolescents fugueurs, nous nous devons d'agir ensemble.

A ce moment arriva l'ascenseur.

— Je vais t'y conduire, conclut-il avec calme.

— Mais… Je ne veux pas te créer de complications, protesta-t-elle, déjà paniquée à l'idée des problèmes que ce contretemps impliquait.

Régler en express d'ici le week-end, les derniers détails pratiques du festival, mettre un point final à la pile de dossiers qui l'attendaient à la maison et, aussi et surtout, canaliser son angoisse à l'idée de se trouver sur son territoire.

— Il n'y a aucune complication. J'ai promis à Melody de venir, cette semaine.

— Tu l'aides pour le festival ?

— Tu sembles étonnée ?

— Oh, non. Et que fais-tu ?

— Toutes sortes de tâches. Elle a appelé toute la famille à la rescousse, dit-il avec un sourire alors que les portes de l'ascenseur s'ouvraient. Bien, quand veux-tu partir ?

Tout cela était un peu précipité, mais comment faire autrement ?

— Demain matin, assez tôt, répondit-elle, hésitante. J'aimerais arriver là-bas de bonne heure pour avoir une journée de travail complète devant moi.

— Tu n'as plus d'obligations, ici ?

— Après ce dîner, non.

— Je passerai te prendre à 6 heures.

Soudain, le trajet en voiture avec lui, le séjour au vignoble chez lui, tout lui parut une mauvaise idée. Il l'embrouillait, troublait son esprit, ses sens.

Ils s'avancèrent dans le grand salon, près du bar. Le groupe de personnes avec lequel elle devait dîner y dégustait des cocktails. De l'ascenseur voisin du leur sortit à ce moment Len Joseph, dont l'entreprise était l'un des grands sponsors de ces conférences.

— C'est merveilleux que vous puissiez vous joindre à nous pour le dîner ! s'exclama Len, jovial, en les apercevant, gratifiant Nick d'une tape amicale sur l'épaule.

Elle sentit son cœur se serrer. Encore une autre opportunité pour Nick de s'immiscer dans sa vie, et impossible de lui reprocher quoi que ce soit, puisque l'invitation venait d'un tiers.

— Merci, Len, répondit Nick en la regardant. Mais je ne peux pas, ce soir.

— Tant pis. Une autre fois, peut-être, dit Len en se dirigeant vers les autres invités.

— Merci, chuchota-t-elle à Nick.

— De ne pas me comporter en rouleau compresseur ?

— Quelque chose comme ça, oui.

Elle détourna les yeux, fixa le groupe, un peu plus loin. Le devoir l'appelait. Elle était une professionnelle, consciente de ses responsabilités, une référence dans le milieu. Elle devait rester concentrée, oublier tout le reste, sa grossesse comme ses relations avec Nick. Pour cela, elle verrait plus tard.

— La grossesse change beaucoup de choses, Callie, dit-il à voix basse comme s'il lisait dans ses pensées. Tu portes mon bébé et, que tu le veuilles ou non, même si tu refuses de m'épouser, cela fait de toi un membre à part entière de ma famille.

- 8 -

Le lendemain matin, ruminant les dernières paroles de Nick, Callie regardait la rue de Sydney s'éveiller depuis le porche de l'hôtel. Après sa proposition de mariage, elle s'était retrouvée projetée dans la perspective d'un séjour en sa compagnie, avec en prime tous les dits et non-dits — tous les faits et non-faits — qui restaient à résoudre.

Cinq minutes avant l'heure dite, une Range Rover noire fit halte devant elle. Nick en descendit, la salua d'un signe de tête et lui ouvrit la portière. Revêtu d'un jean légèrement délavé et d'un polo noir, il avait une allure décontractée. Redoutable, mais décontractée. Elle n'eut pas d'autre solution que de le frôler pour prendre place, submergée soudain par le souvenir de son souffle sur ses pieds nus. Son parfum l'enveloppa, puissant, masculin. Une fois installée sur son siège, il referma la portière, lui donnant l'impression de s'être embarquée pour un tour de grand huit. Trop tard pour revenir en arrière, se dit-elle soudain prise de panique, certaine à présent d'avoir fait le mauvais choix. Ce voyage était une très mauvaise idée.

Il rangea son sac à l'arrière, se mit au volant et s'engagea dans la circulation. Oui, trop tard.

— Tu as eu Marc, ce matin ? Comment va sa sœur ? l'interrogea-t-il tout en lui passant un sachet de viennoiseries.

Les affaires, toujours les affaires, nota-t-elle, même si son inquiétude paraissait authentique.

— Oui. Il est bien arrivé, mais l'état de sa sœur n'a pas évolué, répondit-elle surprise en regardant dans le sac d'y trouver pains au raisin et scones, alors que deux bouteilles d'eau minérale trônaient sur le tableau de bord.

— Il n'y a rien que l'on puisse faire pour lui ou sa famille ?

— Pas à ce stade. Je lui ai dit de prendre tout le temps dont il aurait besoin, expliqua-t-elle, avec un regard en biais pour épier sa réponse, mais Nick n'émit aucune protestation et manifesta au contraire son assentiment d'un signe de tête. C'est pour moi ? s'enquit-elle en soulevant le sac.

— Je ne savais pas si tu aurais eu le temps de déjeuner. Nous nous arrêterons en chemin, si tu veux, proposa-t-il avant de désigner les viennoiseries, au cas où cela ne te suffirait pas...

Comment avait-il deviné qu'elle se sentait constamment affamée ? Elle savait qu'un bébé, à moins de trois mois de grossesse, ne mesurait pas plus de cinq centimètres. Comment une chose aussi minuscule pouvait-elle décupler son appétit ?

— Merci, répondit-elle en mettant un bout de scone beurré à souhait dans sa bouche.

— Et ce dîner, comment ça s'est passé ?

— Bien.

Elle hésita avant de rajouter :

— Tu aurais pu venir.

A sa grande surprise, il éclata de rire et, plus surprenant encore, elle finit par rire elle aussi.

— D'accord, admit-elle, j'ai été soulagée que tu aies décliné l'invitation.

Un long silence s'installa, elle cherchant quelque

chose à dire. Elle le regarda discrètement : ses mains d'abord, fortes et sûres d'elles sur le volant, avec un fin duvet sur sa peau bronzée. Elle retint son souffle, prise soudain par l'envie de promener ses doigts sur son bras. Désemparée, elle tourna les yeux et fixa le pare-brise. Mal à l'aise dans cet espace confiné, hyper-consciente de sa présence, de sa proximité, elle décida de s'occuper en passant quelques coups de fil, satisfaite de pouvoir contrôler au moins certaines choses.

Il demeura silencieux, ne disant rien de ses sentiments à propos de leur séjour à Cypress Rise. Derrière les vitres défilaient les images de la campagne brûlée par un été exceptionnellement chaud. Après un coup de fil au traiteur, elle se tourna vers lui.

— Melody sait que je viens ?

Il hocha la tête.

— Et elle est d'accord ?

— Elle comprend pourquoi tu y es obligée, répondit-il puis, après une pause, il ajouta : Elle ne m'a jamais rien demandé d'autre que d'essayer de comprendre quelles étaient tes intentions. Je lui ai dit qu'elle n'avait aucune inquiétude à se faire.

— J'ai du mal à comprendre que quelqu'un comme Melody, qui semble avoir tout pour elle, puisse être aussi anxieuse.

— Normal, tu es différente. Si forte, dit-il avec un regard dans sa direction.

Il pensait qu'elle était forte ? Elle qui doutait tant d'elle, elle que rongeait la peur de décevoir…

— Tu l'as toujours protégée comme cela ?

— Oui, répondit-il au bout de quelques secondes. Du fait de notre différence d'âge, je tiens plus le rôle de père que de frère. Il est vrai que notre père était souvent absent. Toujours pris par son travail…

— Et votre mère ?

De nouveau, il hésita, plus longtemps cette fois.

— Morte quand Melody avait trois ans.

Elle dissimula sa consternation. Il devait avoir treize ans à peine. Son cœur se serra en pensant au chagrin du petit garçon et à celui de Melody.

— Rosa, ma grand-mère, a pris les choses en main. Nous n'avons manqué de rien.

Elle le dévisagea alors qu'il doublait un tracteur charriant des bottes de foin. Il paraissait si fort — il était si fort —, n'ayant besoin de personne. Mais, pour cette force, il avait payé le prix fort.

— Cela n'empêche pas d'être malheureux, remarqua-t-elle.

— Nous n'étions pas si mal, dit-il avec un haussement d'épaules. Et, à l'époque, Melody et moi nous sommes rapprochés.

— Vous êtes toujours aussi proches ?

— Nous formons une famille, répondit-il comme si cela expliquait tout pour lui — et, la veille, il avait dit qu'elle faisait partie désormais de cette famille. Mel va bien mieux depuis quelques années. Elle a pris confiance en elle, encouragée par le succès du vignoble. Elle est intelligente, douée pour les affaires. Mais le souvenir de l'enfance demeure douloureux, et elle est toujours restée un peu anxieuse.

Et lui, comment avait-il vécu cette enfance marquée par le chagrin et l'absence ? Se pouvait-il que sa peine, combinée à la trahison plus tard de sa petite-amie soient la cause de sa réticence à s'engager, sur le plan affectif ? Etait-ce pour cela qu'il était capable de voir le mariage comme solution à un problème ?

— Melody va bien, aujourd'hui. Elle rend en partie ses hormones responsables de ses inquiétudes à ton sujet.

Elle était bien placée pour comprendre, consciente elle-même de ses sautes d'humeur, d'une sensibilité exacerbée à toutes choses, comme lorsque le besoin de se jeter dans les bras de Nick la submergeait.

— Quand Jason rentre-t-il ?

— Tu voudrais qu'il soit là ? demanda-t-il, les yeux rivés sur la route.

— Je ne lui ai pas adressé la parole depuis qu'il a vendu. Et il y a certaines choses que j'aimerais lui dire. Mais peut-être est-ce mieux ainsi…, conclut-elle.

— Il est en Californie. Il devrait être là d'ici une semaine.

Le sujet avait incontestablement créé un malaise entre eux. Se pouvait-il qu'il se méfie d'elle, la croie capable d'un double jeu vis-à-vis de Jason. Comment savoir ? Il ne disait jamais rien de ses sentiments, ne laissait jamais rien transparaître. Pire, il semblait farouchement déterminé à ne laisser personne s'aviser de lui vouer des sentiments.

Elle aurait cru sortir plus forte de sa relation avec Jason, avoir développé une armure protectrice. Or Nick avait déjà révélé les failles de cette armure. Par moments, elle avait en effet tendance à s'appuyer sur lui, mais cela elle ne pouvait se le permettre.

Ils traversaient maintenant un paysage de coteaux tapissés de vignes à perte de vue.

— Comme c'est beau, dit-elle, sur un ton faussement enjoué, malgré ses efforts.

— Veux-tu aller à la maison directement, ou d'abord au vignoble ?

— Au vignoble, merci. J'ai le sentiment que ce sera une journée inoubliable.

Quelques kilomètres plus loin, il abandonna la nationale pour franchir l'imposant portail d'une enceinte en pierre de taille, marqué du logo des vins de Cypress Rise. Ils suivirent une allée qui les mena derrière la zone d'accueil des visiteurs, puis ils se garèrent.

Il la guida vers le bâtiment administratif, cerné de cuves monumentales en Inox, il poussa la porte, et s'écarta pour la laisser entrer. Installée à un bureau, un ordinateur devant elle, une pile de dossiers sur sa gauche, se trouvait Melody, en plein travail. La femme qui croyait que Callie essayait de saboter son mariage. Devrait-elle éprouver de la colère, ou simplement de la tristesse pour elle, Callie ne savait que penser. En la voyant, Melody rougit légèrement. Elle se leva et vint à leur rencontre.

— Je suis heureuse que vous ayez pu vous libérer. Comment se porte la sœur de Marc ? demanda-t-elle, une certaine méfiance dans les yeux, aussi verts que ceux de son frère, nota Callie.

— Etat stable, mais aucune évolution.

— Nous étions si inquiets quand nous avons appris son accident. Nous ne la connaissons pas, bien sûr, mais tous ici nous adorons travailler avec Marc. Il a un sens de l'humour incomparable. Nous avons envoyé des fleurs. Des iris et des marguerites…

Elle n'avait jamais remarqué que Melody était aussi bavarde. Sans doute se sentait-elle aussi nerveuse qu'elle. La situation n'était pas simple. Devait-elle parler du mariage, de la lune de miel, demander des nouvelles de Jason ? Autant de questions qui seraient allées de soi avec un autre client.

— J'imagine que ce doit être le stress, ici. Y a-t-il quelque chose que nous pourrions régler en priorité ?

— Oui, répondit Mel dont le visage se détendit, trop heureuse de voir la conversation prendre un tour professionnel. Une radio locale doit venir procéder à une interview dans une demi-heure. Ce devait être demain, mais ils ont modifié leur planning. Je déteste ce genre de chose, et Marc s'était proposé pour les recevoir.

— A-t-il pris des notes en prévision de leurs questions ?

— Oui, répondit Melody en fouillant fébrilement sur son bureau avant de brandir une feuille qu'elle lui tendit.

— Avez-vous un peu de temps à m'accorder pour vérifier qu'il n'y manque aucun élément majeur sur la société ?

— Tout ce que vous voudrez, du moment que je n'ai pas à faire cette interview.

Elles relurent ensemble les notes de Marc, un échange très professionnel, un peu crispé néanmoins. Après un moment, Nick près de la porte toussota. Elles levèrent les yeux.

— Je vous verrai plus tard, dit-il.

Elle acquiesça d'un signe de tête, et Melody, manifestement désemparée, opina du chef à son tour, comme à regret. Aurait-elle préféré qu'il reste, tout comme elle ?

L'heure n'était pourtant pas aux états d'âme, et il s'agissait pour elle comme pour Melody de se montrer efficaces. Jason avait toujours été le principal contact entre Ivy Cottage et le vignoble, Marc ayant pris ensuite le relais. Callie avait eu deux ou trois fois affaire à Melody, sans aucun problème. Il n'y avait pas de raison pour qu'il en soit autrement aujourd'hui. A plusieurs reprises, alors que toutes deux examinaient différents dossiers, elle surprit des regards furtifs de Melody sur elle.

Plusieurs heures s'écoulèrent avant que Nick ne réapparaisse.

— Déjeuner ? Rosa nous attend.

— Sans moi, répondit Melody. Je me suis apportée un casse-croûte. Je dois donner un coup de fil.

— Tu es sûre ? insista-t-il.

Melody regarda son frère, puis Callie.

— Certaine.

Comprenant que Melody souhaitait appeler Jason, Callie se dirigea vers la porte et sortit avec Nick.

— Comment ça s'est passé, ce matin ?

— Bien. Tout est en ordre. Nous avons fait du bon travail. Les choses étaient bien avancées, mais il reste encore quelques détails à régler.

— Pas trop fatiguée ? s'enquit-il en lui ouvrant la portière.

— Je ne suis pas malade, répondit-elle en évitant de le frôler, ne voulant surtout pas d'un traitement de faveur.

— Juste un peu surbookée, dit-il posément, et enceinte. De plus, tu as fini tard, hier, et commencé tôt ce matin. Ma question n'était pas aberrante, conclut-il et il referma sa portière, contourna la voiture et vint se mettre au volant.

— Pardon. Mais, je t'assure, je vais bien, s'excusa-t-elle.

Elle devait se concentrer sur son travail, arrêter d'avoir la chair de poule dès qu'il se trouvait en sa présence. Il hocha la tête avec un demi-sourire puis mit le contact et quitta le vignoble pour rejoindre la nationale, qu'il abandonna de nouveau quelques kilomètres plus loin. Deux minutes plus tard, il ralentit et tourna pour s'engager dans une allée bordée de cyprès qu'ils remontèrent jusqu'à une villa de type méditerranéen.

— C'est la maison ?

— Je partage mon temps entre ici et mon appartement de Sydney, quand c'est possible, répondit-il. Ma famille vit dans la région depuis trois générations. Il se tut, braqua ses yeux verts sur elle. Quatre bientôt, j'espère.

Elle hocha la tête, marquant ainsi son assentiment, même s'il était hors de question que leur enfant passe ici la majorité de son temps. Mais peut-être faisait-il allusion à l'enfant de Melody et Jason ? Il se gara devant la villa et descendit de voiture, venant ouvrir sa portière avant même qu'elle ait eu le temps de déboucler sa ceinture. Une vague de chaleur s'engouffra dans l'habitacle climatisé. Le visage de Nick à hauteur du sien, ses yeux fixés sur sa bouche, et la chaleur s'intensifia. Elle se souvenait trop bien du contact de ces lèvres sur les siennes. L'espace d'une fraction de seconde, elle fut tentée de l'embrasser, de goûter ces lèvres. Mais elle se reprit, baissa les yeux et pesta contre ses hormones en plein délire, responsables de ce vertige.

— Je suis content que Melody ne soit pas venue, dit-il en lui présentant une main.

— Pourquoi ? demanda-t-elle.

Elle glissa sa main dans la main qu'il lui tendait et descendit de voiture. Elle se retrouva presque collée à lui, anxieuse à l'idée qu'il puisse sentir son trouble.

— Il vaut mieux que nous rencontrions Rosa seuls, répondit-il en regardant vers la maison.

Avait-il même conscience de tenir sa main, une main douce et possessive à la fois.

— A t'entendre, on dirait un monstre, fit-elle remarquer.

Elle retira sa main de la sienne pour mieux recouvrer ses esprits.

— Non, pas du tout, dit-il en se détournant, mais je préfère te prévenir, c'est tout.

Elle l'observa, son profil irréprochable, volontaire, ses longs cils effleurant ses pommettes, si fascinant, si beau. Si près, à portée de main…

— Me prévenir ?

Prévenir de quoi ? De ne pas approcher son petit-fils ? Aucune chance. Elle-même manifestement n'arrivait pas à tenir compte de ses propres mises en garde.

— Parfois, elle sait des choses, du moins elle pense qu'elle sait, dit-il, comme à contrecœur.

— Quelles sortes de choses ? s'étonna Callie.

— A propos de la famille, en général, répondit-il, une ride se creusant sur son front.

Elle s'imagina effleurer ce front du bout des doigts, effacer cette ligne entre ses sourcils. Elle ravala sa salive.

— Quoi par exemple ? l'interrogea-t-elle.

— Par exemple, quand le téléphone sonne, elle sait qui appelle. Ou bien elle va préparer plus de cannellonis pour le dîner, et des amis se présentent à l'improviste. Des coïncidences, bien sûr, mais ce genre d'événement est toujours troublant…

Il se tut, la regarda au fond des yeux, comme pour s'excuser, puis il conclut en soupirant :

— Les grossesses, l'agrandissement du clan Brunicadi, sont sa spécialité.

Tous deux scrutèrent la maison dont la lourde porte s'ouvrit brusquement.

— Dominic ! s'exclama un large sourire aux lèvres une femme rondelette aux cheveux grisonnants, toute vêtue de noir, en se précipitant vers eux.

— Rosa, répondit Nick.

La vieille dame embrassa Nick sur les deux joues et le serra entre ses bras, puis elle se tourna vers Callie et, avant même que Nick ait terminé les présentations, l'embrassa à son tour. Puis elle s'écarta, l'examina avec attention des pieds à la tête.

— Entrez donc. Le déjeuner est prêt. J'ai cuisiné des gnocchis.

Et, tout en pénétrant dans la maison, par deux fois encore Rosa observa Callie du coin de l'œil. Une fois dans la cuisine, parfumée des arômes de la cuisine latine, Rosa après un nouveau regard pénétrant à Callie s'adressa brusquement à Nick :

— Pourquoi ne m'as-tu rien dit ?

Impossible, elle ne pouvait pas avoir deviné, pas déjà. Nick, l'air sceptique, faisait face à sa grand-mère, comme s'il ne comprenait pas de quoi elle voulait parler. Mais Callie eut soudain la conviction que chacun dans la pièce savait de quoi il retournait.

— La *bambina*.

Nick regarda Callie et soupira avec résignation.

— Nous ne l'avons dit à personne, Rosa. Tu es la première à savoir.

Callie nota qu'il s'exprimait comme s'ils formaient un couple sur le point de révéler leur bonheur de futurs parents aux amis et à la famille. Tout sourire, Rosa tourna son visage sillonné de rides vers elle.

— Et quand est attendue cette *bambina* ? Vous devez vous alimenter correctement, vous êtes bien mince.

Elle s'empara de sa main, la poussa avec une énergie surprenante vers la table. Et avant de pouvoir dire quoi que ce soit, elle se retrouva attablée devant une assiette garnie d'une part monstrueuse de gnocchis nappés d'une sauce aux aromates.

— J'ai acheté de la laine rose, la semaine dernière. Aujourd'hui, je comprends pourquoi.

Une autre Brunicadi convaincue que ce serait une fille. Elle regarda Nick, qui regarda sa grand-mère.

— Nous n'en sommes qu'aux premiers jours de la grossesse, Rosa, remarqua-t-il.

— Tsst ! Les choses sont ce qu'elles sont, répliqua la vieille dame. C'est une fille. Je commence à tricoter dès cet après-midi. Pour quand est le mariage, enchaîna-t-elle après un moment de silence. Melody ne m'a pas dit d'acheter une nouvelle robe... ?

Nick lui lança un regard, comme pour lui donner le temps de changer d'avis avant d'annoncer à Rosa la mauvaise nouvelle. Elle secoua la tête.

— Il n'y a pas de mariage, dit-il et elle lui fut reconnaissante de ne laisser aucune ambiguïté sur ce point, en tout cas devant sa famille.

— Mon petit-fils ne vivra pas dans le péché ! décréta aussitôt Rosa en se figeant sur sa chaise.

— Nous ne vivrons pas ensemble, continua-t-il avec fermeté, sachant de toute évidence ce qui allait suivre.

La chaise de Rosa crissa sur le carrelage en terre cuite quand elle se leva de table en aboyant :

— Suis-moi !

Puis, se tournant vers Callie, elle hocha brièvement la tête comme pour l'assurer de sa sympathie.

— Je vais lui parler. *Un momento, per favore.*

— Mais…, commença Callie.

Il posa la main sur son épaule et secoua la tête pour réduire ses protestations au silence, puis il se leva et suivit sa grand-mère hors de la cuisine. Juste avant de disparaître, il se retourna pour la rassurer, à voix basse :

— Elle ne mord pas. Beaucoup de bruit, mais rien de méchant…

Il sourit et referma derrière lui. La lourde porte en chêne se révéla impuissante à assourdir la colère de Rosa, dans la pièce à côté. Elle hésita, partagée entre compassion et envie de rire. Mais, après quelques minutes, elle finit par trouver injuste que Nick endosse seul tous les reproches. Elle se leva, sortit à son tour de la cuisine. Rosa fulminait sous le nez de son petit-fils. Tous deux la regardèrent, et les remontrances de Rosa cessèrent aussitôt.

— Madame Brunicadi…

— Rosa, corrigea instantanément la vieille dame.

— Nick m'a demandé de l'épouser…

Il vint près d'elle, posa la main sur son épaule et secoua la tête pour la dissuader de poursuivre. Elle l'ignora.

— ... mais ce n'est pas ce que je veux, conclut-elle en regardant Rosa dans les yeux.

— Bien sûr que si.

— Non, répondit-elle avec calme, sous les yeux effarés de Rosa, et ceux perplexes de Nick.

Rosa toussota, fusilla du regard son petit-fils puis, avec un air de dignité offensée, retourna dans sa cuisine.

— Je ne crois pas que quelqu'un ait jamais osé faire cela, dit-il alors en la dévisageant. D'essayer de me défendre contre Rosa... Tu n'étais pas obligée, finit-il avec un sourire.

— Question de principe. Je partirai dès la fin du festival. Pour fuir tous débordements, on ne sait jamais.

— Elle va se calmer, dit-il, c'est un tempérament méridional. Il faut que ça sorte...

Une main sur le bas de son dos, il la guida vers la cuisine et, imperturbable, attendit qu'elle se rassoie. Ils déjeunèrent en paix, même si Rosa marmonna dans sa barbe quelques tirades en italien, jeta à une ou deux reprises un regard courroucé à Nick et parut éprouver une profonde pitié pour Callie. Ses aveux n'avaient rien changé. Pour Rosa, s'il n'y avait pas mariage, toute la faute en revenait à Nick. Dans son esprit, aucune femme sensée ne pouvait dire « non » à une demande en mariage.

— Je vais te faire visiter le gîte pour les invités, suggéra-t-il aussitôt que Callie eut terminé son assiette de gnocchis.

Il devait l'emmener loin de Rosa qui ne tarderait pas à reparler mariage. Et, s'il voulait que Callie se rende à la raison en comprenant que le mariage représentait la meilleure solution, il voulait éviter qu'elle se sente harcelée, et qu'elle finisse par se braquer définitivement.

Après avoir emprunté une allée entre les rhododendrons, elle s'arrêta pour admirer le gîte, version miniature de la villa. Elle sourit à Nick. Qui en eut instantanément la chair de poule, ce sourire éclipsant en effet le soleil, et réveillant en lui le désir. Il se détourna, franchit les quelques mètres qui les séparaient du gîte en s'efforçant de se contenir, Callie sur ses talons. Il ouvrit la porte, l'invita à entrer et lui fit visiter les lieux, spacieux, lumineux, décorés de tons crème et neutres. Elle resta quelques pas en arrière lorsqu'ils arrivèrent à la chambre d'amis, meublée d'un lit rustique, avec sa salle de bains et spa attenante.

De retour dans le salon, elle alla se placer juste en dessous du ventilateur de plafond dont les pales bruissaient, peinant à rafraîchir l'atmosphère. Adossé à l'encadrement d'une porte, il la suivit des yeux quand elle se plaça devant l'immense baie vitrée et regarda les coteaux plantés de vignes jusqu'à l'horizon.

— C'est magnifique, dit-elle en lui faisant face, l'air ravi, avant de se retourner. Quelle sérénité. Réconfortante, rassurante.

Il avait toujours eu cette sensation, ici. Cypress Rise était un havre de paix. Et pour Callie aussi, apparemment. Cette idée le perturba presque autant qu'elle l'enchanta. Il voulait qu'elle se plaise, ici. Il avait besoin de la savoir là. Comme si elle aussi pouvait être un havre pour son âme. Parce qu'il avait l'impression qu'elle faisait du bien à son âme. Il se dirigea vers la porte.

— Dès que tu seras prête, je te ramènerai au bureau.
— Je suis prête.

A peine avaient-ils pris place dans la voiture que, sans prévenir, elle fit remarquer :

— Je ne pense pas que Melody sera très heureuse d'apprendre que je porte ton enfant.

Il la regarda, posa une main sur son épaule.

— C'est notre affaire, Callie, dit-il avant de ramener

sa main sur le volant. Cela ne regarde que nous. Ne t'inquiète pas, néanmoins. Rosa ne dira rien à personne… En revanche, nous ne pourrons pas l'empêcher de tricoter.

— Quand parleras-tu à Melody ?

— Peut-être après le festival, lorsqu'elle sera moins stressée. Et elle te connaîtra mieux, alors. Je sais que vous finirez par vous apprécier mutuellement.

— Une nouvelle prédiction comme seuls les Brunicadi en ont le secret ? rit-elle de ce rire délicieux.

— Non. Je me targue de connaître les gens, en l'occurrence Melody et toi.

— Tu ne me connais pas vraiment.

— Mieux que tu ne penses…

- 9 -

Melody était au téléphone lorsque Callie pénétra dans le bureau. Les restes d'un sandwich à la niçoise et le trognon d'une pomme gisaient sur plateau devant elle. Un second téléphone à cet instant sonna. Callie tendit la main pour décrocher, Melody l'y encouragea d'un signe de tête.

— Cypress Rise, j'écoute, dit-elle.
— Chérie, j'ai oublié de te dire…
— Jason ?

Callie fut surprise de constater que le son de sa voix n'éveilla strictement rien en elle. Elle lui en voulait toujours, certes, mais il n'y avait plus rien d'affectif ou d'émotionnel en elle.

— Callie.

Un long silence puis il reprit :

— Je voulais t'appeler pour t'expliquer…

Elle n'avait pas besoin d'explications, et en fait n'attendait strictement rien de lui.

— Je présume que tu veux parler à Melody, dit-elle en présentant le combiné à Melody.

Une fois sa conversation sur l'autre ligne terminée, Melody prit la communication, Callie de son côté se jeta dans la paperasse tout en chantonnant, afin de couvrir les mots échangés entre les jeunes mariés. Lorsque

Melody raccrocha, toutes deux reprirent le travail là où elles l'avaient laissé avant le déjeuner.

L'après-midi fut aussi studieux que la matinée. Elles passèrent leur temps avec le staff du vignoble, rencontrèrent artistes et musiciens pour les ultimes réglages du week-end. Enfin, aux alentours de 18 heures, elles se félicitèrent : tout ou presque était sous contrôle.

— Nous devrions rentrer. Rosa nous attend pour le dîner, suggéra Melody avec un long soupir tout en tapotant son ventre. Il va me falloir des repas réguliers, à l'avenir. Ce petit garçon me donne une faim de loup. Je sens que je vais doubler de volume…

Soudain, Melody porta la main à sa bouche, comme prise en faute. Comme si Callie n'était pas au courant de sa grossesse.

— C'est une rumeur qui courait, au mariage. C'est une formidable nouvelle, dit-elle pour mettre la jeune femme à l'aise. Je ne vous ai pas encore félicités, vous et Jason…

Elle hésita en pensant aux recommandations de Nick qui préférait qu'elle évite tout contact avec les jeunes mariés.

— … mais je vous souhaite tout le bonheur possible. Vous ferez de merveilleux parents.

Elle dit cela du fond du cœur, en toute sincérité, libérée de ce douloureux sentiment d'abandon qu'elle avait éprouvé en entendant parler de cette grossesse pour la première fois. Manifestement, elle avait changé, un changement dû en partie à Nick… pour le meilleur ou pour le pire, l'avenir le dirait.

— J'ignorais si…, bredouilla Melody, avec un sourire de soulagement mêlé de fierté. Comment vous… Si…

Elle l'observa, dissimulant son amusement devant l'embarras de la jeune femme, puis soudain elle comprit pourquoi Jason était tombé amoureux d'elle. Non seulement Melody était belle, mais il y avait chez elle une fragilité qui devait lui donner envie de la protéger. Melody lui offrait la possibilité d'être tel qu'il s'imaginait, un homme fort et protecteur. Rôle auquel il n'avait jamais eu accès, avec elle. Elle ne cherchait pas cela, chez un homme. Elle voulait un partenaire, pas un ersatz de père. Elle pensa à Nick, son partenaire en affaires…

— Je m'inquiète pour vous, reprit-elle, ramenant ses pensées sur un terrain plus neutre. Ne vous laissez pas envahir par le stress du festival. Prenez tout le repos dont vous avez besoin. N'hésitez pas à me déléguer certaines tâches…

Elle se tut, manqua éclater de rire en réalisant son oubli. Car elle aussi était enceinte !

— Merci, répondit Melody en s'emparant de son verre qu'elle tourna et retourna entre ses doigts — elle partageait cette manie avec son frère — avant de rajouter : il y a autre chose dont j'aimerais discuter avec vous…

Elle hocha la tête. Melody souhaitait évidemment lui parler de Jason, or elle n'avait pas très envie d'aborder le sujet. Aussi fut-elle soulagée quand on frappa à la porte et que Nick entra. Il la regarda, puis se tourna vers sa sœur et, apparemment satisfait de ce qu'il voyait, il annonça, au garde-à-vous :

— Rosa vous attend toutes les deux.

Melody sortit la première, Callie lui emboîta le pas.

— Tout va bien ? demanda-t-il en prenant son bras quand elle passa devant lui.

Elle tressaillit au contact de ses doigts, se maudit aussitôt pour cette sensibilité exacerbée. Et ridicule. Elle ne voulait pas être bouleversée comme cela chaque fois qu'il s'avisait de poser la main sur elle. Elle ne voulait pas de ce désir qui la submergeait chaque fois qu'il posait les yeux sur elle.

Comme s'il percevait cette lutte intérieure, il sourit, et de nouveau elle se sentit fondre, tant la chaleur de son regard la pénétra. A cette seconde précise, Melody tourna la tête vers eux, avant de se détourner tout aussi vite. Mais elle eut le temps de voir la main de Nick sur son bras, son sourire, et son front se plissa.

La grande table avait été dressée sur la terrasse, les flammes des bougies projetaient leur ombre sur la nappe, tandis qu'au-dessus de leur tête une vigne vierge tapissait une pergola. Deux hommes que Callie avait vus au mariage de Melody se joignirent à eux. Nick, assis face à elle, les présenta comme ses cousins, Michael, le viticulteur en chef du domaine, un charmeur volubile, et Ricardo, responsable du personnel, plus effacé, avec ce qui ressemblait à des cicatrices de brûlures sur la partie gauche du visage.

Nick ne faisant pas mystère de son ignorance en matière de viticulture, Callie nota cependant le respect et l'amitié que ses cousins semblaient avoir pour lui. De son côté, Rosa supervisa le dîner, pressant les uns et les autres quand ils tardaient à finir leur assiette. Une autre cousine, Lisa, fit son apparition au milieu du repas, une petite fille dans les bras, et prit place à côté de Nick. Callie dut prendre sur elle pour ne pas regarder la fillette, blottie contre sa mère. Parfois, elle avait du mal à réaliser qu'elle aussi serait mère, bientôt.

Elle s'attendait à ce que ce dîner s'éternise. Elle ne s'était pas trompée, une conversation en entraînant une autre. Lorsque Michael offrit à Callie de remplir son verre de vin et qu'elle refusa, Melody lui adressa un regard curieux et, par deux fois, Callie la surprit à les regarder à la dérobée, elle et Nick. Mais excepté quelques coups d'œil, Nick ne lui accorda aucune attention particulière. Il ne laissa rien deviner de ce qui se passait entre eux, ne manifesta aucune réaction quand Michael flirta avec elle. Callie n'était pourtant pas dupe : il ne perdit pas une miette des tentatives d'approche de son cousin. Il semblait heureux, ses yeux pétillaient, il riait, elle eut l'impression de découvrir une nouvelle facette de sa personnalité.

Elle fut reconnaissante à tous de l'accueillir dans le cercle de cette atmosphère chaleureuse et amicale. C'était plus qu'elle n'en avait connu dans sa propre famille. Sa mère et elle dînaient rarement ensemble autrefois, et, lorsque cela se produisait, les repas se déroulaient dans la morosité, loin des rires et des bavardages. Pourtant, la paix et le bonheur qui régnaient ici, sur les terres de Nick, ne faisaient que mettre en évidence ses propres manques, ses propres incapacités. Car, évidemment, un tel environnement était merveilleux pour un enfant, bien mieux en tout cas que ce qu'une femme célibataire était en mesure d'offrir.

Au dessert, le bébé devenant grognon, sa mère décida de partir et, le temps de se lever, déposa l'enfant dans les bras de Nick. Callie vit ces mains viriles prendre soin de la fillette avec une aisance surprenante. Quelques secondes plus tôt au bord des larmes, l'enfant se mit à gazouiller, aux anges.

— Le charme de Nick sur les femmes est légendaire, plaisanta Michael. Voyez, ça fonctionne même avec les bébés.

Callie tourna la tête vers Nick, et surprit son regard qui semblait dire qu'à la place de cet enfant, ce serait le leur qu'il tiendrait ainsi, un jour. La connexion entre eux durant ces quelques secondes fut intense. Quelque chose qui ressemblait à de l'émotion passa dans ses yeux verts, avant de se dissiper. Il détourna le regard et tendit le bébé à sa mère. Lisa, sa fillette dans les bras, fit le tour de la table, saluant tout le monde, prenant entre-temps sur son portable un message de son mari absent. Arrivée devant Melody, elle demanda :

— Et la chambre du bébé ?

— Bientôt terminée, ne reste que le choix de la couleur.

Puis, se tournant vers Callie, elle enchaîna :

— Vous m'aiderez, n'est-ce pas, pour la peinture ? Vous avez l'œil en matière de couleurs et de nuances de ton…

Elle se souvint des heures passées avec Melody sur la conception de la brochure de présentation de Cypress Rise, comme elles avaient sympathisé. Peut-être, après tout, parviendraient-elles à retrouver cette complicité, malgré Jason.

— Avec grand plaisir, répondit-elle.

Deux jours plus tard, après un nouveau repas de famille tout aussi animé, tout aussi gai, les deux jeunes femmes s'éclipsèrent pour monter à l'étage afin de visiter la chambre du bébé.

— Tout va bien ? s'enquit Callie, tandis que Melody gardait une main sur son ventre.

— Parfait, répondit la jeune femme avec un grand sourire.

— Ce n'est pas trop, pour vous, le festival et le reste ?

— Non. Et pour changer, aujourd'hui, je déborde d'énergie. J'ai même envie, ce soir, de m'occuper de la chambre du bébé.

— Que reste-t-il à faire ? demanda Callie qui espérait ainsi trouver l'occasion de se rapprocher de Melody, et de la rassurer ainsi définitivement.

— Je dois encore m'occuper des rideaux et de la peinture...

Melody lui décrivit l'ensemble de ses projets pour la chambre de son premier enfant, puis elle l'invita à entrer dans la pièce. Spacieuse et lumineuse, ouverte sur les coteaux, avec un petit lit de bois pour bébé dans un coin.

— Voilà, j'hésite entre ces deux jaunes, expliqua Melody en montrant à Callie deux taches de couleur, parmi une demi-douzaine d'autres, peintes sur le mur crème. Que préférez-vous ?

Elle étudia avec attention les deux propositions de couleurs, perdue dans ses pensées. Où vivrait-elle quant à elle, avec son bébé ? Qui l'aiderait à choisir les couleurs de la chambre de son enfant ? Elle surprit à ce moment le regard de Melody et s'empressa de détourner les yeux, ramenant son attention sur les taches jaunes.

— Le jaune de gauche me semble plus doux, plus chaud.

Melody approcha du mur, effleura la tache désignée.

— Moi aussi, je penchais pour cette nuance-là, dit-elle avant de poursuivre, toujours face au mur : Je suis désolée d'avoir pensé cela, à propos de vous et Jason...

Elle lui fit face, la regarda cette fois dans les yeux.

— D'avoir douté de vous, d'avoir cru que vous vouliez le retenir.

« Chérie, je vous le laisse volontiers », aurait été la réponse adéquate, mais elle n'osa pas.

— Je reconnais que mes appels au beau milieu de la nuit avaient de quoi vous perturber.

— Vous savez, j'ai un tempérament tellement anxieux.

— Vous n'avez aucune inquiétude à vous faire. Jason vous aime vraiment.

Melody hocha doucement la tête et se tourna vers la fenêtre.

— Je sais. Mais j'étais fatiguée, je me sentais vulnérable en ce début de grossesse.

— Jason est un homme adorable. Et il vous aime comme il ne m'a jamais aimée...

De son côté, elle-même avait récemment réalisé qu'elle était capable de sentiments autrement plus forts que ceux qu'elle avait eus pour Jason. Mais elle refusait d'analyser la vraie nature de ces sentiments, et encore moins de penser à celui qui les éveillait.

— Cela semble trop beau pour être vrai, chuchota Melody devant la fenêtre. Si bien que j'ai craint un moment que notre histoire ne dure pas.

— La vie vous a joué de sales tours, sans doute...

— Une ou deux fois, oui, répondit Melody en riant. Sans doute était-ce ma faute... C'est peut-être pourquoi je suis devenue si méfiante.

— Ce n'est pas de votre faute si quelqu'un vous a maltraitée.

— Je suppose que non. Mais, parfois, il faut prendre vos responsabilités face à la situation dans laquelle vous vous êtes vous-même mise. Et, si nécessaire, faire ce qu'il faut pour en sortir. Ce que j'ai souvent échoué à faire.

— Vous n'avez pas à vous justifier.

— Mais j'éprouve le besoin de m'excuser. D'autant que nous serons appelées à nous revoir...

— Je serai partie d'ici quelques jours.

— Et qu'advient-il de vous et Nick ?

— Nick et moi ? répondit-elle, ne sachant trop ce que Melody avait en tête.

— Il n'a jamais ramené aucune petite amie à la maison. J'en ai déduit que c'était sérieux.

— Je ne suis venue que pour le festival... Il ne vous a pas parlé de quoi que ce soit, à propos de nous deux ?

— Non, mais il ne dit jamais rien à personne. Nous

en sommes réduits à des suppositions. J'ai compris pour vous lorsque, ce matin, il vous a emmenée lui-même faire le tour du vignoble au lieu de confier cela à Michael.

La visite soi-prétendument rapide du domaine avait finalement duré trois heures, sans qu'aucun d'eux n'en ait véritablement conscience. Elle l'avait interrogé sur l'histoire de ses terres, ils avaient bavardé, et beaucoup ri, toute au plaisir d'être en sa compagnie.

— Il semble vous prêter beaucoup d'attention, rajouta Melody. Ses yeux ont un éclat différent lorsqu'il vous regarde.

— Je ne suis là que pour une seule raison, le festival, répéta-t-elle en secouant la tête.

Et l'enfant qu'elle portait, qui ferait partie de cette famille.

— Vous le regardez beaucoup, vous aussi.

Elle faisait en sorte de cacher la fascination qu'il exerçait sur elle, s'efforçait de faire barrage aux rêveries fantasques qui s'insinuaient parfois dans son esprit. Manifestement, elle n'avait pas réussi.

— Quelle femme ne serait pas séduite par un mâle Brunicadi ? remarqua-t-elle en riant, avec un haussement d'épaules.

— Non. Michael est un bel homme, pourtant vous ne le regardez pas.

Elle n'allait pas s'engager sur cette voie-là, cela risquerait de se retourner contre elle, aussi garda-t-elle le silence. Pourtant, si Michaël avait du charme, il lui manquait cette intensité, cette profondeur dans le regard qui rendait Nick irrésistible.

— Bien, euh, répondit-elle finalement, mal à l'aise. Mais ce n'est pas ce que vous croyez.

— Oh… Nous en reparlerons, oui, nous verrons bien, répondit Melody avec douceur, tout en se dirigeant vers la porte. Les liaisons de Nick ne durent jamais bien longtemps. Il s'arrange toujours pour y mettre un terme avant que cela ne devienne trop sérieux.

Revêtue d'une jupe et d'un top, Callie étouffa un bâillement en se regardant dans la glace, les paroles de Melody lui revenant sans cesse en tête. « Les liaisons de Nick ne durent jamais bien longtemps. » Elle ferait mieux de garder cet avertissement à la mémoire, même si ce n'était pas une découverte car, par moments, elle avait tendance à l'oublier.

Rester concentrée sur son travail, voilà tout ce qu'elle avait à faire, et non pas perdre son temps à penser à Nick, à son sourire magnétique, à la profondeur vertigineuse de son regard. Elle se laissait aller trop souvent à attendre plus qu'elle ne devait du Nick qu'elle avait aujourd'hui appris à connaître. Plus qu'il n'était prêt à donner. Le festival ouvrait ses portes après-demain, et le lendemain elle partirait. D'ici là, elle n'avait qu'à s'appliquer à renforcer ses défenses et à faire ce pour quoi son client la payait.

Elle était une professionnelle après tout. Elle y parviendrait.

Elle étudia son reflet dans la glace. Cette jupe et ce chemisier feraient l'affaire, pour demain, en revanche. Elle fronça les sourcils. Ses cheveux avaient besoin d'un bon shampoing. Plus tard, décida-t-elle en déposant ses vêtements sur le lit. Oui, plus tard, elle les avait lavés par deux fois déjà, et avec une seule main. Difficile, fatigant, mais pas impossible.

Elle se rendit dans le salon, s'installa sur le canapé avec son ordinateur, mais au lieu de vérifier son emploi du temps pour le lendemain, comme elle en avait l'intention, elle consulta des sites internet sur la grossesse, regarda, fascinée, l'image d'un fœtus en plein écran et tenta enfin d'assimiler la masse d'informations défilant devant ses yeux.

— Callie…

Elle sursauta, tourna la tête. Nick était assis sur le canapé, à côté d'elle.

— Mais que fais-tu… ?

— J'ai frappé, dit-il, une lueur d'amusement dans le regard.

— J'ai dû m'assoupir. La journée a été longue.

— C'est pour cette raison que je voulais voir comment tu allais. Tu semblais un peu fatiguée, pendant le repas. On ne t'a pas entendue, ou si peu, oh, je sais, ma famille est une grande bande de bavards. De mon bureau, je peux voir toutes les allées et venues sur le domaine. Tu n'as pas arrêté de la journée. Ensuite, Melody t'a entraînée voir la chambre du bébé. Il faut que tu prennes les choses différemment. Que tu apprennes à dire non.

— Je vais bien, Nick…

Il la surveillait donc ? Bien, elle aussi de son côté ne cessait de penser à lui, en se demandant où il était, ce qu'il faisait.

— Tellement bien que tu t'endors devant ton écran en travaillant encore, remarqua-t-il en désignant son portable, dont l'écran était en veille. Va te coucher, Callie, dit-il gentiment.

— Je vais y aller, dès que je me serai lavé les cheveux, dit-elle en aérant ses longues mèches. Et, pour tout te dire, je ne travaillais pas. Je…

Elle se tut, pianota sur le clavier de son ordinateur, l'image du fœtus apparut à l'écran.

— Je suis allé consulter ces sites, moi aussi, dit-il après un moment. Il y a tant de choses que j'ignore…

— Oui, je sais, dit-elle, les yeux rivés sur l'écran,

faisant de son mieux pour ne pas laisser ses pensées dévier sur l'homme assis à quelques centimètres à peine d'elle. Parfois, j'ai du mal à croire que tout cela est réel. Que cela m'arrive, à moi. Peut-être quand je la sentirai bouger. Mais il paraît que, pour cela, il faut attendre… Elle cliqua sur une rubrique… oui, voilà, aux alentours de seize semaines.

Ils comparèrent les sites, l'un et l'autre également impressionnés par ce qui leur arrivait. Elle s'efforça de rester indifférente aux doigts de Nick courant sur le clavier, de sa peau bronzée visible par les manches retroussées de sa chemise. Elle s'en voulut de ne pas être aussi douée que lui pour ignorer les contacts par inadvertance. Des contacts qui chaque fois lui faisaient l'effet d'une décharge électrique.

Alors qu'il naviguait de site en site, elle jeta un regard furtif à son profil, l'ombre d'une barbe naissante sur ses joues, la gravité de son expression. Elle se réjouissait, un peu trop, qu'il ait de son côté procédé à ses propres recherches. Il tourna à cet instant la tête, surprit son regard. Elle s'empressa de reporter son attention sur l'écran.

— Comment tu te sens, je veux dire, le fait d'être enceinte ? demanda-t-il, d'une voix douce, un peu désemparée peut-être.

Elle le regarda, perdit instantanément le fil de ses pensées quand ses yeux verts pénétrèrent les siens.

— C'est…, hésita-t-elle parce qu'elle cherchait le mot juste, mais aussi parce qu'elle peinait à recouvrer son souffle, tant son regard la troublait. C'est magique. J'ai parfois du mal à réaliser, dit-elle, une main sur son ventre. Et puis, j'ai un peu peur, aussi.

— Tu t'inquiètes pour la naissance elle-même ?

— Oh non, pas encore.

— Mais ça viendra.

— Probablement.

— Je serai à tes côtés, dit-il, d'une voix ferme et douce à la fois.

— Vraiment ?

— Oui, répondit-il sans la moindre hésitation, avant de rajouter : Si tu le veux, bien sûr. Tu le veux ?

— Oui, répondit-elle en se tournant de nouveau vers l'écran de son ordinateur.

Elle n'imaginait personne d'autre près d'elle, ce jour-là, que Nick. Mais elle préférait qu'il ignore à quel point elle comptait sur sa présence.

Ils consultèrent quelques sites encore, mais, quand elle laissa échapper un bâillement, il se leva.

— Tu dois aller te coucher. Tout de suite.

— Je dois d'abord me laver les cheveux, dit-elle, se levant à son tour.

— Je vais t'aider.

— Inutile. Je me débrouillerai.

— Je vais t'aider, répéta-t-il sur un ton sans appel en se dirigeant vers la salle de bains.

Après un soupir, elle lui emboîta le pas et le retrouva, la douche en marche, la chemise trempée.

— Mouille tes cheveux, je passerai le shampoing.

— Nick.

— Quoi ? demanda-t-il, comme s'il ne comprenait que le fait qu'il lui lave les cheveux puisse lui poser un problème.

Et, après tout, peut-être avait-il raison. Elle était enceinte de son enfant. Alors lui toucher les cheveux, quoi de plus innocent ?

— Rien. Tourne-toi une seconde s'il te plaît.

— Je te rappelle que je t'ai déjà vue nue, remarqua-t-il, tout en s'exécutant.

Elle ignora ses paroles et, après avoir retiré ses

vêtements, elle se faufila dans la cabine, se félicitant au passage que du genou à hauteur de menton, les parois soient opaques. Il se retourna et s'appuya au lavabo alors qu'elle faisait couler de l'eau sur sa tête.

— Veux-tu me passer une serviette ? demanda-t-elle en fermant le robinet, une fois ses cheveux entièrement mouillés.

Il lui tendit une serviette-éponge couleur crème qu'elle saisit en glissant une main par la porte de la cabine avant de s'en enrouler avec soin, puis elle sortit de la douche. Elle lui planta le flacon de shampoing dans les mains et croisa les bras, maintenant fermement la serviette sur ses seins, les yeux clos. Et elle attendit.

Elle rouvrit les yeux. Il se tenait tout près d'elle. Il ne souriait pas, mais elle nota la fossette sur sa joue gauche tandis qu'il la regardait.

— Je ne vais pas te soumettre à la torture, tu sais, dit-il sur un ton amusé.

— Finissons-en, veux-tu, répliqua-t-elle, fermant de nouveau les yeux.

A présent, elle aurait mis sa main valide au feu qu'il souriait. Elle-même se mordit la lèvre pour ne pas rire. Et puis les mains puissantes et sûres d'elles de Nick commencèrent à malaxer son crâne, imprégnant ses cheveux de shampoing. Soudain, elle ne trouva plus rien de drôle à la situation. Il se tenait devant elle, les bras de chaque côté de son visage. Prisonnière. Et, si elle ouvrait les yeux, elle verrait son torse, à quelques centimètres à peine. Elle les ferma alors de toutes ses forces. Derrière le parfum de son shampoing, elle reconnut l'essence de son eau de toilette.

— Rinçage, annonça-t-il et il la fit se retourner face à la douche.

Elle laissa tomber la serviette à ses pieds et entra dans

la cabine. Elle fit tout ce qui était en son pouvoir pour qu'il ne voie pas combien son cœur battait fort quand, une minute plus tard, elle tendit la main une nouvelle fois pour demander la serviette et lui passer le démêlant. Ses mains agirent cette fois avec plus de lenteur, le bout de ses doigts massant délicatement le cuir chevelu. A tout moment, elle craignait que ses genoux ne se dérobent sous elle. Il fit glisser ses mains sur l'arrière de son crâne qu'il pétrit avec soin, et la pression de ce contact manqua lui arracher des gémissements de satisfaction. Elle garda les yeux clos alors que le désir s'intensifiait, en elle. Son souffle se fit de plus en plus irrégulier quand, subitement, ses mains dans ses cheveux se figèrent.

Elle ouvrit les yeux juste à temps pour le voir hésiter avant de se pencher vers elle, puis il l'embrassa, un baiser avide, impatient, sa langue explorant sa bouche. Instantanément, portée par ce qu'il y avait de plus pur, de plus animal en elle, elle pressa ses hanches contre les siennes, tressaillit à l'évidence de son désir tendu contre elle. Il promena ses mains sur ses bras nus et humides, les referma autour de ses épaules, et couvrit de baisers son visage, sa gorge, l'embrasant littéralement. Elle se souvenait de la moindre de ses caresses, du goût de ses lèvres, de son corps sur le sien. Etre avec lui, voilà tout ce qu'elle voulait.

Comme cette nuit-là.

Cette nuit où ils avaient conçu un enfant.

— Nick, haleta-t-elle en secouant la tête. Non…

Elle le désirait de tout son être, avec fièvre, férocement, mais elle voulait plus que cela. Il s'écarta, la regarda, avec une expression de frustration intense.

— Rince-toi, dit-il, puis il lui tourna le dos et disparut.

**

Nick sortit des bureaux où il venait de s'entretenir avec Michael sur le millésime de l'année et les effets de la canicule sur la qualité du vin. A la veille du festival, le domaine était en proie à une agitation fébrile, entre le montage des chapiteaux, l'installation des tables, des sièges et une myriade d'autres activités aussi urgentes que nécessaires. Il observa autour de lui, aperçut enfin Callie, vêtue d'une jupe légère et d'un chemisier sans manches, d'une fraîcheur printanière.

Elle était restée distante avec lui, aujourd'hui. Sans doute était-ce mieux ainsi. Elle avait senti toute la force de son désir, la nuit dernière. Un désir absolu, impérieux. Pour un peu, il l'aurait prise là, contre le lavabo, c'était tout juste s'il avait pu se contenir.

Mais elle n'était pas à lui.

Elle avait sa vie, ses rêves. Des rêves d'amour, de famille unie et heureuse. C'était pour cela qu'elle refusait de l'épouser.

D'ailleurs, lui aussi avait sa vie.

Si seulement il avait le pouvoir de stopper ce désir ancré en lui et qui le submergeait, chaque fois qu'il la voyait.

Ils allaient avoir un bébé. Et, pour cet enfant, ils se devaient d'entretenir une relation solide et durable. Le sexe, aussi désespérément tentant qu'il soit, ne ferait qu'embrouiller l'affaire et très probablement mènerait à la destruction de cette chose, ce lien hésitant qui lentement mais sûrement se tissait entre eux. Un lien qui aurait dû le terrifier ; or, curieusement, il n'en était rien.

Il aimait la savoir à proximité, comme si cela était naturel. Elle s'était intégrée avec facilité et sa présence allait désormais de soi autour de la table familiale. Ses cousins, sa grand-mère, toute la famille l'appréciait.

Et elle semblait parfaitement détendue, heureuse de se trouver là.

Il sourit. Une idée depuis peu s'était mise à germer dans son esprit, un plan qui saurait concilier les aspirations de chacun comme leur désir réciproque. Il lui en parlerait dès demain, après le festival.

Elle croisa à cet instant son regard, mais détourna aussitôt les yeux. Elle était en mode professionnel, élégante, efficace, en représentation. Tous ses rêves, tous ses secrets cachés, refoulés. Elle semblait tout entière concentrée sur son travail, tout entière retranchée derrière son travail, répondant à toutes les sollicitations.

Comme il aurait aimé l'emporter loin de tout ça, la faire rire. Il avait envie de la revoir dans cette chemise trop grande pour elle, maculée de taches de peinture. Il était fasciné par cette Callie-là, la Callie qui, une nuit, avait dansé dans ses bras, celle qui avait fait confiance à son intuition. Et lui avait fait confiance.

Une nuit, une seule. Et voilà où cela les avait menés.

Elle était en pleine discussion avec Noah, le maître verrier auteur du magistral héron bleu accroché dans une alcôve de la salle de réception du domaine. Un artiste, comme elle. Etait-elle séduite par son allure insouciante, sa tenue fantasque ? Noah ne se tenait-il pas un peu trop près d'elle ? Difficile à dire, de cette distance. A ce moment, elle tendit la main sur sa gauche, comme pour lui décrire quelque chose.

Elle serait sienne, décida-t-il subitement en fronçant les sourcils. Personne d'autre que lui ne sentirait le parfum de ses cheveux. Lui en connaissait chaque nuance. Ce parfum l'avait enivré, dans la salle de bains. Pour ne plus le quitter, jusqu'aux petites heures du matin. Et jamais plus il ne pourrait sentir ce parfum sans penser à elle.

Le soleil jouait avec ses boucles, les faisant scintiller de mille reflets comme autant de mirages. La douceur de ses cheveux…

Assez !

Refouler ce genre de pensée devenait plus difficile de jour en jour. Mais il y arriverait. La lutte qu'il menait contre lui-même était ardue, et constante, mais il y arriverait.

Ses liaisons jusqu'ici ne lui avaient jamais posé de problème. Liaisons superficielles, sans doute, mais c'était ainsi qu'il les voulait. En revanche, tout ce qui touchait à Callie était loin d'être simple. Il avait surpris dans la glace le reflet de son désir dans ses yeux. Mais c'était pourtant elle qui avait trouvé le courage d'interrompre leur baiser. Elle était en quête de bonheur, d'éternité. Il ne pouvait lui donner ces choses, par contre il pouvait et voulait veiller sur elle et la protéger.

L'un des chefs d'équipe chargé de la restauration sortit à ce moment en trombe d'un chapiteau, se dirigeant droit vers Callie. Il s'empressa de l'intercepter. Alléger sa charge de travail, c'était le moins qu'il pouvait faire, même si elle se défendait d'avoir besoin de l'aide de quiconque. Et en particulier de la sienne.

- 10 -

Callie observa le public du festival, soulagée, ou presque. Dès ce matin, les visiteurs faisaient la queue au portail et elle avait commencé cette journée sur les chapeaux de roue. Le temps était beau, une légère brise soufflait, atténuant un peu la chaleur déjà intense. La plupart des invités portaient chapeaux et lunettes de soleil, cherchant déjà l'ombre sous les chapiteaux et les tentes aménagées sur l'esplanade à leur intention. Le groupe de jazz vedette interprétait de grands classiques et, derrière le son lascif du saxo, résonnaient les rires, les conversations et le cliquetis des verres. Jusqu'ici, tout se déroulait à merveille. La manifestation promettait d'être un vrai succès.

— Madame Jamieson, l'accosta soudain Robert, un jeune viticulteur, à bout de souffle.

Quelle catastrophe allait-il lui annoncer. Succès ? Peut-être s'était-elle trop avancée…

— Nous avons un problème avec la sculpture du trio de jazz. C'est le joueur de basse…

Après un soupir, elle s'avança entre deux rangées de vigne vers la construction d'acier, assemblage improbable de boulons et de rouages qui composaient cette étrange sculpture. Quelques heures encore au vignoble, puis elle partirait, et pourrait enfin s'autoriser quelques vacances.

Une heure plus tôt, Nick était venu la voir en lui

suggérant de se reposer un peu. Il ne comprenait donc pas qu'elle devait rester sur le pont, veiller jusqu'au bout aux moindres détails de l'opération ? Elle avait bien vu à son regard qu'il pensait qu'elle se cherchait des excuses. Des excuses ? Bien, peut-être en effet avait-elle besoin de s'occuper, elle était moins tentée de penser à lui ainsi, à son baiser, au désir qui la taraudait. Oui, sans doute se cherchait-elle un alibi.

Elle se faufilait entre les raisins quand une main puissante derrière elle saisit son poignet. Perdant l'équilibre, elle bascula pour se retrouver plaquée contre un corps dur et chaud. Elle reconnut le parfum de Nick, la fermeté de son torse contre son dos. Il maintint ses poignets et, durant quelques secondes, elle resta ainsi, appuyée contre lui, laissant sa force l'imprégner. Mais très vite elle se reprit, tenta de s'arracher à lui.

— Je dois aller vérifier les *Joueurs de Jazz*.

Il resserra ses mains autour de ses poignets et elle sentit qu'il secouait la tête.

— Tout va bien avec cette sculpture, chuchota-t-il à son oreille.

— Robert vient de m'avertir d'un problème.

Les doigts de Nick remontèrent sur ses bras nus, aussi légers que les ailes d'un papillon, puis il posa les mains sur ses épaules et la fit se retourner, reculant d'un pas pour mieux la regarder — pas suffisamment au goût de Callie, qui peinait à penser de façon cohérente dès qu'elle se trouvait face à lui.

— Tu n'arrêtes jamais, voilà le problème. Tu m'as envoyé promener lorsque je te l'ai suggéré, tout à l'heure. Mais, maintenant, tu n'y échapperas pas. Je connais un endroit idéal, pour cela.

Elle le dévisagea, se noya dans le vert profond de ses yeux. La raison voulait qu'elle décline l'invitation, mais passer un peu de temps en tête à tête avec lui était bien trop tentant. Elle acquiesça d'un signe de tête. Demain, elle serait partie, pourquoi ne pas profiter du moment présent ?

Le talkie-walkie grésilla à sa ceinture. Elle s'apprêtait à le prendre, mais Nick se montra plus rapide. Il saisit l'appareil et l'éteignit.

— Il n'y a rien qui ne puisse attendre.

— Mais…

Après un long soupir, il prit sa main, une main chaude, résolue.

— Il y a tout le monde nécessaire ici pour intervenir si besoin est, dit-il en l'entraînant sur une pente douce, loin du jazz et de l'art et de la foule.

Après quelques minutes seulement, ils débouchèrent sur une clairière ombragée par un chêne centenaire. Une nappe à carreaux rouge et blanc était étendue sur l'herbe, un panier de pique-nique trônant au milieu.

— Assieds-toi.

Callie s'exécuta, émue par cette attention.

— Un verre d'eau ? A moins que tu ne préfères quelque chose de plus fort ? Soda ou jus d'orange.

— Un peu d'eau, merci, répondit-elle en souriant.

Elle le suivit des yeux pendant qu'il s'affairait, fascinée par les muscles de ses avant-bras quand il déboucha la bouteille d'eau minérale et en remplit deux verres à pied.

— Tu n'es pas obligé de boire de l'eau, remarqua-t-elle.

Il ne répondit pas, lui passa son verre et leva le sien en guise de toast silencieux. Elle avala une gorgée d'eau, lui de son côté entreprit de sortir la nourriture du panier.

— J'ai appris qu'il n'y avait rien de plus difficile à préparer qu'un pique-nique pour une femme enceinte. Il semblerait qu'il faille bannir les viandes froides, les fromages crus et les pâtés.

— Autrement dit, tout ce qui fait un bon pique-nique, rit-elle en s'efforçant de ne pas montrer combien elle était touchée qu'il se soit préoccupé de savoir ce qu'elle pouvait ou non manger.

— Pas tout, non, répondit-il en découpant des tranches de pain, sa montre en argent massif scintillant sous le soleil alors qu'il disposait sur la nappe, cœurs d'artichaut, cheddar, raisins, pamplemousse et mangue.

— Et Melody ? s'enquit-elle, alors qu'une étrange douceur l'envahissait.

— Melody a une famille qui veille sur elle, répondit-il en composant une assiette avec un échantillon de tout ce que contenait le panier. C'est de toi que je me soucie, rajouta-t-il en lui tendant l'assiette.

Elle découvrit soudain qu'elle n'était pas simplement fatiguée, mais affamée. Ce pique-nique était une idée merveilleuse. Il remplit son assiette et ils déjeunèrent, l'écho des notes de jazz leur parvenant depuis la villa.

— Comment as-tu découvert ce dont j'ai besoin, exactement ? demanda-t-elle un peu plus tard, avant de croquer dans une fraise, la dernière dans son assiette.

— Intuition masculine, répondit-il.

Elle répondit à son sourire avant de s'allonger sur la couverture. Durant quelques secondes, elle fixa le ciel à travers les feuilles, puis elle ferma les yeux, une main sur son ventre. Elle devina plus qu'elle ne le sentit quand Nick s'étendit à côté d'elle.

Le silence se prolongea. Les yeux toujours clos, elle sut pourtant qu'il l'observait. Elle osa alors un regard entre ses cils, surprit ses yeux, non pas sur son visage mais sur son ventre. A cet instant, il croisa son regard, puis elle sentit sa main se poser sur la sienne, sur son ventre. Un contact chaud, rassurant, naturel. Il demeura ainsi, sa main immobile sur elle. Callie pensa à l'enfant qui grandissait en elle, à ce premier bonjour de son père. Ce serait une fille, elle en avait la conviction maintenant.

— L'autre soir, dans ma chambre d'hôtel, tu as dit que c'était une fille, pourquoi ? demanda-t-elle à Nick.

— J'ai dit ça ? dit-il en déployant ses doigts sur son ventre.

— Oui. Et Rosa en est elle aussi persuadée.

— Hmm, en réalité il y a cinquante pour cent de chances, remarqua-t-il, comme gêné par cette conversation.

— Tu paraissais si sûr de toi…

Il serra tendrement sa main sous la sienne.

— Non. Comment pourrais-je l'être ? rit-il doucement tout en caressant son bras.

— Serais-tu comme Rosa ? Je veux dire… Saurais-tu des choses.

Aussitôt, sa main se figea.

— Non.

— J'ai entendu dire que, dans le milieu des affaires, on t'appelait le Chanceux. En fait, il semblerait que la chance soit souvent avec toi… ?

— Je travaille beaucoup, c'est tout. Rien à voir avec la chance. Et j'ai connu moi aussi de nombreux échecs. Les gens ont tendance à l'oublier. Quant à Rosa, il lui arrive de deviner juste, comme de se tromper. En tout cas, je ne peindrai pas la chambre de bébé en rose sur la seule foi de ses paroles.

— Melody pense que Rosa a raison. Son bébé sera un garçon.

— C'est possible, comme il est possible que ce soit une fille. Melody a seulement envie de croire que ce sera un garçon.

— Tu te souviens du tableau, chez moi ? demanda Callie après un moment de silence. Celui qui te faisait penser à Cathedral Cove ?

— Oui, répondit-il sans la moindre hésitation.

— En fait, je l'ai peint là-bas.

— Splendide, dit-il après une hésitation. Tu as beaucoup de talent.

— Mais il n'y a que de l'eau sur ce tableau, Nick. Pas de paysage, pas de crique, rien qui puisse identifier cet endroit…, fit-elle remarquer.

— L'eau dans ce coin a une qualité particulière, tu ne trouves pas ? C'est évident, sinon tu n'aurais pas décidé de la peindre.

— Peut-être, répondit-elle peu convaincue néanmoins, et surtout attristée qu'il refuse de se confier à elle à propos de ce don qu'il semblait avoir hérité de sa grand-mère.

Tout en l'observant, une vérité se fit jour dans son esprit. Elle pourrait vivre quelque chose avec cet homme. Non, elle voulait vivre quelque chose avec cet homme. Elle voulait en tout cas plus de lui que lui ne voulait d'elle. Elle connaissait la chaleur de sa peau, de ses lèvres, et elle aspirait toujours plus à ses caresses, à ses étreintes. De plus en plus souvent, ses pensées s'égaraient sur un terrain qu'elle savait dangereux.

— Je crois que le festival sera une réussite…

— Hmm.

— Plus encore peut-être que nos prédictions les plus optimistes…

« Je t'en supplie, Nick, aide-moi. Aide-moi à ne plus penser à l'éclat de tes yeux, à ton sourire. »

— Hmm.

« Aide-moi à ne plus penser à tes mains sur moi… »

— Le nombre de billets vendus à cette heure a déjà atteint des records et…

— Callie.

— Oui ?

— Je t'ai emmenée ici pour faire une pause.

Elle se tut, mais ce fut plus fort qu'elle, elle continua de le regarder, étendu sur le dos auprès d'elle, mains derrière la nuque, ses muscles bandés sous les manches de son polo. Il avait les yeux fermés, ses longs cils frémissaient sur ses pommettes. Elle pourrait passer sa vie entière à admirer son visage.

— Ferme les yeux.

Comment savait-il qu'elle le regardait ? Elle s'exécuta, s'efforça de se détendre, mais le fait de se trouver si près de lui la rendait fébrile. Elle vibrait, tous ses sens aux aguets, bouleversée par sa proximité. Si elle ne parlait plus travail, elle penserait encore et encore à lui, peut-être même ferait-elle quelque chose d'insensé, de stupide, comme de le toucher…

— La moitié des œuvres exposées a déjà été vendue…

Il laissa échapper un soupir d'exaspération.

— Et je crois que quelqu'un est intéressé par le dragon, enchaîna-t-elle. C'est l'œuvre la plus chère.

Il marmonna quelque chose d'incompréhensible, elle l'entendit bouger. Elle ne sentit plus soudain la chaleur du soleil sur son visage. Elle rouvrit les yeux. Il était penché sur elle. L'espace d'une seconde, ils se regardèrent, puis, après un nouveau soupir, il approcha son visage du sien et ses lèvres se posèrent sur les siennes.

Elle entrouvrit la bouche. Il avait le goût du soleil, de la lumière. Une vague de sensations la submergea. Elle posa les mains sur ses épaules, frémit à leur puissance sous ses doigts. L'embrasser était comme se trouver projeté dans un rêve. Elle fut prise de vertige, la réalité menaçant de s'estomper sous la douceur de ses lèvres. Il caressa son visage, enfouit les doigts dans ses cheveux, l'attira contre lui et l'embrassa avec fougue.

Elle fit glisser ses mains sur son cou, puis sur ses épaules, lui pesant de tout son corps contre le sien.

Malgré elle, oubliant toutes ses bonnes résolutions pour ne pas faire cela, elle se cambra, colla ses hanches aux siennes : la seule chose qui importait était de se fondre dans lui. Elle sourit au contact légèrement râpeux de sa barbe naissante contre ses joues. Il referma doucement ses mains sur ses seins, à travers son chemisier, une caresse exquise, qui la fit gémir de plaisir.

— Callie.

Elle aimait l'écho de son nom sur ses lèvres.

— Oui.

— Viens.

— Oui.

Elle fut incapable d'en dire plus et, quelques minutes plus tard, dans l'intimité du gîte, ces mains qu'elle ne se lassait pas de regarder, ces mains dont elle aimait tant le contact, caressèrent longuement son visage. Il enfouit ensuite ses doigts dans ses cheveux, en déroulant presque chaque mèche, puis de nouveau il l'embrassa. Un baiser qu'il fit durer plus longtemps, cette fois. Il l'étreignit, l'imprégnant de la puissance et de la chaleur de son corps, l'enivrant de son odeur masculine. Elle but à sa bouche, s'accrocha de toutes ses forces à lui.

Dans les bras de Nick, elle se sentit soudain plus vivante qu'elle ne s'était jamais sentie jusqu'alors, non seulement avec un autre homme, mais seule. Elle portait son enfant. Elle le connaissait. Il la connaissait et la comprenait. C'était la toute première fois qu'elle ressentait une telle fusion.

Le ventilateur au plafond tournoyait au ralenti. Lèvres scellées, ils traversèrent le salon à tâtons jusqu'à la chambre, s'arrêtèrent au pied du lit. Sa bouche explorait la sienne, il la savourait comme on savoure un bon vin, en dégustant chaque nuance, ses mains se promenant sur elle.

Des mains qui finirent par se glisser sous son chemisier, curieuses, avides, embrasant chaque pore de sa peau dans leur sillage. Tout en parcourant du bout des doigts les contours de ses hanches, de son dos, il enroula sa langue à la sienne puis ses pouces s'arrêtèrent sur le bout de ses seins, qu'il caressa, serra avec une cruauté raffinée entre ses doigts sous la dentelle de son soutien-gorge. Un désir fulgurant la transperça. Il écarta son visage du sien et la regarda. Elle vit le désir briller dans ses yeux, avec un éclat inouï. Il approcha les mains et avec une lenteur extrême déboutonna son chemisier, en écarta les pans. Il pencha alors la tête, referma sa bouche sur le bout de son sein droit, imprégnant la dentelle de sa salive. De nouveau, elle gémit, au comble du désir. Elle agrippa ses cheveux noirs, pressa son visage contre sa poitrine.

Il faufila les doigts sous la fine bretelle de son soutien-gorge qui glissa sur son épaule, puis il fit subir le même sort à la deuxième. Sa bouche lâcha le bout de son sein, juste le temps d'écarter le tissu et de mettre sa peau à nue, et de nouveau ses lèvres l'emprisonnèrent. Caresse électrique, magique, elle retint un cri, soupira.

Elle froissa avec fébrilité sa chemise, voulant toucher sa peau maintenant, sentir son corps sous ses doigts. A force de chercher, de tirer, d'écarter, ils finirent par avoir raison des vêtements de l'autre, par supprimer toute barrière entre eux.

Emerveillée, elle le regarda dans sa nudité d'homme, d'une beauté parfaite, créature de rêve. Son rêve. En retour, la chaleur de son regard, le désir dans ses yeux enflammèrent ses sens.

— Calypso…, chuchota-t-il.

Elle chancela sur ses jambes, tant la façon dont il prononça son nom était lourde de promesses. Puis il vint tout contre elle, et la fit s'allonger. Lèvres contre lèvres, peau contre peau, la fièvre de leurs caresses s'intensifia. Elle n'avait jamais éprouvé un tel désir. A crier. Elle voulait prendre, et voulait donner. Même si elle avait besoin aussi de ce moment. L'exploration, la découverte, la lenteur et la douceur.

Elle caressa son torse, arrêta sa main sur son cœur, une manière pour elle de se l'approprier. Pour toujours. Il gémit. Elle sourit à ce paradoxe. Guerrier et amant, tour à tour féroce et alangui. Habité par la passion, attaché à sa liberté. Exigeant et généreux. Et si semblable à elle. Elle était à lui, et serait sienne à jamais, et il n'en savait rien.

Elle connaissait ce corps, pourtant aujourd'hui tout était différent. Tout avait changé, entre eux. Les sensations se succédaient en elle, les émotions se bousculaient, l'entraînant dans un monde dont elle ne soupçonnait pas la beauté. Elle vivait sous ses doigts. Ses yeux ne voyaient que lui, son corps semblait n'attendre que lui.

Nick vint sur elle. Elle s'ouvrit, le guida en elle et fit glisser ses mains sur ses épaules, ses hanches, voulant se confondre avec lui. Il plongea en elle, la pénétra jusqu'au plus profond de son corps, ses lèvres prenant les siennes, avec tendresse, pour un baiser terriblement érotique.

Ils bougèrent ensemble, deux corps à l'unisson, avec lenteur, avec passion, puis inexorablement leur rythme s'accéléra. Le plaisir les submergea par vagues successives, union charnelle absolue et, dans l'extase, elle cria son nom, émerveillée, libérée. Amoureuse.

Autour de la table, alors que régnait une ambiance chaleureuse et bon enfant, Callie se sentit envahie par un douloureux sentiment de solitude. Elle ne voulait pas se laisser séduire par cet univers. Un univers qui lui était interdit. Auquel elle avait pourtant terriblement envie d'appartenir. La vie de famille dont elle rêvait, quand elle rêvait.

La perspective de rentrer, dès le lendemain, et de reprendre le cours de sa vie semblait difficile à croire.

Elle aurait dû se réjouir. Le festival avait été une vraie réussite, et c'était bien là la raison pour laquelle elle était venue jusqu'ici, non ? Rien de plus. L'argent récolté permettrait de soutenir le refuge aux ados en détresse bien au-delà des meilleurs pronostics. Une excellente chose sur le plan professionnel.

Car, sur le plan personnel, c'était la débâcle la plus complète.

Elle avait fait l'amour avec Nick. Pire encore, elle aimait Nick. Et elle ne savait pas du tout ce que lui ressentait, de son côté.

Demain, elle devait s'envoler pour Sydney. Et elle ne voulait pas partir. Tant de choses avaient changé. Le peu de temps qu'elle avait passé ici, elle avait été heureuse. Et, l'essentiel de ce bonheur, elle le devait à Nick. Toujours disponible pour l'aider, bavarder, rire avec elle. Quelque chose en elle vibrait quand il était à proximité, elle était aux aguets quand il était loin d'elle. Des sentiments qui en disaient long. Mais qu'elle devait taire.

Car il refusait de s'engager.

Quant à elle, le seul engagement dont elle devait se soucier pour le moment était son agence, ses clients, son équipe. Une nécessité. Car son travail permettrait d'assurer une existence confortable à son enfant.

La famille s'attardait devant un café quand elle surprit le regard de Nick posé sur elle. Il se leva de table, vint vers elle et lui tendit la main.

— Viens avec moi, je voudrais te montrer quelque chose.

Tous les regards se braquèrent sur elle. Elle sourit à

Nick, se leva et le suivit. Elle prit place avec lui dans la Range Rover et ils s'éloignèrent, indifférents à la curiosité, aux sourires entendus, aux chuchotements. Tout le long de la route, il excella dans le rôle du guide, lui montrant les sites d'intérêt de la région, désignant les vignobles de concurrents. Bientôt, il s'engagea sur un chemin de terre qui les mena dans les collines.

Après plusieurs minutes, il fit demi-tour et se gara tout en haut d'une crête, face à la vallée, baignée à cette heure des lueurs roses de la nuit imminente.

— A quoi penses-tu ?
— C'est merveilleux. J'ai toujours aimé les ombres et les lumières du crépuscule...

Merveilleux, oui, à faire mal. Et être avec lui, aussi, faisait mal. Il lui sourit, et cette douleur en elle s'accentua.

— Alors, est-ce que tu te plais, ici ?

Comment pourrait-il en être autrement ? Il y avait tant de choses qu'elle aimait, ici. En fait, elle trouvait à cet endroit autant de charme qu'à l'homme dont elle était éprise, au point, elle le craignait, d'oublier tout le reste.

— Comment ne pas aimer cette vallée, ces coteaux...
— Je ne parle pas de la vue, l'interrompit-il avec douceur, mais du bungalow.

Elle suivit son regard, et aperçut un petit chemin sur leur droite et, juste après une rangée de vieux peupliers, un vaste bungalow au milieu des glycines. Elle nota sous la véranda un chevalet. Elle s'imagina peignant la vallée au fil des saisons...

— Comme c'est beau.
— Ce bungalow nous appartient. Lisa y vivait quand elle est venue travailler ici pour la première fois, il y a un an, comme technicienne de laboratoire. Par la suite, elle a rencontré et épousé Gregory.

— On croirait qu'elle appartient à la famille depuis des années.

— Elle a su s'intégrer, dès le début. Comme toi, rajouta-t-il avec calme.

— C'est si facile !

— Ma famille peut parfois se montrer envahissante. Lisa se plaisait énormément au bungalow, expliqua-t-il. A bonne distance entre le vignoble et mes cousins. Et puis, il y a une lumière magnifique, ici. Une aubaine, pour quelqu'un qui peint, comme toi.

Elle l'observa, perplexe.

— Pardonne-moi, mais… Pourquoi est-ce que je viendrais peindre ici ?

— Pas seulement peindre. Vivre.

Un formidable espoir la traversa. Dont elle devait se méfier.

— Qu'es-tu en train d'essayer de me dire ?

— Que tu pourrais emménager ici.

Rien que ça ? Qu'elle laisse tout derrière elle et s'installe ici. Elle attendit, mais il garda le silence. L'espoir s'étiola et cela lui prit quelques secondes avant qu'elle ne recouvre sa voix.

— Je ne viendrai pas vivre ici. J'ai une vie en Nouvelle-Zélande. Une affaire. Des clients.

— Tu pourrais travailler d'ici, ou de Sydney à l'occasion. Nous avons de nombreux vols réguliers pour la Nouvelle-Zélande. Et puis, tu m'as dit que le bail de ta villa était sur le point de se terminer. Penses-y. Tu te plais ici. C'est toi-même qui l'as dit.

Il avait donc pensé à tout. Et sa proposition semblait si rationnelle. Mais que faisait-il de tout ce qui n'était pas rationnel, précisément ? Des sentiments, de l'amour ? Nick son guide lui suggérait d'emménager ici, mais Nick l'amant, que voulait-il ? Que voulait l'homme qu'elle aimait ?

— Et puis, tu portes mon bébé.

— Là n'est pas la question, dit-elle, une main protectrice sur son ventre.

— Toute la question est là, au contraire, répondit-il.

Qu'entendait-il par là ? S'il n'y avait pas le bébé, il se ficherait bien de l'endroit où elle vivrait ? Sa tête se mit à tourner.

— Tu es sérieux ? Tu crois vraiment que je vais emménager ici parce que cela serait plus pratique pour toi ? demanda-t-elle, une infinie tristesse l'envahissant.

— Tu dois y réfléchir, Callie. Ce serait l'idéal pour tous les deux. Nous nous entendons plutôt bien. Je pourrais venir régulièrement te voir, toi et le bébé.

— Nous nous entendons plutôt bien…, répéta-t-elle, sans pouvoir cacher son incrédulité.

Elle avait cru ne pas avoir besoin des mises en garde de Melody, avait cru ne rien avoir à craindre de Nick. Elle n'avait pas été suffisamment vigilante sur le danger qu'il représentait. Elle était si vulnérable. Plus que vulnérable. Elle était tombée amoureuse de lui comme on court à la catastrophe. D'un homme qui avait exclu le mot « amour » de son vocabulaire. De cet amour qu'elle voulait lui donner, qu'elle voulait recevoir de lui. Et, en cet instant, elle se sentit ébranlée, vidée de toute substance.

— Je voudrais que les choses soient claires, reprit-elle en prenant sur elle, enfouissant ses émotions au plus profond de son cœur. Sous prétexte que je porte ton enfant et que l'un de tes bungalows est libre, et parce que cela serait plus commode pour toi et que nous nous entendons plutôt bien, je… je devrais tout laisser et venir vivre ici ? Mais pourquoi, Nick ?

Il resta muet.

— Et le sexe ? enchaîna-t-elle, le souffle court. Tu as oublié de mentionner cet aspect de notre relation. Tu pourrais ainsi facilement venir coucher avec moi, de temps en temps, n'est-ce pas ? Car sur ce plan-là, c'est vrai, ça fonctionne bien entre nous...

Il la dévisagea, silencieux, puis tenta de s'expliquer :

— Tu ne comprends pas. Tu fais tout une histoire de quelque chose de simple. Je cherche à te faciliter les choses, c'est tout.

— Tu cherches surtout à te simplifier la vie. A tout arranger à ta convenance, sans rien donner en retour. Sans même entrouvrir ton cœur.

Son regard s'assombrit.

— Tu as refusé de m'épouser, remarqua-t-il, l'exaspération prenant le pas sur son calme. Ce que je te propose, c'est une sorte de compromis, une forme de transition.

Elle ne dit rien.

— Qu'attends-tu de moi ?

C'était bien là le fond du problème. Elle regarda par la vitre. Prononcer le mot « amour », elle ne le pouvait pas. Au moins sur ce plan s'était-il toujours montré honnête. Elle était comme les autres, toutes ces femmes qui étaient tombées amoureuses de lui, sans espoir de réciprocité.

— Rien, répondit-elle à mi-voix. Je n'attends rien de toi.

— C'est la meilleure solution, reprit-il, retrouvant sa logique implacable. Cela conviendrait à tout le monde...

— Ce n'est pas la meilleure solution, dit-elle en secouant la tête. J'ai une société sous ma responsabilité, en Nouvelle-Zélande.

Son indépendance, elle la tenait d'Ivy Cottage. Elle

devait penser, même si c'était un peu tard, à protéger son cœur. Et, pour cela, elle devait fuir cet homme.

— Tu n'aurais pas besoin de travailler, à moins que tu n'y tiennes vraiment, insista-t-il. Je suis tout à fait en mesure de subvenir à tes besoins le temps que tu le souhaiteras. Tu pourrais vendre Ivy Cottage à Marc. Je lui accorderai un prêt.

Oui, il avait pensé à tout décidément, sauf à une chose, essentielle pour elle. La seule chose qu'il ne pouvait, ou voulait, offrir. Quelque chose de lui.

— Tu as réponse à tout, n'est-ce pas ?
— Je m'efforce d'être logique.
— Il ne s'agit pas forcément de logique.
— De quoi, alors ? demanda-t-il.
Elle ne répondit pas. Comment l'aurait-elle pu ?

— Bien, si c'est ainsi que tu le prends… Je croyais que toi et moi nous nous efforcerions d'agir pour le mieux, pour le bébé.

— Pour le bébé ou pour toi ? répliqua-t-elle. Et que dis-tu de ma solution ? Si tu déménageais, toi ? Pour venir vivre près de chez moi ?

— Woa, soupira-t-il en levant les mains dans un geste de reddition. Oublions ce que j'ai dit, d'accord… ?

Il ne rajouta rien, ne dit pas par exemple « j'ai eu tort de te proposer cela » ou « je suis désolé ».

— Volontiers, répondit-elle avec lassitude.

Mais elle n'oublierait pas. L'aurait-elle voulu, qu'elle ne l'aurait pu, tant la douleur était intense. A aucun moment il n'avait parlé de sentiments. « Nous nous entendons plutôt bien. » Il se satisferait d'une relation superficielle et pratique et il attendait d'elle qu'elle en fasse autant et qu'elle lui soit reconnaissante des miettes qu'il daignait lui offrir.

Cela ne se passerait pas ainsi. Elle ferma les yeux,

se fit cette promesse solennelle. Elle s'était trompée une fois, il n'y en aurait pas de deuxième.

Nick remit le contact et descendit la pente au ralenti. Il reprit la route du domaine, la déposa au gîte, sans qu'aucun d'eux ne prononce un seul mot.

- 11 -

Callie se tourna vers Melody, au volant de la Range Rover.

— Merci de me ramener à Sydney, dit-elle, la gorge nouée et le cœur gros.

— Cela me fait plaisir, répondit Melody avec un sourire chaleureux. De toute façon, je voulais voir mon gynéco. Je passerai la nuit à l'appartement de Nick et, demain, j'irai accueillir Jason, à sa descente d'avion. Nous en profiterons pour aller faire du shopping pour la chambre du bébé.

Son cœur se serra. Elle n'aurait jamais l'occasion de faire du shopping avec le père du bébé pour choisir les meubles de sa chambre.

— Et puis, c'est le moins que je puisse faire, reprit Melody. Après tout le travail que vous avez accompli pour le festival. Je suis si heureuse de pouvoir soutenir l'action de ce refuge pour ados. Et puis, c'est une opération gratifiante pour l'image du vignoble. Une formidable publicité, pour nous...

Melody se mit à parler du domaine, de ses projets pour l'entreprise. Elle s'efforça de l'écouter, de fermer son esprit à tout ce qui se rapportait à Nick.

Ce matin, elle avait redouté de descendre prendre son petit déjeuner presque autant qu'elle espérait voir Nick. En vain, d'ailleurs, car il était absent. Signe supplémentaire, s'il en était besoin, de ses sentiments à son égard. Ou plutôt, de son absence de sentiment à son égard.

En plein désarroi, elle redoutait à tout instant que le désespoir ne s'empare d'elle pour la broyer. Elle devait se ressaisir, vivre un jour après l'autre. Aujourd'hui, par exemple, l'heure était au retour et à la réflexion. Que s'était-il passé ? Qu'éprouvait-elle exactement ? Quels sentiments fallait-il attribuer à la situation dans laquelle elle se trouvait, à l'humeur capricieuse de ses hormones ? Une chose était sûre : ce qu'elle ressentait pour Nick était totalement inédit pour elle. Elle savait désormais que ce sentiment qu'elle prenait autrefois pour de l'amour n'en était en réalité qu'une pâle copie. Et cette douleur, jamais, elle n'avait eu à en souffrir.

Ne penser qu'au présent. Ici et maintenant. Voilà tout ce qu'elle avait à faire.

— N'essayez surtout plus de me faire croire qu'il n'y a rien entre vous et Nick.

Elle regarda Melody à la dérobée.

— Nick et moi devons mettre certaines choses au clair, admit-elle. Mais ce n'est pas ce à quoi vous pensez.

— Je pense que vous êtes enceinte.

Elle se figea. Ce don de double vue était donc partagé par toute la famille ?

— Qu'est-ce qui vous fait dire cela ?

— Vous n'avez pas touché une seule fois au vin, à table, durant votre séjour. Une autre personne a fait de même. C'est moi. Rosa a commencé à tricoter un gilet rose, qui n'est évidemment pas destiné à Junior. Enfin, parfois, vous posez une main sur votre ventre, comme moi.

Au moins Melody n'y allait-elle pas par quatre chemins et cela avait-il le mérite d'être clair. Pourquoi s'entêter à nier ? Elle inspira profondément.

— En effet, répondit-elle.

— Et Nick est le père.
— En effet.
— Dans ce cas, que… ?
— C'est compliqué.

Et elle n'avait pas du tout envie de parler de cela. Durant quelques secondes, Melody demeura impassible, puis soudain un sourire radieux illumina son visage.

— Vous pouvez dire ce que vous voulez. C'est merveilleux.

Manifestement, Melody ne voyait pas en quoi les choses pouvaient être si compliquées. Elle refoula un nouvel assaut de larmes.

— C'est pour quand ? s'enquit-elle, au comble de l'excitation.

— Mi-septembre, répondit-elle.

— Deux mois après moi. Junior aura une cousine de son âge.

Elle ne se sentait pas vraiment prête à discuter du futur de leur enfant respectif. Mais elle n'avait pas de raison de s'en faire. Melody, apparemment aux anges, ne semblait pas avoir besoin de quelqu'un pour faire la conversation.

— Avez-vous des nausées ? Comme j'en ai souffert, au début. Et pas uniquement le matin, toute la journée…

Et, des symptômes de la grossesse aux différentes options d'accouchement ou encore aux meilleures boutiques de mode enfantine, Melody ne cessa de parler, osant même lui confier, avec franchise et sensibilité, sa joie de porter l'enfant de Jason, et allant jusqu'à faire des projets pour l'université. Elle ne put s'empêcher d'envier la jeune femme. Elle était pleine de certitudes, la vie leur appartenait, à elle, à Jason et à Junior.

— Nick est quelqu'un de bien, dit enfin Melody, changeant de conversation de façon abrupte.

— Je sais. Mais ses relations ne durent jamais, dit-elle en repensant aux propres mots de la future maman évoquant les affaires de cœur de son frère.

— Je me souviens d'avoir dit cela, répondit Melody après un court silence. Et c'est la vérité. Mais si elles ne duraient pas, c'était parce qu'il ne le voulait pas. Il ne laisse jamais les gens l'approcher de trop près. Que quelqu'un s'y essaye, il prendra aussitôt ses distances…

Telle était la vérité, en effet, convint-elle en silence, au bord des larmes une fois de plus. Melody posa une main sur son ventre ; la seconde d'après, elle serrait le poing en grimaçant de douleur.

— Un problème ?

— Une crampe. J'en ai eu plusieurs, aujourd'hui. J'en ignore les raisons. C'est un peu tôt pour des contractions, répondit Melody, livide.

— Voulez-vous que je prenne le volant ? proposa-t-elle.

— Bonne idée. Mais je suis sûre que tout va bien. Le premier trimestre est une phase critique, or je suis dans mon deuxième, maintenant. Je me sens un peu fatiguée, c'est tout.

Melody arrêta la voiture sur le bas-côté de la route et elles échangèrent leur place. Une fois sur le siège passager, Melody chercha une position confortable puis ferma les yeux. Elle nota la tension sur son visage, les mains crispées sur son ventre. En proie à une réelle inquiétude, elle roula aussi vite que la loi le permettait.

Arrivées en ville, Melody lui indiqua la direction du cabinet de son gynécologue. Elle était blême, les yeux rougis de larmes.

Callie se gara devant les bureaux du médecin et se précipita pour ouvrir la portière à Melody. Celle-ci sortit de voiture et ce fut à ce moment qu'elle aperçut le sang.

* *
*

Callie tenait la main de Melody, allongée sur son lit d'hôpital, quand la porte s'ouvrit. Nick surgit dans la chambre avant de se figer. Il les dévisagea l'une après l'autre, ses yeux pleins d'inquiétude, avant de s'adresser à Melody.

— Comment vas-tu ? demanda-t-il d'une voix aussi douce que tendue.

Melody ouvrit la bouche pour répondre, mais aucun mot n'en sortit. A la place, un nouveau flot de larmes se déversa sur ses joues. Callie ne put retenir les siennes et pleura elle aussi en silence pour Melody, pour Jason et pour le bébé qui ne verrait jamais le jour.

Nick traversa la chambre et vint près de sa sœur qu'il serra dans ses bras. Melody s'accrocha à son cou, se blottit contre lui sans cesser de pleurer. Se sentant comme une intruse, Callie se leva. Nick la regarda et chuchota :

— Reste.

Le cœur brisé par tous les chagrins du monde, elle refusa d'un signe de tête et sortit en silence de la chambre.

Nick s'appuya contre un montant de la véranda, mains dans les poches, en feignant une nonchalance qu'il était loin de ressentir. Lorsque Callie était partie, une semaine auparavant, il s'était convaincu qu'il pouvait la laisser s'en aller. Qu'il n'avait pas besoin d'elle. Mais, avant même qu'elle disparaisse de sa vue, il avait compris dans un moment de lucidité extrême qu'il se jouait la comédie. Car, au fond de lui, il ne voulait pas qu'elle parte. Il ne voulait plus de son existence passée. Ne voulait plus des aventures, du provisoire.

Il la voulait elle, jour après jour, et pour toujours.

Melody avait perdu son bébé. Il ne perdrait ni Callie ni

leur enfant. Car il avait besoin… Lui, besoin ? Qui aurait pu imaginer qu'il aurait un jour besoin de quelqu'un… ? Bref, il avait besoin de Calypso Jamieson autant que de l'air qu'il respirait. Il avait besoin de son parfum, de son rire, du son de sa voix. Et de son amour. En refusant de l'admettre, en la laissant partir, il avait commis une erreur monumentale.

Et il était là aujourd'hui pour la réparer.

Cela lui avait pris plusieurs jours avant de mettre son plan à exécution. Une suite de jours vains et creux, sans elle. Car elle était vitale à son existence.

Pieds nus, elle poussa la porte-fenêtre et s'avança sous la véranda, offrant son visage aux premiers rayons du soleil. Lorsqu'elle l'aperçut, elle se figea, ses yeux chocolat scintillant sous l'effet de la surprise.

Tel un homme assoiffé, il la regarda jusqu'à ce que la tête lui tourne et, durant de longues secondes, le monde s'arrêta. Il fit un pas dans sa direction, et elle détourna les yeux, fixa la tasse fumante entre ses mains. Elle marcha jusqu'au bord de la véranda, main crispée sur la rambarde.

Il observa son profil, promena son regard sur ses longs cheveux. Elle était lointaine, presque absente, si seule, et vêtue de la même chemise trois fois trop grande maculée de taches de peinture.

— Solitude ou envie d'être seule ? chuchota-t-il en faisant un autre pas vers elle.

De sa réponse dépendait toute son existence à venir.

— Envie d'être seule…

Elle parla à voix si basse qu'il entendit à peine sa réponse, mais un formidable espoir l'envahit. Lui donna le courage. Il franchit les quelques mètres qui la séparaient d'elle, son pas résonnant sur le teck. L'odeur de son shampoing lui parvint et il ferma les yeux, comme si cela devait l'aider à en atténuer l'impact sur ses sens et sur son cœur.

Il avait tout analysé de leur histoire. Tout ce qu'ils avaient dit et fait. Mais toutes les analyses du monde se révélaient vaines quand il s'agissait d'obtenir les réponses dont il avait besoin. Ces réponses, elle seule avait pouvoir de les lui donner. Et, s'il espérait de toute son âme, il n'avait aucune certitude. Il suivit son regard, observa les coteaux tapissés de vignes.

— J'ai acheté le vignoble de ton voisin…

Il la sentit plus qu'il ne la vit sursauter.

— Quoi ? Pour quelle raison ?

— Parce que tu ne veux pas du bungalow, répondit-il en la regardant, notant les cernes sous ses yeux. Tu ne m'as d'ailleurs jamais expliqué pourquoi exactement tu refusais de venir t'y installer…

— Laisse tomber, Nick, dit-elle entre ses dents, sur un ton lourd de colère. Cela fait trop mal.

Il connaissait cette douleur. Comme il connaissait la terreur de l'échec, peut-être pour la première fois avec une telle acuité. Il referma la main autour du minuscule coffret en velours, dans sa poche.

— Je ne peux pas laisser tomber. Je dois savoir.

Elle lui fit face, lui décocha un regard furibond.

— Je déteste les compromis.

— Moi aussi.

Il ne voulait pas être relégué dans un coin de sa vie. Les week-ends de garde alternés. Peut-être même ne plus la voir, jamais.

— Je t'ai cédé la part d'Ivy Cottage que je venais d'acquérir.

— Je sais. Tu dois être content. Un engagement de moins à supporter. Ce que je ne comprends pas, c'est la raison de ta présence ici, dit-elle en le défiant du regard. Tu n'as pas de rendez-vous urgent ? D'avion à prendre ? Une existence trépidante à mener ?

Comment pouvait-elle se tromper autant sur son compte ? La réponse était simple. Lui seul était responsable de l'image qu'elle avait de lui.

— Je ne suis pas venu pour cela, dit-il. Je me suis séparé de ma part pour que tu sois libre.

— Ah oui. La liberté. Tu as toujours été honnête, sur ce plan. Pas question de céder un millième de ta sacro-sainte liberté. Eh bien, merci d'avoir pensé à la mienne, lâcha-t-elle avec un haussement d'épaules avant de se détourner pour contempler les vignes.

— Je parle de liberté de choisir.

Elle se figea, dos toujours tourné.

— Libre de choisir quoi ?

— Libre de choisir tes engagements.

De nouveau, elle lui fit face, méfiante. Le chagrin et l'espoir se mêlaient sur son visage. Il devait le faire. C'était le seul moyen. Tout ou rien. Il vint se placer devant elle. Il avait besoin de voir ses yeux. Il voulait qu'elle voie tout ce qu'il y avait dans les siens. Il contrôlait tous les aspects de son existence, pourtant, quelque part, les commandes, il les confiait à cette femme qui se tenait devant lui. Elle, et elle seule, déciderait de son bonheur. Ou de son malheur. Il sortit le coffret de sa poche, le lui présenta ouvert. Le solitaire de l'alliance fit miroiter la lumière du soleil.

— Je te demande de m'épouser.

Bras ballants, poings serrés, elle répondit entre ses dents :

— Non.

La gorge serrée, il referma doucement le coffret, le remit dans sa poche.

— Non ?

Du bout du pouce, il essuya la larme qui coulait sur sa joue. Pas vraiment une larme de bonheur. Les choses ne semblaient pas vouloir se dérouler comme il l'aurait voulu ou espéré.

— Sans amour, je ne peux pas imaginer me marier. Ne me demande pas cela. Tu n'as pas le droit…, dit-elle en reculant d'un pas.

— Je ne te demande pas de m'aimer. J'ai suffisamment d'amour en moi pour aimer pour deux. Pour trois…

— Je… Je ne comprends pas, chuchota-t-elle, la confusion la plus totale voilant son regard.

— Un jour, tu m'as demandé si je possédais le don de double vue, je t'ai répondu que non. Mais je mentais. Je sais par exemple que notre bébé est une fille. Et, la première fois que je t'ai vue, j'ai su que tu allais changer ma vie. De manière irrévocable. Pour le mieux. Mais j'ai refusé alors d'admettre cette évidence. Et j'étais si soucieux de nier mes sentiments pour toi que j'ai fini par comprendre combien ces sentiments étaient profonds.

Il se tut, sourit et prit sa main avant de poursuivre :

— Je t'aime, Calypso. J'ai besoin de toi. La vie est trop courte pour ne pas saisir le bonheur quand il se présente. Je ne te demande pas de compromis. Je t'offre tout. Tout ce que je peux donner.

Il l'attira doucement vers lui et une joie immense le submergea, car elle ne résista pas.

— Je veux me coucher chaque soir auprès de toi, et m'éveiller chaque matin entre tes bras.

Il tourna sa main dans la sienne, observa la cicatrice à la base du pouce. Que ce jour paraissait loin.

— Callie, chuchota-t-il.

Il leva la tête, tenta de lire dans ses pensées. Une

myriade d'émotions s'y bousculait, mais aucune dont il puisse être certain.

Il écarta une mèche de cheveux sur son front, juste pour avoir le plaisir de la toucher.

— Nous avons souvent parlé de liberté. La vraie liberté, c'est la liberté de choisir. Et moi, je te choisis toi. Je veux juste que tu me choisisses en retour. Je t'aime. Je veux t'épouser, vivre avec toi jusqu'à la fin de mes jours. Tu es déjà dans mon cœur, tu fais déjà partie de moi pour l'éternité.

Il se tut de nouveau, attendit.

— Dis oui, Callie.

Elle tenait sa vie entre ses mains.

Le silence s'éternisa. Les larmes à présent coulaient sans discontinuer sur ses joues. Dieu, faites que ce soit des larmes de bonheur. Et, soudain, il prit peur, une véritable terreur s'empara de lui. Et si…

Elle hocha alors la tête, et un sourire timide se dessina sur ses lèvres.

— Je t'aime.

Il ravala sa salive, osant à peine espérer.

— Est-ce que cela veut dire oui ?

— Cela veut dire oui, dit-elle avant de se jeter dans ses bras et de le réduire au silence par la plus douce des manières, en l'embrassant.

Epilogue

Callie prit place à la table ombragée de vigne vierge, sous la pergola, et se laissa bercer par les rires des conversations de la famille Brunicadi. Elle regarda Nick, son mari, l'homme de ses rêves, assis face à elle et toute son attention se concentra sur l'éclat vert de ses yeux, remplis d'un amour absolu.

— A mon tour, à présent.

Sa mère, peu soucieuse d'interrompre le fil de leur communication silencieuse, s'approcha de Nick, mains tendues, dans un cliquetis de bagues et de bimbeloterie multicolores.

Nick se pencha sur Emma, âgée de deux mois, au creux de ses bras, revêtue de la robe en dentelle portée depuis des générations par les enfants Brunicadi le jour de leur baptême. Il caressa sa joue.

Une fois remis de ses émotions devant la perfection de sa fille, il s'était consacré avec passion et confiance à son rôle de père et, à vrai dire, il excellait dans cette fonction comme dans tout ce qu'il faisait.

— Elle dort profondément, dit-il en serrant sa fille contre lui.

— C'est mon droit de grand-mère, protesta sa mère. Elle ne se réveillera pas. Elle est si gentille, quel amour…

Sa mère était littéralement folle de son unique petit-enfant. Et tout aussi enthousiaste envers son gendre. Tous deux entretenaient les meilleures relations. Il finit par se résigner et tendit à contrecœur sa fille à sa belle-mère. Puis il se leva et vint s'asseoir près de Callie. Sous la table, il noua ses doigts aux siens, tout en observant Gypsy qui poussait des « oh ! » et des « ah ! » en faisant admirer sa petite-fille à chacun, autour de la table. Elle s'arrêta près de Michael qui flirtait vaguement avec Shannon.

— Je suis heureuse que Shannon ait pu venir, chuchota Callie à Nick. Elle dirige l'agence de Nouvelle-Zélande avec beaucoup de compétence. En fait, ils ne semblent pas avoir besoin de moi, là-bas…

— Nous avons tous besoin de toi.

Elle sourit à son mari, puis se tourna vers Melody, assise à côté d'elle.

— Comment te sens-tu ? lui demanda-t-elle en la voyant croiser ses mains sur son ventre rebondi.

— Très bien, répondit-elle.

Melody était sous surveillance médicale étroite et, avec Jason, ils espéraient que cette nouvelle grossesse connaîtrait un dénouement heureux.

— Tout semble bien se passer, poursuivit-elle, avant de confier à mi-voix : Je l'ai senti bouger pour la première fois hier.

A côté de sa femme, Jason se joignit à ce moment à leur conversation et se pencha vers elles en chuchotant :

— J'ai surpris Rosa en train de tricoter.

— Je tricote, parce qu'il le faut bien, déclara à cet instant Rosa, qui manifestement gardait l'ouïe fine. Et ce n'est pas le travail qui va me manquer, avec des jumeaux…

Un ange passa. Melody et Jason se regardèrent, médusés. Puis le jeune couple, radieux, éclata de rire.

— Nous voulions vous en informer…, commença Jason.

Il n'alla pas plus loin. Les applaudissements retentirent autour de la table.

Plus tard, dans la soirée, alors que Callie et Nick regardaient leur fille paisiblement endormie dans son berceau, elle demanda à son mari :

— Saurais-tu quelque chose que je doive savoir ? Une prédiction comme les Brunicadi en ont le secret.

Il plongea ses yeux dans les siens et prit sa main.

— Oui, répondit-il en l'attirant contre lui. J'ai le sentiment que la nuit qui s'annonce sera magique.

Retrouvez en août 2019,
dans votre collection

Passions

Deux héritiers pour un milliardaire, de Reese Ryan - N°809

En assistant à ce mariage, Sloane Sutton ne s'attendait pas à retrouver celui qu'elle considérait comme son petit frère voilà dix ans passés ! Visiblement, Benjamin Bennett est toujours attiré par elle, mais cette fois c'est réciproque… Pourtant, dans la confusion actuelle de sa vie, Sloane ne peut se permettre une relation avec un homme plus jeune et bien plus riche qu'elle. En revanche, rien ne lui interdit de se laisser séduire le temps d'une nuit sans lendemain…

Un mari temporaire, de Christine Rimmer

Échangée à la naissance ? Aislinn ne peut y croire. Venue par curiosité à l'ouverture du testament de son ancien employeur au ranch, Martin Winter, elle vient d'apprendre qu'il était en réalité son père ! Et qu'une clause du legs lui impose d'épouser le séduisant Jaxon, seul héritier légitime, si elle veut récupérer le domaine familial. Pourquoi diable devrait-elle obéir à ce Martin Winter, qui semble vouloir la manipuler d'outre-tombe après lui avoir menti toute sa vie ?

Seconde chance pour une famille, de Cathy Gillen Thacker - N°810

Ah, les hommes ! À l'époque déjà, l'ambition de Chase lui avait fait perdre son travail dans la tannerie dirigée par son père, mais aussi son futur mariage avec elle ! Et aujourd'hui Chase revient et exige qu'elle efface le passé. Mitzy ne décolère pas. Ne voit-il pas qu'elle gère de front la tannerie, son travail d'assistante sociale et… l'éducation de ses quadruplés ? Et qu'elle n'a plus de temps à perdre avec un carriériste qui lui a déjà brisé le cœur ?

Idylle en Irlande, de Andrea Laurence

Pour Harper, qui vient d'apprendre que son ex-compagnon se pavanerait au bras de sa nouvelle fiancée lors du mariage qui doit les rassembler ce week-end en Irlande, pas question de venir seule. Prise de panique et désespérée, elle demande au parfait inconnu qui se tient en face d'elle dans une boutique de luxe, s'il accepterait de jouer avec elle au couple parfait durant ces deux jours. À sa plus grande surprise, celui-ci accepte…

Désir interdit, de Joss Wood - N°811

SÉRIE: AMOUR, GLOIRE ET POUVOIR 1/3

Julia Brogan a su mener de main de maître sa carrière au point de se voir proposer aujourd'hui de designer l'intérieur d'un yacht ! Une perspective plus que séduisante. En revanche, elle ne s'attendait pas à ce que le constructeur ne soit autre que Noah Lockwood, l'ami dont elle a été si proche par le passé avant qu'il ne disparaisse brutalement. Un ami dont le simple souvenir suffit à lui provoquer des palpitations incontrôlables...

Deux ennemis pour un empire, de Catherine Mann

Son pire ennemi et principal concurrent, Broderick Steele, à la tête de Mikkelson Oil ? Glenna serait prête à tout pour ne pas voir cet homme, qu'elle a autrefois aimé, prendre sa place à la tête de l'empire pétrolier de sa famille. Même si cela implique de devoir briser le nouveau bonheur que vit sa mère avec le père de Broderick...

Un Texan pour récompense, de Jules Bennett - N°812

Adjugé, vendu ! Rachel Kincaid trouve un grand plaisir à seconder son amie dans l'organisation d'une vente aux enchères caritative où de riches célibataires sont mis à prix. Mais avec Matt Galloway, le lot qu'elle vient de remporter, les choses ne vont pas se passer comme prévu. Ami du défunt mari de Rachel, Matt cherche à la séduire à tout prix alors qu'elle s'est promis de ne plus jamais aimer un homme.

Le bonheur d'un enfant, de Stacy Connelly

En s'accordant une parenthèse entre les draps du ténébreux reporter Chance McClaren, Alexa voulait suivre son désir, sans s'engager avec cet homme nomade, nourri par l'adrénaline du terrain. Pourtant, en découvrant sa grossesse, Alexa réalise que tout acte a des conséquences, aussi douces soient-elles. Et qu'elle ferait tout pour protéger cet enfant qui grandit en elle, y compris cacher au père son état actuel...

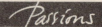

Un mariage inespéré, de Charlene Sands - N°813

SÉRIE: LE SANG DU TEXAS 1/2

Le compte à rebours a commencé. Lauren va épouser Roger et, pour préparer le mariage, elle emménage dans le ranch de Cooper où se déroulera la cérémonie. Et, si Lauren connaît Cooper depuis longtemps, la proximité n'aide pas à calmer son attirance pour lui, bien au contraire. Au point qu'elle s'interroge. Est-il normal de ressentir de tels sentiments pour un homme alors qu'elle doit partager sa vie avec un autre ?

Le cœur d'un homme, de Charlene Sands

SÉRIE: LE SANG DU TEXAS 2/2

Impossible de révéler la vérité au beau Texan Jared Stone. Bella pourrait y perdre son travail dans le ranch de ce dernier, mais aussi la garde de sa petite Sienna ! Comment lui expliquer que son véritable nom est Francesca Isabella Forte, fille d'un puissant magnat de San Francisco qui cherche à lui retirer la garde de son enfant ? Et qu'elle lui ment depuis leur rencontre alors qu'elle n'a jamais ressenti de sentiments plus sincères pour un homme ?

Un enfant avec lui, de Maureen Child - N°814

Si c'était bien avec la ferme intention de séduire cet homme sombre et solitaire que Daisy s'est fait embaucher auprès de Jericho King, elle n'avait en revanche pas du tout prévu de tomber profondément amoureuse de lui. Alors, même si elle ne tarde pas à s'abandonner au désir qui crépite entre eux, et même si elle savoure chaque merveilleux moment passé entre ses bras, elle sait qu'elle ne peut rien espérer. Car, tôt ou tard, Jericho découvrira les véritables raisons de sa présence chez lui...

Pour l'amour de Rose, de Christine Wenger

« Toi et moi, nous sommes les tuteurs de Rose »... Désespérée, Lisa mesure la portée des mots que Sully vient de prononcer. Ainsi, pour respecter le dernier souhait de sa sœur, elle va devoir partager l'éducation de sa nièce avec ce cow-boy macho, cohabiter avec lui, supporter sa présence chaque jour... Mais, très vite, elle se ressaisit. Pour l'amour de Rose, elle est prête à faire bien des sacrifices. Et même - qui sait ? - à apprivoiser celui qui, son stetson à la main, la scrute en silence, avec une expression qu'elle ne lui a jamais vue : mélange étonnant de tendresse et d'espoir.

OFFRE DE BIENVENUE

Vous êtes fan de la collection Passions ?
Pour prolonger le plaisir, recevez gratuitement

◆ 1 livre Passions gratuit ◆
et 2 cadeaux surprise !

Une fois votre colis de bienvenue reçu, si vous souhaitez continuer à recevoir nos romans Passions, cela se fera automatiquement. Vous recevrez alors chaque mois 3 volumes doubles inédits de cette collection au tarif unitaire de 7,60€ (Frais de port France : 1,99€ - Frais de port Belgique : 3,99€).

➡ LES BONNES RAISONS DE S'ABONNER :

Aucun engagement de durée ni de minimum d'achat.
◆
Aucune adhésion à un club.
◆
Vos romans en avant-première.
◆
La livraison à domicile.

➡ ET AUSSI DES AVANTAGES EXCLUSIFS :

Des cadeaux tout au long de l'année.
◆
Des réductions sur vos romans par le biais de nombreuses promotions.
◆
Des romans exclusivement réédités notamment des sagas à succès.
◆
L'abonnement systématique et gratuit à notre magazine d'actu ROMANCE.
◆
Des points fidélité échangeables contre des livres ou des cadeaux.

➡ REJOIGNEZ-NOUS VITE EN COMPLÉTANT ET EN NOUS RENVOYANT LE BULLETIN !

N° d'abonnée (si vous en avez un) ⎵⎵⎵⎵⎵⎵⎵⎵   R9ZEA3 / R9ZE3B

Mme ☐ Mlle ☐ Nom : .... Prénom : ....

Adresse : ....

CP : ⎵⎵⎵⎵⎵ Ville : ....

Pays : .... Téléphone : ⎵⎵⎵⎵⎵⎵⎵⎵⎵⎵

E-mail : ....

Date de naissance : ⎵⎵ ⎵⎵ ⎵⎵⎵⎵

☐ Oui, je souhaite être tenue informée par e-mail de l'actualité d'Harlequin.
☐ Oui, je souhaite bénéficier par e-mail des offres promotionnelles des partenaires d'Harlequin.

Renvoyez cette page à : Service Lectrices Harlequin – CS 20008 – 59718 Lille Cedex 9 - France

Date limite : **31 décembre 2019**. Vous recevrez votre colis environ 20 jours après réception de ce bon. Offre soumise à acceptation et réservée aux personnes majeures, résidant en France métropolitaine et Belgique. Prix susceptibles de modification en cours d'année. Vous pouvez demander à accéder à vos données personnelles, à les rectifier ou à les effacer. Il vous suffit de nous écrire en nous indiquant vos nom, prénom et adresse à : Service Lectrices Harlequin - CS 20008 - 59718 LILLE Cedex 9. Harlequin® est une marque déposée du groupe HarperCollins France – 83/85, Bd Vincent Auriol – 75646 Paris cedex 13. Tél : 01 45 82 47 47. SA au capital de 1 120 000€ - R.C. Paris. Siret 31867159100069/APE5811Z.

Rendez-vous sur notre nouveau site
www.harlequin.fr

Et vivez chaque jour,
une nouvelle expérience de lectrice connectée.

- ♥ Découvrez toutes nos actualités,
  exclusivités, promotions, parutions à venir...
- ♥ Partagez vos avis sur vos dernières lectures...
- ♥ Lisez gratuitement en ligne, regardez des vidéos...
- ♥ Échangez avec d'autres lectrices sur le forum...
- ♥ Retrouvez vos abonnements, vos romans dédicacés, vos livres et vos ebooks en pré-commande...

L'application Harlequin
Achetez, synchronisez, lisez... Et emportez vos ebooks Harlequin partout avec vous.

Suivez-nous !   facebook.com/HarlequinFrance
twitter.com/harlequinfrance

OFFRE DÉCOUVERTE !

Vous souhaitez découvrir nos collections ? Recevez **votre 1ᵉʳ colis gratuit*** avec **2 cadeaux surprise !** Une fois votre colis de bienvenue reçu, si vous souhaitez continuer à recevoir nos livres, cela se fera automatiquement. Vous recevrez alors vos livres inédits** en avant première.

Vous n'avez aucune obligation d'achat et cette offre est sans engagement de durée !

*1 livre offert + 2 cadeaux / 2 livres offerts pour la collection Azur + 2 cadeaux.
**Les livres Ispahan, Sagas, Hors-Série, Allegria et Best Féminins sont des réédités.

☛ **COCHEZ la collection choisie et renvoyez cette page au**
Service Lectrices Harlequin – CS 20008 – 59718 Lille Cedex 9 – France

Collections	Références	Prix colis France* / Belgique*
❏ AZUR	Z9ZFA6/Z9ZF6B	6 livres par mois 28,49€ / 30,49€
❏ BLANCHE	B9ZFA3/B9ZF3B	3 livres par mois 23,35€ / 25,35€
❏ LES HISTORIQUES	H9ZFA2/H9ZF2B	2 livres par mois 16,49€ / 18,49€
❏ ISPAHAN	Y9ZFA3/Y9ZF3B	3 livres tous les deux mois 23,20€ / 25,20€
❏ HORS-SÉRIE	C9ZFA4/C9ZF4B	4 livres tous les deux mois 31,65€ / 33,65€
❏ PASSIONS	R9ZFA3/R9ZF3B	3 livres par mois 24,79€ / 26,79€
❏ SAGAS	N9ZFA4/N9ZF4B	4 livres tous les deux mois 35,35€ / 37,35€
❏ BLACK ROSE	I9ZFA3/I9ZF3B	3 livres par mois 24,79€ / 26,79€
❏ VICTORIA	V9ZFA3/V9ZF3B	3 livres tous les deux mois 25,69€ / 27,69€
❏ ALLEGRIA	A9ZFA2/A9ZF2B	2 livres tous les mois 16,49€ / 18,49€
❏ BEST FÉMININS	E9ZFA2/E9ZF2B	2 livres tous les mois 18,55€ / 20,55€
❏ MAGNETIC	K9ZFA4/K9ZF4B	4 livres tous les 2 mois 29,39€ / 31,39€

N° d'abonnée Harlequin (si vous en avez un) |__|__|__|__|__|__|__|

Mᵐᵉ ❏ Mˡˡᵉ ❏   Nom : _____

Prénom : _____   Adresse : _____

Code Postal : |__|__|__|__|__| Ville : _____

Pays : _____   Tél. : |__|__|__|__|__|__|__|__|__|__|

E-mail : _____

Date de naissance : _____

❏ Oui, je souhaite recevoir par e-mail les offres promotionnelles des éditions Harlequin.
❏ Oui, je souhaite recevoir par e-mail les offres promotionnelles des partenaires des éditions Harlequin.

Date limite : 31 décembre 2019. Vous recevrez votre colis environ 20 jours après réception de ce bon. Offre soumise à acceptation et réservée aux personnes majeures, résidant en France métropolitaine et Belgique, dans la limite des stocks disponibles. Prix susceptibles de modification en cours d'année. Vous pouvez demander à accéder à vos données personnelles, à les rectifier ou à les effacer. Il vous suffit de nous écrire en nous indiquant vos nom, prénom et adresse à : Service Lectrices Harlequin CS 20008 59718 LILLE Cedex 9. Service Lectrices disponible du lundi au vendredi de 8h à 18h : 01 45 82 47 47 ou 33 1 45 82 47 47 pour la Belgique.

Composé et édité par HarperCollins France.

Achevé d'imprimer en juin 2019.

Barcelone

Dépôt légal : juillet 2019.

Pour limiter l'empreinte environnementale de ses livres, HarperCollins France s'engage à n'utiliser que du papier fabriqué à partir de bois provenant de forêts gérées durablement et de manière responsable.

Imprimé en Espagne.